国家出版基金项目
NATIONAL PUBLICATION FOUNDATION

"十三五"
国家重点出版物出版规划项目
重大出版工程

——原子能科学与技术出版工程——

名誉主编 王乃彦 王方定

# 核反应堆安全分析

张东辉 刘一哲 师 泰 胡文军
张熙司 颜 寒 王 晋 李世锐
杨佳音 王 静 曹永刚 薛方元
赵 磊 编著

# NUCLEAR REACTOR SAFETY ANALYSIS

北京理工大学出版社
BEIJING INSTITUTE OF TECHNOLOGY PRESS
中国原子能科学研究院
CHINA INSTITUTE OF ATOMIC ENERGY

图书在版编目（CIP）数据

核反应堆安全分析／张东辉等编著. —北京：北京理工大学出版社，2022.1

ISBN 978-7-5763-0957-7

Ⅰ.①核…　Ⅱ.①张…　Ⅲ.①反应堆安全-分析　Ⅳ.①TL364

中国版本图书馆 CIP 数据核字（2022）第 029892 号

出版发行／北京理工大学出版社有限责任公司
社　　址／北京市海淀区中关村南大街 5 号
邮　　编／100081
电　　话／（010）68914775（总编室）
（010）82562903（教材售后服务热线）
（010）68944723（其他图书服务热线）
网　　址／http：//www.bitpress.com.cn
经　　销／全国各地新华书店
印　　刷／三河市华骏印务包装有限公司
开　　本／710 毫米×1000 毫米　1/16
印　　张／20.75
彩　　插／1
字　　数／360 千字
版　　次／2022 年 1 月第 1 版　2022 年 1 月第 1 次印刷
定　　价／98.00 元

责任编辑／刘　派
文案编辑／闫小惠
责任校对／周瑞红
责任印制／王美丽

# 前　言

核电是当前最主要的低碳电源之一，与水电、风电、光伏等共同组成未来的清洁能源供应体系。核电功率密度大、占地面积小，运行稳定，适合基荷运行，保证电网稳定。据国际原子能机构（IAEA）统计，目前有30个国家正在使用核电，有28个国家正在考虑、规划或积极致力于将核电纳入其能源结构，以帮助其实现气候目标。在建核电机组装机容量多年位居全球首位的中国，也将核电视为实现“碳中和”目标的有效手段之一。中国核能行业协会发布的《中国核能发展报告2021》预计，“十四五”及中长期，核能作为近零排放的清洁能源，将具有更加广阔的发展空间。

然而，福岛事故、切尔诺贝利事故和三哩岛事故表明，安全依然是核能发展必须要面对的问题，核安全永远是核电发展的保障，向相关专业的学生和从业者介绍反应堆安全知识的同时，非常有必要传达“核安全高于一切”的核安全理念。

当前，我国核能发展选择的重点堆型是压水堆，可以预见随着压水堆核电装机容量的迅速增加，核燃料的自主供应问题、长寿命核废料大量增加的问题将日益突出。钠冷快堆作为第四代核能的首选堆型，具有发电、增殖和嬗变的功能。发展压水堆和快堆并存的“二元”核电体系可以从根本上解决上述问题，实现核能大规模、可持续、环境友好的发展。

本书全面系统论述了核反应堆安全分析的理论基础和工程实践知识。鉴于我国核能发展已经进入压水堆－快堆共同发展的二元时代，本书对压水堆和钠冷快堆的安全特点都进行了较为详细地介绍。

全书共12章，第1章主要介绍核反应堆安全的基本原则和基本概念；第

2～3 章介绍了反应堆的安全特征和安全评价体系，从反应堆安全技术发展的角度，分别介绍了传统的基于确定论安全分析的安全评价体系以及结合确定论与概率论方法的风险指引安全评价体系；第 4 章说明了事故分析的基本知识；第 5～8 章介绍了压水堆核电站及快堆核电站典型的设计基准事故分析；第 9 章介绍了压水堆和快堆的典型严重事故，特别是重点介绍了美国三哩岛事故、前苏联切尔诺贝利事故和日本福岛事故的发展进程；第 10 章对钠冷快堆特有的钠火和钠水反应事故进行了简要论述；第 11 章介绍了事故后的环境影响评价方法；第 12 章简要介绍了概率安全分析方法的基本理论和基本概念。

本教材由中国原子能科学研究院的张东辉研究员等主编，由中国原子能科学研究院从事反应堆安全研究的相关同事参与各章节的编写与校核。

本书的出版得到了北京理工大学出版社的帮助与支持，编著者再次表示由衷的感谢。

由于水平所限，书中不妥之处敬请批评、指正。

编著者

2022 年 1 月 15 日

# 目　录

第1章

# 核反应堆基本原理

## 1.1 核反应堆历史

古希腊哲学家曾提出一个观点，所有物质都是由称为原子的粒子组成的。原子（atomos）一词源自希腊语，其意为不可分割。但现在大家都知道，原子还可以进一步细分为原子核和电子，原子核又由中子和质子组成，质子和中子又是由夸克组成的。在重原子核被打碎形成新的原子核的过程中，科学家发现质量有变化。英国物理学家欧内斯特·卢瑟福曾写道：如果有可能随意控制放射性元素的裂变速率，那么从少量的物质中就可以获得大量的能量。后来，阿尔伯特·爱因斯坦发现了质量和能量之间的内在关系，$E=mc^2$，即“能量等于质量乘以光速的平方”，这也成为所有核能发展的理论基础。

### 1.1.1 裂变的发现

1934 年，物理学家恩利克·费米（图 1－1）在罗马进行了实验，实验表明中子可以引发多种原子核的变化。当他用中子轰击铀时，他没有得到他所期望的元素，这些元素比铀轻得多。

1938 年秋，德国科学家奥托·哈恩和弗瑞兹·斯特拉斯曼从含有镭和铍元素的源中发射中子进入铀（原子序数 92）。他们惊讶地发现，在剩下的材料中发现了更轻的元素，如钡（原子序数 56）。哈恩和斯特拉斯曼在公布他们的发现之前联系了哥本哈根的莉泽·迈特纳，她是一位被迫逃离纳粹德国的奥地

图 1－1　物理学家恩利克·费米

利同行，与尼尔斯·玻尔一起工作。迈特纳和弗里施认为残余物质中的钡和其他轻元素是铀分裂或裂变的结果（图 1－2）。然而，当她加上裂变产物的原子质量时，并没有得到铀的总质量。迈特纳利用爱因斯坦的理论证明了质量损失转化为能量。这证明了裂变的发生，并证实了爱因斯坦的工作。

图 1－2　莉泽·迈特纳和奥托·弗里施

### 1.1.2 第一个自持链式反应

1939 年，玻尔来到美国，与爱因斯坦分享了哈恩、斯特拉斯曼和迈特纳的发现。玻尔也在华盛顿的一个理论物理会议上遇见了费米，讨论了自持链式反应令人兴奋的可能性。在这样的过程中，原子可以被分裂释放出大量的能量。

全世界的科学家都开始相信自持链式反应是可能的。如果能在适当的条件下聚集足够的铀，这种情况就会发生。产生一个自持链式反应所需的铀量被称为临界质量。

费米和他的同事利奥·西拉德（图 1－3）在 1941 年提出了一种可能的铀链式反应堆设计方案。他们的模型是将铀放置在一堆石墨中，形成一个立方体状的裂变材料框架（图 1－4）。

图 1－3　利奥·西拉德

图 1－4　恩利克·费米带领一组科学家启动了第一个自持链式反应

1942年初，以费米为首的一个科学家团队聚集在芝加哥大学发展他们的理论。1942年11月，他们准备开始建造世界上第一座核反应堆，也就是众所周知的芝加哥一号堆。它建在芝加哥大学体育馆下面的壁球场上。除了铀和石墨，它还含有由镉制成的控制棒。镉是一种能吸收中子的金属元素。当控制棒插在堆里时，用于裂变铀原子的中子就变少了，这减缓了链式反应。当控制棒被拔出时，更多的中子可以用来分裂原子，链式反应就加速了。

1942年12月2日上午，科学家们准备开始芝加哥一号堆的演示。费米命令在接下来的几个小时里，控制棒每次要抽出几英寸。最后，在芝加哥时间下午3点25分，核反应开始自持。费米和他的团队成功地将科学理论转化为技术现实。世界进入了核时代。

### 1.1.3　和平利用核能的发展

第一个核反应堆仅仅是个开始。大多数早期的原子研究都集中在开发一种用于第二次世界大战的有效武器上。这项工作的代号是曼哈顿计划。

同时，还有一些科学家致力于建立增殖反应堆（图1－5），这种反应堆将在链式反应中产生裂变物质，且产生的裂变物质比消耗的更多。

图1－5　实验增殖堆

战后，美国政府鼓励为了和平的民用目的开发核能。1946年，国会成立了原子能委员会（AEC）。原子能委员会批准在爱达荷州的一处地点建造1号实验增殖堆（EBR－I）。1951年12月20日，EBR－I反应堆首次实现了人类利用核能发电，发出的电点亮了4个200W的灯泡。这一里程碑标志着核能工业的开始。

20 世纪 50 年代中期，核研究的一个主要目标是证明核能可以发电供商业使用。第一个由核能发电的商业发电厂位于宾夕法尼亚州的希平港。1957 年，其功率达到了设计值。像希平港这样的轻水反应堆在链式反应中使用普通的水来冷却堆芯，是当时核电站的最佳设计。

美国的核电工业在 20 世纪 60 年代迅速发展，公用事业公司认为这种新型的电力生产方式经济、环保、安全。然而，在 20 世纪 70 年代和 80 年代，经济增长放缓，电力需求减少，对核问题的关注增加，如反应堆安全、废物处理和其他环境考虑。

尽管如此，1991 年美国运营的核电站数量仍是其他任何国家的两倍，这一数字超过了全球运营电厂的 1/4，为美国提供了约 22% 的电力。

在 20 世纪 90 年代，美国面临着几个主要的能源问题，并制定了核能的几个主要目标，包括：

（1）保持严格的安全和设计标准。

（2）降低经济风险。

（3）降低监管风险。

（4）建立有效的高水平核废料处理方案。

1992 年 10 月签署成为法律的《1992 年能源政策法案》讨论了其中一些核能目标。

各国正在通过多种方式努力实现这些目标。例如，美国能源部已与核工业进行了多项合作，以开发新一代的核电厂。这些工厂被设计得更安全、更高效。此外，在不降低安全标准的情况下，通过标准化设计和简化许可要求，也在努力使核电厂更容易建造。

在废物管理领域，工程师们正在开发新的方法和地方来储存核电厂和其他核处理过程产生的放射性废物。他们的目标是让垃圾在很长一段时间内远离环境和人类。

科学家们也在研究核聚变的能量。当原子结合而不是分裂时，就会发生聚变。聚变是为太阳提供动力的能量。在地球上，最有希望的聚变燃料是氘，一种含有一个质子和一个中子的氢同位素。它来自水，非常丰富。它还可能产生比裂变更少的放射性废物。然而，科学家们短时期内仍然无法从核聚变中产生足够的能量，还需要继续研究。

其他核领域的研究也在如火如荼地开展，核技术在医药、工业、科学、粮食和农业等方面发挥着重要作用。例如，医生使用放射性同位素来识别和诊断疾病，工业上用放射性同位素测量显微厚度、检测金属以及测试焊缝，考古学家使用核技术来准确测定史前物体的年代、定位雕像和建筑物的结构缺陷，核辐照用于保存食品等。

核研究在许多方面受益人类。但今天，核工业面临着巨大而复杂的问题。我们怎样才能把风险降到最低？我们怎么处理这些废物？未来将取决于先进的工程技术、科学研究和公众的参与。

# 1.2　核反应堆物理设计

## 1.2.1　堆芯物理设计

堆芯物理设计的主要任务通常可归纳为下列三个方面：

1）堆芯栅格和功率分布的设计计算

堆芯物理设计中最常见的分析工作就是计算堆芯的中子增殖系数和通量密度（或功率）分布。核工程师十分关心堆芯的功率分布，因为功率分布对热工设计分析与堆芯燃耗分析及堆芯内燃料管理都十分重要。例如，人们希望所设计的堆芯能在整个堆芯寿期内具有平坦的径向和轴向功率分布，并具有足够的后备反应性，以便在反应堆正常运行条件下允许有适当的燃料燃耗深度。堆芯功率分布的计算将随各种参数灵敏地变化，诸如堆芯燃料富集度、慢化剂。燃料体积比、堆芯几何条件、反应性控制方式以及燃料组件的设计。由于在堆芯寿期内裂变核素的消耗和新核素的产生与积累，反应堆的功率密度也将随空间与时间而变化。

堆芯热设计师最感兴趣的参数是堆芯功率密度的峰值与平均值之比（所谓“热通道因子”或“功率分布不均匀系数”），由此值可以确定堆芯设计是否超出了热工限制范围。而要获得热通道因子，必须进行堆芯的功率分布计算。

堆芯物理设计还必须确定为保证堆芯在所要求的寿期内保持临界所需的燃料装量。这就要求燃料装量还能够补偿由于燃料消耗、温度反馈与裂变产物积累所引起的反应性效应。这将涉及栅元设计的各种参量，如慢化剂-燃料体积比、燃料元件尺寸和形状以及燃料富集度。

2）反应性控制设计计算

为补偿初装核燃料所具有的剩余反应性以及保证反应堆运行的灵活性和安全性，必须进行反应性控制设计和堆芯动态特性设计。为此，有必要对各种控制手段，其中包括可移动的控制棒、冷却剂内的可溶性中子毒物（用液体毒物进行化学补偿）以及在可燃耗的中子毒物（可燃毒物）等进行反应性分配，并进行控制棒布置方式与反应堆运行时各棒的插拔顺序（提棒程序设计）的详细设计。

在设计中还必须计算各种反应性反馈系数，例如冷却剂（或慢化剂）密度和温度变化的反应性系数、燃料的反应性温度系数（主要取决于多普勒效应），以及裂变产物毒物积累所引起的反应性效应等。

3）燃料分析和堆芯内燃料管理

在反应堆运行过程中，由于裂变核素的消耗和裂变产物的产生与积累，燃料中的成分将发生变化。核工程师必须在整个堆芯寿期内监督和确定这些变化过程，这就要求把几个主要核素（如铀-235，铀-238 或铀-233，钍-232）的燃耗和产生链与堆芯中子通量密度方程联系起来进行研究。由于堆芯成分不断变化，堆芯的中子增殖系数和功率分布计算在整个堆芯运行寿期内必须进行多次。这种关于堆芯功率分布与随时间变化的堆芯核素的产生与消耗间相互关系的研究通常称为燃耗分析。它可能是反应堆分析中最花时间和最费钱的部分，但同时也是十分重要的部分，因为它将影响核能的经济性。

堆芯内燃料管理的目标是：在反应堆运行所规定的设计限度（如安全极限）内使燃料装载、布置和换料方案最佳化，以便最经济地生产电能。堆芯内燃料管理和燃耗分析课题是紧密相关的。

堆芯物理设计准则：

1）反应性温度系数

燃料的反应性温度系数是负的，慢化剂的温度系数不应出现正值，从而提供一定的固有安全性。

2）最大可控反应性引入率

控制棒束的抽出或硼含量的稀释引起的反应性最大引入率必须小于某规定值。单个控制棒组件的最大价值应低于某规定的限值，使一旦出现失控抽棒或弹棒事故时，不会发生超临界事故。

3）停堆裕度

反应堆从运行工况进入热停堆或冷停堆时，必须有一个最小停堆裕度。如果是紧急停堆，必须假定一束控制棒价值最大的棒卡在全抽出位置时，还能满足停堆裕度的要求（所谓的卡棒准则）。

4）燃耗

燃料棒的平均燃耗深度能达到某设计规定值，同时燃料棒的燃耗深度必须小于规定的极限值。

5）稳定性

当堆功率输出保持常数时，如果堆芯发生功率的空间振荡，应该能被测出并加以抑制或实行保护停堆。

## 1.2.2　核数据库和多群常数库

### 1. 核数据库

在进行核反应堆的核计算时，首先需要知道具有各种不同能量（$10^{-5}$ eV ~ 10 MeV）的中子和各种物质（包括燃料、慢化剂、结构材料、可燃毒物和裂变产物等）相互作用的核反应及其相应的微观截面和有关参数，统称为核数据。它是核科学技术研究和核工程设计所必需的基本数据，也是核反应堆核计算的出发点和依据。为了提高核设计的精确度，可从两方面入手：一方面，是努力改进核设计的计算模型和计算方法，以提高计算的精确度；另一方面，是提高核数据的精确性。对于核工程技术人员来讲，正确地了解和使用这些核数据是非常重要的，因为它是获得正确计算结果的前提和基础。

核数据主要来源于实验测量。然而，对于同一截面数据，不同的实验和不同的实验方法能给出不同的数值。例如，对某些核数据，许多国家和实验室所公布的数据就有差别。这就必须对已有的核数据进行分析、选取和评价。同时由于核计算要涉及大量的同位素以及广阔能域内核反应截面和能量的复杂关系，其所需的核数据量是非常庞大的，现有实验数据不可能完全覆盖。对于一些能域的元素还存在着空白，需要利用理论计算或内插方法求得结果来填补这些空缺的数据。另一方面，通过理论方法可以指导对实验数据的选择与评价。因而从原始实验数据得到可供核工程师使用的数据，需要做大量分析和整理，甚至还需要通过一系列实验与理论计算结果的比较来检验这些数据的可靠性、自洽性与精确性，最后汇总成便于核工程人员使用的形式。

第二次世界大战后，核能利用的研究日益为人们所重视。核反应堆、加速器、核物理实验和测量技术也获得迅速发展。经过各国科学工作者的努力，已逐渐积累了大量的中子截面和其他核数据资料，编纂和评价工作也迅速开展起来。许多国家都建立了专门的核数据中心来开展这方面的工作，比较著名的有美国的布鲁克海文国家实验室（BNL）的国家核数据中心（National Nuclear Data Center）、法国在萨克利（Sac1ay）的 NEA Data Bank、俄罗斯在奥布灵斯克（obnisk）的核数据中心（JD）、国际原子能机构（IAEA）的核数据部（Nuclear Data Section）等。实际上，目前核数据的编纂和评价工作活动已超出国家范围，广泛地开展了国际性的交流和合作。我国亦于 1975 年在中国原子能科学研究院成立了中国核数据中心（CNDC）并参加国际合作和交流。

近30年来，许多国家都在努力建立一套标准的、评价过的核数据库。最早的中子截面库要算BNL的“中子截面汇编BNL－325”，它收集了相当丰富的各种核素的中子截面的实验与理论计算的数据。随着核能及计算机的发展，对核反应所需的能量范围与细节要求越来越高，核数据的数量也越来越多。初期阶段借助繁重的人工劳动所进行的数据编纂、评价和储存工作远不能适应发展的需要。20世纪70年代后，开始采用计算机作为数据储存、检索和显示系统，同时应用计算机程序进行核数据的评价工作。这使编评工作的速度和质量都大为提高。编评后的核数据按要求格式以二进制或BCD卡片影像两种形式记录在磁带或磁盘上，形成核数据库（Nuclear Data Library）。最早应用计算机作为核数据储存、评价和检索工具的核数据库是美国BNL的评价核数据库（ENDF）。

ENDF库是以美国布鲁克海文国家实验室（DNL）为主，并和美国、加拿大的将近20个实验室进行合作的产物。其目的是提供适用于各种中子学和光子学计算所需的通用格式的评价系列而设计的；它是由中子与光子截面库及一系列程序代码所组成的，是目前公认的比较完整和先进的核数据库。它由ENDF/A和ENDF/B两个库组成。ENDF/A库主要储存着各种核素完整的或不完整的原始核数据。对某特定核，它可以包括若干个不同系列的数据，而对某些核反应则可能没有任何数据。某些核数据并没有经过评价和检验，因而ENDF/A库仅是作为供编纂评价核数据用的一个库，对于反应堆设计人员来说没有多大意义，因为它不能供工程设计直接使用。而ENDF/B库则是经过评价过的核数据库，对某一特定核都只包含一组评价过的截面，数据尽可能完整，因而ENDF/B库被认为是核反应堆设计的标准截面库或核数据来源，它提供反应堆物理和屏蔽设计以及燃料管理计算所需要的核数据并满足其要求。ENDF/B库中包含核反应堆核设计所需的各种材料和核素（例如，在ENDF/B－Ⅲ含有134种核素），能量从$10^{-5}$ eV～20 MeV范围内的所有重要的中子反应的整套核数据，例如它包括：

（1）0～20 MeV中子对各种核素引起的反应的微观截面：它包括（n，f），（n，γ），（n，n）、（n，n'）、（n，2n）、（n，p）、（n，2p）、（n，α）、（n，t）等。

（2）弹性散射和非弹性散射中子的角分布。

（3）出射中子、γ射线和带电粒子的能谱、角分布及激发函数。

（4）裂变（瞬发和缓发）中子的产额和能谱。

（5）裂变产物的产额、微观截面和衰变常数。

（6）共振参数和统计分布。

（7）慢化材料热中子散射数据。

ENDF/B 库还包含光子相互作用的截面以及其他非中子的核数据，该库这一部分数据与中子截面部分相似。它可供辐射屏蔽计算、聚变堆研究、加速器研究、活化分析、同位素化学以及生命科学等研究领域的需要。

由于核数据的量是非常庞大的，为了减少存储量，在 ENDF/B 中实际截面数据并不全部以表值形式保存，而是以几种不同的方式给出。例如，对于某些核素的截面以离散表值（$\sigma$（$E_i$）与 $E_i$对应表）给出，同时也给出利用这些表值的内插方法；另一种形式则是采用大量的拟合参数或计算公式的形式。通过处理程序，由这些参数可以很容易计算出所需能量点的截面数据。例如在库中对共振能区保存有许多共振参数，像共振能量、能级宽度和共振峰截面等，而随能量变化的共振截面值就用这些参数按布莱特—魏格纳公式及相应的计算程序算出。

由于核物理测量技术的进步和理论模型的发展，核数据也不断地更新和补充。ENDP/B 库也不断地重新评价和更新，每隔一段时间，便有新的版本问世，自第一版 ENDF/B－Ⅰ于 1968 年问世以来已更新多次，前一阶段应用最广的 ENDF/B－Ⅳ是于 1975 年发表的。1992 年发表了它第六版本 ENDF/B－Ⅵ（共有 319 个核素）。目前，ENDF/B 库不仅在美国而且全世界范围内获得广泛的应用。

除美国 ENDF/B 库外，其他一些国家也都在建立通用的评价核数据库。这些库各有其特点。其中比较著名的有欧洲共同体的 NEA Data Bank 公布的 JEF2. 2 库（Joint Evaluated File Version2 Mod2，1996 年，包含 314 个核素）和日本原子能研究所（JAERI）所提供的 JENDL3. 2 库。此外，俄罗斯也有评价核数据库 BROND－2（1993 年，含 121 个核素）。我国核数据中心于 1993 年亦公布了中国评价核数据库 CENDL－2。目前国际核数据库技术已发展到网上在线检索服务。上述国际上五大评价核数据库及其有关资料均可从网上直接检索。

## 2. 多群常数库

虽然从类似于 ENDF/B 核数据库可以获得反应堆核设计所需要的任何能量点的核截面数据，但是在反应堆物理计算中，我们并不直接应用 ENDF/B 等核数据库。这是因为：一方面，由于这些核数据库是一个非常庞大的数据库，ENDF/B 系统提供的数据必须通过一些处理程序才能得到各种核素的截面，如共振区截面，因而直接从评价核数据库提供核数据进行反应堆物理计算是不现实的；另一方面，反应堆物理计算通常采用分群近似，例如在压水堆物理计算中，通常采用多群（25～100 群以上）或少群（2～4 群）计算。设计时需要的是按能群平均的截面值，称为群截面，或群常数。因此，根据 ENDF/B 库通过处理程序产生的“多群常数库”才是核反应堆物理设计直接使用的核数据库。核反应堆物理设计工程师或研究人员直接应用的和需要了解的应该是多群常数库，而不是原始的评价核数据库。

从评价核数据库 ENDF/B 选取核数据制作成能点式或能群形式中子和光子截面，目前通常是采用 NJOY 核数据处理程序来完成的。例如，它可以从 ENDF/B 产生不同核素的不同能群的截面；从共振参数计算出考虑多普勒效应的不同温度下的共振积分；产生有关弹性散射和非弹性散射的散射矩阵；产生考虑热化效应的热能区的中子散射截面，等等。各个国家及研究机构都根据不同的设计要求制作有通用的多群常数库，其中比较著名和应用比较多的有英国的 WIMS69 群多群常数库、美国 EPRI 的 69 群常数库、美国 PHOENIX 的 42 群常数库、CASMO－3 的多群常数库以及苏联的 26 群常数库等。

在反应堆物理计算时，通常应用“分群近似”。所谓分群近似是把中子能量划分成若干个离散的能量间隔 $\Delta E_g$：$(E_0, E_1)$，$(E_1, E_2)$，…，$(E_{g-1}, E_g)$ …，每个能量间隔称为一个能群。

对每一个 $g$ 能群（$\Delta E_g = E_{g-1} - E_g$），定义群中子通量密度为

$$\varnothing_g(r) = \int_{\Delta E_g} \varnothing(r,E)\,\mathrm{d}E \tag{1-1}$$

同时用适当平均的参数来表示该能群内的一些参数，这些平均参数叫做群常数。例如对于 $x$（$x = a, f, s$，…）反应的 $g$ 群截面定义为

$$\sigma_{xg}(r) = \int_{\Delta E} \sigma_x(E)\varphi(r,E)\mathrm{d}E \Big/ \int_{\Delta E} \varphi(r,E)\mathrm{d}E x = \mathrm{a,f,s} \tag{1-2}$$

为简化起见，讨论无限介质情况或只考虑能谱的平均，则群截面定义可写为

$$\sigma_{xg}(r) = \int_{\Delta E_g} \sigma_x(E)\varnothing(E)\,\mathrm{d}E \Big/ \int_{\Delta E_g} \varnothing(E)\,\mathrm{d}E \tag{1-3}$$

这里，截面 $\sigma_x(E)$ 可以从 ENDF/B 等评价核数据库获得，$\sigma(E)$ 为中子通量密度能谱。可见群截面不仅与截面本身有关，而且还依赖于中子能谱，再则与核反应堆的类型和具体材料结构组成有关。因而严格地讲，群常数是与反应堆堆型、大小及成分有关的。但是，为了使多群常数库具有通用性，我们希望所得到的群截面尽量不依赖于中子通量密度能谱分布或反应堆的具体材料构成。这在下列情况下是可以近似满足的。首先，如果能群数量取得足够多，能量宽度 $\Delta E_g$ 很小时，从式（1－3）可以看到群截面依赖于中子通量密度能谱的

近似程度就较小。其次，当 $\Delta E_g$ 很小时，在 $\Delta E_g$ 内变化较 $\sigma_x(E)$ 小或近于常数。这对于大多数核素的散射截面是成立的，因为在很大范围内它是比较平坦的；对于吸收截面，除共振区外，对大多数元素均近似服从 $1/v$ 律变化，其变化是光滑缓慢的。最后，至于中子能谱，我们幸运地发现，尽管对于各个反应堆是各不相同的，但是对多数的反应堆来说，在高能部分（如 $E>0.1$ MeV 及以上），其中子能谱基本上与裂变谱 $x(E)$ 接近，对于广阔的中能区域近似都服从 $1/E$ 费米谱分布；而对于热能区域（$E<1$ eV），则基本是接近于麦克斯韦谱分布。因此，如果能群数目分得充分多，并应用上述近似能谱来制作的多群常数库，应该说与系统的具体成分以及几何和堆型就没有密切的关系。例如，实践证明 WIMS 的 69 群库对于广泛类型的栅元，如重水或轻水燃料组件以及部分快堆燃料组件，都可适用。如果只准备把它用于一种类型，如轻水堆，那么在这种情况下则可采用该类型栅格的近似能谱作参考，用式（1-3）求出群参数。那么，对能群间隔的要求就可以放宽，能群的数目还可以适当减少，例如，POENIX 的库曾采用25 群。这样的多群常数库对于类似成分的反应堆无疑是通用的。如前所述，一些国家和公司都已制成一些完整的多群常数库可供直接使用。

### 3. 共振区群常数的计算

在中子慢化过程中，在共振能区，1 eV 到 0.01 MeV 的范围内（相当于 69 群中的第 15～27 群），中子俘获截面往往出现一系列共振蜂，也就是共振吸收。由于共振吸收截面随能量变化规律以及反应堆栅格结构的复杂性，共振吸收的计算显得非常困难。同时由于共振能区的自屏和互屏等强烈的非均匀效应，使得共振吸收截面不仅是能量的函数，还与栅元的几何结构（燃料棒直径、铀-水比）有着密切的关系。因而和其他能群不同，在共振区内多群常数库中只给出有关吸收剂（铀-238，铀-235，钚-239 等）的共振参数数据，而共振能群的吸收截面则必须根据所提供的参数，对给定栅元进行具体计算后求出。在燃料组件群常数计算的软件包中（如 WIMS、CPM、CASMO 等）都有专门的模块（或子程序）来计算共振能群的截面。各种程序中所应用的算法和计算公式虽然各有差异，但是其基本原理都是一致的。主要包含以下三个问题的处理：

（1）栅元有效共振积分的计算。

（2）首次碰撞概率的有理近似及等价原理的应用。

（3）互屏效应及丹可夫（Dancoff）因子的计算。

对于给定燃料栅元，根据群常数定义，吸收剂（如铀-238）的 5 群共振吸

收截面为

$$\sigma_{ag}(r) = \int_{\Delta E_g} \sigma_a(E) \varnothing_F(E) \mathrm{d}E / \int_{\Delta E_g} \varnothing_F(E) \mathrm{d}E \tag{1-4}$$

非均匀栅元，式中 $\varnothing_F(E)$ 为燃料棒中的中子通量密度能谱分布。定义 $g$ 能群的有效共振积分 $I_g$ 为

$$I_g = \int_{\Delta E_g} \sigma_a(E) \varnothing_F(E) \mathrm{d}E \tag{1-5}$$

一般在一个能群内可能有若干个共振峰，对某个共振峰 $i$，它的有效共振积分可以写成

$$I_i = \int_{\Delta E_i} \sigma_a(E) \varnothing_F(E) \mathrm{d}E \tag{1-6}$$

式中，$\Delta E_t$ 为共振峰 $i$ 的宽度，于是有

$$I_g = \sum_{i \in g} I_i \tag{1-7}$$

其中 $i \in g$ 表示对位于 $g$ 能群区间内的共振峰求和。因而

$$\sigma_{ag} = \frac{\sum_{i \in g} I_i}{\int_{\Delta E_g} \sigma_a(E) \varnothing_F(E) \mathrm{d}E} \tag{1-8}$$

由此可见，共振区内群常数的计算便归结为共振区通量密度 $\varnothing_F(E)$ 和有效共振积分 $I_i$的计算。

### 4. 均匀化少群群常数的计算

多群常数库应用起来固然方便，但是能群的数量太大，当用数值方法解扩散方程时耗时太长。特别是对于燃料管理计算，需反复作上百次临界扩散计算，那是非常不经济的，因此在实际核设计计算中是应用“少群”（2～6 群）来作扩散计算，例如，对于压水堆最常用 2 群计算。这样，为获得少群常数，就需要正确地求得具体反应堆的中子慢化能谱，但麻烦的是它往往是和具体的堆芯燃料-慢化剂成分和栅元及燃料组件的几何结构密切相关的。所以，一般没有通用的少群常数表，必须根据具体反应堆栅元结构进行计算，而且它是反应堆核计算的一个重要组成部分。

这样，反应堆物理设计的少群常数计算是分成两步或两部分来完成的。第一步是多群常数库的建立。正如前述，这个库对于不同类型反应堆中类似成分类型反应堆是通用的，它的建立一般是核数据工作者的任务，不属于反应堆物理设计人员的工作。反应堆物理设计人员只是需要对它正确了解和使用。第二步是利用上述多群常数库，对所讨论的堆芯栅元或燃料组件求解多群中子输运方程，求出近似的栅元或燃料组件的近似多群能谱。

$$\phi_n = \int_{\Delta E_g} \phi(E)\,\mathrm{d}E \tag{1-9}$$

然后根据所求出多群能谱 $\phi_n$ 和多群截面 $\phi_{xn}$ 按照多群与少群能群划分的对应关系归并出所需的少数群常数：

$$\sigma_{xg} = \sum_{n\in g}\sigma_{xg}\varphi_n \Big/ \sum_{n\in g}\varphi_n\,,\quad g=1,\ 2,\ \cdots,\ G;\ x=a,\ f,\ s,\ \cdots \tag{1-10}$$

压水堆的堆芯通常是由许多燃料组件组成的，而每个燃料组件又是由许多燃料栅元、控制棒栅元、可燃毒物栅元和测量管等按一定规则排列组成的。例如，对于现代压水堆，一般燃料组件是排成 17 × 17 正方形栅格（图 1 - 6）；对于 WXR 型压水堆，则以三角形栅格排列组成六角形组件（每个单位栅元为六角形）。每个燃料栅元则又是由燃料棒、包壳和慢化剂等部分组成的。

一个 1 000 MW 压水堆堆芯是由数万个非均匀燃料栅元组成的。显然，在进行堆芯核设计计算时不可能这样详细地考虑结构的非均匀性，尽管在理论上应用蒙特卡罗（MC）方法有可能完成，但是其复杂性及耗费时间也是惊人而无法实现的。通常我们采用按区域（如按燃料组件或栅元）进行均匀化处理。所谓“均匀化”的思想，就是用一个等效的均匀介质来代替非均匀栅格，使计算结果和非均匀栅格相等或接近。

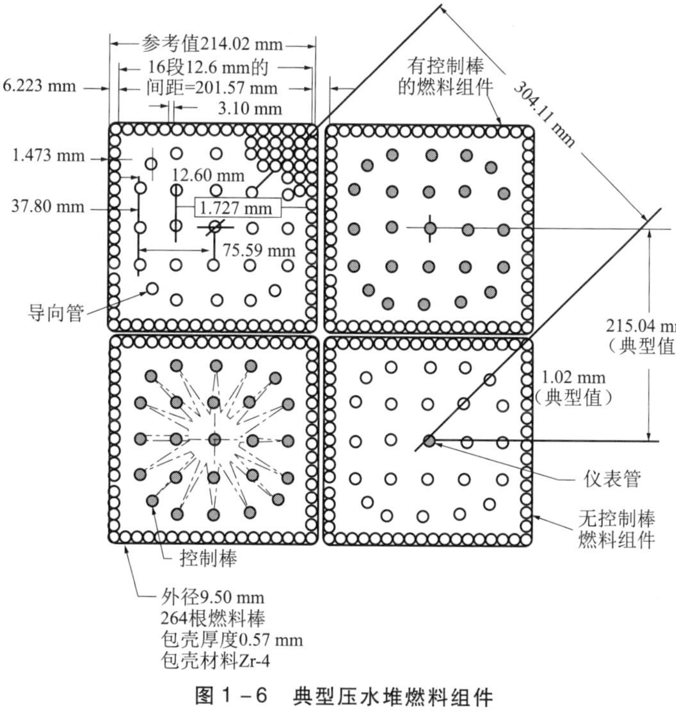


图 1 - 6　典型压水堆燃料组件

另一方面，堆芯内中子的能量分布在从 10 MeV 到热能（0.01 MeV）的宽广范围内。严格地讲，应该考虑中子的能量分布以及中子核反应截面与能量的复杂变化关系。但是，这也是不现实的。通常我们采用“分群”方法来解决。每一能群的介质的核特性用其按能谱平均的参数——群常数束表示。正如前述，为了群常数的通用性，多群常数库所提供截面的分群数目通常在 20 ~ 100 个能群或更多。用这样多的能群数目进行堆芯扩散或燃耗计算，显然是不经济也是不现实的。目前压水堆核设计或燃料管理计算中均采用少群扩散计算。绝大多数情况下采用两群（快群和热群）计算。这就必须根据多群常数按具体的反应堆能谱归并成少群常数。为此，必须对具体的堆芯、组件或栅元结构进行输运计算以求出所需要的中子能谱。

因此，在核设计之前，首先要对所要计算的堆芯计算出按区域均匀化的少群截面。这就牵涉到能量上能群的简并和空间几何结构上的均匀化两方面问题。我们所采用的策略是：空间上先从局部的比较简单的小区域（如栅元）开始，逐步扩展到组件乃至全堆芯进行均匀化计算（图 1 - 7），能量则从多群（如 69 群）逐步归并到少群（如 8 群）乃至双群。

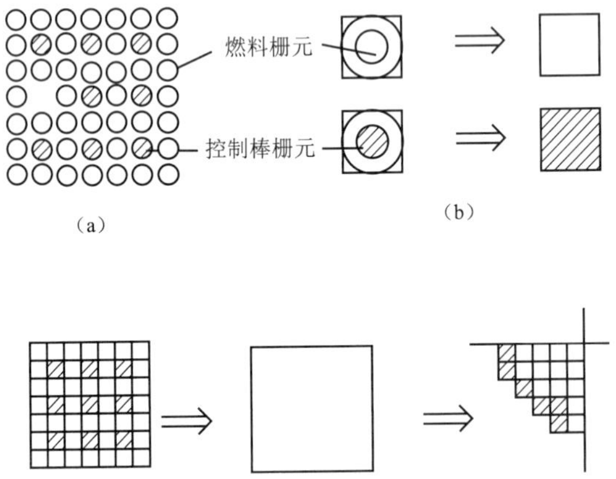


(a) (b) (c) (d)

**图 1 - 7　非均匀堆的均匀化过程**

(a) 组件示意图；(b) 栅元均匀化；(c) 组件均匀化；(d) 均匀化堆芯

因此，以压水堆为例，非均匀反应堆的计算，从简到繁可以分为三个步骤进行：

第一步是从堆芯的最基本单元——栅元的均匀化开始，把组件中各类栅元，包括燃料栅元、控制棒栅元等进行均匀化（图 1 - 7 中（b）），这时计算的是一个等效的由燃料、包壳和慢化剂等组成的简单一维圆柱；能群采用多群近似，如 69 群；计算方法采用精确的输运理论方法，如碰撞概率法或 $S_N$ 方法。根据求出的多群中子通量密度的空间——能群分布 $\phi_{(n-1)}$ 并群求出栅元的 $g$ 群均匀化截面：

$$\sum_{x,g} = \frac{\sum_{n\epsilon g}\sum_{i}\sum_{x,n}\phi_{n,i}V_i}{\sum_{n\epsilon g}\sum_{i}\phi_{n,i}V_i} \tag{1-11}$$

这里 $n\epsilon g$ 表示对属于群 $g$ 的多群求和，群 $g$ 的数目要比 $n$ 的群数少得多，一般为 4 ~ 12 群，具体群数和群结构由用户确定。有时称 $g$ 为“宽群”（macrogroup），以与堆芯扩散计算时的“少群”相区别。

第二步是利用栅元均匀化的结果对燃料组件进行均匀化与并群计算。这时计算的是一个二维（$x$，$y$）问题，能群数目则是栅元计算所归并出来的宽群数目（图 1－7（c））。计算方法一般采用输运理论中的穿透概率方法（面流方法）或 $S_N$ 方法。根据宽群计算结果，参考式（1－11）按通量密度-体积权重并群求出组件的均匀化少群（一般为两群）常数。

第三步是利用得到的少（双）群常数作全堆芯的扩散计算以求出堆芯的有效增值系数列功率或中子通量密度分布。这时通常应用扩散理论的有限差分或节块方法进行二维或三维计算。

从上面的讨论可以看到，少群常数是与具体堆芯结构密切相关的。对于每一种不同的堆芯结构，或同一堆芯经过不同燃耗时间后燃料成分发生改变时，都必须重新计算少群群常数。

### 1.2.3　反应堆堆芯功率分布计算

在反应堆芯部的核设计以及在堆芯燃料管理中换料方案的选择都需要大量地（以工程精度要求）求解多维中子扩散方程，确定在不同燃耗时刻反应堆的反应性和中子通量密度（或功率）的空间分布。在早期反应堆设计中普遍应用有限差分方法的程序，如 PDQ、CITATION 等。为了保证计算结果的精度，在有限差分方法中网距不能太大，经验表明，小于 0.5 ~1 个中子扩散长度。对于压水堆通常以一个栅元作为一个网格（所谓 Pin by Pin）。这样，对于一个压水堆堆芯，当用二维或三维计算时，网点数日将达 $10^5$ ~$10^6$以上，所需计算机时间与内存是巨大的。而在燃料管理计算中需要大量反复地求解扩散方程，因而它是不经济的。20 世纪 80 年代以来，迅速发展了各种有效的快速计算方法以解决上述矛盾，其中节块法是在目前压水堆设计中最为常用的方法。

节块法中通常可以在比较宽的网距下，例如可取一个组件（20 cm 左右）作为一个节块。获得与有限差分方法相当的精度，计算效率提高 1 ~ 2 个量级。

20 世纪 80 年代初以来，已先后发展出许多种节块方法。综合起来可以分成两类：一类是解析方法，它是以扩散方程的解析为基础；另一类是把中子通量密度在节块内展成级数形式近似求解。属于这一类的有“节块展开法（24EM）”和“格林函数节块法（NGFM）”。数值实践表明，这些方法计算结果的精确度虽有差异，但基本相近。

节块法的缺点之一是必须对节块（组件）作均匀化处理，因而如何正确地获得少群均匀化常数，对节块方法计算结果的精度有很大的影响。传统的有限差分方法中常用的中子通量密度-体积权重的均匀化方法对于一些非均匀性很强的组件构成的堆芯，将对堆芯功率分布带来较大的误差。特别是带有围板/反射层的压水堆，堆芯功率分布的计算误差将达到10%。

目前，经过节块功率分布重构之后，节块法所求出的功率分布与有限差分法求的功率分布吻合得非常好。节块法经过近 20 年的研究和不断改进，已发展成为核设计中中子扩散计算的成熟的计算方法，并在工程设计中获得广泛的应用。目前压水堆分析中所用的节块法与早期的节块法相比，有很大的改进，称之为先进节块法。它具有以下共同特点：

（1）二维、三维双群扩散理论。

（2）先进的组件均匀化理论。

（3）精细功率密度分布的重构。

（4）围板旧射层的显式表示。

应用上述改进措施的先进节块方法，其计算精度已完全可以满足工程设计的要求。例如 PWR，目前先进节块法对有效增殖系数 $A$ 的计算误差一般可以 $<0.5\%$，整个寿期临界硼浓度与测量值的偏差最小可以做到 $<20\times10^{-6}$，一般情况下 $<50\times10^{-6}$是能够达到的。精细功率重构的功率分布均方根误差可做到与测量值偏差 $<1.0\%\sim1.5\%$；在正确的栅格物理参数条件下，单组控制棒价值的偏差 $<2.0\%\sim4.0\%$；堆芯等温温度系数与测量值比较可以精确到 1.0~2.0 PCM/F。可以认为，鉴于目前节块法已相当成熟，设法提高组件均匀化少群常数的计算精度对准芯反应性和功率分布的影响可能比改进节块方法计算精度来说更显得重要。

# 1.3　核反应堆热工设计

## 1.3.1　堆芯热工水力设计概述

### 1.3.1.1　热工水力设计与其他设计的关系

核反应堆设计要达到的目标是保证核燃料在堆芯内安全、可靠，经济地产生核裂变，并将核裂变产生的热量有效地输出。反应堆设计涉及的范围很广，包括的专业有反应堆物理、反应堆热工水力、反应堆控制、反应堆结构和材料等。反应堆热工水力设计的主要任务，是保证反应堆堆芯在各种运行工况下都能得到足够的冷却，以保证反应堆的安全，通过热工水力设计计算来确定堆芯燃料元件的总传热面积、元件几何尺寸、冷却剂流速、温度和压力等。设计中要校核计算满足反应堆安全的极限设计参数，如最小烧毁比 MDNBR 等。反应堆设计的一个重要指标是安全性。世界上反应堆运行的 70 年经验表明，压水反应堆的安全性是好的，只要我们在设计、运行等过程中严格遵守一定规程，就可以保证反应堆安全可靠地运行。而反应堆热工水力设计在保证反应堆安全运行方面起了非常重要的作用。由于反应堆热工设计中确定的参数大多数是一些很重要的限量，如燃料表面热流密度、反应堆冷却剂流量和燃料温度等，因此，如果能够准确地计算这些量，就会保证设计出的反应堆运行安全。除了安全性的要求外，对于核电站，经济性也是一个非常重要的指标。经济性的指标要通过反应堆各方面的设计共同来完成，其中反应堆热工设计起到很重要的作用，如果反应堆热工水力设计的各参数选择得合理，则会使反应堆的经济性得到提高。虽然反应堆热工水力设计在整个反应堆的设计中占有非常重要的地位，但是，要设计好一个反应堆，必须处理好堆热工水力设计与其他各专业设计之间的关系。

由于反应堆热工水力设计与其他几个专业关系密切，因此在设计之前，需要由各有关专业共同商定以下内容:

（1）根据核电厂所要发出的电功率和核电厂总体设计要求，与一回路、二回路装置设计协调，提出反应堆应发出的总热功率；

（2）与一回路、二回路装置设计协调平衡，确定反应堆运行压力、进出口温度和总流量等主要热工参数；

(3) 与堆物理、结构和燃料元件设计协调平衡，确定堆芯水铀比、堆芯结构、燃料元件尺寸和栅格布置等；

(4) 根据初步确定的堆芯结构、燃料元件尺寸等主要热工参数，以及堆物理设计提供的堆芯相对功率分布，确定冷却剂流程和流量分配方案。

由于不同用途的反应堆具体的要求不一样，在计算中各参数的选取原则也有所不同。例如船用堆，重点要求质量小、体积小，而电站堆对经济性要求较高，这些都应在具体的方案确定和参数选取时体现。但一般来讲，反应堆的安全性和经济性有时会产生矛盾，例如，从安全的角度出发，燃料表面的热流密度低一些、堆芯的出口温度低一些会产生较大的安全裕量，但这样一来的后果是热效率下降、经济性降低。

从反应堆设计的总目标来看，一般希望堆芯功率密度高一些，这样可以利用较小的堆芯体积产生所要求的热功率，对于船用反应堆，这一点有其特殊的意义。此外，为减少所需的燃料装载量，也希望燃料比功率（每单位燃料质量产生的功率）高一些。同时还希望冷却剂出口温度尽量高，因为这不仅能提高热力学效率，而且能产生较高温度的蒸气，使汽轮机的工作条件得到改善。但必须清醒地知道，这些目标的实现将受到堆芯热工性能的许多限制条件的约束，即堆芯热工设计准则的约束。对堆芯热工性能主要的限制包括：避免发生明显的燃料中心熔化，使热流密度低于允许的最大值，以及限制由于裂变气体释放、燃料肿胀和温度梯度对包壳造成过高的应力。这些条件限制了燃料元件的表面热流密度、线功率密度和体积释热率。换句话说，上述参数并不是越高越好，而是综合考虑安全性、可靠性和经济性而选取恰当的数值。

在反应堆设计过程中，各专业对有些参数的要求有所不同，会产生矛盾，要通过各专业的协调来解决各种矛盾。例如，从热工的角度出发，希望燃料元件棒做得越细越好，这样有利于传热，但棒径太小会给元件包壳管的加工带来困难，同时也会带来结构和材料方面的问题。这些就需要各专业协调解决。为了提高经济性，电站反应堆一般采用棒状燃料元件；而船用反应和一些特殊用途的反应堆可用板状元件。另外，为了保证冷却剂在堆内有足够的流速，以便获得较高的对流换热系数，希望燃料棒的间距小一些；但是如果栅距太小，可能会满足不了物理上对水铀比的要求，同时也可能会与结构上的布置和定位发生矛盾，因此在确定栅距时，要与物理、结构等方面的设计协调，综合考虑各因素的影响，从而确定出最佳的结构尺寸。一个好的反应堆设计，应该是各专业协调配合的结果。而在整个设计中，堆热工水力设计和堆物理设计的耦合是相当重要的，需要很好地配合，例如堆芯核设计确定了堆芯内功率分布，功率分布决定了堆芯内热源和温度分布，而堆芯内的温度分布对冷却剂密度和中子的共振吸收有很大影响，这些对核参数又会产生影响。因此堆芯的主要参数要通过热工和堆物理的反复计算才能确定。确定出比较好的方案后，结构设计应尽可能地满足堆热工和堆物理设计的要求。但如果遇到结构上的较大问题，如工艺无法解决等，就需要堆热工和物理设计调整有关参数。

应该指出，尽管目前随着计算机的广泛使用，很多设计工作都可以通过计算机解决，但反应堆热工水力设计的一些关键数据，如沸腾临界点、下腔室的流量分配、流动阻力等，还主要以热工水力实验为依据。为了确保反应堆的安全性，堆芯的一些关键数据还需做最终的实验验证。反应堆热工水力设计中需要进行的热工水力实验大致内容如下：

（1）临界热流密度实验：根据设计出的燃料元件和冷却剂具体参数验证临界热流密度的计算结果。

（2）测定设计所采用的燃料芯块和包壳的热物性，以及芯块和包壳间的间隙传热系数。

（3）堆本体水力模拟实验测：定压力容器内各部分的冷却剂流动压降、下腔室冷却剂流量分配不均匀系数及堆内各部分的旁通流量。

（4）燃料组件水力模拟实验：测定单相和两相流动情况下燃料组件内的压降，测定相邻冷却剂流道间的流体交混系数、定位格架的阻力和搅混系数通道内流动沸腾情况下的流动不稳定性等。

#### 1.3.1.2　反应堆热工设计准则

为了保证反应堆安全可靠地运行，在反应堆及冷却剂系统的设计时，应预先规定热工设计所必须遵守的基本要求，这些基本要求就称为反应堆热工设计准则，也就是反应堆热工设计中必须遵守的一些基本原则。设计准则规定了反应堆热工设计必须满足的一些条件，它是反应堆热工设计的基础和依据。设计准则要保证反应堆在稳态工况和预期的事故工况下，反应堆的热工参数都能满足安全性的要求。反应堆的热工设计准则与反应堆的堆型有关，不同的堆型需要有不同的热工设计准则。下面主要介绍一下压水堆的热工设计准则。

（1）在正常工况和允许的超功率工况下，燃料元件外表面不允许产生沸腾临界，也就是不允许出现膜态沸腾。设计时要留有裕量，通常情况下乘以安全系数 MDNBR，MDNBR 值取决于所采用的 $q_{ONB}$公式及其精确度，而不是一个固定值。应用 W－3 公式时，在正常稳定工况下通常取 MDNBR＝1.8，正常允许的超功率工况下取 MDNBR＝1.3。

（2）燃料元件芯块内最高温度应低于相应燃耗下燃料的熔化温度，未经辐照过的 $UO_2$燃料的熔点为 2 800 ℃，随着燃耗的加深，燃料的熔点要下降。

在反应堆的稳态热工设计中，一般与料的使用温度限制在2 200～2 450 ℃，这样可为动态过程留有裕量。

（3）在稳态运行和预期的动态运行过程中，堆芯内不允许发生流动不稳定性。为了保证这一点，要限制堆芯最热通道出口的含气率小于一定值，或者堆芯入口处的欠热度大于一定值。

（4）保证在正常运行工况下，燃料元件和堆内构件能得到充分的冷却，并保证在允许的事故工况下有足够的冷却剂冷却堆芯，停堆后堆芯的余热能够被有效带出。

不同类型的反应堆的工作特点不一样，因此它们的热工设计准则也不同。例如，气冷堆不存在像压水堆那样的燃料元件表面的沸腾临界问题。气冷堆的热工设计准则主要是燃料元件表面最高温度、中心最高温度，以及燃料元件和结构部件的最大热应力不超过允许值。对于用水作冷却剂的生产堆，一般就把燃料元件包壳与水发生加速腐蚀时的包壳表面温度作为其设计限值之一。这是因为新的裂变燃料的生产量与堆的热功率成正比，要增加新的裂变燃料产量，就必须尽可能提高反应堆的热功率；而功率的提高会使燃料的表面温度也跟着升高，当温度升高到某个数值时，包壳就会被水加速腐蚀，从而影响燃料元件的寿命。应该指出，包壳加速腐蚀并不会立即影响反应堆的安全，但它会影响反应堆燃料的换料周期和运行时间，从而影响新的裂变燃料的生产量。因此，把引起包壳加速腐蚀的温度值定为生产堆的一条热工设计准则限值。

### 1.3.1.3 堆芯热工水力设计参数的选择

压水堆内冷却剂的运行压力、堆的进口与出口温度、冷却剂的流量和流速等热工参数的选择直接影响到堆的安全性和核电站的经济性（堆功率输出、电站效率和发电成本等），因此，合理选择冷却剂的热工参数是堆芯热工设计的重要内容。这里只扼要阐述堆热工参数对核动力装置设计的一些影响及这些参数的取值范围。

1）冷却剂的工作压力

根据水的热力学性质得知，欲提高压水堆出口的冷却剂工作温度，从而获得满意的电站效率，必须提高冷却剂的运行压力。然而，这方面的潜力是有限的。例如，当冷却剂的工作压力取接近临界压力的19.6 MPa时，其饱和温度也只有368 ℃。而现代压水堆的常用压力约为15.5 MPa，对应的饱和温度约为345 ℃。两者相比，压力提高了4.1 MPa，饱和温度却只提高了23 ℃。显然，如此大幅度地提高压力，对反应堆及其辅助系统有关设备的设计与制造都将带来许多困难和经济损失，而电站效率方面的收益却并不太大。因此，不应片面追求过高的冷却剂工作压力。

2）反应堆出口冷却剂温度

电站的热效率与冷却剂的平均温度密切相关。只有反应堆出口冷却剂的温度高，才能得到较高的冷却剂平均温度，从而使电站的热效率提高。然而，出口温度值的选取应考虑的因素有：燃料包壳材料要受到抗高温腐蚀性能的限制，不同堆型的燃料包壳所允许的最高表面温度是不同的。对于水冷堆，锆合金包壳的允许表面工作温度应不高于 350 ℃。另外，为了保证反应堆热功率的正常输出，或者说保证堆内的正常热交换，元件壁面与冷却剂间要有足够大的膜温压。如果压水堆中的燃料包壳温度限定为 350 ℃左右，冷却剂温度至少应比此值低 10 ~ 15 ℃，这样才能保证堆芯内的正常热交换。另外，堆芯冷却剂出口温度还受到堆芯径向功率分布不均匀性的限制。如果堆内各冷却剂通道的功率差别较大，就会造成各通道间冷却剂出口温度差别较大，而允许的最高温度是受最热通道参数的限制，因此，径向功率分布不均匀性越大，则允许的堆出口温度越低。但是应该指出，随着反应堆各方面技术的不断改进，堆芯内的不均匀系数越来越小，因此，在同样压力下堆芯出口温度越来越高。为了确保反应堆内冷却剂流动的稳定性，堆芯冷却剂的平均出口温度一般应比工作压力下的饱和温度低 20 ℃左右。

由此可见，反应堆出口冷却剂温度的变化范围也很有限，例如，大亚湾核电站反应堆，运行压力为 15.5 MPa，相应的饱和温度约为 345 ℃，堆出口温度为 328.3 ℃，比饱和温度低约 17 ℃。

3）反应堆进口冷却剂温度

反应堆出口冷却剂温度一经确定，由载热方程可知，对于已知的反应堆热功率 N，冷却剂的进口温度与流量之间有单值关系。入口温度取值越高，堆内温升越低，平均温度就越高，从而得到的循环效率及电站效率也较高。然而，另外，由公式$N_t = M_t C_p (T_{out} - T_{in})$ 可知，降低温升意味着在输出同样功率的条件下需要提高冷却剂的流量 $M_t$，这就增加了主循环泵的功率，从而降低了电站的净效率和净电功率输出。冷却剂的进口温度应在综合考虑上述利弊以及其他一些因素之后，选取最佳值。

热工计算时，可以根据已经确定的冷却剂总流量，再由载热方程算出入口温度。其中总流通面积 $A$ 视冷却剂的总流量 $M_t$和流速 $W$ 的大小而定。流速 $W$ 值越高，放热系数和临界热流密度的值越高。但是，流速过高不仅会加剧堆内的腐蚀和侵蚀作用，而且会使主循环泵的唧送功率过高。因此，压水堆内冷却剂适宜的流速一般为 3 ~ 8m/s，局部区域的最大流速也不应超过 10 ~ 12 m/s。流速选定之后，根据总流量 $M_t$，即可确定流通面积 $A$。

4）堆芯冷却剂流量

堆芯冷却剂流量的确定对于核电站的经济性和安全性影响较大。冷却剂的流量越大，主泵的唧送功率也会相应地增加。这样会降低净电效率，减少净电功率输出，而且加大流量还会使系统管道和设备的尺寸相应加大，增大了装置的质量和尺寸。反之，在其他条件相同的情况下，如果减小流量 $M_t$，则在同样的功率情况下，进口温度降低，堆内温升加大，平均温度下降，从而导致电站效率及总电功率的降低。此外，如果堆芯尺寸不变，由于流量的减少，放热系数和临界热流密度值将下降，这对堆芯安全是不利的。

综合上述分析可知，冷却剂最佳流量的选择，应使得主循环泵的唧送功率较小，净电功率输出较大，并使反应堆及其主回路系统与设备具有适中的尺寸和容量。在反应堆热工水力设计中，对于已给定的反应堆功率，常见的有如下两种流量与温升的匹配方案：电站反应堆一般采用单流程的大流量小温升方案，堆内温升一般为 35 ~ 40 ℃，例如大亚湾电站反应堆的进口温度为 293.1 ℃，堆内进出口之间的温升为 37.2 ℃；船用堆由于受到整个装置的质量与尺寸的限制，有时会采用双流程的小流量大温升方案，堆内温升一般取为 80 ℃左右，例如列宁号原子能破冰船的堆芯为双流程，温升 82 ℃。

## 1.3.2 单通道模型设计法

### 1.3.2.1 热管和热点的概念

在反应堆设计时，一般首先知道的参数是反应堆的热功率、燃料表面的总传热面积和冷却剂的流量等。根据这些参数比较容易确定堆芯的平均热工参数。但是反应堆内最大总功率的输出不是受这些平均热工参数的限制，而是受某局部的最高热工参数限制。例如，燃料的最高温度、元件表面的临界热负荷的限制等。在堆热工水力设计中，一般把某一热工参数的最大供偏离平均值的程度称为热管因子或热点因子。如果这个因子已知，将它乘平均热工参数，就可以得到某一热工参数的最大值。设计时保证该最大值在安全限之内，就可保证反应堆的安全。

在反应堆内，即使燃料元件的形状、尺寸及燃料的密度和裂变物质浓缩度都相同，堆态内中子通量的分布也还是不均匀的；加上堆芯内存在控制棒、水隙、空泡以及堆芯周围存在反射层，更加重了堆芯内中子通量整体分布和局部分布的不均匀性。显然，与中子通量分布相对应，堆芯内的热功率分布也就不会是均匀的。在早期的反应堆设计中，把堆芯内各冷却剂通道看成是相互独立的，各通道之间没有动量、质量和能量的交换。当不考虑在堆芯进口处冷却剂流量分配的不均匀性，以及不考虑燃料元件的尺寸、性能等，在加工、安装、运行中的工程因素造成的偏差，单纯从核方面来看，在堆芯内各并行的通道中就存在着某一积分功率输出最大的冷却剂通道，这种积分功率输出最大的冷却剂通道通常称为热管（hot-channel）；同时，堆芯内还存在着某一燃料元件表面热流密度最大的点，这种点通常就称为热点（hot-point）。从反应堆安全的角度看，热管和热点对确定堆芯功率的输出量起着决定性的作用，如果热管和热点的参数偏离堆芯平均值很大，受热管和热点最高参数的限制，则堆芯的总功率就不会很高。以上就是在反应堆发展的早期，单从核方面考虑的反应堆热管和热点的定义。

热管和热点的定义及其应用，是随着反应堆的设计、制造和运行经验的积累而不断发展、完善的。在早期设计的反应堆中，整个堆芯内所装载的裂变物质的富集度是相同的，燃料元件组件的形状、尺寸也是相同的，堆芯进口处流入各燃料元件冷却剂通道内的流体温度和流量的设计值也认为相同。在这种情况下，整个堆芯中积分功率输出最大的燃料元件冷却剂通道必然就是热管。为了保证反应堆的安全，在反应堆的物理和热工设计中，常常保守地将堆芯内的中子通量局部峰值也人为地都集中到热管内，这样一来，热点自然也就位于热管内了。很显然，按照上述确定的热管和热点，其工作条件肯定是堆芯内最恶劣的了。因此只要保证热管的安全，就必能保证堆芯的安全，而无须再烦琐地对堆芯内其他燃料元件和冷却剂通道进行冗长的复杂计算。在早期反应堆设计时，以及目前在做热工初步方案设计中都采用了这种单通道模型。

上述热管因子和热点因子都是单纯从核方面考虑的，所有涉及燃料元件热流密度及冷却剂通道流量的参数都是应用设计值作为依据，但实际工程上不可避免地会出现各种误差。例如，燃料芯块的富集度及密度偏差，燃料元件的加工、安装过程中的尺寸偏差或运行过程中燃料元件的弯曲变形等，都可能致使堆芯内燃料元件的热流密度、冷却剂流量、冷却剂焓升及燃料元件的温度等偏离设计值。反应堆热工水力设计，应充分考虑偏离设计值后是否还能满足热工设计准则的要求。为此，除了单纯由核方面确定的热管因子和热点因子外，还要考虑工程偏差的因素，引入工程热点因子和热管因子。

#### 1.3.2.2　热管因子及热点因子的计算

热管因子和热点因子一般可分为两大类。一类是核热管因子和热点因子，主要用来计算由于核方面（如中子通量分布不均匀）产生的不均匀性，这一部分热管因子和热点因子可以通过中子通量分布偏离平均值的量来计算得到。另一类是工程热管因子和热点因子，主要用来计算由于堆芯的燃料及构件的加工和安装误差造成的功率分布不均匀性。这一类因子可以通过加工误差和统计的方法得到。下面先介绍核热管因子和热点因子。

在工程上比较有实际意义的主要有热流密度核热点因子和焓升核热管因子两类，它们是考虑核方面偏差影响的不均匀系数。其中热流密度核热点因子的定义为：堆内热点的名义最大热流密度与堆芯平均热流密度的比值。名义最大热流密度是指不考虑工程偏差，按各部件的设计值算出的最大热流密度。根据这一定义有

$$F_q^N = \frac{\text{堆芯名义的最大热流密度}}{\text{堆芯平均热流密度}} = F_R^N \cdot F_Z^N = \frac{q_{n,\max}}{q_a} \tag{1-12}$$

式中，$F_R^N$和$F_Z^N$分别是径向热流密度核热管因子和轴向热流密度核热点因子。其中，径向热点因子为

$$F_R^N = \frac{\text{热管的平均热流密度}}{\text{堆芯通道的平均热流密度}} \tag{1-13}$$

轴向热点因子为

$$F_Z^N = \frac{\text{热管的平均热流密度}}{\text{堆芯通道的平均热流密度}} \tag{1-14}$$

在实际的核热管因子和热点因子计算中，必须考虑控制棒、空泡、水隙等因素对功率分布（中子通量分布）的影响，同时也要考虑方位角的影响，以及核计算中的误差等。因此，式（1－12）的热流密度热点因子还应包括以下内容：

（1）控制棒等造成的局部峰因子$F_L^N$用来考虑由于控制棒与导向管间的水隙或导向管抽出后的水腔引起的功率分布不均匀性。

（2）径向方位不均匀因子$F_\theta^N$用来考虑方位不同而存在中子通量畸变（如控制棒的插入）引起的不均匀系数。

（3）核计算误差的修正因子$F_u^N$考虑中子通量等参数计算不准确所造成的误差。

考虑以上因素后，式（1－12）可写成

$$F_q^N = F_R^N \cdot F_L^N \cdot F_\theta^N \cdot F_Z^N \cdot F_u^N \tag{1-15}$$

根据热管的定义，热管是堆芯内积分功率输出最大的通道，这一通道输出的功率为$Q_{\max}$，则有

$$Q_{\max} = \int_0^L \bar{q}_l \cdot F_R^N \cdot F_L^N \cdot F_\theta^N \cdot \varnothing(z)\,\mathrm{d}z \tag{1-16}$$

式中，$\bar{q}_l$为加热表面的平均线功率密度，W/m；$\phi(z)$为轴向归一化功率分布因子，由物理设计给出。

冷却剂通道内的焓升也是反应堆设计的一个重要参数，因此热工设计时常

引入一个焓升热管因子。焓升核热管因子定义为

$$F_{\Delta H}^{N}=\frac{\text{堆芯名义最大焓升}}{\text{堆芯平均焓升}}=\frac{\Delta H_{n,\max}}{\Delta H} \tag{1-17}$$

在计算焓升热管因子时，也要根据上述的各项核影响因素，先算出堆芯最大名义焓升，除以平均焓升后就可以得到该因子。

以上介绍的是核热管因子和热点因子，在核热管因子和热点因子计算时，认为元件的尺寸等没有误差，即不考虑机械加工方面的误差问题。这时计算使用的热工参数值都是名义值，也就是不考虑工程误差时的设计值。

在实际应用时，在燃料元件的加工、安装及运行中，各类工程因素都会造成有关参数的实际值偏离名义值，为此在热工设计时还要使用热流密度工程热点因子和焓升工程热管因子。热流密度工程热点因子定义为

$$F_{q}^{E}=\frac{\text{堆芯热点最大热流密度}}{\text{堆芯名义最大热流密度}}=\frac{q_{\max}}{q_{n,\max}} \tag{1-18}$$

工程热流密度热点因子所考虑的因素主要有：燃料芯块直径的加工误差、燃料密度误差、裂变物质富集度的误差和包壳外径的误差等。如果把这些误差看作是互相独立的，则有

$$F_{q}^{E}=\frac{d_{U,m}^{2}}{d_{U,n}^{2}}\frac{e_{m}}{e_{n}}\frac{p_{m}}{p_{n}}\frac{d_{S,m}}{d_{S,n}} \tag{1-19}$$

式中，$d_{U,n}$，$e_n$，$p_n$，$d_{S,n}$分别为燃料芯块的直径、裂变物质的富集度、密度和包壳外径的名义值；$d_{U,m}$，$e_m$，$p_m$，$d_{S,m}$，分别为燃料芯块的直径、裂变物质的富集度、密度和包壳外径考虑了不利的加工误差后的值。

在反应堆发展早期，工程热管因子和热点因子的计算采用乘积法，这种方法将所有工程偏差看成是独立的，然后将全部有关的最不利的工程偏差相应地集中在由核计算所确定的热点或热管上。因此，这样算得的结果偏大，使设计过分保守，虽然确保了反应堆的安全性，但降低了经济性。目前广泛应用的方法是将工程因素引起的误差按实际情况分为两大类：一类是具有统计分布的随机误差，误差的大小服从正态分布，可用概率统计方法进行计算；另一类是非随机误差，也称系统误差，如下腔室流量分配不均匀、流量再分配和流动交混等因素造成的误差。

### 1.3.3　子通道模型设计法

在单通道模型设计中，没有考虑相邻通道冷却剂之间的质量、能量和动量交换，因此虽然比较简单，但偏于保守。尽管在单通道模型中也引入了交混因子的影响，但这些因子往往是根据经验选取的。为了提高计算的精确度，在

20 世纪 60 年代发展建立了子通道模型。这种模型考虑到相邻通道冷却剂之间在流动过程中存在着横向的质量、能量和动量的交换（通常统称为横向交混），因此各通道内的冷却剂质量流速将沿轴向不断发生变化，使热管内冷却剂焓和温度比没有考虑横向交混时要低；燃料元件表面和中心温度也随之略有降低。对大型压水堆，采用子通道模型计算既提高了热工设计的精确度，也提高了反应堆的经济性。但采用子通道模型不能像单通道模型那样只取少数热管和热点进行计算，而是要对大量通道进行分析。因此，它的计算工作量大，计算费用高，必须借助大型计算机才能完成。

相邻通道间冷却剂的横向交混过程比较复杂，影响因素也比较多，但一般认为是由以下几种机理引起的：

（1）横向混合，是由径向压力梯度引起的定向交混，在交混过程中存在净质量转移。横向混合对流体轴向动量的影响很大，它有两个作用：一个是加速所进入通道（称受主通道）的流速，比流通道压降增大；另一个是使流出通道（称施主通道）的流速减小。

（2）湍流交混，是相邻通道间的自然涡流扩散所造成的；湍流作用使开式通道间的流体产业相互质量交换，一般无净的横向质量迁移，但有动量和热量的交换。

（3）流动散射，是由定位格架的非导向部分，如上下端板等部件引起的非定向强迫交混，一般情况下也不会引起净质量转移。

（4）流动后掠，是由定位格架的导向翼片等引起的附加定向质量转移。在有的计算程序里引入一个扩散因子来考虑这一影响。

上述过程都会产生交混，这些过程必然伴随着动量和热量的交换。

在应用子通道模型进行分析计算之前，首先需要把整个堆芯划分成若干个子通道。子通道的划分完全是人为的，可以把几个燃料组件看作是一个子通道，也可把一个燃料组件内的几根燃料元件棒所包围的冷却通道作为一个子通道，例如三根或四根元件所包围的子通道。不论所划分的子通道的横截面积有多大，在一个子通道同一轴向位置上冷却剂的压力、温度、流速和热物性都认为是一样的。所以，如果子通道横截面划分得太大，各热工参数只能取平均值，这样可能与实际情况差别较大，结果使计算精度不理想；如果子通道横截面积划分过小，则计算的工作量太大，因为计算时间几乎与子通道数目的平方成正比，计算机容量可能会难以满足要求，计算费用也太高。为了解决这些矛盾，可采用一些简化处理方法，例如，利用整个堆芯形状对称、功率分布对称的特点，只要计算堆芯内对称的几分之一就可以了。还可以将计算过程分为两步进行：第一步先把堆芯按燃料组件划分子通道，求出最热组件；第二步把最热组件按各燃料元件棒划分子通道，求出最热通道和燃料元件棒的最热点。在第二步划分子通道时，也可利用燃料组件的对称性，只需计算热组件横截面的一部分。另外，在可能出现热组件或热管位置的附近，子通道可以分得细小些；在远离热组件或热管的一般位置，子通道可划分得粗大些。

子通道的划分方法比较多，目前采用较多的还有一步混合法，即一次完成全堆芯子通道划分。这种方法可避免多步法中各步之间的信息传递，从而节省计算费用，提高最小烧毁比 MDNBR 的计算精度。按这种方法将全堆芯分成粗细不同的网格，即在热管周围附近的子通道尺寸划得细小些，而随差偏离热燃料元件棒的距离增大可逐渐加大通道尺寸。尽可能使各通道的尺寸大小逐步过渡，以减小集总参数计算时造成的误差。

目前国内外有大量用于反应堆热工水力设计的子通道模型的计算程序。这些程序的差别主要是处理横液流混合的方法和联立求解方程组的方法不同。它们的共同点都是通过求解各子通道的几个基本守恒方程，先计算各子通道内不同轴向高度上冷却剂的质量流量和焓值，求出最热的通道。然后，再计算燃料元件棒的温度场，求出燃料芯块中心的最高温度和燃料元件表面的最小烧毁比。

## 1.4　核反应堆安全设计

核反应堆安全设计的思想是设置纵深防御措施及建立防止放射性物质释放的多道屏障。

为了达到核安全目标，核电厂设置安全设施和措施时采用了多层次设防的总的指导原则，这就是纵深设防原则。这一原则是针对核电厂特有的潜在的危险性而确定的。核电厂利用多层次的安全设施保护一系列的实体屏障，使得个别的人因差错或机械失效可得到补救或改正，不会伤害公众或影响环境，甚至在极不可能发生的多重失效致使实体屏障不完全有效的情况下，也能保持三个基本安全功能（停堆、冷却燃料及包容放射性物质），对公众和环境只会造成极小的危害。

纵深防御概念贯彻与安全有关的全部活动，包括与组织、人员行为或设计有关的方面，以保证这些活动均置于重叠措施的防御下，即使有一种故障发生，也将由适当的措施探测、补偿或纠正。在整个设计过程贯彻纵深防御以便对由厂内设备故障或人员活动及厂外事件等引起的各种瞬变，预计运行事件及事故提供多层次的保护。

纵深防御设施包含正常运行设施、停堆保护系统、专设安全设施、特殊安全设施和厂外应急设施 5 个层次，前三个层次实施事故预防对策，特别是预防可能引起严重堆芯损坏的事故，是获得安全的主要手段；后两个层次实施事故缓解对策，作为发生事故后的补救，减弱事故的影响。

核电厂各层次的纵深防御设施有着相互保护、相互补充的密切关系，构成一个均称合理的工作整体。在核电厂处于正常运行的所有时间内，全部防御设施应都处在工作或备用状态。这样，才能保证在其他时刻有恰当层次可用。在某一防御层次或安全设备不可用时，反应堆就应停闭。

纵深防御的 5 个层次如下：

第一层次：高质量的设计、施工及运行，使偏离正常运行状态的情况很少发生。

防御的目的是防止偏离正常运行及防止系统失效。这一层次要求：按照恰当的质量水平和工程实践，例如多重性、独立性及多样性的应用，正确并保守地设计、建造、维修和运行核电厂。

为此，应十分注意选择恰当的设计规范和材料，并控制部件的制造和核电厂的施工。能有利于减少内部灾害的可能、减轻特定假设始发事件的后果或减少事故序列之后可能的释放源项的设计措施均在这一层次的防御中起作用。还应重视涉及设计、制造、建造、在役检查、维修和试验的过程，以及进行这些活动时良好的可达性、核电厂的运行方式和运行经验的利用等方面。整个过程是以确定核电厂运行和维修要求的详细分析为基础的。

第二层次：设置停堆保护系统和相应的支持系统，防止运行中出现的偏差发展成为事故。

防御的目的是检测和纠正偏离正常运行状态，以防止预计运行事件升级为事故工况。尽管注意预防，核电厂在其寿期内仍然可能发生某些假设始发事件。这一层次要求设置在安全分析中确定的专用系统，并制定运行规程以防止或尽量减小这些假设始发事件所造成的损害。

第三层次：设置专设安全设施，限制设计基准事故的后果，防止发生堆芯熔化的严重事故。

防御是尽管极少可能，某些预计运行事件或假设始发事件的升级仍有可能未被前一层次防御所制止，而演变成一种较严重的事件。这些不大可能的事件在核电厂设计基准中是可预计的，并且必须通过固有安全特性、故障安全设计、附加的设备和规程来控制这些事件的后果，使核电厂在这些事件后达到稳定的、可接受的状态。这就要求设置的专设安全设施能够将核电厂首先引导到可控制状态，然后引导到安全停堆状态，并且至少维持一道包容放射性物质的屏障。

第四层次：利用特殊设计设施，进行事故处置。

防御的目的是针对设计基准可能已被超过的严重事故，并保证放射性释放保持在尽可能的低。这一层次最重要的目的是保护包容功能。除了事故管理规程之外，这可以由防止事故进展的补充措施与规程，以及减轻选定的严重事故后果的措施来达到。

第五层次：厂外应急设施和措施，减少对居民与环境的影响。

防御的目的是减轻可能由事故工况引起潜在的放射性物质释放造成的放射性后果。这层次要求有适当装备的应急控制中心及厂内、厂外应急响应计划。

纵深防御应用的另一个方面是在设计中设置一系列的实体屏障，以包容规定区域的放射性物质。核电厂普遍采用四道实体屏障，即燃料芯块、燃料元件包壳、反应堆冷却剂系统承压边界和安全壳及安全壳系统。另外，反应堆冷却剂、安全壳内空间及厂外的防护距离也都可视为缓解放射性危害的屏障。正常运行时，大部分放射性裂变产物保持在燃料芯块内，部分气态裂变产物处在芯块与包壳之间的气隙内。燃料元件包壳将全部裂变产物密封在其内部，形成第一道屏障。在燃料元件包壳有破损的情况下，部分裂变产物释放到反应堆冷却剂系统，通过冷却剂的净化而控制对环境的释放，形成第二道屏障。在燃料元件包壳破坏，同时又发生反应堆冷却剂承压边界破损的情况下，裂变产物将释放到安全壳内，安全壳及安全壳系统，如安全喷淋系统、安全壳隔离系统将使裂变产物留在安全壳之内，而后通过处理，控制对环境的释放。

纵深防御原则主要设置一系列实体屏障来实施，只有在这些实体屏障全部完好且能发挥其设计功能时，才允许功率运行。对于每一道实体屏障，都需要按纵深防御原则采取一系列措施加以保护，来提高它们的可靠性，防止这些屏障受到过分的冲击，防止它们受到损害而失效，并且防止多道屏障相继损坏。

纵深防御概念在核电厂设计过程中加以体现：

①设计必须提供多重的实体屏障，防止放射性物质不受控制地释放到环境中。

②设计必须是保守的，建造必须是高质量的，从而为使核电厂的故障和偏离正常运行减至最少并为防止事故提供了可信度。

③设计必须利用固有特性和专设设施在发生假设始发事件期间及之后控制核电厂的行为，即必须通过设计尽可能地使不受控制的瞬变过程减至最少甚至排除。

④设计必须对核电厂提供附加控制，这些附加控制采用安全系统的自动触

发，以便在假设始发事件的早期阶段尽量减少操纵员的动作，附加控制包括操纵员的动作。

⑤设计必须实际可能提供控制事故过程和限制其后果的设备和规程。

⑥设计必须提供多种手段来保证实现每项基本安全功能，即控制反应性、排出热量和包容放射性物质，从而保证各道屏障的有效性和减轻任何假设始发事件的后果。

为了贯彻纵深防御的概念，核电厂设计必须尽实际可能地防止：

①出现影响实体屏障完整性的情况。

②屏障在需要它发挥作用时失效。

③一道屏障因另一道屏障的失效而失效。

除极不可能的假设始发事件外，设计必须使第一层次至多第二层次防御能够阻止所有假设始发事件升级为事故工况。

## 1.5 核反应堆系统和设备

压水堆核电厂的系统和设备通常可以分为两大部分，如图 1－8 所示。

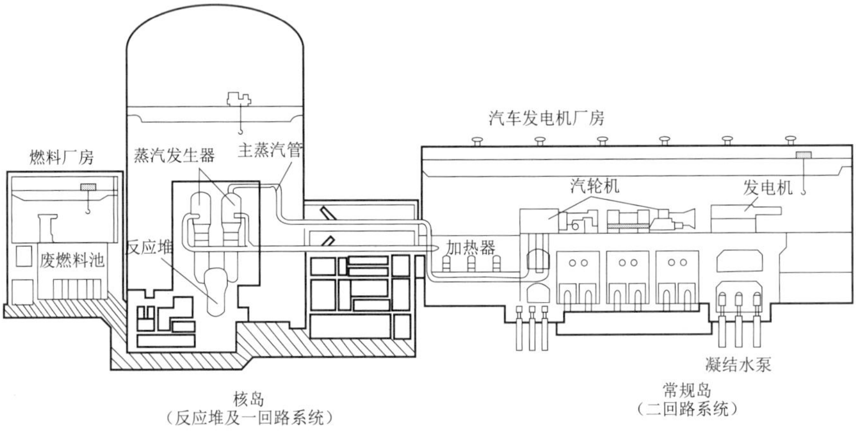


图 1－8　压水堆核电厂的组成

涉核的系统和设备部分，又称核岛。

常规的系统和设备部分，又可称作常规岛。

核岛由以下部分组成：

核蒸汽供应系统，包括以下系统：

（1）压水堆及一回路主系统和设备（主管道、冷却剂泵、蒸汽发生器、稳压器及卸压箱等）。

（2）三个辅助系统，化学和容积控制系统、余热排出系统和安全注射系统。

（3）以上系统的控制、保护和检测系统。

在有的压水堆设计中，核蒸汽供应系统只包括压水堆及一回路主系统和设备，如美国燃烧工程公司所设计的电功率为 1 300 MW 的 20 世纪 80 年代核蒸汽供应系统。

核岛的其余组成部分，它包括：

（1）设备冷却水系统、生水系统、重要厂用水系统。

（2）放射性废物处理系统及硼回收系统（RP 为回路排水处理系统）。

（3）反应堆安全壳及安全壳喷淋系统。

（4）核燃料装换料及储存系统（有的设计把这个系统列入核蒸汽供应系统）。

（5）安全壳通风和过滤系统、核辅助厂房通风系统。

（6）柴油发电机组。

核岛核蒸汽供应系统中的压水堆、一回路主系统和设备及余热排出系统安装在安全壳内，核蒸汽供应系统中另两个辅助系统及核岛的其余组成部分均在安全壳外的核辅助厂房中。

压水堆核电厂的常规岛包括那些与常规火力发电厂相似的系统及设备，如图 1－9 主要有：

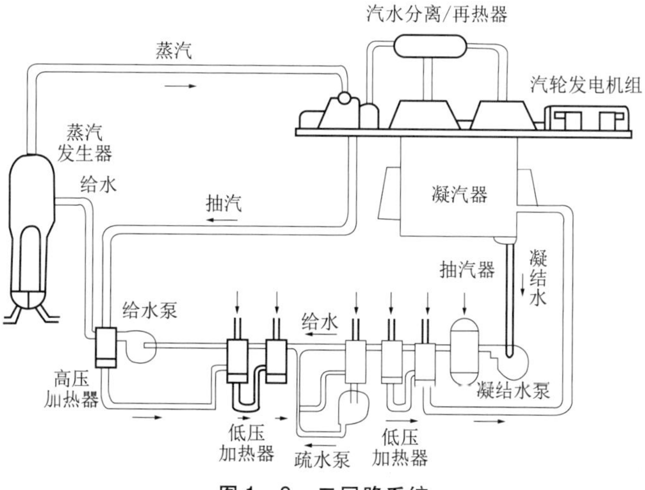


**图 1－9　二回路系统**

（1）二回路系统，又称汽轮发电机系统，由蒸汽系统、汽轮发电机组、凝汽器、蒸汽排放系统、给水加热系统和辅助给水系统等组成。

（2）循环冷却水系统。

（3）电气系统及厂用电设备。

第2章

# 核反应堆安全特性

# 2.1 核反应堆中放射性的来源及特性

## 2.1.1 裂变产物

在重核的裂变过程中，原子核分裂成为两个不同质量、不同电荷数的子核，而且对于每一次裂变，裂变产物都是不同的。反应堆中的裂变产物包括近40种不同元素中的约200种不同的核素。质量数为85～105和130～150的核素具有较高的份额，多数裂变产物带有放射性，并通过发射α粒子和β或γ射线而衰变，衰变子核往往也是放射性的。目前有专门的计算机程序用以确定反应堆燃料在运行期间和停闭后任意时刻的裂变产物的产量和成分。比铀重的元素（超铀元素或锕系元素）的产生和转化，在程序中也有描述。

裂变产物活度可以用简便的公式来估算。若辐照时间长于某裂变产物的半衰期，则该产物的活度可以达到平衡，此时

$$A = 310YP \tag{2-1}$$

式中，$A$ 为活度（$10^{12}$ Bq），$Y$ 为核素的裂变产额（百分比），$P$ 为堆功率（MW）。这一公式可用于估算如 $^{133}Xe$、$^{131}I$ 一类重要核素的活度。

若核素的半衰期明显长于照射时间，则其活度将随时间线性增加：

$$A = \frac{210Y \times P \times t}{T_{1/2}} \tag{2-2}$$

式中，$t$ 为照射时间，s；$T_{1/2}$ 为半衰期，s。此式对 $^{90}Sr$ 和 $^{137}Cs$ 这两种重要核素活度的估算是适用的。

对反应堆安全来说，所关心的是裂变产物向环境中的释放。对此，裂变产物必须穿透燃料包壳、一回路系统压力边界和反应堆安全壳系统。释放到环境中的核素主要是具有高裂变产额、中等半衰期和相应放射性物特性的气态或易挥发性的物质。其中主要有：惰性气体的同位素，如 Kr 和 Xe；易挥发性元素，如 I、Cs 和 Te 等。这些核素的主要特征如表 2－1 所示。

**表 2－1　重要的放射性裂变产物**

| 核素 | 半衰期 | 活度 | 辐射种类 |
|---|---|---|---|
| | | 惰性气体 | |
| $^{85}Kr$ | 10.8 a | 7.1 | β，γ |
| $^{85m}Kr$ | 4.4 h | 350 | β，γ |
| $^{88}Kr$ | 2.8 h | 830 | β，γ |
| $^{133}Xe$ | 5.3 d | 1 940 | β，γ |
| $^{135}Xe$ | 9.2 h | 410 | |
| | | 挥发性元素 | |
| $^{131}I$ | 8.1 d | 940 | β，γ |
| $^{132}I$ | 2.3 h | 1 400 | β，γ |
| $^{133}I$ | 21 h | 1 900 | β，γ |
| $^{135}I$ | 6.7 h | 1 800 | β，γ |
| $^{132}Te$ | 3.3 d | 1 400 | β，γ |
| $^{134}Cs$ | 2.1 a | 140 | β，γ |
| $^{137}Cs$ | 30.1 a | 70 | β，γ |
| | | 其他元素 | |
| $^{90}Sr$ | 30.2 a | 52 | β |
| $^{106}Ru$ | 1.0 a | 310 | β |
| $^{140}Ba$ | 12.8 d | 1 800 | β，γ |
| $^{144}Ce$ | 284 d | 990 | β，γ |

由于惰性气体的化学性质是惰性的，并呈气态，要限制它特别困难。它们不黏附表面，也不被过滤器所吸附。另外，它们既不与生物细胞发生反应，也

不在人体内积累。所以，惰性气体对健康的危害主要是由于气载放射性的外照射引起的。较重要的核素是具有长半衰期的$^{85}$Kr（氪）和$^{133}$Xe（氙）。

I（碘）的同位素发射出高能β和γ射线，这些同位素对浮尘中的放射性物质释放出来而形成的外部剂量贡献很大。同时，碘易于积累在甲状腺内造成该器官的内照射。关键的碘同位素是$^{131}$I，其释放量一直被用作度量事故严重程度的标准。

Cs（铯）的化学性质与K（钾）相似。Cs与I产生化学反应，将影响释放量和化学成分。通过身体的肌肉组织将铯吸收于体内，而在几个月内再分离，这个时间比$^{137}$Cs的半衰期短。所以体内的$^{137}$Cs含量很快会与食物中的含量达到平衡。肉和牛奶是Cs进入人体内的重要途径。

$^{90}$Sr（锶）和$^{106}$Ru（钌）只发射β射线，不易测量。元素Sr具有挥发性，但其氧化物不挥发。Ru的情形刚好相反。所以堆内氧化状态对裂变产物释放形态影响很大。Sr进入人体的途径是牛奶，敏感器官是骨骼，而且排除很慢。儿童受Sr的影响比成人严重。

## 2.1.2 锕系元素

客观地说，锕系元素无裂变产物，但可以从$^{238}$U开始，通过连续不断中子俘获形成。最重要的锕系元素列表于2－2中。锕系元素发射出α粒子和低能γ粒子，通常它们不产生任何外部辐照剂量，由于其溶解度低，也不积累于食物中。对健康的主要危害是由于吸入了地面沉积的非悬浮物而引起的。由于锕系元素的半衰期较长，如果在严重的反应堆事故情况下释放到环境，能对长期群体剂量产生影响。当裂变产物已经衰变为稳定的核素时，长寿命的锕系元素占据了乏燃料放射性活度的主要部分。所以，对锕系元素来说，重要的是评价核燃料循环中与废物最终处理有关的长期环境效应。

**表2－2　重要的锕系元素**

| 核素 | 半衰期/a | 活度/（$10^{12}$Bq·$MW^{-1}$） | 辐射种类 | 敏感器官 |
|---|---|---|---|---|
| $^{238}$pu | 89 | 1.3 | α，γ | 骨骼 |
| $^{239}$Pu | 24 000 | 0.28 | α，γ | 骨骼 |
| $^{240}$Pu | 6 580 | 0.31 | α，γ | 骨骼 |
| $^{241}$Pu | 14.7 | 5.6 | α，γ | 骨骼 |
| $^{242}$Pu | 380 000 | 0.000 5 | α，γ | 骨骼 |
| $^{242}$Cm | 0.45 | 15 | α，γ | 肠、胃 |
| $^{244}$Cm | 18.2 | 0.91 | α，γ | 肠、胃 |

## 2.1.3　活化产物

当反应堆一回路系统中的反应堆冷却剂或结构材料吸收中子时，便形成了活化产物。腐蚀产物能以溶解或悬浮的形式进入到反应堆的冷却剂中，并且当冷却剂流过堆芯时被活化。像裂变产物一样，活化产物的种类较多，其性质差异也较大。一般来说，它们是相对轻的元素，不产生放射性子核，其辐射危害比一般裂变产物轻些。重要的活化产物如表2－3所示。

表2－3　1000MW反应堆一回路冷却剂中的典型活化产物

| 核素 | 半衰期 | 活性浓度/（$Bq\cdot cm$）$^{-3}$ |
|---|---|---|
| 溶于水的活化产物 | | |
| $^{13}N$ | 10 min | 220 |
| $^{16}N$ | 7.2 s | $8.1\times10^{6}$ |
| $^{18}F$ | 1.84 h | 190 |
| $^{20}F$ | 10.7 s | 150 |
| $^{19}O$ | 29 s | $0.11\times10^{5}$ |
| 腐蚀产物 | | |
| $^{24}Na$ | 15 h | 70 |
| $^{51}Cr$ | 27.8 d | 100 |
| $^{54}Mn$ | 313 d | 0.4 |
| $^{56}Mn$ | 2.58 h | 190 |
| $^{58}Co$ | 71.4 d | 20 |
| $^{60}Co$ | 5.26 a | 10 |
| $^{64}Cu$ | 12.8 h | 400 |
| $^{65}Cu$ | 244 d | 100 |

由水活化形成的重要产物是$^{16}N$（氮），其半衰期很短，对环境的影响可以忽略不计。当蒸汽发生器传热管有破漏时，在二次侧的蒸汽中可以测到$^{16}N$的特征发射谱，这是监测传热管破裂的重要手段之一。

腐蚀产物在主系统内可能沉积在堆内构件和燃料元件表面，随后又会随水迁移，主系统各部分或多或少都会受到污染，因此必须连续净化。

$^{14}C$（碳）和$^{3}H$（氚）也属于长寿命的活化产物，$^{14}C$的半衰期为5 800 a，氚的半衰期为12.3 a。$^{14}C$主要通过$^{17}O$与中子反应而产生。在反应堆运行期间约有20%$^{14}C$释放出来，剩余部分保留在燃料中。尽管氚是由一回路冷却剂

中$^2$H 的活化而形成的，但它主要由裂变和通过硼的中子吸收直接产生。氚的穿透能力很强。

## 2.1.4 裂变产物的性能

燃料在正常运行期间，其裂变产物的化学组分和迁移对于在事故情况下裂变产物的释放是极其重要的因素。如果知道燃料的状态及元件的物理和化学性能，就能确定裂变产物的分布状况。虽然数量小，含量低，然而从宏观化学特性的角度看，裂变产物的性能是不同的。例如，表面效应和与少量杂质的反应是能确定的。当研究特定的放射性核素时，还必须考虑元素的稳定同位素的存在和衰变链。

### 2.1.4.1 裂变产物份额

一些重要的裂变产物在前面已有描述。在裂变时一般不直接形成这些核素，而是通过衰变链的递次转换形成。大多数碘同位素是从 Te（碲）的衰变产生的，由此可见碲元素的化学性能和迁移率是碘在燃料中释放的决定性因素。可以预料，通过$^{133}$Cs 吸收中子而形成$^{134}$Cs 与其他铯同位素是不相同的，而$^{133}$Cs 本身又是从$^{133}$I 和$^{\cdot}$Xe 产生的。

重要核素碘 - 131 的半衰期相对短，其产量达到与方程（2 - 1）相应的平衡值，约为0.3 g/MW。该值最终超过了按照方程（2 - 2）确定的稳定127I 和129I 的值，并以每年约 2 g/MW 的速率积累。所形成的总碘量对于偶然事故情况下保留在安全壳内的碘量极为重要。各种元素的生成率列于表 2 - 4 中。

表 2 - 4 裂变产物生成率

| 元素 | mg·(MW·d)$^{-1}$ | 元素 | mg·(MW·d)$^{-1}$ | 元素 | mg·(MW·d)$^{-1}$ |
|---|---|---|---|---|---|
| Ge | 0.011 | Ru | 65.4 | Ba | 38.6 |
| As | 0.003 | Rn | 17.1 | La | 39.8 |
| Se | 1.20 | Pd | 33.4 | Ce | 86 |
| Ra | 0.36 | Ag | 2.7 | Pr | 37 |
| Kr | 10.4 | Cd | 1.67 | Nd | 140.6 |
| Rb | 10.2 | In | 0.08 | Pm | 8.86 |
| Sr | 28.2 | Sn | 0.97 | Sm | 27.2 |
| Y | 15.2 | Sb | 0.53 | Eu | 3.48 |
| Zr | 119.6 | Te | 15.7 | Gd | 0.036 |
| Nb | 0.33 | I | 5.86 | Tb | 1.67 |
| Mo | 107 | Xe | 149 | Dy | 0.005 |
| Tc | 274 | Cs | 90.4 | | |

裂变气体在燃料棒内造成内压，如果包壳过热时，可导致包壳破坏。氪（Ke）和（Xe）氙的总产额约相当于每 MW·d 产生 25 $m^3$标准状态下的气体。

#### 2.1.4.2　裂变产物在燃料中的分布

当裂变产物产生时，其动能比典型的化学结合能大几千万倍。因此，它们能严重破坏燃料材料原子的晶格排列。能量以热量的形式沿着裂变产物的踪迹释放出来，其结果导致了 $UO_2$的局部熔化和汽化，跟随而来的是使其结晶和再结晶。在燃耗一段时间后，每个分子将多次参与熔化和结晶过程，这将导致烧结成块和晶粒长大。在燃耗深的情况下，积累在晶界的裂变产物阻止了晶粒的进一步长大。

裂变产物是 $UO_2$晶格上的杂质原子，其性能首先由温度决定。大约在 1 100 P以上时，裂变产物能相当于自由运动，并寻求一个更稳定的热力学状态，这种运动称为扩散。虽然有几种不同的机理，但都具有这样一个公认的事实，即扩散率随燃料温度和含氧量的增加而增加。

燃料材料的含氧量可用化学计算法即氧与铀原子之比进行估算。因为裂变产物对氧的需求比铀对氧的需求要少，所以含氧量和原子迁移都随燃料燃耗而增加，形成稳定氧化物的元素（如稀土金属 Sr（锶）、Ba（钡）、Zr（锆）和其他元素），在所有实际状态下将以氧化物形态存在。如果氧含量足够低，且充分挥发，则某些其他元素将以单质形态存在，其性能像气体一样，这些元素包括 Cs（铯）、Rb（铷）、Te（碲）、I（碘）、Br（溴）。然而，由于这些元素之间不仅能相互反应，还能与铀反应，使情况变得复杂了。

碘在正常情况下不与铀反应，它多半以碘化铯形态存在，而不以原子碘或分子碘形态存在。由于铯和碘在燃料栅元结构的不同地方形成，而碘在遇到铯以前，极可能转移，并通过惰性气体泡带走。铯的积累产额大约是碘的 15 倍（见表 2－4）。铯与铀反应，并在低于约 1 000 ℃的温度下多数以重铀酸铯、少数以碘化铯的形式存在。

裂变产物的特性及其在燃料中的分布非常复杂。裂变产物主要由稳定的和长寿命的核素组成，这些核素按燃料燃耗结果积累。大部分裂变产物残留在燃料材料的晶粒上，少部分释放到晶界，更少量的气体和挥发性元素释放到燃料芯块和包壳之间的空隙里。与线功率成正比的温度是裂变产物释放的决定性因素。

# 2.2 事故情况下放射性物质的释放

## 2.2.1 放射性物质向主回路系统的释放

### 2.2.1.1 放射性物质的释放机理

一般情况下，致密的金属元件包壳几乎可以阻挡住所有裂变产物的穿透。但在事故情况下，一部分或相当数量的裂变产物会穿透包壳进入主回路。为了评估事故的后果，就必须研究不同事故下裂变产物的释放机理和不同裂变产物的释放特性。

当反应堆经历不同严重程度的事故时，堆芯燃料可能会发生包壳破损、燃料熔化、与混凝土或金属发生作用及蒸汽爆炸等不同的情况。相应地裂变产物也对应着4种不同的释放机理，即气隙释放、熔化释放、汽化释放和蒸汽爆炸释放。

1）气隙释放

在反应堆正常运行条件下，部分裂变产物以气体或蒸汽的形式由芯块进到芯块与包壳之间的气隙内。气隙内各种裂变产物的积存份额取决于各核素在二氧化铀（$UO_2$）芯块内的扩散系数及该核数的半衰期。在反应堆正常运行时只有极少量包壳破损，但在失水事故时，元件温度很快升高，在几秒钟到几分钟的短时间内，包壳即可能破损。在包壳内外压差及外表面蒸汽流的作用下，气隙中积存的部分裂变产物被瞬时释出，出现喷放性的气隙释放。由于惰性气体不与其他元素发生化学作用，气隙中Xe（氙）、Kr（氪）在气隙释放中全部经破口进入主回路。在包壳破损的温度下，卤素碘（I）、溴（Br）是挥发性的气体，碱金属也是部分挥发性的，但因这些元素可能与其他裂变产物或包壳发生化学反应（如碘（I）、锆（Zr）、铯（Cs）），因而妨碍它们移至破口处。在气隙释放中，卤素、碱金属类只是部分经破口进入主回路。其他裂变产物挥发性很小，不论其处于元素态或氧化态，均很难由气隙逸出，因此其气隙释放率可以忽略。

表2－5给出了几种重要裂变产物的释放份额。应该指出，该表所列数据的不确定性随着挥发性的下降而显著增加。

表 2－5　压水堆失水事故下裂变产物释放份额

| 裂变产物 | 气隙释放份额 | 熔化释放份额 | 汽化释放份额[4] | 蒸汽爆炸释放份额[5] |
|---|---|---|---|---|
| Xe，Kr | 0.030 | 0.870 | 0.100 | (X) (Y) 0.90 |
| I，Br | 0.017 | 0.883 | 0.100 | (X) (Y) 0.90 |
| Cs，Rb | 0.050 | 0.760 | 0.190 | — |
| Te[1] | 0.000 1 | 0.150 | 0.850 | (X) (Y) 0.60 |
| Sr，Ba | 0.000 001 | 0.100 | 0.010 | — |
| Ru[2] |  | 0.030 | 0.050 | (X) (Y) 0.90 |
| La[3] | — | 0.003 | 0.010 |  |

注：[1]包括 Se，Sb。

[2]包括 Nb，Eu，Y，Ce，Pr，Pm，Sm，Np，Pu，Zr，Nb。

[3]包括 Mo，Rd，Rb，Tc。

[4]在 2 h 内，按 30 min 的半衰期指数规律放出，若在此之前产生蒸汽爆炸，则只是未经历蒸汽爆炸的堆芯份额能产生蒸汽释放。

[5] X 为参与蒸汽爆炸的堆芯总份额；Y 为经气隙释放、熔化释放后留待蒸汽爆炸释放的份额。

2）熔化释放

在气隙释放后不久即开始熔化。这时芯块中的裂变产物将进一步释出，这一过程一直延续到燃料完全熔化，即熔化释放。在熔化释放中，惰性气体中 90% 很快放出，高挥发性的卤素和碱土金属也大部分释出，但 Te（碲）、Sb（锑）、Se（硒）及碱土金属的释放份额要小很多。虽然 Te（碲）、Sb（锑）挥发性也很强，但在水堆中它们与锆包壳会发生化学反应，致使其释放份额大大下降。贵金属氧化后可能是挥发性的，但在缺氧条件下释放份额很小（只有百分之几）。稀土金属在堆芯中是低挥发性氧化物状态，实验表明其释放份额只有 0.01% ~0.1% 。难熔金属氧化物挥发性也很低，释放份额亦很小。熔化释放的过程相当复杂，在计算中一般假设在整个熔化释放过程中释放份额为常数。

3）汽化释放

当熔融的堆芯熔穿压力容器和安全壳底部与混凝土接触时，会与混凝土发生剧烈的反应使混凝土分解、汽化，产生蒸汽和二氧化碳（$CO_2$），这些产物与熔融的堆芯相混合，在熔融体内形成鼓泡、对流。这一过程促进了裂变产物通向熔融金属的自由表面，并生成大量含有裂变产物的气溶胶。在这种条件下产生的裂变产物的释放称为汽化释放。在表 2－5 中给出了水堆中各种核素的汽化释放份额。有关汽化释放的实验工作仍在进行中。在美国的《反应堆安全研究》中，假设汽化释放时间持续约 2 h，释放率以 30 min 的半衰期成指数衰变。从表 2-5 中可以看出，Xe，Kr，I，Be，Cs，Rb，Te，Se，Sb 可能全部释出。其他低挥发性裂变产物虽然能产生大量气溶胶，但多数仍会回到熔融金属中，它们的释放份额不会多于 1%。

4）蒸汽爆炸释放

当熔融堆芯与压力容器中残存的水发生作用时会发生蒸汽爆炸。虽然这一过程发生的概率很小，但因其一旦发生，就会放出很大能量，足以爆破压力容器，造成极严重的后果，故仍需加以考虑。$UO_2$ 燃料在爆炸中将分散成为很细小的颗粒，并被氧化生成 $U_3O_8$。这一放热反应将使 $UO_2$ 中的裂变产物进一步挥发而释放。

### 2.2.1.2 裂变产物特性

裂变产物的释放特性首先取决于裂变产物核素的物理、化学性质。按照其挥发性和化学活泼程度可以将重要裂变产物分为 3 大类 8 组，见表 2-6。

表 2-6 裂变产物挥发性分组

| 类别 | 分组 | 主要核素 |
|---|---|---|
| （1）气体 | 惰性气体 | Xe，Kr |
| | 卤素 | I，Br |
| （2）易挥发 | 碱金属 | Cs，Rb |
| | 碲 | Te，Se，Sb |
| | 碱土金属 | Ba，Sr |
| （3）难挥发 | 贵金属 | Ru，Rb，Pd，Mo，Te |
| | 稀土金属 | Y，La，Ce，Pr，Nd，Pm，Sm，Eu，Np，Pu |
| | 难熔氧化物 | Zr，Nb |

表中第 1 类为气态，显然极易穿透破损的包壳，释放份额很高。第 2 类元素在反应堆运行温度下部分或大部分处于挥发状态，在燃料熔化条件下释放份额很高。这类元素中的 I、Cs 为最重要核素，其中尤其是 I，不仅产额高，半衰期中等，挥发性强，释放份额大，而且化学性质活泼，形态复杂较难去除，在环境中浓集系数也高，因此往往作为安全分析中的“紧要核素”而加以特别注意。第 3 类元素即使在元件熔化温度下也基本不挥发，只在燃料汽化时或产生某种化学反应时才能形成气溶胶向外扩散。

1）惰性气体

在稳定或长寿命裂变产物中，惰性气体 Xe 和 Kr 约占 30%，其化学形态不变化，又是气态产物，因而几乎不为主系统所滞留。

Xe 和 Kr 在燃料内的移动为温度和燃耗所制约。1 300 K 以下，惰性气体原子几乎不迁移。温度达到 1 300 K 以上，气体原子有明显移动，并在晶界处聚积形成气泡。当晶粒表面和边缘饱和之后，裂变气体开始逸出。燃料的氧化会增强气体原子和气泡的运动。挥发性裂变产物可以跟随惰性气体一起运动。气体的逸出与晶粒边界处孔隙度有关，燃料的液化与溶解也有相当影响。

2）易挥发核素

卤族裂变产物 I 和 Br 在二氧化铀芯块内的化学形态还不能十分肯定。有人认为由于碱金属铯的裂变产额 10 倍于 I，热力学计算表明碘的稳定形态应当是 CsI。然而，卤族核在辐照条件下在单晶和多晶 $UO_2$ 中的扩散系数比 CsI 的扩散系数大好几个量级。因此，碘在燃料芯块内可能主要以原子碘或分子碘形态出现，几乎不形成 CsI。

但是，热力学数据和最新实验认为，堆芯毁损事故后蒸气还原气氛下，若无其他材料干扰，释放到主系统的碘的主要形态是 Cs。曾经在辐照过的燃料元件包壳内表面辨认出了 CsI 晶粒。实验表明碘的释放率与惰性气体相当，显然，二者经受了同样的晶间扩散过程。1 100 ~ 1 200 K 下的实验结果表明，碘的释放有两个步骤，首先是破裂喷气释放（间隙释放），其次是扩散释放。间隙释放率取决于表面积对体积比和燃耗，扩散释放率正比于时间的 $n$ 次方根（$0.5 < n < 1.0$）。更高温度下的释放率取决于燃料重结构和扩散过程。

碱金属 Cs 和 Rb 在燃料元件棒内可能存在的形态为 CsL、$Cs_2UO_4$、$Cs_2UO_{3.56}$、$Cs_2MoO_4$和 $Cs_2Te$ $Cs_2UO_4$在富氧气氛中是稳定的，元件包壳内表面观察到过 $Cs_2UO_4$和 $Cs_2Te$ 的颗粒。但现有证据表明 $Cs_2MoO_4$是唯一能长期存在的铯盐。Cs 释放实验研究结果表明，堆芯毁损后还原蒸气气氛下，CsOH 是主要形态。

碲（Te）和硒（Se）同属氧族元素，化学性质相似。碲具有更多的金属性，比如碲可以形成稳定的 $TeO_2$，而 $SeH_2$ 比 $TeH_2$ 更稳定。碲是碘的先驱核素，燃料元件内磷主要以元素态和其他金属组成合金，也有一部分形成 $Cs_2Te$ 和 $TeO_2$，这取决于燃耗和氧化势。元素 Te 的挥发性与 I 和 Cs 相当，实验表明它们在燃料芯块内有相似的扩散特征。一般情况下，气隙内 Te 的量比 I 和 Cs 少得多，这是因为它与锆（Zr）合金作用生成了难以挥发的碲化锆与碲化锡。

碲从燃料棒的释放取决于锆包壳的条件。若包壳尚未广泛氧化，则会形成稳定的碲化锆与碲化锡，扩散与熔化释放都很有限。反之，若包壳严重氧化，碲失去了屏障，会很快挥发且有较大的扩散释放。若包壳氧化量已大于90%，则碲的释放率与碘相当。若包壳氧化份额小于90%，则碲的释放率仅及碘的1/40。

3）难挥发核素

Sr和Ba是同族元素，化学性质相似，但锶属于中等挥发性核素，而钡挥发性很差。其主要区别是水溶性、过氧化物热稳定性和与氢反应速率等三个方面。在燃料元件内，两种核素都以氧化物形态BaO和SrO存在，在芯块内基本上是不溶的，然而会形成少量锆酸盐。这两种氧化物熔点与沸点都很高，一般很难从燃料芯块中释出。

在燃料芯块内，Mo以元素$MoO_2$和$Cs_2MoO_4$的形态存在。$MoO_2$的形成量取决于温度、燃料组分和氧化势。1 000 K以上时$MoO_2$的自由能高于$UO_2$。但在某些条件下，不仅$MoO_2$，高挥发性的$MoO_3$也可能形成。除$CsMoO_4$、$MoO_2$和$MoO_3$外，Mo的释放量很低。Mo和Te可以反应生成化合物，其中最稳定的是$MoTe_2$。

Tc，Ru，Rh，Pd这几种核素的裂变产额较高，达到3%～6%，然而释放率很低，因此其辐射生物学重要性并不高。一般来说，本族核素多以元素态出现，并在晶界处聚集形成金属态。在扩散和熔化释放过程中，它们的释出份额都很少。Ru有可能形成挥发性的$RuO_4$而释出。这些核素在主系统中的迁移主要以元素的形态，它们一般是不活泼的，不大会和其他气溶胶或金属表面反应。然而金属蒸气在气溶胶粒子表面的凝聚可能会将此类物质从堆芯带到环路中较冷的区域。

镧系（La，Zr，Nb，Eu，Ce等）与锕系（Np，Pu，Am，Cm等）在燃料芯块内主要以稳定的难熔氧化物形态存在，除非被还原成具有较高挥发性的形态，否则释放量很少。因此虽然裂变产额较高，但其辐射生物学效应可以认为是很低的。

Ag，Cd，In作为控制棒吸收体，Sn作为锆包壳合金材料，数量较大，对主系统内裂变产物性状有明显影响。但作为裂变产物，这几种核素的产额都比较低，因此对放射性源项的影响很小。这些元素在燃料内以金属态存在，具有中等到高挥发性。

### 2.2.1.3 放射性物质在主系统内的迁移

为了估计裂变产物进入安全壳的数量，首先要弄清楚在发生如上所述的4种不同事故释放时，反应堆压力容器内部的状况，以便分析从燃料包壳破口处释放出的各种裂变产物在主回路内的性状。气隙释放是发生在系统喷放开始或开始后不久，此时堆芯被蒸气覆盖，并有较大的蒸气流量，如果应急堆芯冷却系统工作正常，在堆芯被再淹没前，气隙释放将基本结束。如果应急堆芯冷却系统失效，则堆芯将发生熔融，此时堆芯蒸气流量可能随破口大小和应急堆芯冷却系统失效程序而变化，但是与气隙释放一样，堆芯仍处于蒸气的覆盖之中，蒸气将把从包壳中释放出来的裂变产物排入安全壳。在这两种事故释放的情况下，阻止裂变产物向安全壳排放的主要机理是裂变产物在主回路表面的沉积。在汽化释放和蒸气爆炸释放中，主回路边界已不存在，所有释放出来的裂变产物将直接、全部进入安全壳。

很明显，在所有事故释放情况下，惰性气体将全部进入安全壳。在 533 K 以上的温度下，卤素也很少沉积在一回路中，一般按保守的估计假定这些元素全部进入安全壳。对于挥发性的碱金属和碲，情况要复杂一些，在气隙释放和熔化释放的开始阶段，壁温小于 813 K 时，有部分沉积发生，当壁温高于 813 K 时，这些凝结元素会再次释放并被汽流带出主回路。碱土金属在熔化释放时的沉积性状与碱金属相似，只是在再挥发时要求壁温更高。贵金属和稀土元素的挥发性很低，在燃料熔化期间它们就会凝结在主回路内表面，但同时又会形成气溶胶。特别是当有其他元素的蒸气凝结核存在时，这类裂变产物将附着其上而被蒸发带出。总之，如果堆芯熔化，大部分裂变产物从熔融燃料中释放出来，而且无论其挥发性大小，多数裂变产物将从主回路释放到安全壳内。

已经编制出若干程序定量分析严重事故下裂变产物在压水堆主系统的滞留。由于裂变产物在主系统内的性状与特定事故序列下系统的热工水力特性有密切关系。已经考虑到的因素有：裂变产物蒸气的凝结和控制棒的气化释放、均匀与非均匀成核过程、气溶胶凝聚过程和 Cs－I－Te－O－H－Ag－In－Cd 体系中气溶胶和蒸气的沉降和凝结。由于实验支持的不足，许多问题尚未有明确的认识。例如，由衰变热引起的再蒸发，化学反应引起的沉降或再悬浮，放射性衰变引起的挥发性变化，气溶胶的再悬浮和再蒸发，对流、传导和搅混不足的影响等。除了上面所说这些现象在程序中未模拟外，已经模拟了的现象，其准确度也很值得怀疑。因此严重事故下裂变产物的化学性状十分复杂，系统的条件千变万化，即使是实验工作，也很难准确模拟堆内的实际状况。程序的进一步改进，主要依赖于全尺寸实验支持和评价工作。

## 2.2.2　放射性物质向安全壳的释放

如果发生堆芯熔化的严重事故，大部分裂变产物将从熔融燃料中释放出来。严重事故下若压力容器破裂，堆芯碎片和放射性就会进入安全壳。对于放射性分析来说，比较重要的是气溶胶。气溶胶可因堆芯碎片材料的物理破碎而形成，也可因堆芯裂变产物蒸气的凝结而形成。根据形成时的机理不同，气溶胶释放可以分成两类：一类是压力容器失效之前在壳内形成而随压力容器失效释出的气溶胶；另一类是压力容器失效以后在安全壳内生成的气溶胶。

整个事故过程中向安全壳释出总放射性的计算，证实了气溶胶的产生和贡献是显著的。气溶胶性状与裂变产物的迁移性状密切相关。气溶胶的主体是非放射性物质，在绝大多数事故序列下，放射性物质只占气溶胶总量的10%以下。气溶胶粒子大小和特征，受到气溶胶物质总量的强烈影响，悬浮的气溶胶有可能在安全壳失效或泄漏时逸出。

#### 2.2.2.1　气溶胶的形成及其特征

堆芯碎片就是由燃料元件、控制棒和结构部件等组成的破碎的堆芯材料，已经失去了它们原有的几何形状。它可以是熔融的、固态的，也可能是两相混合的。熔融的堆芯碎片有时也简称为熔融物。跌落在堆坑内的砾状堆积物仍称为堆芯碎片，大块的熔融物或其凝固物有时也称为堆芯残渣(Corium)。

气溶胶也是一种变形的堆芯材料，它和堆芯碎片的主要区别在于粒径的不同，因而表现出不同的气动力学特性。气溶胶在穿越气体时受气流速度的影响明显，可以在气流中悬浮相当长的时间，堆芯碎片的运动则几乎不受气流影响。通常取气动力学当量直径30 μm作为碎片与气溶胶的分界，这一界值随气流速度变化较小。

气溶胶源项是一个复杂的量，可以用质量产率、质量分布(粒径)和物种分布、材料密度和气溶胶形态学来描述。气溶胶粒径分布常与气溶胶的特征量有关，比如可以表述为粒子数随当量粒径的分布。粒子的质量当量直径是以粒子质量按密度折合成球形的直径，气动当量直径是在重力作用下与粒子具有同样终速度的球形粒子直径，而碰撞当量直径则是与粒子具有相同碰撞截面的球形粒子直径。这三种当量直径各有不同的用途。对辐射生物学而言，气溶胶质量是重要参量，于是若干程序中采用质量当量直径以保持总质量守恒。气动当量直径用于计算重力沉降速度，碰撞当量直径则用于计算气溶胶凝聚。因此有必要从一种当量直径换算到另一种当量直径。

典型的气溶胶粒径分布见图2-1。由于粒径变化范围很大，图中横坐标是粒子气动当量直径的对数坐标，纵坐标为线性坐标，表示在指定粒径范围内的质量份额。给定粒径区间，曲线下面积正比于这一区段粒子的质量份额。气动当量直径向质量当量直径和碰撞当量直径的换算采用动力形状因子X和碰撞形状因子$\gamma$。

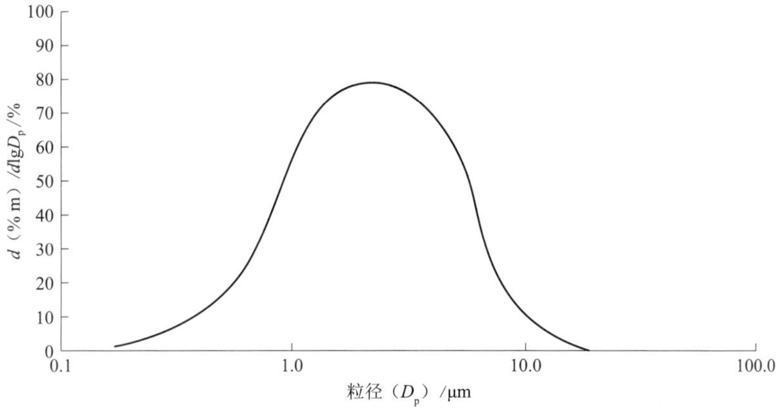


图 2－1　典型的气溶胶粒径分布

气溶胶的化学成分直接影响其密度。气溶胶内化学成分的分布并不是均匀的，各有各的分布规律和质量源。为了方便，可以挑出所关心的核素单独研究，而将其余核素作为总体气溶胶材料来处理。

#### 2.2.2.2　放射性物质在安全壳内的迁移

放射性物质由主回路进入安全壳以后，一般是以气体或悬浮的气溶胶形态存在于安全壳空间中。放射性物质从安全壳向环境的释放率取决于安全壳的泄漏率和放射性物质在安全壳大气中的浓度。减少安全壳泄漏的方法是提高安全壳密封标准和建造质量。目前大型核电厂安全壳在事故压力下(如绝对压力 0.45 MPa) 的泄漏率为 0.1% 体积/d。安全壳内的放射性物质一方面由于自然衰减、气溶胶聚合及沉降、安全壳及设备壁面吸附而减少，另一方面靠采取积极的去除措施(如安全壳内气体循环过滤系统和喷淋系统)，进一步降低放射性浓度。为了减少向环境排放的放射性，还往往采用多层或多舱室安全壳。描述多舱室安全壳在事故过程中去除放射性物质的模型是相当复杂的，目前国外已发表了不少程序。

## 2.3　反应堆的安全功能

为确保反应堆的安全，反应堆所有的安全设施，应发挥以下特定的安全功能，如图 2－2 所示。

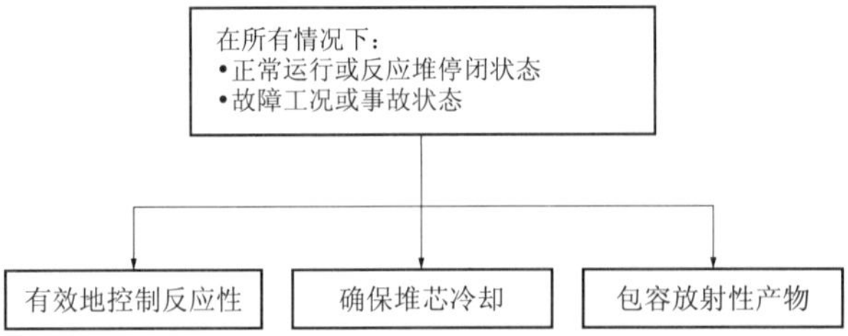


图 2-2 反应堆安全设施的安全功能

## 2.3.1 反应性的控制

在反应堆运行过程中，由于核燃料的不断消耗和裂变产物的不断积累，反应堆内的反应性会不断减小；此外，反应堆功率的变化也会引起反应性变化。所以，核反应堆的初始燃料装载量必须比维持临界所需的量多得多，使堆芯寿命初期具有足够的剩余反应性，以便在反应堆运行过程中补偿上述效应所引起的反应性损失。

为补偿反应堆的剩余反应性，在堆芯内必须引入适量的可随意调节的负反应性。此种受控的反应性既可用于补偿堆芯长期运行所需的剩余反应性，也可用于调节反应堆功率的水平，使反应堆功率与所要求的负荷相适应。另外，它还可作为停堆的手段。实际上，凡是能改变反应堆有效倍增因子的任一方法均可作为控制反应性的手段。例如，向堆芯插入或抽出中子吸收体，改变反应堆燃料的富集度，移动反射层以及改变中子的泄漏等。其中，向堆芯插入或抽出中子吸收体是最常见的一种方法，通常称中子吸收体为控制元件。

控制元件总的反应性应当等于剩余反应性与停堆余量之和。一根控制元件完全插入后在堆芯内引起的反应性变化定义为单根控制元件的反应性当量。根据反应堆运行工况的不同，可把反应性控制分为三种类型(图 2-3)。

(1) 紧急停堆控制：当反应堆出现异常工况时，作为停堆用的控制元件必须具有迅速引入负反应性的能力，使反应堆紧急停闭。

(2) 功率控制：要求某些控制元件动作迅速，及时补偿由于负荷变化、温度变化和变更功率水平引起的微小的反应性瞬态变化。

(3) 补偿控制：补偿控制元件用于补偿燃耗、裂变产物积累所需的剩余反应性，也用于改变堆内功率分布，以便获得更好的热工性能和更均匀的燃耗。这种控制元件的反应性当量大，并且它的动作过程是十分缓慢的。

把吸收体引入堆芯又有以下三种方式：

(1) 控制棒：在堆芯内插入可移动的含有吸收材料的控制棒。按其作用不同，可分为补偿棒、调节棒和安全棒三种。补偿棒用于补偿控制，调节棒用于功率控制，安全棒用于紧急停堆控制。

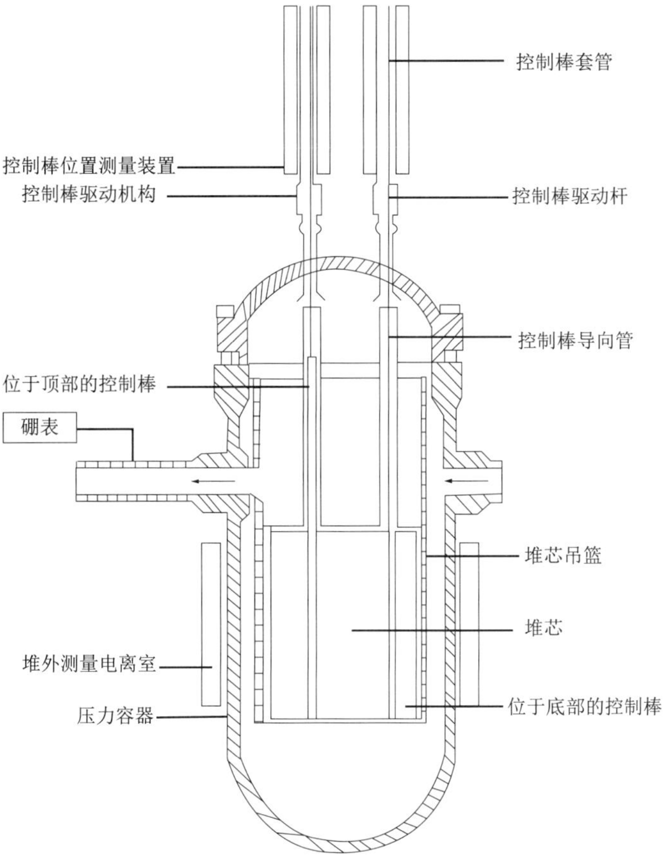


**图2-3 核安全的第一项功能——反应性控制**

控制棒由中子吸收截面较大的材料（如镉、铟、硼和铪等）制成。在中子能谱较硬的热中子堆中，为了提高控制效果，最好采用几种中子吸收截面不同的材料组成的混合物作控制棒，以便在各个能区内吸收中子。为此，在近代压水堆中使用的控制棒多数由银-铟-镉合金制成。此外，控制棒材料还必须具备耐辐射、抗腐蚀和易于机械加工等方面的良好性能。

（2）可燃毒物：堆芯寿期的长短通常取决于反应堆初始燃料装载量。当然，装入反应堆的燃料量也部分地取决于反应堆控制元件所实际能补偿的剩余反应性量。为增大堆芯的初始燃料装载量，通常在堆芯内装入中子吸收截面较大的物质，把它作为固定不动的控制棒装入堆芯，用以补偿堆芯寿命初期的剩余反应性。这种物质称为可燃毒物。可燃毒物的吸收截面应比燃料的吸收截面大，这样，它们就能比核燃料更快地烧完，从而在燃料循环末期，由它们带来的负反应性贡献可以忽略。采用这种控制方法有许多优点，如延长堆芯的寿期、减少可移动控制棒的数目、简化堆顶结构，若布置得当还能改善堆芯的功率分布，等等。

可燃毒物材料通常选用钆（Gd）或硼（B），将其制成小片弥散在燃料中；在压水堆中，堆芯初始装载时用硼硅酸盐玻璃管作为可燃毒物棒装入堆芯。

（3）可溶毒物：可溶毒物是一种吸收中子能力很强的可以溶解在冷却剂中的物质。轻水堆往往以硼酸溶解在冷却剂内用作补偿控制。其优点是毒物分布均匀和易于调节。由于这种化学控制方法能补偿很大的剩余反应性，可以使堆芯内可移动控制棒数目大量减少，从而简化了堆芯设计；然而，化学补偿控制也有不足之处，譬如，由于向冷却剂增加或减少毒物量的速率十分缓慢，所以反应性的引入速率相当小。因此，化学补偿控制只适宜补偿由于燃耗、中毒和慢化剂温度变化等引起的缓慢的反应性变化。

反应堆的冷却剂含硼浓度由硼表进行在线监测。

在事故工况下，任何链式裂变反应的不正常增加，都将会被堆外中子测量系统探测到，并发出警报信号，必要时产生自动停堆信号，使控制棒落入堆芯以中止链式裂变反应。如压水堆核电厂二回路蒸汽管道破裂或其他蒸汽需求不正常增加的事故情况下，引起一回路过冷，导致反应性的不可控增加，这时安全注射系统将会动作，将含高浓度硼的冷却剂注入堆芯以中止链式裂变反应。

### 2.3.2 确保堆芯冷却

为了避免由于过热而引起燃料元件损坏，任何情况下都必须确保对堆芯的冷却，导出核燃料所释放的热量。

正常运行时，一回路冷却剂在流过反应堆堆芯时受热，而在蒸汽发生器内被冷却；蒸汽发生器的二回路侧由正常的主给水系统或辅助给水系统供应给水。蒸汽发生器生产的蒸汽推动汽轮机做功，当汽轮机甩负荷时，蒸汽通过蒸汽旁路系统排放到凝汽器或排向大气。

反应堆停闭时，堆芯内链式裂变反应虽被中止，但燃料元件中裂变产物的衰变继续放出热量，继续导出热量，即剩余释热。为了避免损坏燃料元件包壳，和正常运行一样，应通过蒸汽发生器或余热排出系统，继续导出热量。

对于从反应堆换料时卸出的乏燃料组件，必须在核电厂的乏燃料水池中存放几个月，以释出乏燃料组件的剩余热量，并使短寿期放射性裂变产物自然衰变，降低放射性水平。

当反应堆失去正常冷却的事故工况下，将有以下几种导出堆芯热量的方法：

（1）发生器的给水由辅助给水系统提供，产生的蒸汽通过蒸汽旁路系统排向大气。

（2）当一回路的温度、压力下降到一定值时，堆芯剩余释热由余热排出系统加以冷却。一回路处于大气压力下时，还可以由反应堆换料水池冷却净化系统来疏导出余热。

（3）当蒸汽管道出现破口情况下，安全注射系统将向堆芯注入含硼水，以补偿由于堆芯冷却所丧失的冷却剂装量。

（4）当一回路系统出现破口时，堆芯功率产生的热量将由破口流出的液态或气态的冷却剂带到安全壳内，这时，安全壳喷淋系统应动作，对流出的冷却剂进行循环冷却。

核电厂各种运行工况下，对反应堆堆芯冷却的控制可归纳如表2－7所示。

**表2－7　对反应堆堆芯冷却的控制**

| 工况 | 系统或设备 | 热阱 |
|---|---|---|
| 正常运行 | 蒸汽发生器 | 正常给水<br>辅助给水及蒸汽旁路系统 |
| 机组停运 | 第1阶段：蒸汽发生器<br>第2阶段：余热排出系统 | 辅助给水及蒸汽旁路系统<br>设备冷却水系统、重要厂用水系统 |
| 事故工况 | 蒸汽发生器 | 辅助给水及蒸汽旁路系统 |
| | 余热排出系统 | 设备冷却水系统、重要厂用水系统 |
| | 安全注射系统 | 换料水箱 |
| | 安全壳喷淋系统 | 换料水箱、设备冷却水系统、<br>重要厂用水系统 |
| 乏燃料组件的冷却 | 反应堆换料水池及乏燃料水池冷却净化系统 | 设备冷却水系统、重要厂用水系统 |

## 2.3.3　包容放射性产物

为了避免放射性产物扩散到环境中，在核燃料和环境之间设置了多道屏障。运行时，必须严密监视这些屏障的密封性，确保公众与环境免受放射性辐照的危害，如图2－4所示。

正常运行时，少数燃料元件包壳会出现轻微裂纹，少量裂变产物及活化产物将进入核辅助厂房的一些辅助系统内，如化学和容积控制系统及乏燃料水池。这些放射性产物主要以液态或气态的形式存在，通过以下方法加以控制：

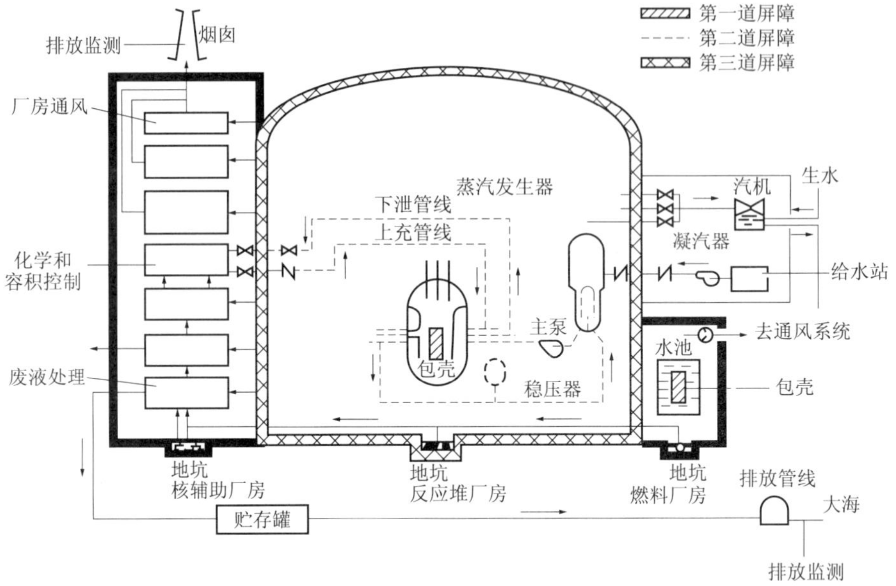


图 2-4　核安全的第三大功能——对放射性产物的屏障控制

（1）保持现场或厂房内的相对负压，防止放射性气体或气溶胶向其他区域扩散。对存在放射性碘的区域也同样保持与周围其他区域的负压。

（2）通过放射性废气、废液处理系统收集带放射性的气体，传送到废气处理系统进行处理、储存和监控，待其放射性衰变到可接受水平后，送到装备有过滤器和碘吸附装置的烟囱进行监控排放。低放射性废气经过过滤后可直接通过烟囱排放。

（3）放射性废液经收集后，送到硼回收系统或废液处理系统进行过滤、除盐、除气、蒸发和储存监测后，送到废液处理系统储存箱储存。通过取样分析达到环保部门要求的排放标准后，再向环境进行监控排放。

事故工况下，下列系统或装置将参与对各道放射性屏障功能的控制。

反应堆紧急停堆系统：控制第 1 道屏障；

稳压器安全阀：第 2 道屏障；

对第 3 道屏障，则有以下系统或装置动作：

①安全壳自动隔离；

②安全壳喷淋系统，用于降低安全壳内压和减少放射性碘；

③氢气复合装置，消除失水事故情况下产生的氢气，防止可能出现的氢爆；

④砂堆过滤器，防止安全壳超压；

⑤安全壳内废液及废气的外泄漏，分别由碘过滤器及核岛排气及疏水系统收集后重新送回安全壳。

## 2.4　专设安全设施

当反应堆运行发生异常或事故工况下，仅仅依靠正常的控制保护系统仍不足以保障堆芯的冷却。在压水堆核电厂中，一旦发生因冷却剂系统管道破裂的失水事故时，即使反应堆紧急停闭，也会由于积累在堆芯的储热和裂变产物衰变热的作用，使燃料包壳烧毁，甚至会使堆芯熔化；同时，高温、高压冷却剂的大量泄放会引起安全壳内压力升高，危及安全壳的完整性。为此，除反应堆保护系统外，还应设置专设安全设施。这些设施具有下列功能：

（1）发生失水事故时，向堆芯注入含硼水。

（2）阻止放射性物质向大气释放。

（3）阻止氢气在安全壳中浓集。

（4）向蒸汽发生器应急供水。

### 2.4.1　设计原则

（1）设备必须高度可靠。即使在发生假想的最严重地震事故（安全停堆地震）时，专设安全设施仍能发挥其应有的功能。

（2）系统要有多重性。一般应设置两套或两套以上执行同一功能的系统，并且最好两套系统要按不同的原理设计，这样即使单个设备故障也不至于影响系统正常功能的发挥。

（3）系统必须各自独立。原则上不希望共用其他设备或设施。对重要的能动设备还必须实体隔离。例如，安全注射系统高压注射子系统的两台高压注射泵、低压注射子系统的两台低压注射泵、辅助给水系统汽动泵和电动泵都应采取隔离措施，以防止因其中一台故障而飞散的碎片击毁另一台泵。

（4）系统应能定期检查。在反应堆寿期内，要能够对系统及其设备的性能进行检验，使其始终保持应有的功能。

（5）系统必须备有可靠电源。在发生断电事故时，备用电源应在规定的时间内达到额定的输出功率；作为备用电源的柴油发电机组也应具有独立性、多重性和可检查性等特点。

（6）系统必须具有充足的水源，在发生失水事故的情况下，要有自始至终都能满足使堆芯冷却和安全壳降压所必需的水量。

## 2.4.2 安全注射系统

安全注射系统又称应急堆芯冷却系统，它的主要功能是异常工况下对堆芯提供冷却，以保持燃料包壳的完整性。当发生主冷却剂回路管道破裂的重大事故时，要求它能迅速将冷却水注入堆芯，及时导出燃料中产生的热量，不使燃料的温度超过包壳的熔点，并提供事故后对堆芯长期冷却的能力。

安全注射系统由以下子系统构成（图2－5）：

（1）高压安全注射子系统。

（2）蓄压安全注射子系统。

（3）低压安全注射子系统。

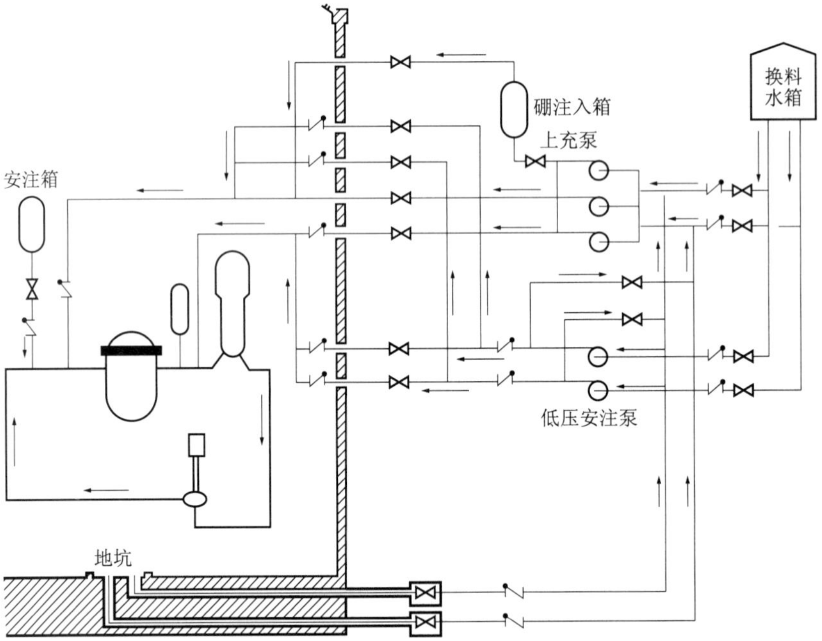


**图2－5 应急堆芯冷却系统示意图**

所有系统均为两路或三路独立通道，每路具备100%的设计能力。

主系统发生中、小破口时，高压注射子系统首先触发向主系统充水。若破口较大，压头较低但流量大得多的低压安全注射子系统投入。注射泵从换料水箱取含硼20 000μg/g的冷水注入主系统冷管段，补充从破口流失的冷却剂；流失的冷却剂逸入安全壳，最后汇入地坑。一般压水堆电厂的设计中，高压安全注射子系统的三台泵与化容系统上充泵部分兼容，一台柱塞泵正常时为上充泵，可以产生压头很高的注射水流；另两台离心泵平时开动一台与柱塞泵并联运行，另一台备用，在保护系统信号触发下自动投入。

主系统压力降到 4 MPa 以下时，蓄压安全注射子系统安注箱会立即自动向冷管段注水。安注箱内装含硼水，以氮气充压，依靠箱体与主系统间的压差驱动截止阀自动开启。蓄压安全注射子系统安注箱是非能动安全系统的一个实例。

低压安全注射子系统在大破口失水事故下首先从换料水箱取水，水箱排空以后自动切换到安全壳地坑。地坑水温度较高，必须经过低压安全注射子系统热交换器冷却后再行注入。工程实践中低压安全注射子系统与余热排出系统是充分兼容的。

在换料水箱中的水已用空而又需要高压安注的情况下，高压安全注射子系统经过低压安全注射子系统从安全壳地坑取水。在这种间接取水方式下，低压安注泵的作用相当于高压安注泵的增压泵。

在大破口失水事故后，堆芯余热将借助冷段和热段的长时间低压再循环排出，即堆芯长期冷却方式。

### 2.4.3　安全壳系统

采取如前所述的安全设施后，显然可以防止发生因失水事故而导致的堆芯熔化事件，但是失水事故一旦发生，燃料包壳破裂事件是可能发生的。因此，设置的安全设施也应该能够把由于元件包壳破裂而释放的放射性物质封闭在安全壳内。

安全壳及安全壳导出热量系统必须设计成：无论发生怎样大的事故，不仅不容许安全壳的泄漏率超过规定的设计值，而且还应留有足够的裕量，以便能应付事故引起的压力和温度的变化；此外，还应能进行定期泄漏检查，以便证实安全壳及其贯穿件的密封性能是否完好。

压水堆一般采用干式密封安全壳，如图 2 - 6 所示。早期使用一层钢板制作的球形耐压单层安全壳，随后为了减小安全壳的体积和泄漏量，又相继研制了诸如混凝土外层单层安全壳、半双层安全壳、无泄漏双层安全壳和预应力混凝土安全壳等多种型式。它们都是能承受最大失水事故产生压力的耐压结构。除冰冷式安全壳外，典型的安全壳设计压力为 0.5 MPa。在设计压力下，每天的泄漏率不超过安全壳内部自由空间中气体的 0.1% 。为了有效抑制因失水事故引起的压力增长幅值和放射性强度，安全壳内还专门设置了喷淋系统和放射性物质去除系统。

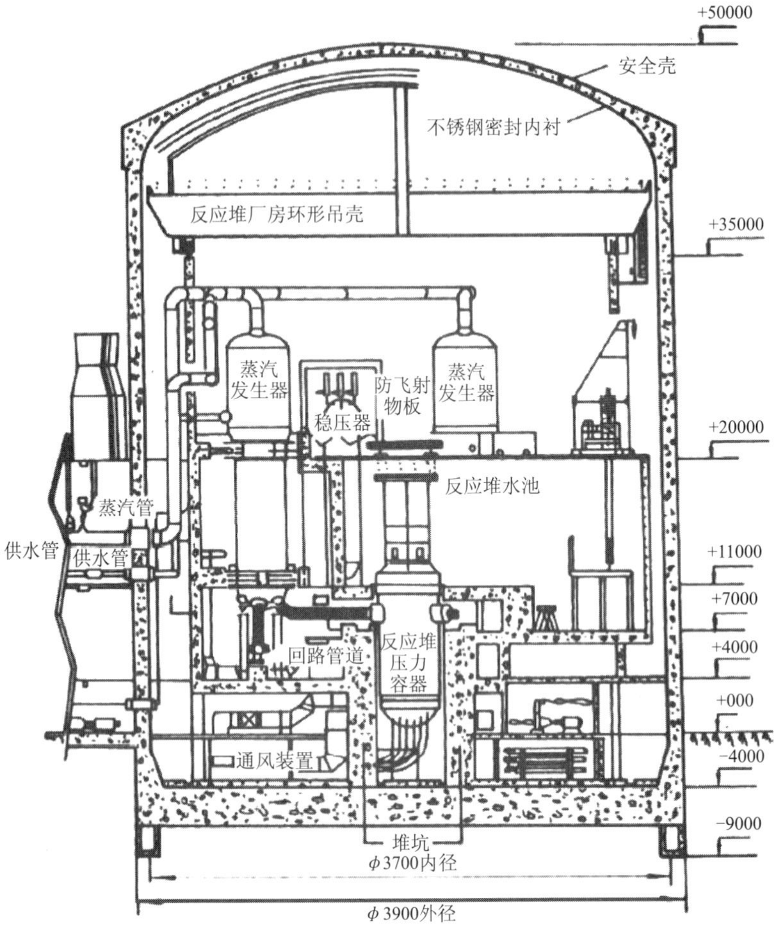


图2-6 压水堆大型干式安全壳剖面

发生失水事故时，安全壳喷淋系统喷出冷却水，使一部分蒸汽凝结，降低安全壳内部压力，并使安全壳得到及时冷却。安全壳喷淋系统有两种运行方式（图2-7），一种是直接喷淋，喷淋泵把来自换料水箱中的含硼水，经布设在安全壳内部的喷淋管嘴喷入安全壳；另一种是再循环喷淋，换料水箱到达低水位时，低水位信号自动开启再循环管线的阀门，关闭换料水箱的出口阀，而将喷淋泵的吸入端与安全壳地坑相连接，安全壳喷淋系统便开始再循环喷淋运行，它把积聚在安全壳地坑中的水，经过喷淋管嘴喷入安全壳，用以提供安全壳连续冷却。

安全壳喷淋系统中设有化学物添加箱，箱内储存化学添加物氢氧化钠（NaOH）或硫代硫酸钠（$Na_2S_2O_2$），在向安全壳喷淋的同时，能把化学添加物掺入喷淋水中，用以去除冷却剂中所含的放射性碘。

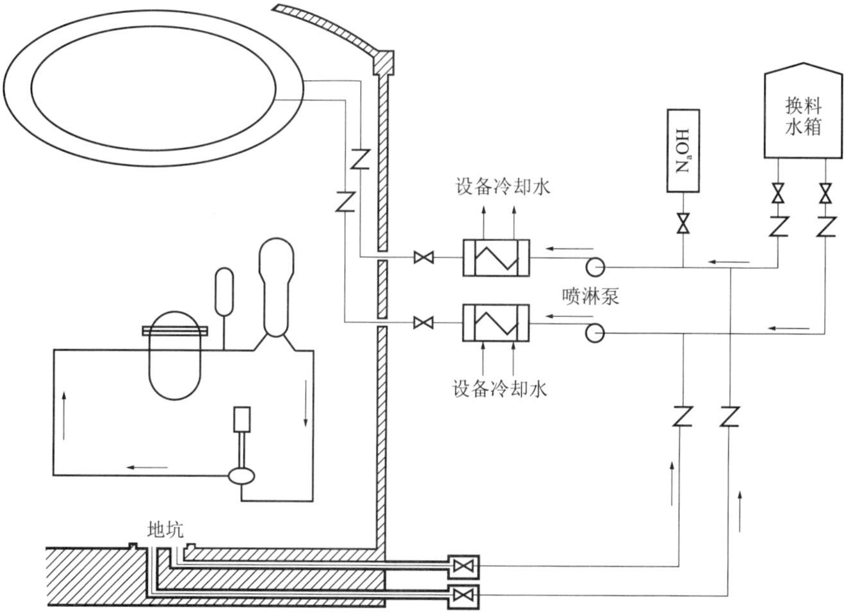


图 2-7　安全壳喷淋系统

双层安全壳还设置了空气再循环系统（图 2-8），它由排风机、冷却器、除湿器、高效率粒子过滤器和碘过滤器组成。工作时，能使环形空间保持负压，起到双层包容的作用。同时也使环形空间内的气体通过碘过滤器进行再循环，降低安全壳泄出气体中放射性物质浓度，使放射性对核电厂周围的影响降到最低限度。

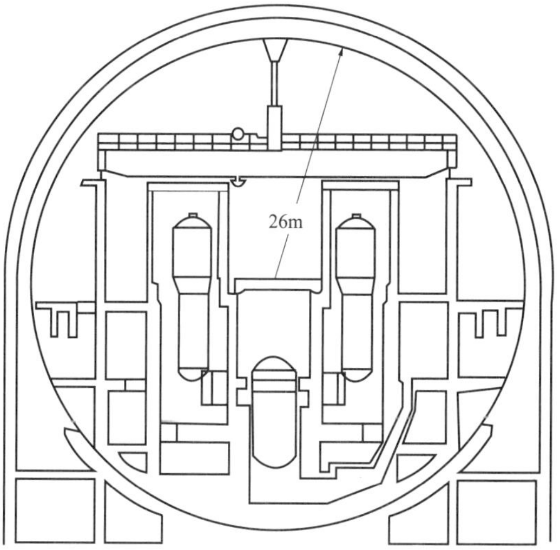


图 2-8　球形双层安全壳剖面

此外，早期的一些压水堆核电厂曾采用冰冷凝器式安全壳，如图 2－9 所示。在这种结构的安全壳内有一个环形冷藏室，其中装有含硼的冰块。在正常情况下，用常规的制冷设备使冰块维持在凝结状态。在失水事故时，堆芯释放的蒸汽首先经过冰冷凝器，而后进入安全壳的上部空间。这样，可使相当份额的蒸汽在冰冷凝器中凝结。这种结构的安全壳与干式安全壳相比，优点是安全壳承受的设计压力较低，比常用的干式安全壳体积小得多，但设备初置费及运行费用很高，现已很少采用。

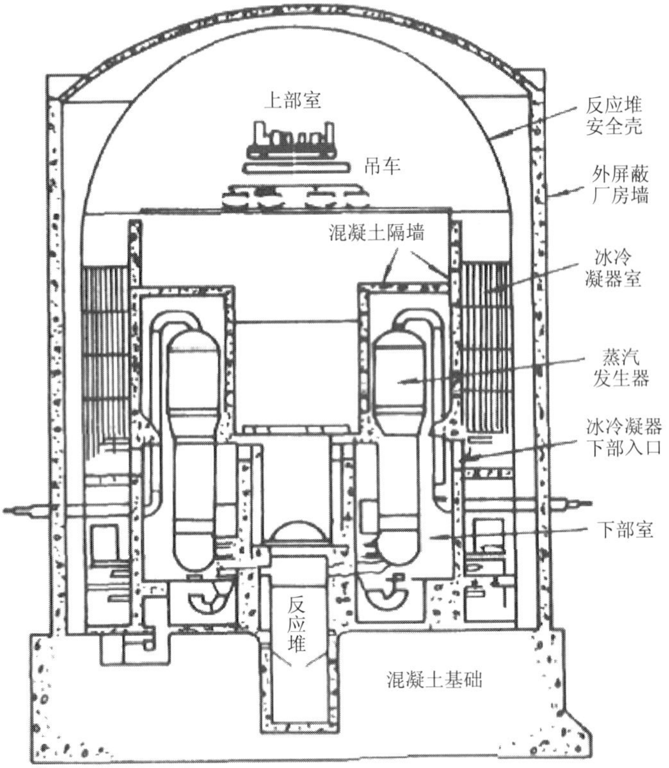


图 2－9　冰冷凝器式安全壳

## 2.4.4　辅助给水系统

辅助给水系统又称应急给水系统。当蒸汽发生器的主给水系统不能工作时，辅助给水系统向蒸汽发生器供水，及时带走反应堆的剩余释热，以保护堆芯和防止设备损坏。所以，可把它看作为核蒸汽供应系统的安全系统。此外，在反应堆正常启动和停闭过程中，为了在低功率下有效地控制给水，也需要由辅助给水系统向蒸汽发生器供水。对于绝大多数事故，都需要依赖由辅助给水系统维持蒸汽发生器的热阱作用。所以，辅助给水系统在确保核电厂安全上有着重要意义，在设计上必须确保它的可靠性。

辅助给水系统由两个子系统组成。一个子系统有两列 50% 容量的由可靠电源供电的电动给水泵，另一个子系统由一台 100% 容量的汽动泵组成，这三台泵均从抗震水箱（辅助给水箱）取水，以足够高压头直接注入蒸汽发生器。辅助给水箱排空以后，可以取重要厂用水作为替代水源。使冷却剂主系统从反应堆热备用工况冷却到余热排出系统投入温度，只需一台电动泵运行 5h 左右，辅助给水系统示意图如图 2 - 10 所示。

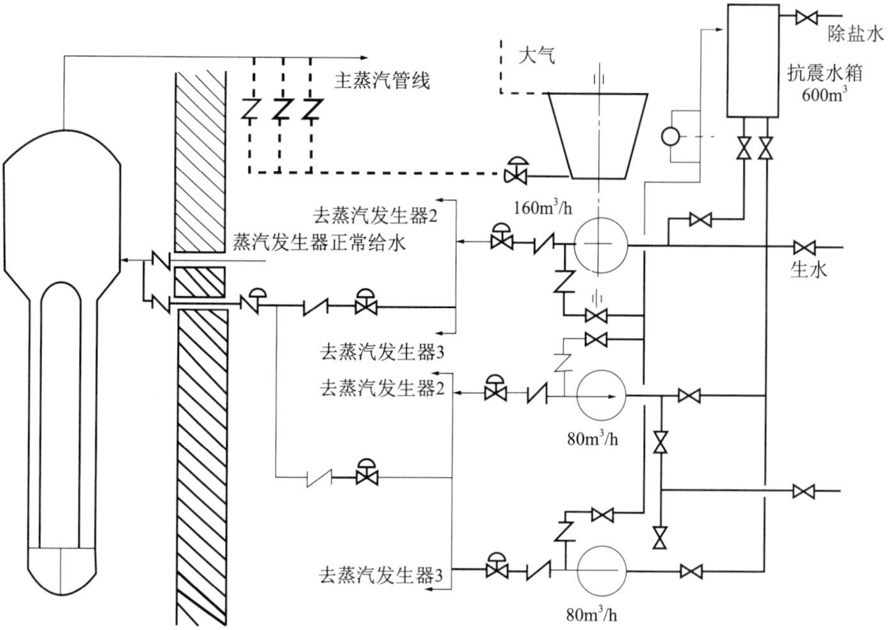


图 2 - 10 辅助给水系统示意图

为维持蒸汽发生器热阱作用，启动辅助给水系统的同时还需采取排汽措施。凝汽器可用时应开启旁路排汽系统以节省二次侧水资源。若凝汽器不可用，则应开启二次侧卸压阀排汽，否则蒸汽发生器安全阀会自动打开。

驱动汽动辅助给水泵的蒸汽由一台蒸汽发生器供给。为确保可用性，供汽汽压在 0.7 ~ 8.3 MPa 的范围内变化均可。

## 2.5 固有安全及非能动安全

反应堆正常运行时，裂变产物几乎全部被包容在燃料元件内，从燃料元件泄漏的少量气态裂变产物以及冷却剂中的活化产物几乎都被包容在封闭的一回路系统内。所以，反应堆正常运行时对环境的污染是极其微小的。但是一旦发生严重的堆芯损坏事故，同时又发生一回路压力边界和安全壳破损的情况下，将有大量放射性物质释放到环境中，造成严重污染。

由于运行中的反应堆存在着潜在风险，在反应堆、核电厂的设计、建造和运行过程中，必须坚持和确保安全第一的原则，核电厂运行史上三哩岛和切尔诺贝利两次重大事故的发生后，人们对反应堆安全性提出了更高的要求。国际核能界认为现有核电厂系统过于复杂，必须着力解决设计上的薄弱环节，提出应以固有安全（Inherent Safety）概念贯穿于反应堆、核电厂设计安全的新论点。

为了理解固有安全性的定义，首先应分析确保反应堆安全的4种安全性要素：

（1）自然的安全性：是指反应堆内在的负反应性温度系数、燃料的多普勒效应和控制棒借助重力落入堆芯等自然科学法则的安全性，事故时能控制反应堆反应性或自动终止裂变，确保堆芯不熔化。

（2）非能动的安全性：是指建立在惯性原理（如泵的惰转）、重力法则（如位差）、热传递法则等基础上的非能动设备（无源设备）的安全性，即安全功能的实现无须依赖外来的动力。

（3）能动的安全性：是指必须依靠能动设备（有源设备），即需由外部条件加以保证的安全性。

（4）后备的安全性：是指由冗余系统的可靠度或阻止放射性物质逸出的多道屏障提供的安全性保证。

固有安全性被定义为：当反应堆出现异常工况时，不依靠人为操作或外部设备的强制性干预，只是由堆的自然的安全性和非能动的安全性，控制反应性或移出堆芯热量，使反应堆趋于正常运行和安全停闭。具备这种能力的反应堆，即主要依赖于自然的安全性、非能动的安全性和后备反应性的反应堆体系被称为固有安全堆。当前国际核工程界公认的先进核反应堆有池式快堆IFR（Integral Fast Reactor）和模块式高温气冷堆MHTGR（Modular High Temperature

Gas Cooled Reactor），它们的特点是以固有安全概念贯穿于堆的整个设计。而过程固有最终安全反应堆 PIUSRC（Process Inherent Ultimately Safe Reactor）的设计，则进一步发挥了这个概念，其堆芯浸泡在一个极大的水池内，堆芯产生热量永远小于水池冷却能力，堆芯安全的保证依靠重力和热工水力定律，所以是固有安全性设计。

应该指出，当前那些正在运行着的核电厂的反应堆，它们的安全性虽然也依赖于上述 4 种要素，但与具有固有安全性反应堆相比，所依赖的程度和重点是不同的。这些堆均需设置应急堆芯冷却系统、余热排出系统、安全壳及安全壳喷淋系统等专设安全设施，依靠的主要是能动的安全性和后备的安全性，压水堆（PWR）、沸水堆（BWR）和高温气冷堆（HTGR）等都属于这个范畴，它们的安全性是按概率风险评价确保的，属于工程的安全性。

第3章

# 核反应堆安全评价体系

## 3.1 传统的安全评价体系

人类在从事创造物质财富的各种活动，或谋求各种利益与方便的同时，将不可避免地受到来自各种风险的威胁，如电的利用、超声速飞机和各种机动车的使用。人们在从事各项活动时并不因为有风险的威胁而一概地放弃这些活动，而是对这些活动所带来的收益和风险进行综合比较，权衡后决定取舍，这种对活动的潜在风险进行分析评价，并在评价过程中提出可能的措施，就是风险分析或风险评价。如何以合理可行的手段尽可能地降低这些活动所带来的风险，就构成各项活动的风险分析目标。风险评价的目的是对活动及系统的安全性或潜在风险进行分析评价，从而尽可能地降低活动的风险。

核反应堆在风险与安全问题上与其他工业装置有着较大的差异，在费米设计第一座反应堆时，自持式链式裂变反应的特殊危险就被意识到了。为此CP－I反应堆设置了斧头人以在紧急时刻砍断悬挂装置，使得吸收体落入堆芯进而中止链式裂变反应。

这也就是最早的反应堆安全系统——紧急停堆系统的由来，目前反应堆设计与运行中依然使用这一词汇——SCARM（专业术语译为紧急停堆），即 Safety Control Rod Axe Man，安全控制棒斧头人。

从 CP－I 反应堆开始，经过二三十年的发展，反应堆安全监管与评价体系在 20 世纪六七十年代被逐步建立。在美国，最初核安全监管的责任在于原子能委员会（AEC，Atomic energy committee），AEC 是美国国会在第二次世界大战以后立法设立的政府机构，在“二战”胜利后基于杜鲁门总统签署“1946 年原子能法案”接替军方领导美国的核能开发。在 1946—1974 年，AEC 既是美国核能开发的规划者又是核能安全监督者。由于 AEC 在核安全问题上属于“既当裁判，也当选手”，而核安全问题事关重大的公众利益，AEC 被认为无法完全代替“公众与政府”行使监管职责，于是美国国会通过了“1974 年原子能组织法”，将 AEC 拆解为负责核能开发的“能源研究与发展局”以及负责核能监管的 NRC，前者后来并入美国能源部（DOE）。在此过程中独立的核安全监管体系得以建立，传统的安全评价体系得以成熟。中国以及其他国家的独立核安全监管体系也在类似的过程中得到建立。

根据国际原子能机构的定义，核安全活动的目标是：

“为确保核电厂的运行和活动的开展能够达到合理的最高安全标准，必须采取措施以实现以下目标：

控制运行状态中对人的辐射照射和向环境的放射性释放；

限制可能导致核电厂核反应堆堆芯、核链式反应、辐射源、乏核燃料、放射性废物或任何其他辐射源失控事件发生的可能性；

在发生这类事件的情况下减轻其后果。”

支持安全目标的是辐射防护目标和安全设计目标。

辐射防护目标为：

“为了履行安全原则，必须确保对核电厂的所有运行状态和对任何相关活动而言，将来自电厂范围内的辐射照射剂量或由于电厂放射性物质的任何已计划的释放所引起的照射剂量保持在剂量限值以下，并且保持在可合理达到的尽量低的水平。此外，还必须在出现任何事故的情况下采取减轻事故放射后果的措施。

必须将核电厂设计和运行在使一切辐射源处于严格的技术和行政管理控制之下。但是，该原则不排除有限的照射，也不排除处于运行状态的核电厂向环境释放规定数量的放射性物质。这种照射和放射性释放必须受到严格的控制，并保持在符合监管和运行限值以及辐射防护要求可合理达到的尽量低的水平。”

安全设计目标为：

“为了在核电厂的设计中达到合理的最高安全水平，应当为以下目的采取与国家验收标准和安全目标相一致的措施：

防止由于反应堆堆芯或其他辐射源失控引起的具有有害后果的事故，并减轻所发生的任何事故的后果；

确保对装置设计中考虑到的所有事故而言，任何放射后果都将低于相关限值，并将保持在可合理达到的尽量低的水平；

确保有严重放射后果的事故发生的可能性极低，并将这种事故的放射后果减少到尽实际可能的最小程度。”

实现以上安全目标的途径是纵深防御的安全设计，而与之相辅相成的是确定论的安全分析方法，以及与纵深防御以及确定论安全分析相配套的一系列的复杂庞大的安全法规体系。

纵深防御主要通过将一系列连续和独立的防护层结合起来加以实施，并且在人员或环境可能受到有害影响之前，这些防护层必须不能失效。如果某一层保护层或屏障失效，后续保护层或屏障就应发挥作用。不同防御层的独立效能是纵深防御的一个必要组成部分。共有 5 个层级的防御：

在传统的核安全评价体系中，判断反应堆是否实现了核安全目标以及 5 个层次纵深防御的基础是“确定论安全分析”传统的安全评价体系，又被称之为基于“确定论”的安全评价体系，其基础是一套“确定的”设计基准以及对应的“确定的”设计要求。

关于确定论安全分析的详细介绍，读者可参考相关教材与本书第 4 章，确定论安全分析是基于一套与纵深防御设计要求匹配的保守假定，基于这套假定，分析人员确定电厂的“假设始发事件”以及其后的事故序列，并通过基于反应堆物理以及热工水力知识的分析程序或者工具确定事故后果。在传统的核安全评价体系里，确定论安全分析被用于：

（1）制定和确认所有安全重要物项的设计基准。

（2）表征与核动力厂设计和厂址相适应的假设始发事件。

（3）分析和评价假设始发事件导致的事件序列，以确认鉴定要求。

（4）将分析结果与验收准则、设计限值、剂量限值以及可接受限值进行比较，以满足辐射防护要求。

（5）论证通过安全系统的自动响应并结合所规定的操纵员动作，能够管理预计运行事件和设计基准事故。

（6）论证通过安全系统的自动响应和利用安全设施功能并结合预期的操纵员动作，能够管理设计扩展工况。

由核电厂设计过程中确定论安全分析的目的和要求可知，在确定论安全分析过程中包含若干重要影响因素：设计基准、假设始发事件、限值、确定论分析方法以及分析假设和条件。

其中，设计基准用于明确物项（包括核电厂及相关设备）对安全功能的执行，为安全分析提供基本判断依据；假设始发事件反映核电厂的典型潜在失效风险，是安全分析的源头；限值是对设计基准的进一步深化及定量补充，是对安全分析结果进行评价的重要依据；确定论分析方法具体体现在安全分析的评价模型中，并从一定程度上体现了对核安全要求的满足程度；分析假设和条件体现了核安全法律法规的要求和设计中的不确定性。

### 3.1.1 设计基准

设计基准包括电厂总的安全设计基准以及对于具体执行安全功能物项的设计基准。

根据HAF102－2016，反应堆运行和事故状态分为正常运行、预计运行事件、设计基准事故和设计扩展工况，如表3－1所示。

表3－1 反应堆运行工况表

<table>
<tr><th colspan="2">运行状态</th><th colspan="3">事故工况</th></tr>
<tr><td rowspan="2">正常运行</td><td rowspan="2">预计运行事件</td><td rowspan="2">设计基准事故</td><td colspan="2">设计扩展工况</td></tr>
<tr><td>没有造成堆芯明显损伤</td><td>堆芯熔化（严重事故）</td></tr>
</table>

（1）正常运行。反应堆在规定的运行限值和条件范围内的运行，包括停堆状态、功率运行、启停堆过程，以及维护、试验和换料等状态。正常运行中的事件引起的物理参数变化不会达到触发保护动作的阈值。

（2）预计运行事件。在反应堆运行寿期内预计至少发生一次的偏离正常运行的各种运行过程。由于设计中已采取相应措施，这类事件不至于引起安全重要物项的严重损坏，也不导致事故工况。

正常运行和预计运行事件统称为运行状态。

（3）设计基准事故。导致反应堆事故工况的假设事故，这些事故的放射性物质释放在可接受限值以内，该核动力厂是按确定的设计准则和保守的方法来设计的。

（4）设计扩展工况。不在设计基准事故考虑范围的事故工况，在设计过程中应该按最佳估算方法加以考虑，并且该事故工况的放射性物质释放在可接受限值以内。设计扩展工况包括没有造成堆芯明显损伤的工况和堆芯熔化（严重事故）工况。

安全重要物项的设计基准应包括设计基准功能及设计基准值：

（1）设计基准功能是指由设施的SSCs（构筑物、系统和部件）所执行的以满足监管、许可证条件或技术要求的功能，并可通过安全分析证明满足设计要求。

（2）设计基准值是指为满足设计基准功能由设计要求所确定的控制参数或依据法规、标准或导则选定的设计边界，并通过安全分析确认。

核电厂设计中，应确定设计对象的设计基准，包括整个核电厂及其 SSC。在 HAF102 的核电厂总体设计要求中，明确规定了：

（1）对于核电厂，必须确定核动力厂状态并主要按发生频率将核动力厂状态分成有限的几类，并且必须为每类核动力厂状态确定准则，使得发生频率高的核动力厂状态必须没有或仅有微小的放射性后果，而可能导致严重后果的核动力厂状态的发生频率必须很低。核电厂的分类如 1.1.3 纵深防御中所述。

（2）对于核电厂的安全重要物项，其设计基准必须针对有关的运行状态、事故工况以及由内部和外部危险导致的工况，详细说明其必需的能力、可靠性和功能，以在核动力厂整个寿期内满足特定的验收准则，并且必须系统地论证安全重要物项设计基准的合理性。

### 3.1.2 限值

核电厂设计中需遵循一系列的限值。根据核电厂设计的安全目标，核电厂在各种状态下都应该满足其辐射防护限值要求，如在 GB18871《电离辐射防护与辐射源安全基本标准》规定职业照射的剂量限值不得超过下述限值：

（1）由审管部门决定的连续 5 年的年平均有效剂量（但不可作任何追溯性平均）为 20 mSv。

（2）任何一年中的有效剂量为 50 mSv。

（3）眼晶体的年当量剂量为 150 mSv。

（4）四肢（手和足）或皮肤的年当量剂量为 500 mSv。

为确保核电厂安全目标的实现，核电厂设计中还规定了一系列其他的限值，包括设计限值、运行和安全限值等，在法规中对此也提出了相应的要求。

HAF102 中要求针对运行状态和事故工况，必须为安全重要物项规定一套相应的设计限值。设计限值必须符合核安全法规和相关的监管要求。并且，核动力厂设计必须为核动力厂安全运行确定一套运行限值和条件，必须包括：

①安全限值。

②安全系统整定值。

③正常运行限值和条件。

④工艺变量和其他重要参数的控制系统限制和规程限制。

⑤对核动力厂的监督、维修、试验和检查的要求，以保证各构筑物、系统和部件执行设计中预定的功能，并使辐射风险保持在可合理达到的尽量低的

水平。

⑥规定的运行配置，包括在安全系统或安全相关系统不可用时的运行限制。

⑦行动说明，包括在响应偏离运行限值和条件时所采取行动的完成时间。

### 3.1.3　假设始发事件

假设始发事件是确定论分析的基础，核电厂设计中，必须采取系统性的方案来确定整套假设始发事件，以便在设计中预测和考虑到全部具有潜在严重后果的可预见事件和全部具有较高发生频率的可预见事件。

假设始发事件必须包括在各种功率及停堆状态下，所有可预见的核动力厂构筑物、系统和部件失效、人员差错，以及内部和外部危险可能引起的失效。

核电厂设计中必须对假设始发事件进行分析，以确定为执行所要求的安全功能所必需的预防和缓解措施，并且应在此基础上确认安全重要物项的设计基准。在核动力厂总体安全评价和详细分析中，用于确定安全重要物项性能要求的假设始发事件，必须划分成若干具有代表性的事件序列。这些具有代表性的事件序列包络所有同类事件，并为安全重要物项的设计和运行限值提供基准。

核动力厂对任何假设始发事件的预期响应，必须是下列可合理达到的情况（按优先顺序）：

（1）依靠核动力厂的固有特性，使假设始发事件不会对安全产生重大影响，或只使核动力厂产生趋向于安全状态的变化。

（2）发生假设始发事件后，可借助非能动安全设施或在此状态下连续运行的系统的作用，以控制该事件，使核动力厂趋于安全。

（3）发生假设始发事件后，可借助为响应该事件而必须投入运行的那些安全系统的作用，使核动力厂趋于安全。

（4）发生假设始发事件后，可借助执行专门规程使核动力厂趋于安全或使核动力厂状态得到控制。

对于需要立即采取可靠响应行动的假设始发事件，设计必须有自动安全动作来启动所需的安全系统，以防止发展为更严重的工况。

对于不需要立即采取响应行动的假设始发事件，可允许依靠手动启动系统或操纵员的其他动作。从探测到异常事件和事故到采取行动之间必须有足够的时间，以及有适当的规程（如管理规程、运行规程和应急规程），以保证这些行动的执行。必须对因操纵员错误操作或错误诊断而导致事故序列恶化的可能性作出评价。

如果假设始发事件发生后，需要操纵员的行动来诊断核动力厂的状态并使核动力厂及时进入长期稳定停堆工况，则必须设置适当的仪表以有利于监测核动力厂的状态，同时设置适当的控制措施以便于设备的手动操作。

如果由工程判断、确定论安全分析和概率论安全分析的结果表明事件组合将可能导致预计运行事件或事故工况，则必须主要根据其发生的可能性，将这些事件组合纳入设计基准事故或设计扩展工况。某些事件可能是其他事件的后果，例如地震后的水淹。这种继发效应应视为初始假设始发事件的一部分。

### 3.1.4 可信措施

传统安全评价体系的一个核心特征是在评价始发事件影响的过程中仅考虑“可信”的措施，这些“可信”的措施主要是指：

基于确定论安全评价确定的一组安全级 SSC，对于这些安全级 SSC 基础特殊的设计要求，在事故分析中近似认为这些 SSC 在执行其对应的安全功能是可信的。

制定一套严格的操作员培训措施以及事故处理规程，仅认为合格的，获得许可的操作员进行的，在事故处理规程中进行了详细指引的操作员动作是可信的。

HAF102 规定：“4. 1. 2 必须用全面、系统的方法来确定完成基本安全功能所必需的安全重要物项，以及在核动力厂所有状态下用于实现或影响基本安全功能的固有特性。”对于这些物项，要求“必须规定核动力厂安全重要物项的设计规范，并必须使其符合核安全法规和相关的监管要求，以及经验证的工程实践，同时适当考虑其与核动力厂技术的相关性。设计必须采用保证稳健性设计的方法，必须遵循经验证的工程实践，以保证在所有运行状态和事故工况下执行基本安全功能。”而这些安全重要物项，有着特殊的安全设计要求，包括：独立性、对抗共因故障、单一故障准则、故障安全准则等。

类似的情况也在严重事故管理、应急措施、在役检查与技术规程书中有所体现，对于传统的确定论安全评价体系而言，任何设计或安全评价活动中均存在一个“可信的清单”，只有清单之中的物项以及对应的功能，才是能够在设计以及安全分析中作为能够起到缓解作用的措施进行考虑。但是在假设始发事件以及“单一故障”中，“可信的清单”中的物项以及对应安全功能在一定条件下依然有可能失效。

### 3.1.5 分析假设和条件

核电厂确定论安全分析的实质是对一系列的瞬态物理过程开展计算分析，其结果的准确性与保守性，除与分析工具的模型有关外，也受到初始条件和边界条件选取的影响。在 HAF102 中，对安全分析的条件和假设作出了一些规定：

（1）安全分析必须保证在核动力厂设计中适当考虑了不确定性。尤其是应有适当的裕量，以避免出现陡边效应以及早期放射性释放或大量放射性释放。

（2）必须基于当前状态或竣工状态，更新和验证核动力厂设计中所采用的各项分析假设、方法的适用性和保守程度。

（3）设计必须为数据、计算和制造中的不确定性因素留有裕量。

为保证核电厂的安全性，安全分析采用的初始条件及各项参数均取保守值，即取值会对后果产生不利的影响，主要包括如下几个方面的考虑：分析对象的堆型；分析对象的用途；所分析事故的过程特征；事故分析所针对的验收准则；事故分析中采用的停堆信号。

实际分析过程中，关于反应堆相关物项的可用性，一般采取以下方式进行假定：

（1）假设失去厂外电源。

（2）假设最大价值的一组控制棒卡在全抽出位置（卡棒假设）。

（3）仅考虑安全级设备的缓解事故的作用。对于非安全级设备仅考虑其对事故的不利的影响。

（4）需假设极限的单一故障。

## 3.2　风险指引的安全评价体系

1975年，美国核管会（Nuclear Regulatory Commission，NRC）在没有核电站事故先例的情况下，发布了NUREG－075反应堆安全研究报告，其中的第14卷，又称之为WASH－1400报告，报告采用了不同于以往的分析方法：一种系统性的工程安全分析方法，对于电厂严重事故的风险进行了评价。

WASH－1400反应堆安全研究报告是由诺曼·拉斯穆森（Norman Rasmussen）教授领导的一个专家委员会为NRC撰写的。因此，它经常被称为拉斯穆森报告。它考虑了在一个大型现代化（当时）轻水反应堆发生严重事故时可能发生的事件的过程。它使用故障树/事件树方法估计了这些事件的辐射后果及其发生的概率。这种技术被称为概率风险评估（Probability Risk Assessment，PRA），后来被国际原子能机构（International Atomic Energy Agency，IAEA）称之为概率安全评价方法（Probability Safety Assessment，PSA）。

报告的结论是，与其他可容忍的危险相比，这些电站对个人造成的风险是足够小的。具体地说，报告得出的结论是，每座反应堆每年完全熔毁的可能性约为万分之一。

这份报告采用的概率安全分析方法与以往的确定论安全分析方法具备以下几个特点：

（1）采用现实方法的分析并识别始发事件发生后电厂可能的事故序列，即承认同一始发事件后可能存在多个不同的事故序列，而不是使用所谓“保守”的方式确定始发事件发生后某一“确定”的事故序列。

（2）采用20世纪40年代开发并且当时已经在军工航天领域得到广泛应用的可靠性方法来评价始发事件发生的可能以及系统在始发事件后能够成功工作的概率，并结合以上概率和事故序列定量的、综合的评价电厂。

（3）将地震火灾等内外部灾害考虑进来，过去的电厂设计仅将它们作为一个“物项设计基准”作为设计输入。

1977年，“刘易斯委员会”（Lewis Committee）对这项研究进行了同行评审，该委员会普遍认为该方法是现有的最佳方法，但警告称，风险数据存在很大的不确定性。以今天的标准来看，所使用的方法相对简单，过于悲观，而且基于对关键现象学的早期理解存在一定的问题。

该方法提出后的1979年3月28日，美国宾夕法尼亚州的三哩岛核电站2号机组发生了严重事故，其事故序列在WASH－1400报告中得到有效的预见。美国政府在三哩岛事故后关闭了新建核电厂的审批，NRC的主要使命实质上是保持已有核电厂的安全运行，鉴于WASH－1400的预见性，NRC首先在部分电厂推行PRA分析。

数个核电厂首先在WASH－1400以及三哩岛经验的反馈的基础上开展了PRA工作，其中五座核电厂的报告被总结为NUREG－1150，即五座美国在运核电厂的严重事故风险评价。

在1986年，苏联切尔诺贝利核电厂发生了更为恶劣的严重事故，与三哩岛不同是，这次放射性物质大量地释放到了电厂之外，这也是目前为止后果最为严重的核事故。

切尔诺贝利事故使通过一套措施彻底避免核事故发生的核安全逻辑丧失了公众的信任。同年，美国核管会（NRC）发布了技术政策声明，声明表明，NRC追求的目标是“两个千分之一”。即：核电周边公众，因核事故导致立即死亡的风险，不应超过全社会成员因其他事故导致同类风险总和的千分之一；对核电周边公众，因核电运行所导致的癌症死亡风险，不应超过其他原因导致的癌症死亡风险总和的千分之一。

该安全目标是一个完全基于风险的描述，即承认核设施的运行是存在风险的，核安全的目标是控制该风险，这个认识是 PSA 在核设施的设计以及运行中能够得到应用的基础。但是这不代表着确定论安全要求的退出，实际安全监管操作中，基于确定论的安全要求依然是目前核安全要求的主要部分。主流的核安全观念认为：建立确定论与概率论结合的安全体系是未来的核安全发展趋势，在核安全的决策中应当在确定论的基础上考虑概率安全评价的结果。这种发展方向被概念化为风险指引的理念，即在安全设计与监管的决策中在原有的确定论依据中充分考虑 PRA 得出的风险见解，并在未来建立风险指引的监管体系。

之后，NRC 一方面开放核电厂以风险评价作为电厂各类技术申请的基础，同时基于实际应用情况出版基于风险指引的导则和法规，包括：

- RG 1.174，一种使用概率风险评价方法进行风险指引的电厂许可基准技术规格变更的决策方法。
- RG 1.175，一种使用概率风险评价方法进行风险指引的电厂特定在役检查的方法。
- RG 1.176，电厂特定风险指引决策：质保分级。
- RG 1.177，电厂特定风险指引决策：技术规格书。
- RG 1.178，电厂特定风险指引决策：管道的在役检查。

我国基于概率安全分析的系统性安全要求最早来自技术政策声明——《新建核电厂设计中几个重要安全问题的基础政策》。

该基础政策中的内容后续已经先后通过法规修订的形式加入 HAF 102 以及相关的 HAD 导则之中。该技术政策声明中关于 PSA 的要求主要有两个方面：

首先，提出了对于新建核电厂的概率安全目标，并认为该目标是总的安全目标的一种体现方式，同时明确了政策鼓励的概率安全应用范围，如下：

“概率安全分析方法是确定论方法的辅助和补充，应该在核电厂设计中得到应用。完成概率安全分析是为了：

（1）确认核电厂有一个平衡的设计，以保证某个设施或始发事件对核电厂总的风险贡献不会过大，或有显著的不确定性；

（2）确认核电厂参数小的偏离不会导致核电厂性能严重异常；

（3）提供严重堆芯损坏概率的评价和需要场外早期响应的大量放射性释放的风险评价，以确认与概率安全目标的一致性；

（4）提供外部灾害事件发生概率及其后果的评价；

（5）确认通过系统设计的改进或运行规程的修改能够降低严重事故发生频度和减轻其后果；

（6）评价核电厂应急规程的充分性。”

上述风险指引的应用主要以在运核电厂为主，在设计上，风险指引的应用还处于辅助的位置。对于安全设计而言，有两个核心命题：

（1）选择哪些基本事件作为设计基准事件。

（2）哪些物项被确保能够用于应对这些设计基准事件。

美国核管会（NRC）在 1994 年 7 月的《先进型核电厂法规的政策声明》中表达了“改善先进型核动力反应堆的许可证申请环境以尽可能减少管理过程中的复杂性和不确定性”的意图。并于 1995 年颁布 PSA 应用的政策声明，其目的是通过应用 PSA 技术来改进核安全监管，更有效地利用监管资源和减轻核电厂不必要的负担。在 1998 年颁布了一系列的风险指引型管理导则。1999 年，NRC 就开始反应堆安全法规（10CFR Part50）的更新工作，以反映风险指引和基于绩效的方法。

为了推动有关新法规体系的讨论，核工业界在 2002 年 5 月发表了“风险指引型的、基于绩效的反应堆法规体系”（NEI02－02）的白皮书。该白皮书描述了新法规体系的原理、基本准则和框架结构，同时也提出了一系列临时性的法规以供讨论。

2003 年 5 月，NRC 在《先进型反应堆研究计划》中表明，用于先进型（新的）反应堆（不分技术类型）的许可证申请和监管的风险指引型管理结构将提高新电厂许可证申请的有效性、效率和可预见性（即稳定性）。随着对核电厂风险研究的深入和 PSA 应用经验的积累，NRC 认为使用风险指引型技术改进核安全法规的时机已日渐成熟。2006 年 7 月，NRC 以过去数十年的安全分析研究成果和上万堆年的核电厂运行经验为基础，发布了《风险指引型核安全法规体系的发展框架》。该文件的目的是制定一个风险指引型的、基于绩效的、技术中立的法规体系，为编制新反应堆许可证申请的要求及导则和准则提供技术基础。

NRC 认为，现在核电厂管理依据的规程，大都参照 USNRC 发布的一些文献和标准，比如 10CFR50 和 General Design Criteria（GDC）。这些标准大都是为了指导美国商用轻水反应堆运行而制定的，不适用于许多第四代反应堆，包括超高温反应堆（Very High Temperature Reactor，VHTR）、钠冷快堆（Sodium－Cooled Fast Reactor，SFR）。

作为响应，在其 NUREG－1860 报告中，NRC 提出了一种“风险指引的未来电厂设计基准框架”，框架研究两个主题：怎样确定风险可接受准则；怎样为新反应堆执照申请选择执照基准事件（Licensing Basis Events，LBEs）。此处 Licensing Basis Events（LBEs）用来代替 Design Basis Events（DBEs），后者包括 Design Basis Accidents（DBAs）以及 Anticipated operation event（AOO）。

NUREG－1860 中风险可接受准则的代表形式是一条风险－后果曲线（F－C Curve）。这条曲线用频率值的大小以及它们相关的后果（剂量值的大小）描绘出预计运行事件或者非正常事件的可接受限度，如图 3－1 所示。

LBE 来源于 PSA 分析所产生的 1E－7 以上的事故序列，所有的 LBE 确定之后，要验证它们是否符合 F－C 曲线中的可接受准则。

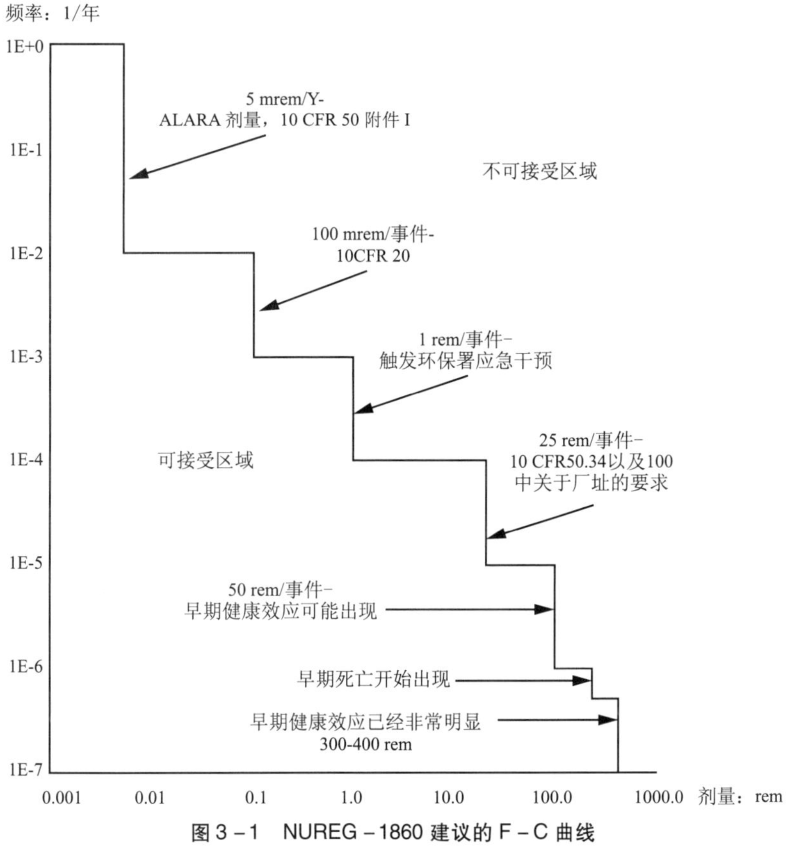


图 3－1　NUREG－1860 建议的 F－C 曲线

## 3.3　我国的核安全法规体系

### 3.3.1　国家核安全管理部门

我国国家核安全局成立于 1984 年 10 月，由国务院授权，对全国核设施安全实施统一的监督，独立地行使核安全监督权，其主要职责是：

（1）组织起草、制定核安全的方针、政策和法规，发布核安全有关的规定、导则和实施细则，审查有关核安全的技术标准。

（2）组织审查、评定核设施的安全性能及核设施营运单位保障安全的能力，负责颁发（吊销）核设施安全许可证件。

（3）负责核安全事故的调查、处理，指导和监督核设施应急计划的制定和实施。

（4）主持与核安全技术与管理有关的研究。

（5）参与核设备出口项目的许可证活动，开展核安全方面的国际合作。

国家核安全局在核设施集中的上海、广东、成都设立了派出机构，实施核安全监督。国家核安全局已经建立了一套核安全法规和导则体系，实施了核电厂许可证申请制度。

## 3.3.2 核安全法规

我国核安全法律法规体系分为国家法律、国务院行政法规、部门规章、导则和技术文件，如图 3－2 所示。

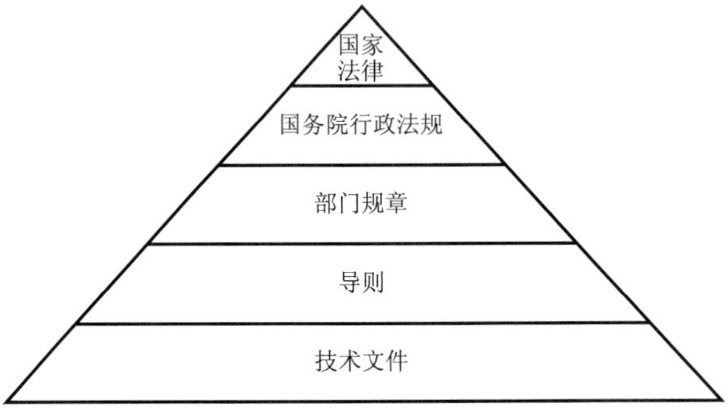


**图 3－2 我国核安全法规体系**

国家法律是法律法规的最高层次，是由全国人大常委会批准，以国家主席令发布的。对于核能开发和核技术应用及核与辐射安全问题的最高法律是《核安全法》和《原子能法》，《核安全法》已于 2018 年 1 月 1 日正式实施，《原子能法》目前正在制定中。当前有关核设施和核技术应用中有关核安全、电离辐射安全和环境保护的法律还有《中华人民共和国放射性污染防治法》。

国务院条例是国务院的行政法规，是法律法规体系的第二层次，是由国务院批准，以国务院令发布的。现有的条例包括《中华人民共和国民用核设施安全监督管理条例》（HAF001）、《核电厂核事故应急管理条例》（HAF002）、

《中华人民共和国核材料管制条例》（HAF501）、《民用核安全设备监督管理条例》（HAF600）、《放射性同位素与射线装置安全和防护条例》、《放射性物品运输安全管理条例》（HAF701）、《放射性废物安全管理条例》。

部门规章是法律法规的第三层次，由国务院的各行政管理部门批准和发布，具体到核与辐射安全相关的部门规章，即由环境保护部（国家核安全局）批准和发布。

此外，还有一些与部门规章对应的支持性法规文件，例如在核与辐射安全领域的核安全导则和核安全法规技术文件等。

核安全法规按其所覆盖的技术领域划分为10个系列，其编号的标准格式为HAF xxx/yy/zz，其中：HAF为“核安全法规”汉语拼音的缩写；“xxx”的第1位为各系列的代码，第2位和第3位为顺序号；“yy/zz”为核安全条例或规定的相应的实施细则及其附件的代码。

核安全法规各系列的编排分别为：

HAF 0xx/yy/zz——通用系列；

HAF lxx/yy/zz——核动力厂系列；

HAF 2xx/yy/zz——研究堆系列；

HAF 3xx/yy/zz——核燃料循环设施系列；

HAF 4xx/yy/zz——放射性废物管理系列；

HAF 5xx/yy/zz——核材料管制系列；

HAF 6xx/yy/zz——民用核承压设备监督管理系列；

HAF 7xx/yy/zz——放射性物质运输管理系列；

HAF 8xx/yy/zz——放射性同位素和射线装置监督管理系列；

HAF 9xx/yy/zz——辐射环境系列。

国家颁发的法律和行政法规，包括由核安全保证监管机构颁发的部门规章、国家标准和导则及由工业部门制定的行业标准等。

国家环境保护总局发布或批准了一系列规定，作为对核设施包括核电厂进行安全监督的依据，如《辐射防护规定》（GB 8703—1988）、《核电厂环境辐射防护规定》（GB 6249—1986）等。这些规定全部以中华人民共和国国家标准（GB）的形式发布。

### 3.3.3 核安全许可证制度

根据《中华人民共和国民用核设施安全监督管理条例》规定，我国已实行核设施安全许可证制度。由国家核安全局负责制定和批准颁发核设施安全许可证。

核电厂的许可证按5个主要阶段申请和颁发：

（1）核电厂的选址定点：根据国家基本建设程序规定，国家计划委员会在收到国家环境保护总局的《核电厂环境影响评价报告批准书》、国家核安全局的《核电厂厂址安全审查批准书》后，批准《可行性研究报告》，批准营运单位申请的厂址。

（2）核电厂的建造：核电厂的营运单位向国家核安全局提交《核电厂建造申请书》《初步安全分析报告》和其他有关资料（如系统手册、设计报告、质保大纲等文件）。国家核安全局审评后，颁发《核电厂建造许可证》，批准核电厂建造，许可开始核岛混凝土浇筑。

核电厂《初步安全分析报告》必须包括足够的资料，以使国家核安全部门能独立作出安全审评。提交资料的格式、范围和细目必须符合国家核安全部门的要求，安全分析报告包括如下内容：

①厂址及其环境的描述。

②建厂的目的，反应堆设计、运行和实验所遵循的基本安全原则（包括所用的法规、标准和规范），设计基准内部和外部始发事件，以及为保护厂区人员和公众安全为目的的安全系统性能的描述。

③核电厂系统的描述，包括目的、接口、仪表、检查维护和所有运行工况以及事故工况下的性能。

④设计、采购、建筑、调试和运行方面的质量保证大纲的描述。

⑤对预计安排在反应堆内进行的、对安全具有重要影响的任何形式的实验的安全问题的检查。

⑥相类似核电厂的运行经验的回顾。

⑦假设始发事件及其后果的安全分析，包括足够的资料和计算，以便有条件进行独立评价。

⑧核电厂的支持安全技术条件，包括安全限值和安全系统整定值、安全运行的限制条件、设备监测要求、组织和管理上的要求。

（3）核电厂的调试：核电厂的营运单位向国家核安全局提交《核电厂首次装料申请书》《最终安全分析报告》和其他有关资料，国家核安全局审评后颁发《核电厂首次装料批准书》，批准首次装料，许可进行调试，并按批准的计划提升至满功率，进行12个月的试运行。

（4）核电厂的运行：核电厂的营运单位向国家核安全局提交《核电厂运行申请书》，修订的《最终安全分析报告》和其他有关资料，国家核安全局审评后，颁发《核电厂运行许可证》，批准正式运行。

（5）核电厂的退役：核电厂的营运单位在获得国家核安全局颁发的《核

电厂退役批准书》后，可开始退役活动；在获得《核电厂退役批准书》后，方能正式退役。

## 3.4　IAEA的核安全法规体系

国际原子能机构安全标准的地位源于原子能机构《规约》，其中授权原子能机构与联合国主管机关及有关专门机构协商并在适当领域与之合作，以制定或采取旨在保护健康及尽量减少对生命与财产之危险的安全标准，并对其适用作出规定。为了确保保护人类和环境免受电离辐射的有害影响，原子能机构安全标准制定了基本安全原则、安全要求和安全措施，以控制对人类的辐射照射和放射性物质向环境的释放，限制可能导致核反应堆堆芯、核链式反应、辐射源或任何其他辐射源失控的事件发生的可能性，并在发生这类事件时减轻其后果。这些标准适用于引起辐射危险的设施和活动，其中包括核装置、辐射和辐射源利用、放射性物质运输和放射性废物管理。安全措施和安保措施具有保护生命和健康以及保护环境的共同目的。安全措施和安保措施的制定和执行必须统筹兼顾，以便安保措施不损害安全，以及安全措施不损害安保。原子能机构安全标准反映了有关保护人类和环境免受电离辐射有害影响的高水平安全在构成要素方面的国际共识。这些安全标准以原子能机构《安全标准丛书》的形式印发，该丛书分以下三类。

**安全基本法则**

“安全基本法则”阐述防护和安全的基本安全目标和原则，以及为安全要求提供依据。

**安全要求**

一套统筹兼顾和协调一致的“安全要求”确定为确保现在和将来保护人类与环境所必须满足的各项要求。这些要求遵循“安全基本法则”提出的目标和原则。如果不能满足这些要求，则必须采取措施以达到或恢复所要求的安全水平。这些要求的格式和类型便于其用于以协调一致的方式制定国家监管框架。这些要求包括带编号的“总体”要求用“必须”来表述。许多要求并不针对某一特定方，暗示的是相关各方负责履行这些要求。

**安全导则**

“安全导则”就如何遵守安全要求提出建议和指导性意见，并表明需要采取建议的措施（或等效的可替代措施）的国际共识。“安全导则”介绍国际良好实践并且不断反映最佳实践，以帮助用户努力实现高水平安全。“安全导则”中的建议用“应当”来表述。

1）原子能机构安全标准的适用

原子能机构成员国中安全标准的使用者是监管机构和其他相关国家当局。共同发起组织及设计、建造和运行核设施的许多组织以及涉及利用辐射源和放射源的组织也使用原子能机构安全标准。原子能机构安全标准在相关情况下适用于为和平目的利用的一切现有和新的设施和活动的整个寿期，并适用于为减轻现有辐射危险而采取的防护行动。各国可以将这些安全标准作为制定有关设施和活动的国家法规的参考。原子能机构《规约》规定这些安全标准在原子能机构实施本身的工作方面对其有约束力，并且在实施由原子能机构援助的工作方面对国家也具有约束力。

原子能机构安全标准还是原子能机构安全评审服务的依据，原子能机构利用这些标准支持开展能力建设，包括编写教程和开设培训班。国际公约中载有与原子能机构安全标准中所载相类似的要求，从而使其对缔约国有约束力。由国际公约、行业标准和详细的国家要求作为补充的原子能机构安全标准为保护人类和环境奠定了一致的基础。还会出现一些需要在国家一级加以评定的特殊安全问题。例如，有许多原子能机构安全标准特别是那些涉及规划或设计中的安全问题的标准意在主要适用于新设施和新活动。原子能机构安全标准中所规定的要求在一些按照早期标准建造的现有设施中可能没有得到充分满足。对这类设施如何适用安全标准应由各国自己作出决定。原子能机构安全标准所依据的科学考虑因素为有关安全的决策提供了客观依据，但决策者还需做出明智的判断，并确定如何才能最好地权衡一项行动或活动所带来的好处与其所产生的相关辐射危险和任何其他不利影响。

2）原子能机构安全标准的制定过程

编写和审查安全标准的工作涉及原子能机构秘书处及分别负责应急准备和响应（应急准备和响应标准委员会）（从 2016 年起）、核安全（核安全标准委员会）、辐射安全（辐射安全标准委员会）、放射性废物安全（废物安全标准委员会）和放射性物质安全运输（运输安全标准委员会）的五个安全标准分委员会以及一个负责监督原子能机构安全标准计划的安全标准委员会（安全标准委员会）（见图 3－3）。原子能机构所有成员国均可指定专家参加四个安全标准分委员会的工作，并可就标准草案提出意见。安全标准委员会的成员由总干事任命，并包括负责制定国家标准的政府高级官员。已经为原子能机构安全标准的规划、制定、审查、修订和最终确立过程确定了一套管理系统。该系统阐明了原子能机构的任务，今后适用安全标准、政策和战略的思路以及相应的职责。

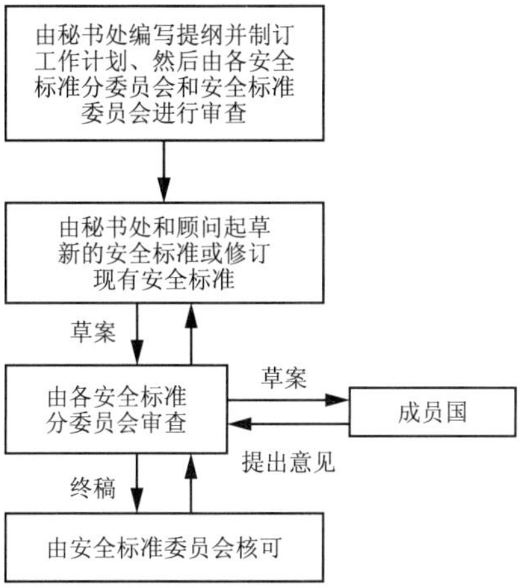


图 3－3　IAEA 安全标准委员会的组织架构

# 第4章

# 确定论分析的基本概念

从20世纪50年代建造核电厂开始，在核电厂设计中都是以确定论方法的分析结果为依据。确定论分析方法是确定一组假想的故障或事件，然后用描述电厂物理过程的计算模型，研究电厂在假想故障或事故下的行为，确认电厂关键参量是否超过许可值。根据纵深防御的原则，尽量采用保守的设计，提高系统和设备的可靠性；设置安全保护系统和专设安全设施，以便在发生偏离正常运行工况或发生假想事故后能将系统返回可控状态或将事故后果限制在可接受的范围内。为此，人为确定了若干假想事故作为设计基准事故，为确保专设安全设施能够应对这些设计基准事故，在安全分析中采用保守的假设和计算模型，并规定了各类设计基准事故的验收准则。核电发展的历史表明，确定论方法为保证核电厂的安全运行起到了重要作用。

确定论事故分析过程的4个基本要素：

（1）确定一组设计基准事故。

（2）选择特定事故下安全系统的最大不利后果的单一故障。

（3）确认分析所用的模型和电厂参量都是保守的。

（4）将最终结果与法定验收准则相对照，确认安全系统的设计是充分的。

根据法规的要求，选用设计基准事故是为了考验安全系统的设计裕度。设计基准事故的选择主要依据工程判断、设计和运行经验。目前选用的设计基准事故已经定型，这可以从标准审查大纲或有关导则中找到。确定论分析是考验核电厂设计总体完整性的主要手段。正因为设计基准事故的选择以及分析模型中有很大不确定性，为了确保分析结果的包络性，法规要求采用保守假定。判断确定论分析结果是否符合安全法规要求，采用了一套定量的判据，这些判据被称为验收准则。事故有严重程度不同，验收准则也有所区别。换句话说，设计基准事故的验收准则与特定设计基准事故的发生频率有关。越容易发生的事件，其验收准则越严格。

确定论安全分析必须包括：

（1）验证核电厂运行限值和条件已满足电厂正常运行时的运行限值和条件。

（2）描述适合于电厂设计及其厂址的各种假设始发事件的特征。

（3）分析并评定由各种假设始发事件而产生的事件序列。

（4）对分析结果与设计限值和辐射防护可接受准则进行对比。

（5）制定和确认设计基准。

（6）验证安全系统的自动响应，结合运行人员的规定动作对各种预计运行事件和事故工况的控制。

确定论分析范围：

（1）正常运行的安全分析包括：

①接近临界。

②开始功率运行。

③提升功率。

④功率运行下停堆。

⑤长期停堆。

⑥停堆期间的排热。

⑦燃料装卸。

⑧检查、修理和维护。

（2）预计运行事件和事故工况的安全分析包括：

①假设始发事件特征的描述。

②评定由每一假设始发事件引起的事件序列。

③评定后果。

④与设计限值和可接受的放射性准则进行比较。

⑤证实分析的有效性。

确定论分析的过程：

（1）事故原因（包括频率分级）确定。

（2）事件序列和系统运行。

（3）瞬态分析。

（4）损坏状态分类。

（5）源项推导。

（6）辐射后果评价。

（7）与设计限值和可接受的放射性准则进行比较。

（8）证实分析的有效性。

为核电厂确定论分析开发的计算机程序组要有两种：保守模型和现实模型。

保守模型又称评价模型。在分析中采用的初始条件及各项参数，均需从不利方面加上不确定性。要选用保守的各种关系式及标准。此外还必须考虑4项基本假设：保守模型一般用于核电厂安全审批过程，在该模型中考虑了最不利的情况，得出的是事故后果的极限值，给核电厂留有相当大的安全裕度。其缺点是分析所得的事故过程有时与真实情况相差较远，使工作人员不能了解过程的实际变化。

现实模型又称最佳估算模型。在分析中采用核电厂的运行参数或参数的平均值，尽量选用接近真实情况的关系式及标准，不考虑不合实际的保守假设。因而所得结果能接近真实情况。现实模型经常用于核电厂操作规程的制定和严重事故分析。作为一种尝试，目前正在研究使用现实模型分析，在其结果上加上适当裕度，作为代替保守模型或平行于保守模型的一种方法。

确定论的事故分析程序主要采用系统分析程序，通过建立流体力学模型、传热模型和系统部件模型，编写成计算机程序，预计反应堆在瞬态过程和事故工况下的性状。

目前压水堆的综合性系统分析程序主要包括 RELAP5、RETRAN、TRAC、CATHARE 和 ATHLET 等。

此外，对于有放射性后果的事故还要分析其放射性物质在系统内的迁移、向环境的释放以及在大气中的弥散，最终计算人员遭受的放射性剂量。常见的源项计算程序为 ORIGIN－2，放射性物质在安全壳内的迁移程序为 CONTAIN，剂量评估程序为 PAVAN。

## 4.1　核电厂工况分类

核电厂运行工况分类是指按事件预计发生频率分类。其目的是确定各种事件的验收准则，发生频率高的事件要求其后果轻微，后果严重的事件要求其发生频率极低。

核电厂运行工况可分为三类五种：

第一类：正常运行及运行瞬变（工况Ⅰ事件和工况Ⅱ事件）

工况Ⅰ事件包括：

（1）核电厂反应堆的正常启动、停堆和稳态运行。包括核电厂在启动、调试、功率运行、换料、维护或检修过程中所预计到的经常性或定期出现的工况。

（2）带有允许偏差的运行，如发生少量燃料元件包壳泄漏，一回路冷却剂放射性水平略有偏高、蒸汽发生器管子微小泄漏等，但未超过技术规格书所规定的最大允许值。

（3）运行瞬态，如核电厂的升温升压或冷却卸压，以及在允许范围内的负荷变化等。

这类工况出现频繁，所以要求整个过程中所引起的物理参数变化不会到达触发反应堆保护动作的整定值，无须停堆，仅需依靠控制系统在反应堆设计裕量范围内进行调节，即可把反应堆调节到所要求的状态，重新稳定运行。这类工况一般用来作为其他事故工况分析的初始工况。

工况Ⅱ事件：中等频率事件。

该事件也称预期运行瞬变，这是指在核电厂运行寿期内预计会出现一次或数次偏离正常运行的所有运行过程，其发生频率为：$F>10^{-2}$/堆年。由于核电厂设计时采取适当的措施，它只可能迫使反应堆停堆，而不导致任何裂变产物屏障破坏，即不超过燃料安全限值。

这类工况要求作事故分析，以证明在最坏的情况下不会造成燃料元件损坏，也不会导致不可接受的堆功率或一回路、二回路超温超压的出现。此外，还要求这类工况在导致最坏的停堆情况下仍能返回功率运行中，并不得引起最严重的事故工况（工况Ⅲ或工况Ⅳ）。

第二类：假想事故（工况Ⅲ事件和工况Ⅳ事件）。

工况Ⅲ事件：称为稀有事故。

在核电厂寿期内，这列事故一般极少发生。其发生频率约在 $10^{-4}$/堆年到 $10^{-2}$/堆年之间，即对于单个核电厂来说，不大可能发生，但从整体核电厂运行经验积累来说，则有可能出现。处理这类事故时，为了防止或限制对环境的辐射伤害，需要专设安全设施投入工作。这类事故包括：

（1）小破口失水事故。

（2）蒸汽管道小破裂。

（3）控制棒误动作。

这类事故可能超过燃料安全限值或超过系统的压力、温度或功率限值，但要求引起反应堆中受损伤的燃料元件数不超过规定的限值，不影响堆芯的几何形状和可冷却性，不得进一步损伤反应堆冷却剂系统和反应堆安全屏障。放射性释放不得超过厂外剂量限值，不得引起更重要的事故工况（工况Ⅳ）。

工况Ⅳ事件：极限事故。

这类事故的发生频率 $10^{-6} < F < 10^{-4}$/堆年之间，预期不会发生，因而也称为假想事故。然而这类事故一旦发生，则可能释放大量放射性物质，后果非常严重，因而在核电厂设计中也必须考虑如何预防事故和限制事故后果。这类事故包括：

（1）大破口失水事故。

（2）主蒸汽管道破裂事故。

（3）反应堆一台主泵卡轴或泵轴断裂。

（4）给水管道断裂事故。

这些事故用来对核电厂的安全设施提出要求。它们可能导致燃料元件重大损伤，但要求堆芯几何形状不受影响，堆芯冷却可以保持，并不得引起限制其后果的系统丧失功能，反应堆冷却剂系统和反应堆安全壳厂房不受附加损伤。放射性释放在许可限度内。

值得注意的是，从核电厂的运行历史来看，一些原来认为预期不会发生的假想事故，如蒸汽发生器的传热管破裂、主给水管道破裂，也已经发生过了，而且发生了多次。

上述4种工况所对应的安全准则列于表4－1中。

第三类：严重事故。

严重事故是指燃料元件严重损坏，堆芯熔化，安全壳完整性受到破坏，有大量放射性物质释放的事故。

在安全分析时称工况Ⅱ、工况Ⅲ和工况Ⅳ事件总称为设计基准事故。由Ⅱ类工况及Ⅲ类工况的分析规定了反应堆保护系统的要求，由Ⅲ类工况和Ⅳ工况的分析保证了专设安全设施的正确设计。

为满足Ⅲ、Ⅳ工况，基于满足单一故障准则的纵深防御和多道屏障设计对于防止和缓解严重事故是十分有效的，但由于主要考虑设计基准事故，有可能在应付严重事故方面存在某些薄弱环节。因此要求核电厂除做出安全分析报告外，还应做出防止和缓解严重事故的对策报告。

**表4－1　这四类工况所对应的安全准则**

| | 发生概率/[次·(堆$^{-1}$·年$^{-1}$)] | 放射性 | 安全准则 |
|---|---|---|---|
| 工况Ⅰ：正常运行及运行瞬变 | — | — | 燃料不应受到损伤，不要求启动任何保护系统或专设安全设施 |

续表

| | 发生概率/[次·(堆$^{-1}$·年$^{-1}$)] | 放射性 | 安全准则 |
|---|---|---|---|
| 工况Ⅱ：预计运行事件（中等频率事故） | $10^{-2}$~1 | — | 燃料不应受到损伤，任何屏障不应受到损坏（屏障本身出现故障外），采取纠正措施后机组应能重新启动，不应发展成为后果更严重的事故 |
| 工况Ⅲ：稀有事故 | $10^{-4}$~$10^{-2}$ | 全身≤5 mSv<br>甲状腺≤15 mSv | 一些燃料元件可能损坏，但数量应是有限的，一回路和安全壳的完整性不应受到影响，不应该发展成为后果更严重的事故 |
| 工况Ⅳ：极限事故 | $10^{-6}$~$10^{-4}$ | 全身≤0.15 Sv<br>甲状腺≤0.45 Sv | 燃料元件可能有损坏，但数量应有限，一回路、安全壳的功能在专设安全设施的作用下应能保证 |

核电厂事件的另一种分类方法，是按核事件影响核安全和辐射安全的严重程度来区分。

这是为了迅速向公众通报核电厂安全重要事件，使核工业界、新闻界和公众取得共同的理解。这种分类方法将核电厂事件分为7级：

1级——异常，核电厂运行偏离规定的功能范围。

2级——事件，核电厂运行中发生具有潜在安全后果的事件。

3级——严重事件，核电厂的纵深防御措施受到损坏，对工作人员具有严重的健康影响。

4级——主要在核设施内的事故，核电厂反应堆堆芯部分损坏，对工作人员具有严重的健康影响。向厂外环境释放少量的放射性物质，公众受到规定限值量级的照射。

5级——具有厂外风险的事故，核电厂反应堆堆芯严重损坏。向厂外环境有限度的释放放射性物质，需要部分实施当地应急计划。

6级——严重事故，核电厂向厂外明显地释放放射性物质，需要全面实施当地应急计划。

7级——极严重事故，核电厂向厂外大量释放放射性物质，产生广泛的健康和环境影响。

此种核电厂事件分级的方法是根据各个核事件的厂外影响、厂内影响和纵深防御削弱三个方面来考虑的。对于安全上无重要意义的事件定为零级，也就是不列入分级范围之内。另外，较低级（1～3 级）的称为事件，而较高级（4～7 级）的则称为事故。

这种核电厂事件分级的方法是由国际原子能机构和联合国经济合作与发展组织核能机构共同组织国际专家组设计的，并于 1990 年 4 月起试用一年后经过修订。我国也采用了这种国际核事件分级表。

## 4.2 验收准则

验收准则包括通用的验收准则和具体验收准则。

1）通用的验收准则

工况Ⅰ：引起的物理参数的变化不会触发保护动作（小于保护参数的整定值）。

工况Ⅱ：当达到规定的限值时，保护系统能够关闭反应堆。但是经过必要的校正动作后，反应堆能够重新投入运行。工况Ⅱ类事件不得诱发后果更严重的事件（工况Ⅳ及工况Ⅳ类事故）。

工况Ⅲ：引起反应堆中受损伤的燃料元件的数量不得大于某一小定值，不影响堆芯的几何形状，并认为堆芯冷却是正常的。工况Ⅲ事故不会引起工况Ⅳ事故，不得进一步损伤反应堆冷却剂系统和反应堆安全壳屏障。放射性的释放不得禁止或限制居民使用厂外附近地区。

工况Ⅳ：可以导致燃料元件重大损伤，但堆芯几何形状不受影响，堆芯冷却可以保持。工况Ⅳ事故不得引起限制其后果的系统丧失功能，反应堆冷却剂系统和反应堆安全壳厂房不会受到附加的损伤，放射性释放在允许的限值内。

2）压水堆具体的验收准则举例

对于工况Ⅱ事件：

（1）燃料元件不烧毁，不发生 DNB，或最小 DNBR 在 95/95 限值以上。

（2）一回路压力小于 110% 设计值。

（3）放射性后果按正常排放允许值控制。

工况Ⅲ及工况Ⅳ事故：

（1）燃料元件保持可冷却状态：长时间高温 PCT < 1 204 ℃（2 200 ℉）；短时间高温 PCT < 1 482 ℃（2 700 ℉）。

（2）一回路压力小于 120% 设计值。

（3）放射性后果以厂区边界（2 h）及低人口区（8 h）剂量计算。

## 4.3　事故分析的基本假设

事故分析时所采用基本假设包括：初始条件及各项参数和四项基本假设。

1）初始条件及各项参数

事故分析采用的初始条件及各项参数均取保守值，即取对后果产生不利的影响。但究竟取正不确定性还是取负不确定性，常常需要经过仔细考虑，甚至必须经过敏感性分析才能确定。为决定如何取保守值，有三个方面是必须考虑的：

（1）所分析的事故的过程特征。

（2）事故分析针对哪项验收准则。

（3）分析中采用哪一种停堆信号。

下面列举一些需考虑取保守值的项目及通用的不确定性值：

（1）运行参数需考虑不确定性（控制系统死区、仪表误差及波动）。例如初始功率 +2%，初始温度 ±2.2 ℃（4 ℉），稳压器压力 ±0.21 MPa（30 psi），稳压器水位 ±2%，蒸汽发生器（SG）二次侧水位 ±5%，主冷却剂流量取设计值（已是保守值），SG 二次侧压力由热平衡决定。

（2）堆物理参数。慢化剂温度反应性，取后果最大的寿期的数值，甚至取 0（对于确定寿期的分析，取 ±10% 不确定性），燃料 Doppler 反应性系数取 ±15% 不确定性，控制棒价值计算取 ±15% 不确定性。

（3）停堆信号取安全级信号。法国分析中不取第一个到达的停堆信号，停堆设定值需带保守性，停堆延迟时间应按实验结果加保守性，控制棒负反应性引入曲线应取趋底型（下凸型）曲线。

（4）金属结构热容量及传热面积一般取 ±10% 不确定性。

（5）稳压器及 SG 安全阀开启压力取保守值。

2）四项基本假设

（1）假设失去厂外电。通用设计准则（GDC）17 规定在事故分析时必须考虑此项假设，应选择有、无或某一时刻失去厂外电三种情况中产生最不利的后果，此项假设适用于分析Ⅱ、Ⅲ、Ⅳ类工况。

（2）假设最大价值的一组控制棒卡在全抽出位置（卡棒假设）。GDC17 规定在事故分析时必须考虑此项假设，适用于分析Ⅱ、Ⅲ、Ⅳ类工况。

（3）仅考虑安全级设备缓解作用，对于非安全级设备仅考虑其对事故的不利影响。对于此项假设法国用于Ⅱ、Ⅲ、Ⅳ类工况的分析。而美国仅要求Ⅲ、Ⅳ工况，认为Ⅱ类为常见故障，不影响设备功能，如在Ⅱ类中采用该假设也接受。

（4）需假设极限的单一故障。对于此项假设法国用于Ⅱ、Ⅲ、Ⅳ类工况的分析，而美国同前一项假设一样仅要求Ⅲ、Ⅳ工况采用该假设，如在Ⅱ类中采用也可以接受。

## 4.4 单一故障准则

### 4.4.1 单一故障准则概述

为了在安全上得到高度的可靠性，首先要保证安全级设备高的质量要求，为此对要完成安全功能的设备，一律定为安全级设备。另外一个重要的方面是对安全级设备采用多重性设计，即具有“冗余”度。

设置冗余度的一种最低要求是采用 $N+1$ 准则，即为完成某一安全功能设计时设置 $N+1$ 个部件，而其中任何 $N$ 个部件就能达到要求，使系统具有容忍一个随机故障的能力，这就是满足单一故障准则。

满足单一故障准则的设备组合，在其任何部位发生单一随机故障时，仍能保持所赋予的功能。原自单一故障的各种继发故障，均视作单一故障不可分割的组成部分。

为了满足单一故障准则，在核电厂的设计上就有许多必然的要求，如：

（1）设计必要的泵，需要多一台。

（2）需要保证打开的阀门必须并联两台，需要保证关闭的阀门必须串联两台。既要保证开又要保证关的阀门，必须串并联共4台。

（3）保证长期阶段可用的管道必须并联两条。

（4）必要的信号，要求多重性。

### 4.4.2 单一故障准则的使用范围

（1）核电厂必须满足单一故障准则：核电厂必须有适当的安全裕度，当发生假设的单一故障（假设的单一故障是指按规章明确定义的单一故障）时，仍能完成其安全功能。

（2）安全组合必须满足单一故障准则：安全组合必须在发生单一故障时，仍能完成其安全功能。(安全组合是指在特定的假设始发事件发生后，为使该事故后果不超过规定的限值而要求其完成应有的动作的那种设备组合。如大破口失水事故必须有低压安注系统发挥功能，低压安注系统就是一个安注组合，必须满足单一故障准则。)

（3）有关规章中注明一些安全系统需满足单一故障准则：为了特别强调某些安全系统的重要性。

例如在核安全法规 HAF0102 规定："停堆手段必须包括两种不同的系统，每种系统在假定一个单一故障发生时必须能执行其功能。两种系统中至少必须有一种系统能单独使反应堆从运行工况快速地进入次临界，并得到足够的停堆深度。"

为检验核电厂是否符合单一故障准则的要求，必须对各有关安全设备组进行下述分析：假设单一故障及其全部继发故障依次出现在设备组合的各个单元上，并逐一进行分析，直至完成此组合内的全部故障分析为止；对各有关组合依次进行分析，直至完成所有组合和全部故障的分析为止。有关特定安全系统需要符合单一故障准则的叙述见后。单一故障准则在上述系统中的假设是此前已作了描述的过程中的一部分。单一故障分析中，不考虑同时发生一个以上的随机故障。

如上述分析的结果表明，每个安全组在计及假设始发事件的影响后均能完成各有的功能，则认为设计达到了单一故障准则的要求。

单一故障分析中，对于设计、制造、在役检查和保养的质量达到极高水平的非能动部件的故障，可不予考虑。但在排除能动部件发生故障的可能时，必须计及始发事件后需要部件发挥作用的全时程，并对基于此种假设的分析方法的正确性作出论证。

对于下列各种情况，无须遵守单一故障准则：

（1）极为罕见的假设始发事件。

（2）假设始发事件极不可能的后果。

（3）某些设备因进行维护、修理或定期试验，在有限的时间内停止使用。

对某些安全系统可能需要提出多重性或多样性的附加要求。例如在相同部件用于几种安全功能或同时用于安全和非安全目的之处、有共因故障的可能之处以及定期试验的有效性受到限制之处，均可据以提出附加要求。

### 4.4.3　单一故障准则的使用方法

（1）由单一事件引起的多重故障，仍归为单一故障。

(2) 整个核电厂系统(包括流体系统及电气系统)只考虑一个故障。

(3) 整个事故期间只考虑一个故障。规定:可在短期阶段考虑一个能动故障,或在长期阶段考虑一个能动故障或一个非能动故障。

(4) 单一故障准则是针对安全级部件而言的,对非安全级部件不考虑其对事故的缓解作用,而需考虑对事故的恶化作用。

(5) 只有当调用部件时,才有是否失效问题。不能假设已打开的阀门自行关闭,也不能假设已关闭的阀门自行打开。对非安全级设备也是如此。

(6) 在技术规格书中确定的定期维护、检修及试验的设备,不认为不可用。我国用的是 $N+1$ 多重性,而前联邦德国采用 $N+2$ 多重性,$N$ 台设备满足设计要求,其中一台冗余抗御单一故障,另一台设备作为交替检修时备用。

(7) 事故期间,如全部安全设备正常工作而造成最严重的后果时,就以此为极限工况,不假设单一故障。

事实上,以全部安全设备有效为极限工况的情况比较多,因为安全设施是为多种不同的事故而设计的,对于有些事故就会有措施过度的情况。如对于蒸汽发生器传热管破裂事故,如果全部专设安全设施有效,即全部上充安注、高压安注及辅助给水系统有效,则会加快蒸汽发生器满溢,可能引起更严重的事故。

(8) 必须把事故和故障区别开。在事故分析时,分析的工况是初因事故加上单一故障,而不分析事故叠加事故。

(9) 在事故分析中,应考虑两个附加的条件,加上这两个条件并不作为已考虑了单一故障。这两个条件是:

①失去厂外电源。如失去厂外电源,会引起主循环泵失电;主给水停止;冷凝器失去循环冷却水,真空破坏而失效,此外,一些专设安全设施必须采取应急柴油发电机电源,因而增加了起动延迟时间。

事故分析时,可考虑失去厂外电源,也可考虑不失去厂外电源,还可能考虑在事故进展到某一时刻而失去厂外电源。

规定这一假设,是按继发故障来考虑的,一个功率巨大的核电厂发生了事故,停止了发电,有可能造成电网混乱,不能正常工作。

②一组负反应性价值最大的控制棒处于全抽出的位置。这一假设使停堆负反应性减少,降低了停堆深度,对有些事故的后果是不利的。这一假设是作为取保守的观点来考虑的。

(10) 假设单一故障后,发生继发故障不算作超过单一故障。事故分析时应把初因事件、初始条件、附加条件、假设的单一故障以及由此产生的继发故障综合一起作为分析的条件。

（11）必须找到最保守的单一故障及极限工况。需假设的单一故障，依次发生在核电厂的每一个安全设备上，逐一作出分析，结果进行比较，以得到最保守的单一故障及极限工况。

（12）一种事故如具有几项验收准则就会有不同的最保守的初始条件、单一故障及极限工况。如对于一回路失水事故，考虑燃料元件包壳温度与安全壳的压力峰值，考虑的单一故障是不同的，前者需考虑全部安全壳喷淋有效，后者必然考虑安全壳喷淋只有一半容量投入运行。

## 4.5　压水堆设计基准事件清单

按照目前的习惯，工况Ⅱ、Ⅲ、Ⅳ通常总称为设计基准事故。为了确保核电厂的安全，在安全分析报告中规定要对主要的设计基准事故进行详细的分析计算，给出定量的结果并评定其是否满足目前的规范和标准。1975 年，美国核管会（USNRC）颁布了《轻水堆核电厂安全分析报告标准格式和内容》（第二次修订版），其中规定了需分析的典型始发事故，共八大类47 种，包括压水堆（41 种始发事故）和沸水堆（6 种始发事故）两种轻水堆型，见表 4－2。从物理现象上来看，它们又可以分为 8 组。

表 4－2　八组设计基准事故

| |
|---|
| 1）二回路系统排热增加 |
| （1）给水系统故障使给水温度降低； |
| （2）给水系统故障使给水流量增加； |
| （3）蒸汽压力调节器故障或损坏使蒸汽流量增加； |
| （4）误开蒸汽发生器泄放阀或安全阀； |
| （5）压水堆安全壳内外各种蒸汽管道破损。 |
| 2）二回路系统排热减少 |
| （1）蒸汽压力调节器故障或损坏使蒸汽流量减少； |
| （2）失去外部电负荷； |
| （3）汽轮机跳闸（截止阀关闭）； |
| （4）误关主蒸汽管线隔离阀； |
| （5）凝汽器真空破坏； |
| （6）同时失去厂内、外交流电源； |
| （7）失去正常给水流量； |
| （8）给水管道破裂。 |

续表

| |
|---|
| 3）反应堆冷却剂系统流量减少<br>（1）一个或多个反应堆主泵停止运行；<br>（2）沸水堆再循环环路控制器故障使流量减少；<br>（3）反应堆主泵轴卡死；<br>（4）反应堆主泵轴断裂。<br>4）反应性和功率分布异常<br>（1）在次临界或低功率启动时，失控抽出控制棒组件（假定堆芯和反应堆冷却剂系统处于最不利反应性状态），包括换料时误提出控制棒或暂时取出控制棒驱动机构；<br>（2）在特定功率水平下失控抽出控制棒组件（假定堆芯和反应堆冷却剂系统处于最不利反应性状态）产生了最严重后果（低功率到满功率）；<br>（3）控制棒误操作（系统故障或人员误操作），包括部分长度控制棒误操作；<br>（4）启动一条未投入的反应堆冷却剂环路或在不适当的温度下启动一条再循环环路；<br>（5）一条沸水堆环路的流量控制器故障或损坏使反应堆冷却剂流量增加；<br>（6）化容系统故障使反应堆冷却剂中硼浓度降低；<br>（7）在不适当位置误装或操作一组燃料组件；<br>（8）压水堆各种控制棒弹出事故；<br>（9）沸水堆各种控制棒跌落事故。<br>5）反应堆冷却剂装量增加<br>（1）功率运行时误操作应急堆芯冷却系统；<br>（2）化容系统故障（或运行人员误操作使反应堆冷却剂装量增加）；<br>（3）各种沸水堆瞬变（包括：给水系统故障使给水流量增加；蒸汽压力调节器故障或损坏使蒸汽流量减少；同时失去厂内、外交流电源）。<br>6）反应堆冷却剂系统装量减少<br>（1）误开压水堆稳压器安全阀或误开沸水堆安全阀或泄放阀；<br>（2）贯穿安全壳一回路压力边界仪表或其他线路系统破裂；<br>（3）蒸汽发生器传热管破裂；<br>（4）沸水堆各种安全壳外蒸汽系统管道破损；<br>（5）反应堆冷却剂压力边界内假想的各种管道破裂产生的失冷事故，包括沸水堆安全壳内蒸汽管道破裂；<br>（6）各种沸水堆瞬变（包括：蒸汽压力调节器故障或损坏使蒸汽流量增加；失去正常给水流量；给水管道破裂）。<br>7）系统或设备的放射性释放<br>（1）放射性气体废物系统泄漏或破损；<br>（2）放射性液体废物系统泄漏或破损；<br>（3）假想的液体储箱破损而产生的放射性释放；<br>（4）设计基准燃料操作事故；<br>（5）乏燃料储罐掉落事故。 |

续表

| |
|---|
| 8）未能紧急停堆的预期瞬态<br>（1）误提出控制棒；<br>（2）失去给水；<br>（3）失去交流电源；<br>（4）失去电负荷；<br>（5）凝汽器真空破坏；<br>（6）汽轮机跳闸；<br>（7）主蒸汽管道隔离阀关闭。 |

其他国家确定的设计基准事故与之相比，有一些事故的增减，也有一些工况划分上的不同，但相差不大。

在过去，特别是在三哩岛核电厂事故之前，在事故分析上，几乎把研究工作都集中到“大破口失水事故”上，把这一事故等同为设计基准事故或最大可信事故，认为这一事故代表了对核电厂最严重的考验，如能经受这一事故，也就能经受其他一切事故。这种做法是很片面的。

设计基准事故的内容还在继续发展，概率安全分析方法的应用为设计基准事故的选择与分类提供了科学的手段，严重事故研究指出了设计基准事故作为评价标准的不足。目前，有些国家已尝试把一些发生概率较高的多重故障导致的事故也列入安全分析报告中必须分析的事故清单之中。

## 4.6　钠冷快堆设计基准事件清单

参照俄罗斯快堆及世界其他快堆经验，并考虑了 IAEA 专家组的建议，在与国家核安全局共同讨论的基础上，典型快堆共考虑了 55 个初因事件。按故障的类型不同，可以将其分为下面 5 类：

（1）管道和设备的泄漏。

（2）反应性的意外变化。

（3）堆内燃料组件排热恶化、主回路系统失热阱或排热增加。

（4）燃料组件正常状态破坏。

（5）外部事件。

这样做的目的是不至于遗漏重要的假设故障，可以评价事故谱的完整性。但作为反应堆安全评价以及指导设计，按表 4－3 所示分类方法则更为有效。

表4-3 事件分类方法

| 事件频度 1/a | 事件分类 | 假设始发事件 |
| --- | --- | --- |
| $3.0\times10^{-2}\sim1.0$ | 预计运行事件 | 1. 中间热交换器泄漏<br>2. 在堆各种状态下调节棒意外提升<br>3. 在堆各种状态下补偿棒意外提升<br>4. 部分功率运行时一台一次钠泵突然加速<br>5. 含氢物质通过堆芯<br>6. 控制棒意外落入堆内<br>7. 各种工况下一台一次钠泵停运<br>8. 一台二次钠泵停运<br>9. 失去厂外电源<br>10. 透平机停止<br>11. 冷凝器失真空导致透平机停机<br>12. 一台给水泵停止工作<br>13. 主蒸汽管道上的安全阀误开启或透平机旁路上的减压阀打开<br>14. 除氧器水位降低<br>15. 额定功率运行时给水流量降低<br>16. 保存水池泄漏<br>17. 小的钠水反应<br>18. 换料工况下一台一次钠泵突然加速<br>19. 换料工况下空冷器风门意外打开 |
| $1.0\times10^{-4}\sim3.0\times10^{-2}$ | 稀有事件 | 20. 钠净化管泄漏<br>21. 一回路覆盖气体泄漏<br>22. 一次氩气衰变罐泄漏<br>23. 二回路主管道泄漏<br>24. 蒸发器中水泄漏入钠中的大的钠水反应<br>25. 二次钠向房间泄漏<br>26. 气泡进入和通过燃料组件<br>27. 蒸汽发生器给水中断<br>28. 高功率组件误提到转运室<br>29. 在换料运输线上悬挂燃料的转运机损坏<br>30. 提升机损坏<br>31. 燃料组件未彻底安放好或未从堆芯全部提出时旋塞转动<br>32. 燃料组件未彻底安放好时转换桶转动<br>33. 换料时燃料组件掉入堆内<br>34. 换料机损坏<br>35. 燃料组件落入清洗水池<br>36. 燃料组件落入保存水池<br>37. 燃料组件堵流<br>38. 换料时燃料组件放在错误位置<br>39. 全厂断电 |

续表

| 事件频度 1/a | 事件分类 | 假设始发事件 |
|---|---|---|
| $1.0\times10^{-6}$ ~ $1.0\times10^{-4}$ | 极限事故 | 40. 主容器泄漏<br>41. 二回路主管道断裂<br>42. 主蒸汽管道断裂<br>43. 各种工况下一台一回路主循环泵卡轴<br>44. 一台二次泵卡轴<br>45. 主给水管道断裂<br>46. 一回路主管断裂<br>47. 燃料组件尚未完全放在转换桶插座中时转换桶转动 |
| $1.0\times10^{-8}$ ~ $1.0\times10^{-6}$ | 严重事故 | 48. 全厂断电，不能紧急停堆，空冷器风门卡住<br>49. 一回路辅助管泄漏或断裂，隔离阀关不住<br>50. 全厂断电，空冷器风门卡住<br>51. 在各种工况下调节棒失控提升，不能紧急停堆<br>52. 一回路两个逆止阀同时关闭<br>53. 主容器和保护容器泄漏 |
| $<1.0\times10^{-8}$ | 残余风险 | 54. 冲击波<br>55. 地震影响 |

# 第 5 章

# 反应性事故

反应性引入事故是指向堆内突然引入一个意外的反应性，导致反应堆功率急剧上升而发生的事故。这种事故如果发生在启动时，可能会出现瞬发临界，反应堆有失控的危险；如果发生在功率运行工况下，堆内严重过热，可能造成一回路系统压力边界的破坏。

应该说明，由于反应堆中本身存在的各种反应性反馈效应，核电厂发生的所有事故，无论是热工还是物理事故，最终都将导致堆芯反应性的变化，本章仅讨论由于反应性调节方式的不正确运行所直接引起的反应性引入事故。

## 5.1 反应性的控制

在反应堆运行过程中，由于核燃料的不断消耗和裂变产物的不断积累，反应堆内的反应性就会不断减少；此外，反应堆功率的变化也会引起反应性变化。所以，核反应堆的初始燃料装载量必须比维持临界所需的量多，使堆芯寿命初期具有足够的剩余反应性，以便在反应堆运行过程中补偿上述效应所引起的反应性损失。

为补偿反应堆的剩余反应性，在堆芯内必须引入适量的可随意调节的负反应性。此种受控的反应性既可用于补偿堆芯长期运行所需的剩余反应性，也可用于调节反应堆功率的水平，使反应堆功率与所要求的负荷相适应。另外，它还可作为停堆的手段。实际上，凡是能改变反应堆有效倍增因子的任一方法均可作为控制反应性的手段。例如，向堆芯插入或抽出中子吸收体，改变反应堆燃料的富集度，移动反射层以及改变中子的泄漏等。其中，向堆芯插入或抽出中子吸收体是最常见的一种方法，通常称中子吸收体为控制元件。

控制元件总的反应性应当等于剩余反应性与停堆余量之和。一根控制元件完全插入后在堆芯内引起的反应性变化定义为单根控制元件的反应性当量。根据反应堆运行工况的不同，可把反应性控制分为以下三种类型：

（1）紧急停堆控制：当反应堆出现异常工况时，作为停堆用的控制元件必须具有迅速引入负反应性的能力，使反应堆紧急停闭。

（2）功率控制：要求某些控制元件动作迅速，及时补偿由于负荷变化、温度变化和变更功率水平引起的微小的反应性瞬态变化。

（3）补偿控制：补偿控制元件用于补偿燃耗、裂变产物积累所需的剩余反应性，也用于改变堆内功率分布，以便获得更好的热工性能和更均匀的燃耗。这种控制元件的反应性当量大，并且它的动作过程是十分缓慢的。

把吸收体引入堆芯又有以下三种方式：

（1）控制棒：在堆芯内插入可移动的含有吸收材料的控制棒。按其作用不同可分为补偿棒、调节棒和安全棒三种。补偿棒用于补偿控制，调节棒用于功率控制，安全棒用于紧急停堆控制。

控制棒是由中子吸收截面较大的材料（如镉、铟、硼和铪等）制成。在中子能谱较硬的热中子堆中，为了提高控制效果，最好采用几种中子吸收截面不同的材料组成的混合物作控制棒，以便在各个能区内吸收中子。为此，在近代压水堆中使用的控制棒多由银－铟－镉合金制成。此外，控制棒材料还必须具备耐辐射、抗腐蚀和易于机械加工等方面的良好性能。

（2）可燃毒物：堆芯寿期的长短通常取决于反应堆初始燃料装载量。当然，装入反应堆的燃料量也部分地取决于反应堆控制元件所实际能补偿的剩余反应性量。为增大堆芯的初始燃料装载量，通常在堆芯内装入中子吸收截面较大的物质，把它作为固定不动的控制棒装入堆芯，用以补偿堆芯寿命初期的剩余反应性。这种物质称为可燃毒物。可燃毒物的吸收截面应比燃料的吸收截面大，这样，它们就能比核燃料更快地烧完，从而在燃料循环末期，由它们带来的负反应性贡献可以忽略。采用这种控制方法有许多优点，如延长堆芯的寿期、减少可移动控制棒的数目、简化堆顶结构，若布置得当还能改善堆芯的功率分布等等。

可燃毒物材料通常选用钆（Gd）或硼（B），将其制成小片弥散在燃料中；在压水堆中，堆芯初始装载时用硼硅酸盐玻璃管作为可燃毒物棒装入堆芯。

（3）可溶毒物：可溶毒物是一种吸收中子能力很强的可以溶解在冷却剂的物质。轻水堆往往以硼酸溶解在冷却剂内用作补偿控制。其优点是毒物分布均匀和易于调节。由于这种化学控制方法能补偿很大的剩余反应性，可以使堆芯内可移动控制棒数目大量减少，从而简化了堆芯设计；但化学补偿控制也有不足之处，譬如，由于向冷却剂增加或减少毒物量的速度十分缓慢，所以反应性的引入速率相当小。因此，化学补偿控制只适宜补偿由于燃耗、中毒和慢化剂温度变化等引起的缓慢的反应性变化。

在事故工况下，任何链式裂变反应的不正常增加，将会被堆外中子测量系统探测到，并发出警报信号，必要时产生自动停堆信号，使控制棒落入堆芯以中止链式裂变反应。如压水堆核电厂二回路蒸汽管道破裂或其他蒸汽需求不正常增加的事故情况下，引起一回路过冷，导致反应性的不可控增加，这时安全注射系统将会动作，将含高浓度硼的冷却剂注入堆芯以中止链式裂变反应。

## 5.2　反应性引入机理

目前，作为大型压水堆的堆芯一般具有初始剩余反应性大、堆芯物理尺寸大和负的温度反馈系数等特点，所以可以把反应性引入事故按潜在因素分为：

（1）控制棒失控提升。由于反应堆控制系统或控制棒驱动机构失灵，控制棒不受控地抽出，向堆内持续引入反应性，引起功率不断上升的现象称为控制棒失控提升事故（又称提棒事故）。控制棒失控抽出可以根据不同情况分别属于Ⅱ类事故（如调节棒束失控提升等）、Ⅲ类事故（如单个调节棒失控提升）。

（2）控制棒弹出。压水堆在运行过程中，由于控制棒驱动机构密封罩壳的破裂，使全部压差作用到控制棒驱动轴上，从而引起控制棒迅速弹出堆芯的事故，简称为弹棒事故。这种机械故障的后果是导致冷却剂丧失和向堆内阶跃引入反应性两个效应的综合。阶跃引入反应性的大小就是弹出棒原先插在堆内的那一部分的反应性积分价值，从破口流失的冷却剂流量相当于一回路管道小破裂。弹棒事故属于Ⅳ类事故。

（3）硼失控稀释。压水堆在换料、启动和功率运行期间，由于误操作、设备故障或控制系统失灵等原因，使无硼纯水流入一回路系统，引起冷却剂硼浓度失控稀释，反应性逐渐上升。但是，反应性引入速率受到泵的容量、管道大小以及纯水系统的限制。

## 5.3　功率运行时控制棒组失控提升

功率运行时控制棒组失控提升会导致堆芯热流密度上升。在蒸汽发生器压力达到大气释放阀和/或安全阀开启定值之前，蒸发器带走的热量滞后于堆芯功率的增加，反应堆冷却剂温度上升。若不及时采取手动或者自动停堆，这种功率失配和由此引起的冷却剂温度的上升，最终会导致堆芯燃料元件发生 DNB。因此，为了防止燃料元件包壳损坏，反应堆保护和安全监测系统（PMS）的设计必须保证能在 DNBR 下降到限值之前终止该瞬态。

该事故属于Ⅱ类工况（中等频率事故），为防止事故后堆芯损伤，PMS 自动保护包括以下功能：

如果 4 个功率量程中子通量通道中有两个超过超功率整定值，功率量程中子通量仪表触发停堆。功率量程中子通量仪表特别提供了以下停堆功能：

（1）功率量程高中子通量停堆（高整定值）；

（2）功率量程中子通量正变化率高停堆。

当 4 个功率量程中子通量通道中有两个探测到功率突然异常上升时，功率量程中子通量高的正变化率为反应堆提供保护。功率量程中子通量高的正变化率为中/低功率水平时反应性引入事故提供保护，并且始终起作用。

（1）如果 4 个超温 $\Delta T$ 通道中有两个超过超温 $\Delta T$ 整定值，则反应堆触发停堆。

（2）如果 4 个超功率 $\Delta T$ 通道中有两个超过超功率 $\Delta T$ 整定值，则反应堆触发停堆。

（3）如果 4 个压力通道中有两个超过稳压器高压力整定值，则稳压器高压力信号触发反应堆停堆。该定值小于稳压器安全阀开启定值。

（4）当反应堆功率大于约 10%（允许信号 P10）满功率时，如果 4 个高水位通道中有两个超过稳压器高水位整定值，则稳压器高水位信号触发反应堆停堆。

除上述停堆信号外，还有以下提棒闭锁信号：

（1）高中子通量（功率量程 4 取 2）。

（2）超功率 $\Delta T$（4 取 2）。

（3）超温 $\Delta T$（4 取 2）。

反应堆可运行区域（功率、压力和温度）由以下停堆信号确定：

（1）高中子通量（固定定值）

（2）稳压器高压力（固定定值）

（3）稳压器低压力（固定定值）

（4）超功率 $\Delta T$ 和超温 $\Delta T$（变化定值）

在功率运行时失控提棒事故的保守分析中，采用了以下假设条件：

（1）根据 RTDP 方法，初始条件采用名义值。初始条件的不确定性在 DNBR 限值中考虑。

（2）考虑了两组反应性反馈系数：

最小反应性反馈——对应堆芯寿期初，绝对值最小的负慢化剂温度系数。分析中采用了随反应堆功率变化的多普勒功率系数，保守取绝对值最小值。

最大反应性反馈——保守假设对应堆芯寿期末的大的正慢化剂密度系数和绝对值大的负多普勒功率系数。

（1）保守考虑高中子通量达到额定值的 118% 时触发反应堆停堆。在功率量程中子通量变化率高于 9% 每秒时假设触发高中子通量高的正变化率停堆，并考虑 2 s 的延迟时间。超温和超功率 $\Delta T$ 停堆信号考虑了仪表和整定值的不确定性。

（2）控制棒停堆插入特性是基于一束最大价值的控制棒组件被卡在完全抽出的位置。

（3）反应性引入速率范围经过核实。最大的正反应性引入速率大于两组具有最大组合棒价值的控制棒组，同时以最大速率提升所对应的反应性引入率。

控制棒组运动对轴向功率分布的影响通过减小超温 $\Delta T$ 停堆整定值来考虑，而停堆整定值与 DNBR 限值裕量有比例关系。

图 5－1 ~ 图 5－2 给出了初始满功率最大反应性反馈情况下发生快速（80 pcm/s）提棒事故的瞬态响应。瞬态发生后，反应堆很快由高中子通量停堆。和燃料热惯性时间常数相比，瞬态过程十分迅速，反应堆冷却剂温度和压力变化较小。反应堆堆芯最小 DNBR 大于设计限值。

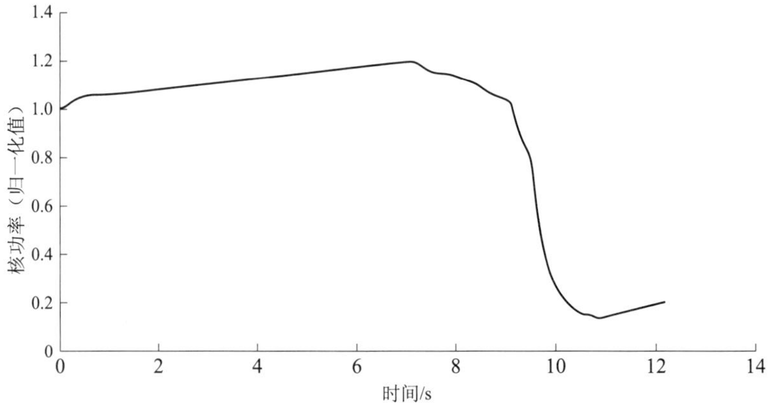


图 5－1　满功率失控提棒事故中最大反馈条件（80 pcm/s）下核功率变化

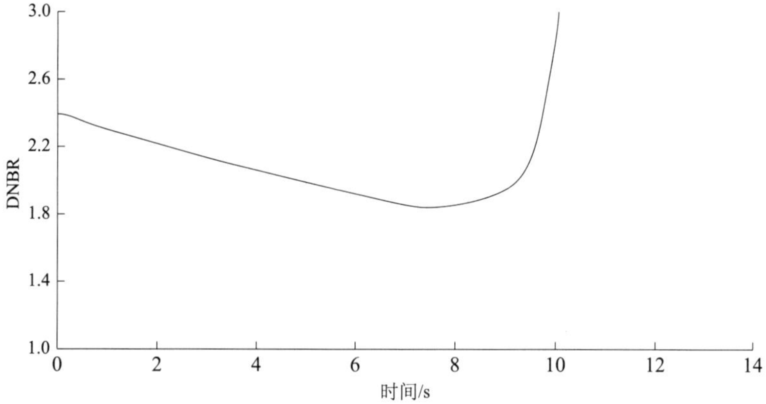


**图 5－2　满功率失控提棒事故中最大反馈条件（80 pcm/s）下 DNBR 变化**

除此之外还需要分析以下 DNB 工况：

初始满功率、最大反应性反馈情况下发生慢速（5pcm/sec）提棒事故的瞬态响应；初始满功率情况下发生提棒事故，分别在最小和最大反应性反馈情况下，最小 DNBR 随不同的反应性引入速率变化的情况；初始部分功率，分别在最小和最大反应性反馈情况下，最小 DNBR 随不同的反应性引入速率的变化。

除了上述 DNB 工况之外，对其他几个工况也进行了分析，确认最大反应堆冷却系统压力不超过设计压力的 110%。

功率量程中子通量测量仪表、超温 $\Delta T$ 和中子通量高的正变化率停堆信号为所有可能的反应性引入速率提供了适当的保护，所有瞬态都满足 DNB 设计准则。最大反应堆冷却系统压力也保持在 110% 设计值以下。

## 5.4　单束控制棒提升事故

单束控制棒提升事故是Ⅲ类工况事件，在满功率运行条件下，控制棒控制系统的单一电气或机械故障不会导致一束控制棒组件（RCCA）从它所在的插入控制棒组中事故提升。操纵员能够提升一个控制棒组中的单束 RCCA，因为这个设计是恢复意外掉落的一束控制棒所需要的。多重布线错误或操纵员出现多次重大的操作错误且随后又多次忽视指示信号才会导致单束控制棒提升事故，发生这样的组合条件的概率是相当低的，所以其极限后果可以允许有少量的燃料损坏。

对单束控制棒提升事故，考虑以下两种情况：

(1) 如果反应堆处于手动控制方式，单束 RCCA 连续提升既导致堆芯功率和冷却剂温度的上升，又导致提升的 RCCA 所在堆芯区域的局部热管因子的增加。就整个系统响应而言，这与控制棒组失控提升事故所描述的情况相似，但在提升的 RCCA 所在堆芯区域的局部功率峰值的增加导致了比控制棒组失控提升事故更小的最小 DNBR。取决于控制棒组的初始插入深度和提升的 RCCA 的位置，反应堆自动停堆有可能没有及时触发以阻止最小 DNBR 小于安全分析限值。对本工况中功率和冷却剂情况（采用超温 $\Delta T$ 停堆来保护电厂）的分析表明，DNBR 小于安全分析限值的燃料棒数量的上限值为 5%。

(2) 如果控制棒处于自动控制方式，引起单束 RCCA 提升的多重故障将导致该控制棒组中的其他控制棒闭锁，其瞬态过程与工况 A 一样。

对于上述工况，反应堆最终都会紧急停堆，但并不是所有工况下都能够停堆足够快以防止堆芯最小 DNBR 小于安全分析限值。反应堆紧急停堆以后，应当遵循正常停堆程序。

不管反应堆是处于自动控制方式或是手动控制方式，对初始运行在满功率且机械补偿或轴向偏移控制棒组插至它们的插入极限的情况下发生的单束 RCCA 事故提升，发生 DNB 的燃料棒数量的上限值为堆芯总燃料棒数量的 5%。

## 5.5 棒束控制组件弹出事故

该事故定义为一个控制棒机构承压壳套机械损坏导致一束 RCCA 及其驱动杆弹出堆芯。这种机械损坏的后果是在堆芯快速引入正反应性并且产生不利的堆芯功率分布，可能导致局部燃料棒损坏。

如下的机械设计和质量控制程序以防止 RCCA 驱动机构壳体损坏的可能：

(1) 每个控制棒驱动机构壳体完全在工厂装配，需在车间做 28.3 MPa (4 100 psi) 高压试验。

(2) 驱动机构壳体连接到反应堆压力容器顶部的封头结合器以后，逐个进行水力试验，并在整个反应堆冷却剂系统水力试验过程中进行检验。

(3) 驱动机构的应力水平不受功率运行时预期的系统瞬态或冷却剂回路热量传输的影响。安全停堆地震引起的力矩在 ASME 规范第Ⅲ节对一级部件所规定的允许的一次工作应力范围内。

(4) 每一个钩爪机构壳体和棒行程壳体都由整段不锈钢锻造而成，这种材料在其经受的温度下都有极好的缺口韧性。

由于材料在弹性区内有相当大的强度裕量，并在塑性区内有大的能量吸收能力，这进一步确保壳体不会发生整体损坏。钩爪机构壳体与封头接合器之间的连接以及钩爪机构壳体与棒行程壳体之间的连接均采用螺纹连接，并用密封焊加强，而且要求对这些焊缝进行定期检查。

如果一个 RCCA 驱动机构壳套的破裂假想发生，使用化学毒物的电厂运行方式使一束控制棒弹出的严重性受到固有的限制。一般地，在反应堆运行时，功率控制（或机械补偿）控制棒仅插入到足以进行负荷跟踪的深度；在整个寿期内，轴向偏移控制棒仅插入到使轴向偏移能够满足目标值的深度；由堆芯燃耗和氙瞬态引起的反应性变化通常分别通过调节硼浓度和移动机械补偿控制棒组来补偿；而且，在功率控制和轴向偏移控制棒的布置和分组的选择中也考虑了一束控制棒弹出事故。因此，即使在满功率运行时一束 RCCA 从其正常运行棒位弹出，预期引入的反应性将比分析值要小。

然而，运行中偶尔也要求将控制棒插入到比正常棒位更深的位置上。由于该原因，功率控制棒和轴向偏移控制棒的插入极限是随功率水平变化的。控制棒处在插入极限之上能够保证有足够的停堆能力和可接受的功率分布。控制棒的棒位在主控制室是连续地被显示的。如果任何一个控制棒棒组接近其插入极限或任何一束控制棒偏离其所属棒组，就会触发报警。运行指令要求在控制棒低位报警时进行硼化，在控制棒低 - 低位报警时进行紧急硼化。

在弹棒事故中，由高中子通量停堆（高和低整定值）和中子通量高的正变化速率停堆提供保护。

由纵向或周向破裂引起的一个 RCCA 机构壳体损坏不会导致邻近壳体的损坏。对邻近壳体造成损坏的概率是非常低的。如果发生损坏，由于控制棒组件在堆芯中是以对称形式插入的，并且在反应堆处于临界时，与最坏弹棒直接相邻的控制棒未插入堆芯，因此预期不会导致更严重的瞬态。对邻近壳体造成损坏的最坏的情况是可能导致收到停堆信号后控制棒组件不能下落，这已在分析中通过假设与弹棒相邻的一束控制棒卡棒来予以考虑。控制棒壳体损坏不会导致增加初始事故严重性的邻近壳体的损坏。

弹棒事故是Ⅳ类工况事故，由于弹棒事故发生概率极低，一些燃料损坏是可接受的。

遵循管理导则 1.77（RG1.77）以确保发生燃料向冷却剂弥散、总体栅格变形或严重的冲击波的可能性是很小的或者是不可能的。这些准则如下：

（1）对辐照过的燃料，热点处燃料芯块的平均焓低于 837 kJ/kg（360 Btu/lb，200 cal/g）。这包络了未辐照燃料，因为其限值稍高。

（2）反应堆冷却剂压力峰值低于可能使应力超过 ASME 规范中定义的“C级使用限值”的压力值。

（3）即使燃料芯块的平均焓低于第一个准则的限值，热点处燃料熔化份额仍限制在燃料体积的 10% 以内。

RCCA 弹出瞬态的计算分两步进行：首先是堆芯平均通道计算，然后是热点计算。采用空间中子动力学方法进行平均堆芯计算，用以确定堆芯平均功率随时间的变化，计算包括各种堆芯反馈效应（多普勒反应性反馈和慢化剂反应性反馈）。然后将堆芯平均功率与热管因子相乘，进行燃料棒传热瞬态计算，从而确定热点处的焓和温度瞬态。在整个瞬态中，保守地采用无反馈条件下计算得到的功率分布。

图 5－3 和图 5－4 给出了极限工况的核功率以及燃料和包壳温度瞬态曲线。一束 RCCA 弹出也构成了位于反应堆压力容器上封头处的反应堆冷却剂系统破口，冷却剂丧失事故（LOCAs）的效应和后果不在本章讨论。RCCA 弹出后，电厂响应与 LOCA 事故相同。

假想弹棒事故的放射性后果评价中假定反应堆在少数燃料棒包壳存在破损情况下运行，并且蒸汽发生器传热管的泄漏导致二回路冷却剂放射性的累积。事故后，有 10% 的燃料棒破损，导致燃料包壳间隙中的放射性释放到反应堆冷却剂中。另外，假定有一小部分燃料熔化并把放射性释放到反应堆冷却剂中。假设从反应堆容器上封头破口释放到安全壳的放射性可以通过安全壳泄漏释放到环境中。通过一、二回路的泄漏带入到二次侧的放射性可以通过蒸发器管线安全阀或电动卸压阀释放到环境中。最终的放射性后果需要满足验收准则。

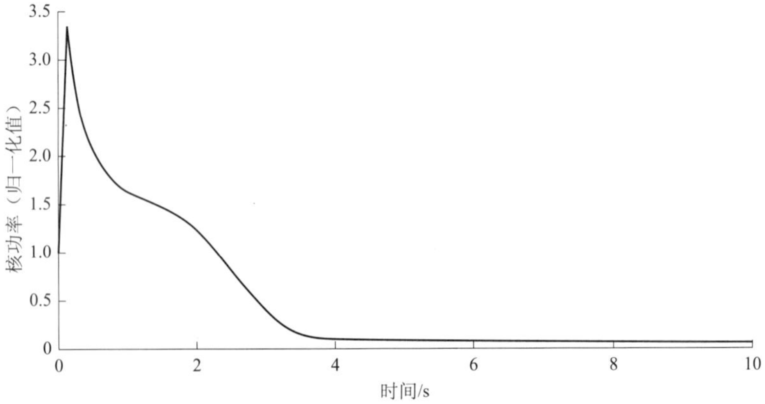


图 5－3　RCCA 弹出事故的核功率随时间的变化

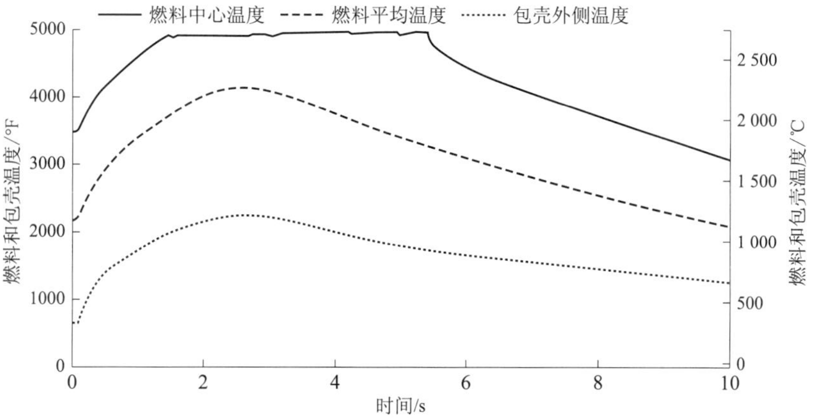


图 5 -4　RCCA 弹出事故热点燃料中心温度、燃料平均温度及包壳外侧温度随时间的变化

## 5.6　快堆典型反应性事故

本节以典型快堆调节棒非规定位移为例，介绍快堆典型反应性事故。

在反应堆正常运行期间，两根调节棒位于堆芯中平面以上的位置。一根处于自动调节状态，另一根处于备用状态。假设处于自动调节状态的调节棒失控提升到顶；处于备用状态的调节棒转入自动调节状态，并接着提升到顶。可能引入的最大反应性相当于一根调节棒从底部失控提升到顶引入的反应性，该事故可以包容一根调节棒的各种位移事故。

引起调节棒失控提升的可能原因有：

（1）电离室失效，输出信号与堆功率不对应。

（2）转换器失效，输出信号与输入信号不对应。

（3）功率定值器失效，产生与实际功率不相符的假信号。

（4）人为差错，在功率定值器上设置了一个过大的功率定值。

（5）继电器故障，触点误接触。

（6）操纵员操作失误。

事故开始时，一根调节棒从堆芯底部以 30 mm/s 的速度提升。随着正反应性的不断引入，反应堆倍增周期减小，堆功率和功率流量比上升。当反应堆倍增周期、堆功率或功率流量比超过事故整定值后产生保护信号，反应堆紧急停堆。本事故属于预计运行事件。

表 5 -1 和表 5 -2 给出了紧急停堆系统的保护参数整定值和保护联锁装置

保护动作值，其中表5-1中的误差和滞后时间数值的选取是基于相关监测仪表本身的误差和滞后时间，并考虑了事故分析的保守性而取的数值。

**表5-1　紧急停堆系统的保护参数整定值**

| 保护参数 | 整定值 | 误差 | 滞后时间 |
|---|---|---|---|
| 堆功率倍增周期（源量程） | ≤20 s | ±10% | 20 s |
| 堆功率倍增周期（中间量程） | ≤20 s | ±5% | 10 s |
| 堆功率倍增周期（功率量程） | ≤20 s | ±3% | 5 s |
| 核功率（功率量程） | ≥11%额定功率（堆运行在小于10%额定功率范围内时） | ±2% | ≤100 ms |
| | ≥110%定值功率（堆运行在10%～100%额定功率范围内时） | ±1% | ≤100 ms |
| 核功率与一回路冷却剂总流量之比（功率量程） | ≥112%（堆运行在10%～100%额定功率范围内时） | ±12% | 1 s |
| 堆芯出口钠温度 | ≥565 ℃ | ±5.5℃ | 5 s |

**表5-2　保护联锁装置保护动作值**

| 保护参数 | 保护动作值 |
|---|---|
| 堆功率倍增周期（源量程） | ≤30 s |
| 堆功率倍增周期（中间量程） | ≤30 s |
| 堆功率倍增周期（功率量程） | ≤30 s |
| 核功率（功率量程） | ≥10.7%额定功率（当堆运行在小于10%额定功率范围内时） |
| | ≥107%定值功率（当堆运行在10%～100%额定功率范围内时） |
| 核功率与一回路冷却剂总流量之比（当堆运行在10%～100%额定功率范围内时） | ≥107% |
| 堆芯出口钠温 | ≥555 ℃ |

事故分析的主要假设如下：

①用反映事故特征的第一紧急停堆信号触发反应堆停堆。

②一组负反应性价值最大的控制棒处于全抽出的位置。

③缓解事故时未调用非安全级设备。

④停堆时刻失去厂外电源，造成停堆瞬时一次泵就开始惰转。

⑤单一故障取为一台柴油发电机不能启动。

⑥考虑地震影响，控制棒下插时间延长一倍。

⑦保护联锁装置失效。表5-2给出的保护参数达到保护联锁装置保护动作值时，保护联锁装置动作，使得所有控制棒均不能上升。基于保守分析，我们假设该装置失效。

⑧一根调节棒价值在平衡态末期价值为0.00 154ΔK/K，加15.0%不确定性后为0.001771ΔK/K。

⑨调节棒行程为450 mm，以最大移动速度30 mm/s提升。反应性线性引入，引入速率11.81 pcm/s。

⑩工况假设：

考虑4种典型的初始运行工况：

工况1：0.1%额定功率运行；

工况2：40%额定功率运行；

工况3：70%额定功率运行；

工况4：100%额定功率运行。

对于工况1：

热态启动，相对流量取0.25；

堆芯冷却剂入口温度为250 ℃；

堆内没有反馈；

棒价值取平衡态初期的值。

对于工况2：

40%额定功率运行；

反应堆流量为50%额定值；

堆芯冷却剂入口温度取额定值，叠加3 ℃。

对于工况3：

70%额定功率运行；

反应堆流量为73%额定值；

堆芯冷却剂入口温度取额定值，叠加3 ℃。

对于工况4：

100%额定功率运行，叠加2.5%；

反应堆流量为100%额定值；

堆芯冷却剂入口温度取额定值，叠加3 ℃。

表5-3~表5-6给出了一根调节棒失控提升事故在上述4种工况下的发展序列。

表 5-3　0.1%额定功率运行工况

| 事件 | 时间/s |
| --- | --- |
| 一根调节棒失控提升，以 11.66 pcm/s 速率引入正反应性 | 0 |
| 功率倍增周期降到保护定值 20 s 以下 | 10.1 |
| 调节棒提升到顶 | 15.0 |
| 发出功率倍增周期停堆保护信号（滞后 20 s，第一停堆信号） | 30.1 |
| 反应堆紧急停堆（滞后 0.1 s） | 30.2 |
| 一回路主泵开始惰转 | 30.2 |
| 功率倍增周期为 12.9 s | 14.9 |
| 堆相对功率达最大值 0.004 02 | 30.2 |
| 燃料中心最高温度达最大值 255.2 ℃ | 30.4 |
| 燃料包壳最高温度达最大值 253.5 ℃ | 30.7 |
| 堆芯出口钠最高温度达最大值 253.5 ℃ | 30.9 |

表 5-4　40%额定功率运行工况（平衡态末期）

| 事件 | 时间/s |
| --- | --- |
| 一根调节棒失控提升，以 11.81 pcm/s 速率引入正反应性 | 0 |
| 堆相对功率达到保护参数整定值 0.444 4 | 5.5 |
| 发出堆相对功率保护信号（滞后 0.1 s，第一停堆信号） | 5.6 |
| 反应堆紧急停堆（滞后 0.1 s） | 5.7 |
| 一回路主泵开始惰转 | 5.7 |
| 堆相对功率达最大值 0.446 | 5.7 |
| 燃料中心最高温度达最大值 1 027.5 ℃ | 6.0 |
| 燃料包壳最高温度达最大值 573.3 ℃ | 6.1 |
| 堆芯出口钠最高温度达最大值 572.4 ℃ | 6.2 |
| 调节棒提升到顶 | 15.0 |

表5-5　70%额定功率运行工况（平衡态末期）

| 事件 | 时间/s |
|---|---|
| 一根调节棒失控提升，以11.81 pcm/s速率引入正反应性 | 0 |
| 堆相对功率达到保护参数整定值0.777 7 | 5.8 |
| 发出堆相对功率停堆保护信号（滞后0.1 s，第一停堆信号） | 5.9 |
| 反应堆紧急停堆（滞后0.1 s） | 6.0 |
| 一回路主泵开始惰转 | 6.0 |
| 堆相对功率达到最大值0.782 | 6.0 |
| 燃料中心最高温度达最大值1 620.0 ℃ | 6.3 |
| 燃料包壳最高温度达最大值620.9 ℃ | 6.3 |
| 堆芯出口钠最高温度达最大值616.0 ℃ | 6.4 |
| 调节棒提升到顶 | 15.0 |

表5-6　100%额定功率运行工况

| 事件 | 时间/s |
|---|---|
| 一根调节棒失控提升，以11.81 pcm/s速率引入正反应性 | 0 |
| 堆相对功率达到保护参数整定值1.138 8 | 6.3 |
| 发出堆相对功率停堆保护信号（滞后0.1 s，第一停堆信号） | 6.4 |
| 反应堆紧急停堆（滞后0.1 s） | 6.5 |
| 一回路主泵开始惰转 | 6.5 |
| 堆相对功率达到最大值1.144 | 6.5 |
| 燃料中心最高温度达最大值2 295.9 ℃ | 6.8 |
| 燃料包壳最高温度达最大值649.3 ℃ | 7.0 |
| 堆芯出口钠最高温度达最大值639.9 ℃ | 7.0 |
| 调节棒提升到顶 | 15.0 |

该工况的主要计算结果如图5-5和图5-6所示。图5-5给出了反应堆相对功率随时间的变化（0～90 s）；图5-6给出了反应堆周期随时间的变化（0～90 s）。

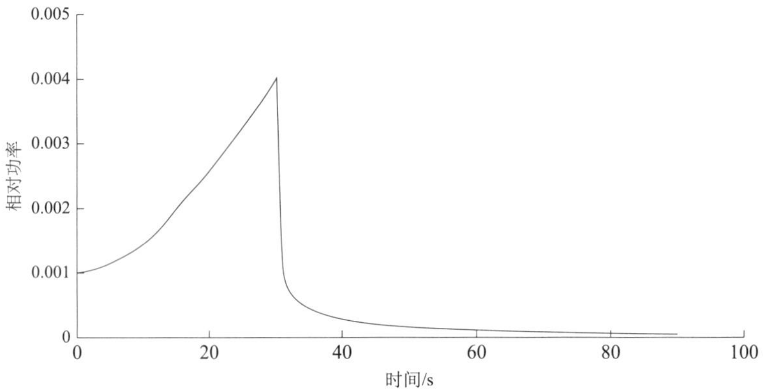


**图 5－5　反应堆相对功率随时间的变化（0.1%额定功率）**

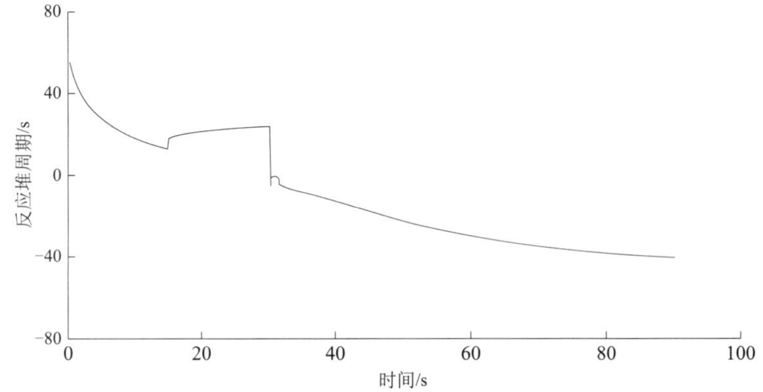


**图 5－6　反应堆周期随时间的变化（0.1%额定功率）**

该工况的主要计算结果如图 5－7 和图 5－8 所示。图 5－7 给出了反应堆相对功率随时间的变化；图 5－8 给出了燃料中心最高温度随时间的变化；图 5－9 给出了燃料包壳最高温度随时间的变化。

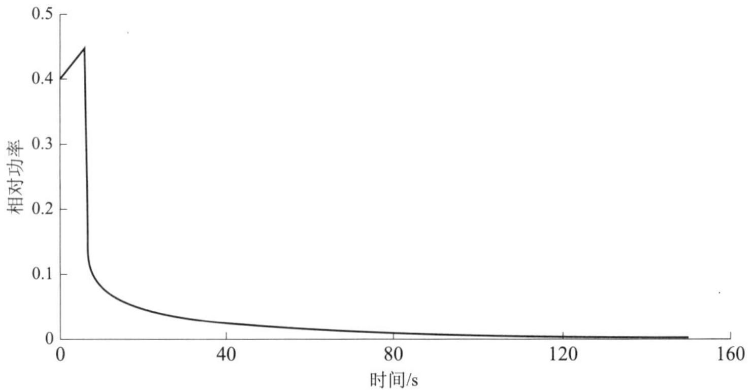


**图 5－7　反应堆相对功率随时间的变化（40%额定功率）**

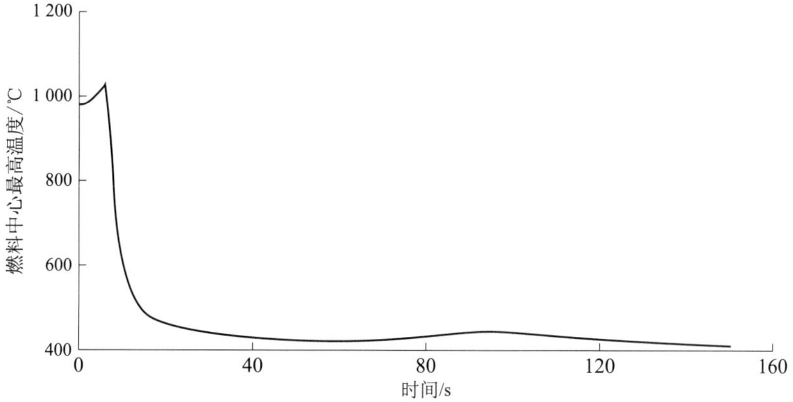


**图5-8　燃料中心最高温度随时间的变化（40%额定功率）**

该工况的主要计算结果如图5-10～图5-12所示。图5-10给出了反应堆相对功率随时间的变化；图5-11给出了燃料中心最高温度随时间的变化；图5-12给出了燃料包壳最高温度随时间的变化。

该工况的主要计算结果如图5-13和图5-14所示。图5-13给出了反应堆相对功率随时间的变化；图5-14给出了燃料中心最高温度随时间的变化；图5-15给出了燃料包壳最高温度随时间的变化。

从上面的计算结果可以看出，本事故发生后，当堆参数达到安全系统整定值时，停堆系统能够安全的停闭反应堆，并保持在停堆状态。燃料中心最高温度低于燃料的熔点，燃料包壳热点温度低于800 ℃，符合预计运行事件的验收准则。反应堆经过必要的校正动作后可重新投入运行，不会导致后果更严重的事故。

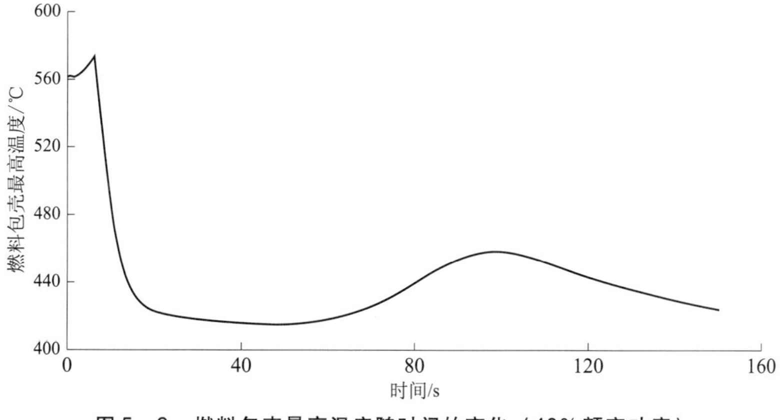


**图5-9　燃料包壳最高温度随时间的变化（40%额定功率）**

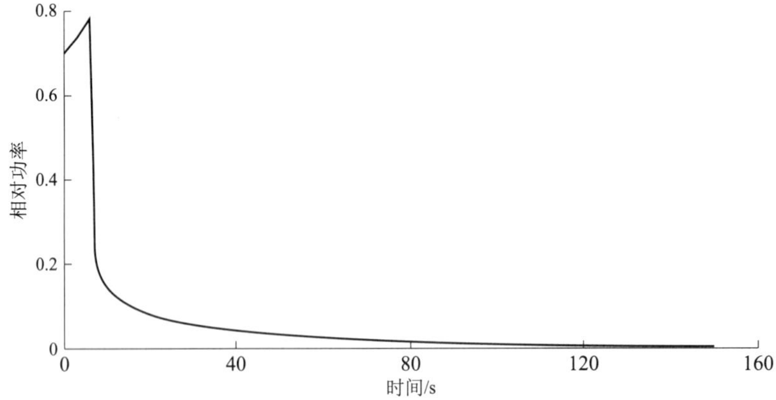


图 5-10　反应堆相对功率随时间的变化（70%额定功率）

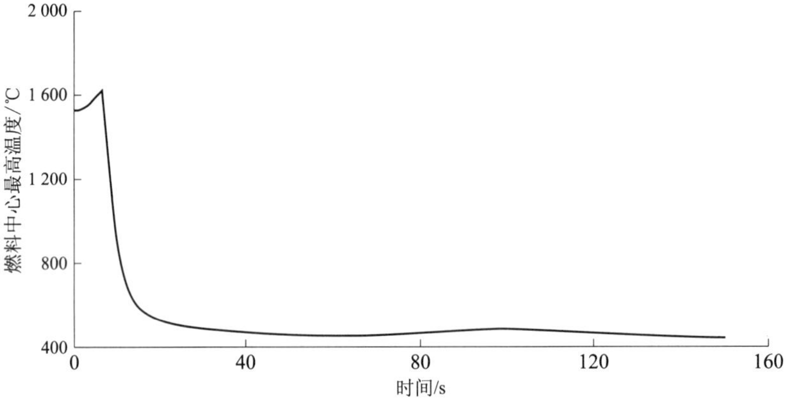


图 5-11　燃料中心最高温度随时间的变化（70%额定功率）

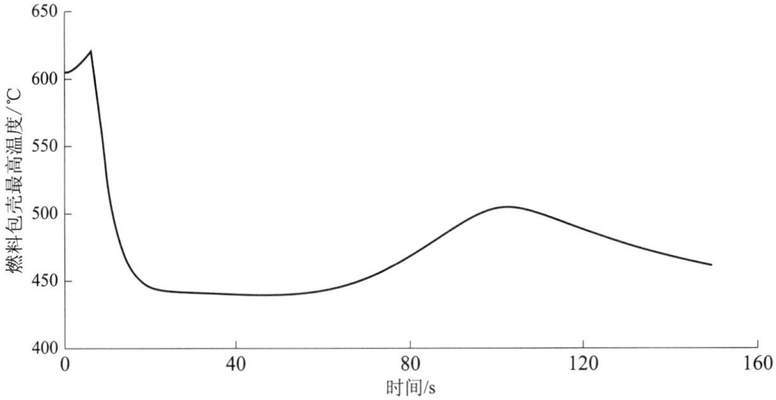


图 5-12　燃料包壳最高温度随时间的变化（70%额定功率）

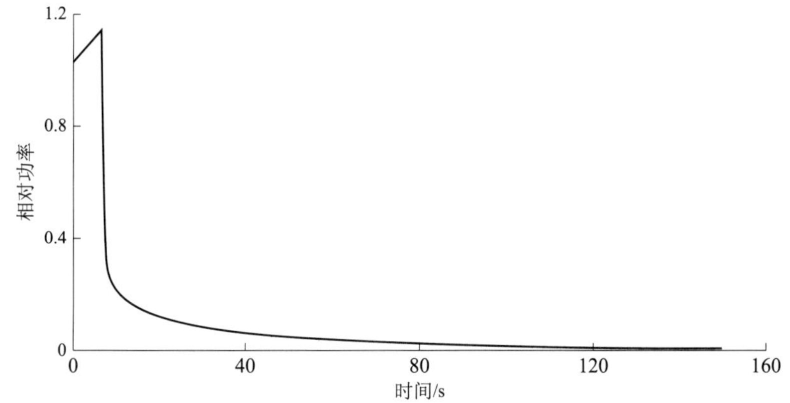


图 5－13　反应堆相对功率随时间的变化（100%额定功率）

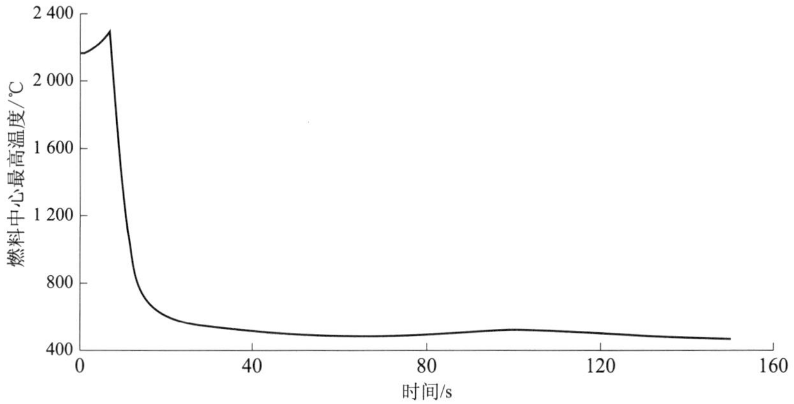


图 5－14　燃料中心最高温度随时间的变化（100%额定功率）

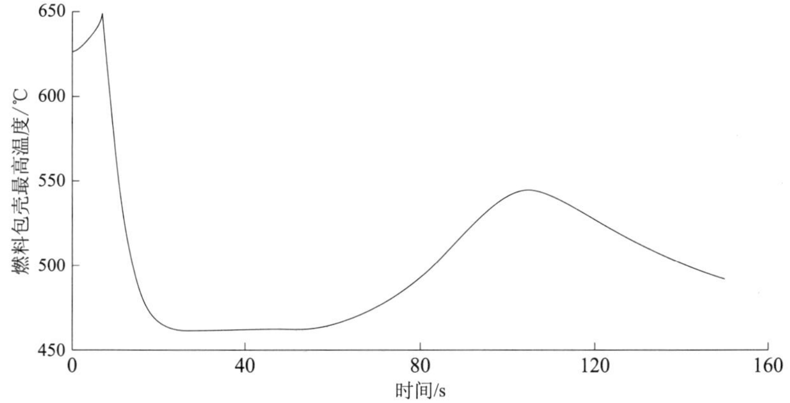


图 5－15　燃料包壳最高温度随时间的变化（100%额定功率）

第6章

# 冷却剂丧失事故

## 6.1 LOCA 事故的特点

### 6.1.1 LOCA 事故定义及分类

冷却剂丧失事故，简称失水事故或 LOCA（Lose of Coolant Accident），是指反应堆主回路压力边界产生破口或发生破裂，或发生阀门误开启造成一部分或大部分冷却剂泄漏的事故。失水事故可以分为大破口失水事故 LBLOCA、小破口失水事故 SBLOCA、蒸汽发生器传热管破裂 SGTR 及气腔小破口 VSB。

### 6.1.2 LOCA 事故危害

大破口失水事故是反应堆冷却剂装量减少一类事故中冷却剂丧失最快的极限情况，其危害很大，主要表现在：

（1）事故开始时，在破口处突然失压，一回路系统内形成强冲击波，冲击波以声速在系统内传播，冲击波会使堆芯结构造成损坏。此外，冷却剂的喷放，其反作用会造成管道甩动，破坏安全壳内设施。

（2）堆芯冷却能力大为下降，燃料元件受到损坏。

（3）高温高压的冷却剂喷入安全壳，使安全壳内气体压力、温度陡增，威胁安全壳的完整。

（4）燃料元件锆包壳在高温时会与水蒸气发生剧烈反应，产生氢气。氢气在安全壳内积存，在一定条件下可能引起爆炸。

（5）反应堆冷却剂中放射性进入安全壳后，通过安全壳泄漏，造成环境污染。

## 6.2　大 LOCA 事故分析

作为极限设计基准事故的大破口失水事故是指反应堆主冷却剂系统冷管段或热管段出现大孔直至双端剪切断裂同时失去厂外电源的事故。

大破口失水事故中发生的事故序列可以分成 4 个连续的阶段：喷放、再灌水、再淹没和长期冷却，如图 6－1 所示。

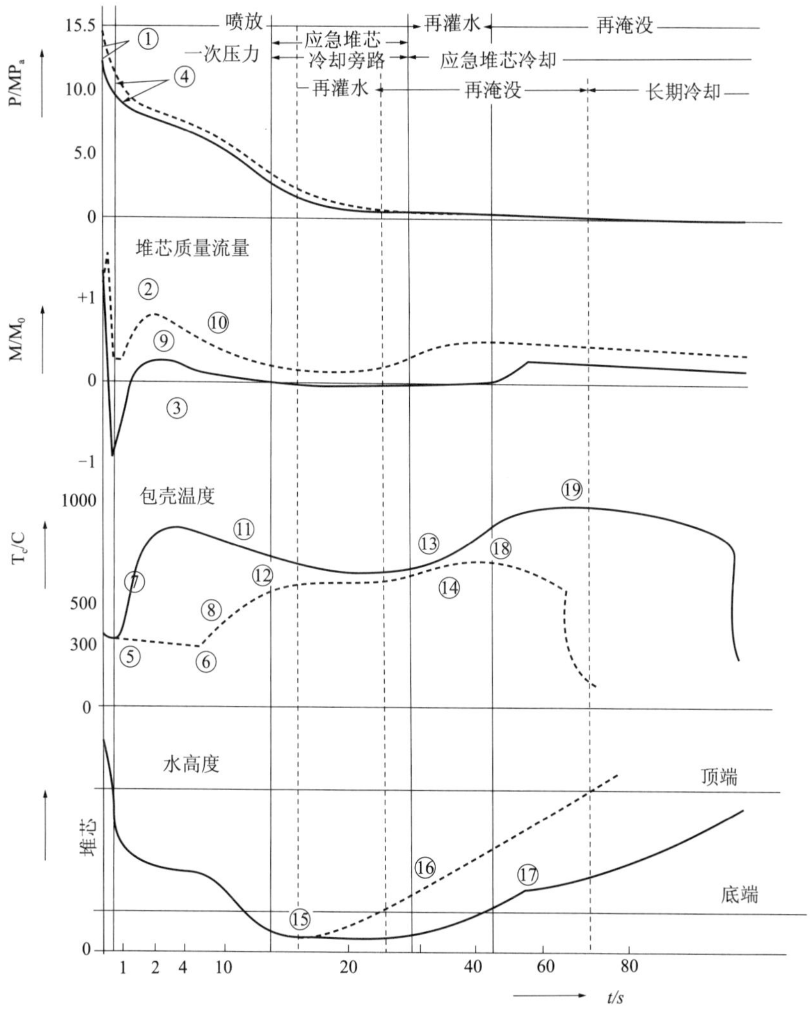


图 6－1　大破口失水事故进程图

1）喷放阶段

（1）欠热卸压：在发生假想的大冷却剂管道切断之后，一回路水马上从破口排入安全壳，由于欠热卸压①（见图6－1，下同），系统压力在几十毫秒内降到流体的最高局部饱和压力。这个猛烈的压力释放具有这样的特点：卸压波穿过一次冷却系统和堆压力容器传播，使堆芯吊篮发生动态形变。

在破裂处，将达到一个临界流速，它决定了破口最大质量流量，后者主宰着冷却剂丧失事故的随后过程。

在喷放的最早阶段，即欠热卸压阶段，如果破裂发生在热管段②，通过堆芯的冷却水流量将加速；如果破裂发生在冷管段③，它将减速。

（2）饱和卸压：在冷却剂压力降到低于局部饱和压力以后冷却剂开始沸腾，这个过程在进入瞬变后不到100 ms时发生，其结果是以一个慢得多的速率继续卸压过程④。沸腾前沿即闪蒸前沿从上部堆芯和上腔室内的最热位置开始，通过整个一次冷却系统传播。

由于轻水堆都有负空泡反应性系数，随着堆芯区域中出现空泡，水慢化剂密度相应减小，就会使裂变过程终止，堆芯功率降至裂变产物的衰变功率水平。对于压水堆大破口冷却剂丧失事故情况，原则上不需要紧急停堆。

（3）沸腾工况转变：当堆芯里冷却剂开始汽化时，冷却剂的流动状态就从单相流变为两相流。这样，再加上流过堆芯的冷却剂压力和流量同时下降，就会使燃料棒的冷却情况严重恶化。临界热流密度降到最大热流密度之下发生沸腾工况转变（偏离泡核沸腾）。

在“冷管段破裂”的情况下，由于冷却剂流量大大下降、滞止甚至倒流，偏离泡核沸腾都发生得很早，在进入冷却剂丧失事故瞬变后0.5～0.8 s时就发生⑤。

在“热管段破裂”的情况下，相当大的堆芯流量要延续一段时间，因此偏离泡核沸腾发生要晚得多，要在几秒以后⑥。

（4）第一包壳峰值温度：由于燃料棒排热突然恶化，燃料内的大量储热就要再分布，使其内部温度分布拉平。这使得包壳温度开始突然上升。

如果在喷放的这个初始阶段燃料棒完全没有排热，同时忽略燃料内部的衰变释热，那么包壳温度将上升到最高理论值，即燃料平均温度为1 100 ℃至1 200 ℃。根据对冷管段双端破裂这种最坏情况的保守计算，实际的最高包壳温度不会超过900 ℃。

在进入冷却剂丧失事故瞬变的几秒内，流过堆芯的有效的冷却剂质量流量主要取决于破口的质量流量和回路部件性状。在热管段破裂的情况下，同在冷管段破裂的情况相比堆芯同破口位置之间的流动阻力要小得多，因而流过堆芯的有效的冷却剂质量流量要大得多⑨，⑩。

对于这两种破口情况，由于堆芯质量流量有差别，在冷却剂丧失事故的这个初始阶段排走的总热量也就有差别，这一点明显反映在包壳温度性状的差别上，无论是温度上升的斜率⑦⑧，还是所达到的最高温度，两种情况都不相同。

（5）残留热源和冷却恶化：在冷却剂丧失事故的初始瞬变期间，除了储热外，还有两个来源的热量必须排走：一个是裂变产物衰变热，另一个是当包壳温度达到或高于980 ℃时，锆合金同蒸汽发生化学反应时产生的热量。

在大破口冷却剂丧失事故的第1 min里，所产生的衰变热和这段时间内释放的储热大致在同一数量级。

因此，由于储热的再分布，燃料棒温度拉平，随后的包壳温度性状就主要取决于产生的衰变热和传给冷却剂的热量之间的不平衡，这样一来，在热管段破裂的情况下，包壳温度不再上升⑫，而在进口段破裂情况下，包壳温度甚至还稍微下降⑪。然而，由于冷却条件继续恶化，包壳温度最终还是因为裂变产物的衰变所加的热量而上升⑬⑭。

冷却剂不断通过破口从一次系统排入安全壳，使一次系统不断卸压，同时水装量不断减少；最后，堆压力容器里的水位将降到堆芯下端以下⑮。

（6）应急堆芯冷却阶段。当一次系统压力降到低于应急堆芯冷却系统的安全注射箱内的氮气压力时，应急冷却冷水从安全注射箱通过自动打开的截止阀和相应的注射管路排入一次系统，从而为了补充从破口丧失的冷却剂，就开始了应急堆芯冷却阶段。这在进入冷却剂丧失事故瞬变后10 ~ 15 s时发生，视系统卸压速率和安全注射箱压力而定。

（7）旁通阶段。因为在冷却剂丧失事故瞬变的这个时刻，系统压力相对于安全壳压力来说还是高的，所以破口质量流量还相当大。

在热管段即出口管破裂的情况下，由于通过堆芯继续向上的流动，注入冷管段的辅助冷却剂不受障碍地穿过下降段，到达并灌满下腔空，最后使水位上升进入堆芯区，随后使堆芯再淹没⑯。

在冷管段即进口管破裂的情况下，下腔室再灌水大大推迟，其原因主要有两个：

第一，在下降段环形通道中汽和水的逆向流动：在堆芯倒流期间，从堆芯排出的蒸汽与下腔室内水继续蒸发产生的蒸汽一起，通过下降段向上流动，阻碍从冷管段注入的应急冷却水穿过下降段；由于堆压力容器热壁中储热的释放，应急冷却水闪蒸，使这个效应进一步加强。

第二，安全注射箱应急堆芯冷却剂的旁通：在注入冷管段的应急冷却剂中，很大一部分被下降段环形通道上部周围的完好环路冷管段出来的蒸汽流夹带到破口，并不通过下降段，而直接被带到破口流出。

因此，在冷管段破裂的情况下，必须假设：在应急堆芯冷却系统动作的这个最初阶段，注入冷管段的所有辅助冷却剂都旁通下腔室（“旁通阶段”），直接通过破口离开一次系统，从而大大推迟了下腔室的再灌水⑰。

（8）喷放结束（旁通结束）。当一次系统与安全壳之间的压力达到平衡，破口质量流量变得很小时，喷放阶段就宣告结束。不管破口位置在哪里，这个情况在冷却剂丧失事故瞬变后 30 ~ 40 s 时出现。

在进口段破裂的条件下，只有从完好环路冷管段破口的蒸汽流量变得很小时，重力才会开始超过夹带力，应急水才开始穿过下降段向压力容器再灌水。

（9）低压注射系统开动。对于需要应急电源情况的约 30 s 之后，或者当系统压力降到 1 MPa 左右，低压注射系统就投入运行。在一段短时间内，辅助冷却水由安全注射箱和低压注射系统同时提供，一直到安全注射箱排空。只要有要求，低压注射系统就继续注射水，水取自再淹没水箱，最后取自安全壳地坑。

高压注射系统在大破口冷却剂丧失事故的情况下并不需要。首先因为此时压力降得非常快，安全注射箱和低压注射系统很快就开动，其次因为它的泵流量小，不会起多大作用。此外，在需要应急电源的情况下，高压注射系统和低压注射系统都要延迟一段时间，该时间由应急电源系统的启动时间确定。

2）再灌水阶段

再灌水阶段开始于应急冷却水首先到达压力容器下腔室使水位开始重新回升之时，结束于水位到达堆芯底端之时。

绝热堆芯升温：从安全注射箱开始注入再灌水结束的整个阶段，堆芯基本上是裸露的。在充满蒸汽的堆芯中，燃料棒除了靠热辐射和不大的自然对流以外，没有别的冷却方式。由于衰变热的释放，在这个阶段堆芯温度绝热地上升⑬⑭，其上升速率为 8 ~ 12 ℃/s。如果它们从 800 ℃左右开始上升，那么在 30 ~ 50 s 后就将增到 1 100 ℃以上，此时锆合金同蒸汽的反应将成为一个可观的附加能源。

因此，再灌水阶段是整个冷却剂丧失事故过程中堆芯冷却最差的阶段。喷放结束时的下腔室水位和下腔室再灌水的终点是两个临界参量，决定了这个阶段内可能达到的最高燃料包壳温度。

3）再淹没阶段

再淹没阶段开始于压力容器里的水位达到堆芯底端并开始向堆芯上升的时刻。

（1）第二峰值包壳温度。在应急冷却水进入堆芯的同时，冷却水被加热并开始沸腾。在堆芯底端以上大约0.5 m的地方，由于包壳表面很热，该沸腾过程变得十分强烈，使蒸汽快速向上流过堆芯。这股汽流夹带着相当数量的水滴，它们为堆芯的较热部分提供初始的冷却。随着水位上升，这个冷却效果越来越好，包壳温度上升速率逐渐减小，最后，在冷却剂丧失事故瞬变开始后60～80 s，热点的温度开始下降。

（2）骤冷。当包壳温度再次下降得足够多（降到350～550 ℃）时，应急冷却水终于再湿润包壳表面，并且由于高得多的冷却速率，使温度急剧下降（骤冷）。这个骤冷前沿从顶端和底端两边传向堆芯（在冷管段和热管段联合注入）。当整个堆芯被骤冷，且水位最终升到堆芯顶端时，认为再淹没阶段结束。它大约在冷却剂丧失事故瞬变开始后的1～2 min时出现。

（3）蒸汽黏结。堆芯再淹没的过程如上所述。但是在某些情况下，它可能受到不利的影响。在下腔室内（再灌水期间）和在堆芯内（再淹没期间）水位上升的速度取决于驱动力和流动阻力之间的平衡。流动阻力是指堆芯和破口位置之间蒸汽碰到的阻力。因为由下降段同堆芯之间的水位差引起的驱动是有限的，所以蒸汽流动阻力变得重要起来，从而产生了所谓“蒸汽黏结”问题。

在出口管破裂的情况下，蒸汽流动阻力比较小，从而蒸汽可以容易地流出堆芯。

但是在进口管破裂的情况下，蒸汽在到达破口之前，必须克服热管段管道、蒸汽发生器和泵的阻力。

在蒸汽流过蒸汽发生器时，由于二回路流体又传给它能量，被夹带的水蒸发和蒸汽过热，使蒸汽流的体积大大增加，从而使流动阻力进一步增加。在蒸汽发生器和泵之间的U形管里会积聚水，它可能形成另一个附加的蒸汽流动阻力。

在蒸汽发生器与泵之间的管道破裂的情况下，这个蒸汽黏结效应更为显著。因此，蒸汽黏结降低再淹没速率，减少燃料棒同冷却剂之间的传热，延长了再淹没阶段，增加了绝热的包壳温升，产生了更高的第二峰值温度。

4）长期冷却阶段

在再淹没阶段结束之后，低压安全注射系统继续运行。当再淹没储水箱排空时，低压安全注射系统泵的进口转接到安全壳地坑；所有供给反应堆的应急冷却水，从一回路作为蒸汽漏出来在安全壳里冷凝之后，大部分最终都汇集到地坑中。在这个阶段，要保持冷却，保证衰变热的长期释放。对于3 800 MW热功率的压水堆，这个衰变热在停堆30天以后还有5 MW左右。

## 6.3 小 LOCA 事故分析

压水堆核电厂小破口失水事故（SBLOCA）是指由于反应堆冷却剂系统管道或与之相通的部件出现小破裂/破口，所造成的冷却剂丧失速率超过冷却剂补给系统正常补水能力的冷却剂丧失事故。

在反应堆冷却剂装量减少一类事故中，一般来说，大破口失水事故最为严重，但由于小破口失水事故中一回路降压速率慢，事故过程中可能在高压阶段出现长时间的堆芯裸露而引起燃料元件升温并损坏，因而，事故分析中要求对小破口失水事故也要做出全面而深入的分析。

与大破口失水事故相比，小破口失水事故在物理上有以下特点：

（1）小破口失水事故只有喷放、再淹没和长期堆芯冷却三个阶段，没有再灌水阶段。

（2）小破口失水事故降压速率慢，蒸汽发生器二次侧热阱在事故早期起着重要的排热作用，而大破口失水事故中蒸汽发生器二次侧几乎不起热阱作用。

（3）小破口失水事故降压过程中有一个明显的压力略高于二次侧热阱压力的压力平台，而大破口失水事故没有。

由于破口位置的不同，小破口失水事故可分为冷段破裂小破口失水事故、热段破裂小破口失水事故和汽腔小破口失水事故三种，一般冷段破裂小破口失水事故最为严重。汽腔小破口失水事故是指稳压器汽空间之上发生小破裂所致的失水事故和稳压器安全阀或释放阀意外开启所致的失水事故，也称为泄压事故，这种事故由于是三哩岛事故起因而广泛引起人们的重视。

小破口失水事故分析中除对不同破口位置的情况需要分析外，还要求对不同破口尺寸谱进行分析，以找出最危险的极限情况，用该情况的后果来评价核电厂的安全性。

以等效直径为 80 mm 的冷段小破口失水事故为例，典型的 SBLOCA 事故进程可以分为 4 个阶段（图 6－2）。

第 1 阶段是环路自然循环维持阶段。在此阶段，由于环路存在自然循环，堆芯释能及时经蒸汽发生器排出，一回路降压较快，蒸汽发生器在此阶段起着重要的热阱作用。该阶段的压力容器水位下降主要由破口冷却剂欠热排放所致。

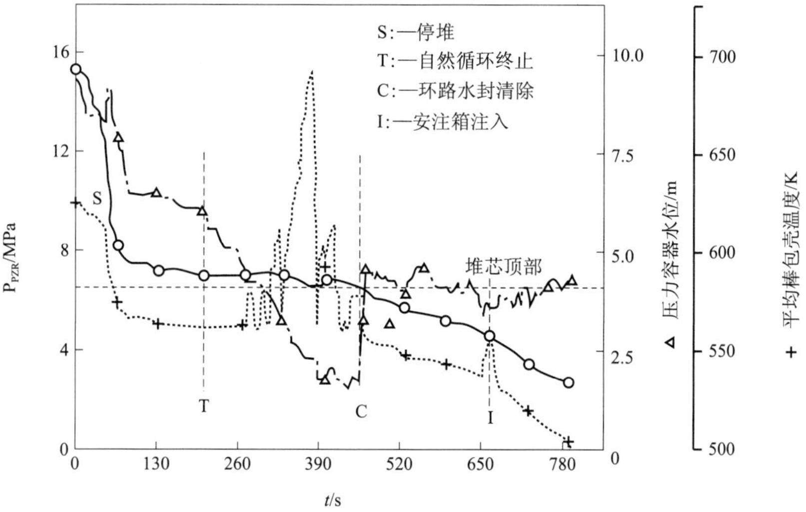


**图 6－2　小破口失水事故典型进程**

第 2 阶段是环路水封存在阶段。在此阶段，由于环路自然循环终止及环路水封的出现，蒸汽发生器排热受阻，堆芯衰变热主要靠蒸汽发生器传热管的蒸汽回流冷凝及堆内的冷却剂从破口排放来带出。由于这两种方式的排热率较低，不足以及时除去堆芯衰变热，因而堆芯冷却剂大量蒸发，蒸汽在上腔室的积聚迫使压力容器水位快速降低，进而引起堆芯裸露及燃料包壳升温。该阶段是事故的主要阶段，一回路处于准稳压状态（即处于压力平台），堆芯出现裸露，燃料包壳急剧升温。该阶段中，蒸汽发生器二次侧热阱仍然起着重要作用，蒸汽发生器的回流冷凝在较大程度上减轻了事故的后果。

第 3 阶段是环路水封清除阶段。在此阶段，由于环路水封清除，积聚在上腔室的蒸汽可经环路从破口喷出，上腔室的压力降低，压力再平衡迫使下降段小的冷却剂从高压安注水涌入堆芯，堆芯水位得到恢复，燃料包壳得到冷却。该阶段堆芯衰变热主要靠堆芯冷却剂蒸发并从破口的排放而带出。由于蒸汽排热率高，堆芯衰变热能及时从破口排出，一回路压力恢复。由于冷却剂蒸发及破口排放仍然存在，冷却剂装量没有明显回升，堆芯再次裸露的可能性仍存在。

第 4 阶段是长期堆芯冷却阶段。在此阶段，由于高压安注流量的增加和安注箱的投入，一回路冷却剂装量明显回升，堆芯水位也整体回升。安注箱排空后，低压安注系统将投入注水并切换成再循环工况，实现长期堆芯冷却。

## 6.4 池式液态金属快堆主容器泄漏事故

对于池式液态金属快堆而言，其可能发生的冷却剂丧失事故主要为主容器泄漏事故。本章主要以池式钠冷快堆主容器泄漏事故为例，对池式液态金属快堆冷却剂丧失事故加以介绍分析。

池式钠冷快堆堆芯及一回路主要设备都浸泡在钠池之中，反应堆主容器承载冷却剂钠、堆芯及相关设备。为防止主容器完整性破坏时，一回路钠流出，防止放射性物质的外泄，并维持钠液位，保证一回路循环不中断，主容器外设置保护容器。保护容器圆柱部分和底部的形状与主容器相同，其上部通过补偿器与主容器相连接。补偿器用来密封保护腔，并补偿反应容器热位移。主容器和保护容器之间填充氩气，当主容器泄漏后，冷却剂钠进入保护容器，保护容器内气体压力升高，达到一定压力后触发保护容器超压保护系统动作，将气体收集。主容器内钠通过破口不断向保护容器泄漏，直到主容器与保护容器再次达到平衡，泄漏停止。

1）事故描述

该事故属于极限事故工况。

由于制造缺陷或热疲劳等原因，堆主容器局部出现裂纹而发生泄漏。该事故的初因事件为主容器底部有当量直径为 3.2 mm 的破口泄漏。

当堆容器发生泄漏时，冷却剂不断地流入保护容器，直到主容器和保护容器压力达到平衡，泄漏停止。当主容器内钠向保护容器泄漏时，保护容器内金属钠逐渐增多，保护容器内气体压力逐渐增大，当保护容器压力达到 0.04 MPa 时，保护容器非能动泄压，此后保护容器压力不再增加，压力维持在 0.04 MPa，主容器钠逐渐流入保护容器直至达到平衡。通过计算，主容器保护容器达到平衡时，主容器泄漏到保护容器的钠为 89.5 $m^3$。

2）分析方法和主要假设

该事故工况下主要的放射源是溶解在一回路冷却剂中的放射性气体。它从主容器进入保护容器后，经保护容器超压保护系统排放到通风系统。

溶解在一回路冷却剂中的放射性气体的计算公式为

$$A_i^{\mathrm{Na}} = A_i^P \cdot \lambda_i / \lambda_g \tag{6-1}$$

式中，$A_i^{\mathrm{Na}}$ 为在一回路钠内溶解的气体放射性，$Bq$；$A_i^P$ 为在一回路气腔内的气体放射性，$Bq$；$\lambda_i$ 为放射性核素的衰减常数，$s^{-1}$；$\lambda_g$ 为从钠中向气体腔中释放的放射性核素衰减常数，$2.8 \times 10^{-4}\ s^{-1}$。

在主容器泄漏事故期间，一回路冷却剂中的放射性物质可能以气溶胶的形式释放到环境中。

钠气溶胶带入保护容器内气空间的放射性比活度按下式计算，由于缺乏保护容器气空间的温度，出于保守考虑，假定相同水平处保护容器气空间的温度等于堆顶气腔内的温度。

$$A_i = A_i^T L_i \frac{\gamma_c}{\gamma_T} \qquad (6-2)$$

式中，$A_i$ 为以气溶胶形式进入气腔的核素 $i$ 在气空间中的比活度，Bq/L；$A_i^T$ 为一次钠中核素 $i$ 的比活度，Bq/L；$\gamma_T$ 为冷却剂钠在堆芯出口温度下的密度，g/L，此处取 821 g/L；$\gamma_C$ 为堆内气腔中过饱和钠蒸气密度，g/L，根据俄罗斯有关资料取 0.019 g/L；$L_i$ 为溶解在一次钠中核素 $i$ 的相对挥发度，根据经验和文献资料，取如下数值：$L$（$^{24}$Na）=1.0，$L$（I）=0.42，$L$（Cs）=20。

3）结果与讨论

事故发展的时间系列示于表 6－1 中。

**表 6－1　主容器泄漏事故发展时间序列**

| 重要事件 | 事故起始后时间/h |
| --- | --- |
| 主容器钠开始泄漏 | 0 |
| 保护容器开始泄压 | 50.07 |
| 主容器保护容器压力平衡 | 425.4 |

该事故工况下，假设从主容器泄漏到保护容器的 89.5 $m^3$ 冷却剂钠完全脱气，所有的放射性气体都排放到环境中。

在放射性释放计算中采用了以下假设：

（1）考虑钠中携带的气态放射性裂变产物（Kr、Xe）和挥发性裂变产物（I、Cs、Na）的释放（典型快堆 FSAR 报告仅考虑钠中携带的气态裂变产物（Kr、Xe）的释放）。

（2）气溶胶在向环境迁移的过程中不考虑沉积和过滤作用。

（3）不考虑放射性物质在迁移过程中的衰变作用。

（4）氚的总释放量等于 89.5 $m^3$ 冷却剂钠中所含有总氚量。

保守性分析：源项采用裂变产物最大时刻的计算结果，并且在释放过程中不考虑沉积、过滤和衰变，释放过程足够保守。放射性物质的释放在各个环节会持续一段时间，为了 0～2 h 剂量后果计算的保守性，假定放射性物质瞬时释放到环境中。

释放路径为：主容器出现破口→钠及其中的放射性物质进入保护容器→放射性物质经超压保护系统从保护容器排出→经通风系统排向环境。

事故后果：距离为500 m时，2 h内，个人有效剂量为$1.02\times10^{-2}$ mSv，距离为5 000 m时，整个事故期间内，个人有效剂量为$1.45\times10^{-3}$ mSv，远远小于一次事故的允许限值100 mSv，满足极限事故验收准则。

# 第7章

# 失流事故

## 7.1 失流事故特点

在核反应堆中，冷却剂环路数目有多种，一般情况下有两个环路、三个环路甚至四个环路。通常每个环路上设置一台主循环泵，也有设置两台主循环泵的。核反应堆就是借助于环路上的主循环泵输送冷却剂实现强迫循环来冷却堆芯。

失流事故（全称“失去流量事故”）指当反应堆功率运行时，主循环泵因为动力电源故障或机械故障而被迫停止运行，使冷却剂流量减少，而降低了堆芯的传热能力。

失流事故包括部分失流、完全失流、主泵卡轴和主泵断轴 4 种，其中前两种是丧失电源造成的，后两种是机械故障造成的极限事故。在这几种失流事故中，最常见的、最需要防止的就是主泵失去电源而引起的部分失流和完全失流。

失流事故导致冷却剂流量下降将使冷却剂的温度与压力升高，燃料元件包壳温度也随之升高，可能出现偏离泡核沸腾，从而导致燃料元件损坏。另一方面，由于系统参数的变化，触发停堆保护系统动作，经过一定的响应延迟时间及控制棒下落所需时间之后，堆功率开始下降，再经历了由燃料元件内部储能再分配而造成的元件表面热流量下降的延迟，冷却剂温度与压力、燃料包壳温度越过峰值而下降，事故得到缓解。在全部主泵停止运行的情况下，系统内维持一定的自然循环流量带走衰变热。但是，在主泵卡轴事故中，冷却剂管道内形成很大的阻力，环路及堆芯流量下降更为迅速，因而其后果更为严重。在主泵断轴事故发生几秒以后，受损环路内会形成较大的反向流量，从而减少堆芯流量，其后也很严重。

失流事故过程中，达到各参数极限点的时间非常短，仅 3 ~ 5 s。在这么短的时间内，操纵员的任何干预都是不可能的，这就要求核电厂设计中，自动保护动作能足以抗御失流事故。

为了抗御失流事故，在核电厂设计中需要做很多考虑，许多参数的确定需要依据失流事故的分析。影响失流事故的主要因素有：

（1）功率水平及功率不均因子。

（2）停堆保护系统信号及延迟时间。

（3）控制棒的下落速度。

（4）泵转子的质量。

（5）蒸汽发生器与堆芯的高差。

### 7.1.1　流量瞬变特性

取一长度为 $L$、流道横截面为 $A_i$ 的控制体，则控制体内流体的压降关系式为

$$\Delta p = \frac{L}{A}\frac{\mathrm{d}W}{\mathrm{d}t} + \left[\left(\frac{\bar{\rho}\bar{A}}{\rho_0 A_0}\right)^2 - \left(\frac{\bar{\rho}\bar{A}}{\rho_i A_i}\right)^2\right]\frac{W^2}{2\bar{\rho}\bar{A}^2} + e_1\frac{W^2}{2\bar{\rho}\bar{A}^2} + \bar{\rho}g(z_0 - z_i) - \bar{\rho}g H_p(W) \tag{7-1}$$

这个公式的物理意义是，任何一段流道的流体压降等于该流道的惯性压降、加速压降、摩擦压降和重力压降之和再减去泵所提供的压头。为了简便起见，可把式（7 - 1）中的加速压降和摩擦压降归为一项，用一个相当阻力系数来表示：

$$\tilde{k} = \left[e_1 + \left(\frac{\bar{\rho}\bar{A}}{\rho_0 A_0}\right)^2 - \left(\frac{\bar{\rho}\bar{A}}{\rho_i A_i}\right)^2\right]/\bar{A}^2 \tag{7-2}$$

假设事故断电后每个泵的动作是相同的，则可以将反应堆主回路冷却系统分解为堆芯和 $N$ 个独立的冷却环路。根据压降关系式，写出堆芯（$c$）和冷却环路（$l$）的压降关系式为

$$\Delta p_c = \left(\frac{L}{A}\right)_c \frac{\mathrm{d}W}{\mathrm{d}t} + \tilde{k}_c\frac{W^2}{2\bar{\rho}} + g\,(\bar{\rho}\Delta z)_c \tag{7-3}$$

$$\Delta p_l = \left(\frac{L}{A}\right)_l \frac{\mathrm{d}W_l}{\mathrm{d}t} + \tilde{k}_l\frac{W_l^2}{\bar{\rho}} + g\,(\bar{\rho}\Delta z)_l - \bar{\rho}g\left(\frac{\omega}{\omega_0}\right)^2 H_p \tag{7-4}$$

式中$(\omega/\omega_0)^2$是一个比例因子（泵叶轮角速度与初始角速度之比），用来近似描述事故瞬变期间由于泵转速下降引起的泵压头下降。对于一个有 $N$ 条冷却环路的反应堆，根据基尔霍夫定律可以写出

$$\Delta p_c + \Delta p_l = 0 \tag{7-5}$$

$$W = N W_l \tag{7-6}$$

将此式与压降关系式相结合可得到

$$\left(\frac{L}{A}\right)_{pr}\frac{\mathrm{d}W}{\mathrm{d}t} + \tilde{k}_{pr}\frac{W^2}{2\bar{\rho}} + g\ (\bar{\rho}\Delta z)_{pr} - \bar{\rho}g\left(\frac{\omega}{\omega_0}\right)^2 H_p = 0 \tag{7-7}$$

$$\tilde{k}_{pr} = \tilde{k}_c + \frac{1}{N^2}\tilde{k}_l \tag{7-8}$$

$$(\bar{\rho}\Delta z)_{pr} = (\bar{\rho}\Delta z)_c + (\bar{\rho}\Delta z)_l \tag{7-9}$$

为了使方程易解并且能给出有明确物理意义的结果，可以将失流事故瞬态分为两个阶段。第一阶段，在瞬变开始时，水泵的惯性压头比重力压头大得多，因此后者可以忽略。虽然在这一阶段后期，泵的惯性压头和重力压头同时起明显作用，但仍可简单认为此时没有重力压头的贡献，因而得到的是一个保守的瞬态流量的下限。第二阶段，在瞬变结束时，泵的惯性压头已消失，冷却剂完全靠重力压头驱动，即稳态自然循环。

下面先分析失流事故的第一阶段。

为了确定瞬态流量，先要给出泵转速瞬态模型，以确定断电后泵的惯性流量。假设 $I$ 为泵的惯性转矩，$\omega$ 为泵的转动角速度，$C$ 为与泵内阻力转矩有关的系数，则在断电后有以下方程：

$$I\frac{\mathrm{d}\omega}{\mathrm{d}t} = -C\omega^2 \tag{7-10}$$

根据初始条件：$t=0$，$\omega=\omega_0$，方程解为

$$\omega = \frac{\omega_0}{1+\dfrac{t}{t_p}} \tag{7-11}$$

$$t_p = \frac{I}{C\omega_0} \tag{7-12}$$

式中，$t_p$为泵的半时间。其物理意义为：当 $t=t_p$时，泵的惯性角速度下降到初始角速度的一半。忽略重力压头，可解得堆芯瞬态流量的非线性微分方程为

$$t_1\frac{\mathrm{d}}{\mathrm{d}t}\left(\frac{W}{W_0}\right) + \left(\frac{W}{W_0}\right)^2 = \frac{1}{\left(1+\dfrac{t}{t_p}\right)^2} \tag{7-13}$$

式中

$$t_1 = \frac{2\bar{\rho}\left(\frac{L}{A}\right)_{pr}}{W_0 \bar{k}_{pr}} \tag{7-14}$$

定义 $t_1$ 为回路半时间。

下面考虑两种阶段的情况：

（1）假设泵无惯性，即泵断电后没有惯性压头，这相当于所有泵同时卡住的情况。此时方程（7－13）的解为

$$W = \frac{W_0}{1 + \frac{t}{t_1}} \tag{7-15}$$

在泵无惯性的情况下，停泵后流量下降速率取决于主回路流体的惯性，其下降速率的大小由主回路半时间 $t_1$ 所决定。即当 $t = t_1$ 时，堆芯惯性流量为初始流量的一半。从式（7－14）来看，$t_1$ 与流体速度、流道长度、截面和阻力系数有关。从平均的意义上看，主回路半时间与流体通过主回路所需时间成正比，而与回路摩擦阻力系数成反比。在泵无惯性的情况下，$t_1$ 越大，堆芯惯性流量下降越慢；而 $t_1$ 越小，流量衰减越快。

（2）水泵有很大的惯性。一般情况下，核电厂主回路泵上都装有惯性很大的飞轮，用以维持失流事故后堆芯惯性流量，减轻事故后果。如果泵的惯性很大，以致水泵半时间远远大于回路半时间，$t_p >> t_1$，则式（7－13）首项可以忽略，此时流量解为

$$W = \frac{W_0}{1 + \frac{t}{t_p}} \tag{7-16}$$

此时泵的特性决定惯性流量的衰减速率。

对于 $t_1$ 和 $t_p$ 在同一数量级的情况，方程（7－13）亦有解析解。其结果表示在图7－1上，图中 $\alpha = \frac{t_1}{t_p}$ 是主回路半时间与水泵半时间之比。可以看出，当 $\alpha$ 值相当小（$\alpha < 0.05$）时，失流事故后相当一段时间内，惯性流量可以保持在初始流量的一半以上。但当 $\alpha$ 值比较大时（$\alpha > 1$），堆芯惯性流量将很快下降到初始流量的10%～20%。此时事故的严重性显然要比前者大得多。

## 7.1.2　冷却剂温升瞬变

为了确定失流事故后冷却剂温度的瞬变，可以利用集总参数模型进行粗略计算，并估计失流事故的后果。

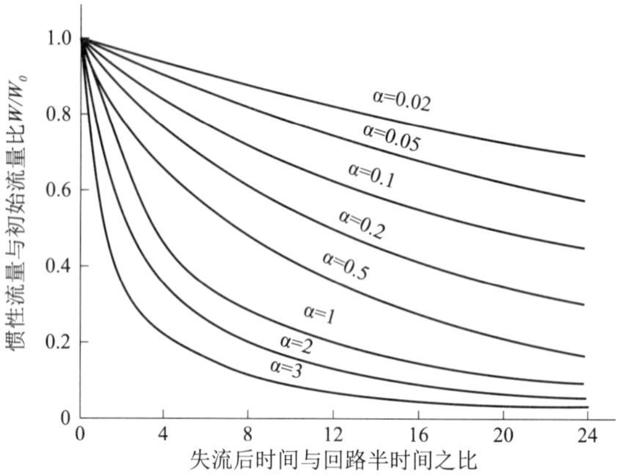


**图 7－1　失流事故后堆芯惯性流量的瞬变**

堆芯内冷却剂温升为

$$\Delta T_c = 2[\bar{T}_c(t) - \bar{T}_i(t)] \tag{7-17}$$

冷却剂温升瞬变由下式确定：

$$\frac{\mathrm{d}(\Delta T_c)}{\mathrm{d}t} = \frac{P(t)}{W(t)C_p\tau} - \left(\frac{1}{\tau} + \frac{\mathrm{d}}{\mathrm{d}t}\ln W(t)\right)\Delta T_c \tag{7-18}$$

利用积分因子 $exp\left\{-\int_0^t\left[\frac{1}{\tau} + \frac{\mathrm{d}}{\mathrm{d}t'}\ln W(t')\right]\mathrm{d}t'\right\}$，即可根据已知的事故后功率变化 $P(t)$和瞬变流量 $W(t)$解方程（7－18）：

$$\Delta T_c(t) = \Delta T_c(0)\frac{W(0)}{W(t)}\left\{e^{-t/\tau} + \frac{1}{\tau}\times\int_0^t\frac{P(t)}{P(0)}e^{-[(t-t')/\tau]}\mathrm{d}t'\right\} \tag{7-19}$$

这里不去进一步研究失流事故后冷却剂温度瞬变的详细计算方法，而仅仅给出两种极端情况下冷却剂温度瞬变的趋势，以了解失流事故后冷却剂温升变化的物理过程。

（1）假设事故后反应堆保持初始功率不变，则式（7－19）简化为

$$\Delta T_c(t) = \Delta T_c(0)\frac{W(0)}{W(t)} \tag{7-20}$$

（2）假设事故后反应堆功率立即降到零，并忽略停堆后的衰变热，则

$$\Delta T_c(t) = \Delta T_c(0)\frac{W(0)}{W(t)}\,e^{-t/\tau} \tag{7-21}$$

假设泵的惯性很大，事故后惯性流量解为式（7－16），此时上述两种极端情况下冷却剂温升变化分别为

$$\Delta T_c(t) = \Delta T_c(0)\left(1 + \frac{t}{t_p}\right) \tag{7-22}$$

$$\Delta T_c(t)=\Delta T_c(0)\left(1+\frac{t}{t_p}\right)e^{-t/\tau} \qquad (7-23)$$

从式（7－22）和式（7－23）可以看出，失流事故下如果反应堆功率保持不变，则冷却剂温度线性上升，其上升的速率与水泵半时间$t_p$成反比，冷却剂温升将在$t_p$时间内提高一倍。显然这种情况异常危险，通常是不允许发生的。一般反应堆发生失流事故后应立即紧急停堆。从式（7－23）可以看出，失流事故后如果立即停堆，冷却剂温升变化取决于水泵半时间$t_p$和堆芯时间常数的大小。当堆芯时间常数 $\tau$ 大于水泵半时间$t_p$时，即使流量开始下降时堆功率已降为零，冷却剂温度仍然上升；其温升峰值大于初始值。这是由于燃料元件储存的大量热量在流量下降后不能及时传到冷却剂中去。因此，从安全角度看，选择小的堆芯常数和大的水泵半时间是相当重要的。

### 7.1.3　自然循环冷却

在发生失流事故后，如前所述，反应堆必须紧急停堆，以防止冷却剂温度线性上升，造成堆芯损坏。停堆后，当水泵的惯性流量降为零后，冷却剂通过堆芯的动力只是水的重力压头，堆芯的发热也只是停堆后的衰变热。此时的中心问题是：平衡态的自然循环是否有足够流量带走衰变热而避免堆芯过热。

假设在反应堆一回路系统已建立稳态自然循环，式（7－7）中泵压头和惯性压头均为零，则有

$$\tilde{k}_{pr}\frac{W_\infty^2}{2\,\bar{m}}+g(\bar{\rho}\Delta z)=0 \qquad (7-24)$$

为了估计重力压头的大小，需要确定回路中每一部分的冷却剂平均密度和密度沿高度的变化。为了简便起见，把反应堆主回路系统分成 6 部分，如图 7－2所示，即堆芯、上腔室、环路热管段、蒸汽发生器、环路冷管段和下腔室，并分别用脚标 $c$，$up$，$hl$，$sg$，$cl$，$lp$ 表示。假设每一段入口、出口标高为 $z_i$、$z_o$，则

$$(\bar{\rho}\Delta z)_{pr}=\rho(z_o-z_i)|_c+\rho(z_o-z_i)|_{up}+\rho(z_o-z_i)|_{hl}+\rho(z_o-z_i)|_{sg}+\rho(z_o-z_i)|_{cl}+\rho(z_o-z_i)|_{lp} \qquad (7-25)$$

如果忽略回路压降引起的密度变化，就可以用$\rho_o$表示堆芯出口到蒸汽发生器入口之间冷却剂的密度，用$\rho_i$表示蒸汽发生器出口到堆芯入口之间冷却剂的密度。又假设在堆芯和蒸汽发生器内冷却剂的密度线性变化，则式（7－25）可以写为

$$(\bar{\rho}\Delta z)_{pr}=-(\rho_i-\rho_o)(\bar{z}_{sg}-\bar{z}_c) \qquad (7-26)$$

其中，$\bar{z}_{sg}$为蒸汽发生器中心标高；$\bar{z}_c$为堆芯中心标高。

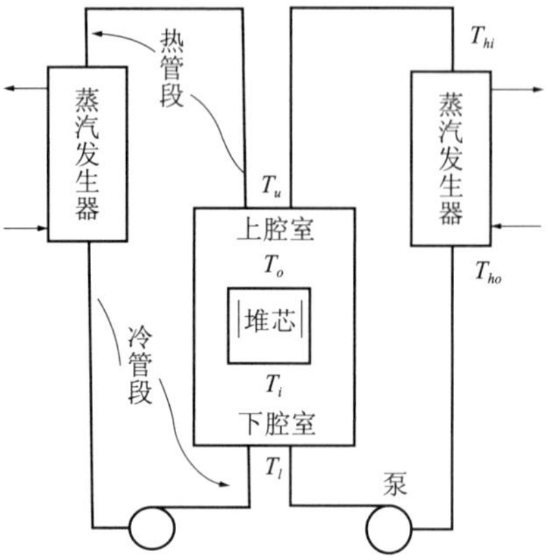


**图 7－2 反应堆主回路简化流程**

假设 $\beta$ 为冷却剂体积膨胀系数

$$\beta = -\frac{1}{\rho}\frac{\partial \rho}{\partial T}\bigg|_p \tag{7-27}$$

并假设其为常数，则有

$$\rho_o - \rho_i = -\bar{\rho}\beta\Delta T_c \tag{7-28}$$

其中$\bar{\rho}$为堆芯冷却剂的平均密度。将式（7－26）和式（7－28）代入式（7－24），则

$$\tilde{k}_{pr}\frac{W_\infty^2}{2\bar{\rho}} - \bar{\rho}g\beta(\bar{z}_{sg} - \bar{z}_c)\Delta T_c = 0 \tag{7-29}$$

由于此时建立了稳定的自然循环，由热量平衡可以得到

$$\Delta T_c W_\infty c_p = P_d \tag{7-30}$$

式中，$P_d$为反应堆衰变功率。

将式（7－29）与式（7－30）联立，可解出自然循环稳定流量$W_\infty$和此时堆芯的冷却剂温升 $\Delta T_c$：

$$W_\infty = \left[\frac{2\bar{\rho}^2 g\beta P_d}{\tilde{k}_{pr}c_p}(\bar{z}_{sg} - \bar{z}_c)\right]^{1/3} \tag{7-31}$$

$$\Delta T_c = \left(\frac{P_d}{\rho c_p}\right)^{2/3}\left[\frac{\tilde{k}_{pr}}{2g\beta(\bar{z}_{sg} - \bar{z}_c)}\right]^{1/3} \tag{7-32}$$

很明显，失流事故后建立稳定的自然循环的前提是蒸汽发生器中心标高高于堆芯中心标高，位差$(\bar{z}_{sg} - \bar{z}_c)$越大，则$W_\infty$越大，$\Delta T_c$冷却剂温升越小。因此，为保证失流事故后期堆芯不过热，主回路系统中必须有足够大的蒸汽发生器与堆芯的位差和足够小的阻力系数。

在上面的分析中，假设阻力系数$\tilde{k}_{pr}$是常数，实际上它随雷诺数变化而变化。但在流量减小后，对一般堆来说阻力系数变化并不大。在水冷堆系统中，有可能发生自然对流沸腾，使冷却剂密度和系统阻力显著变化。但一般它将增加自然对流换热能力。

## 7.2　PWR 典型失流事故分析

分析失流事故通常分三步进行，首先是利用系统分析程序如 RELAP5 等计算堆芯流量变化；然后用堆芯程序来计算 DNBR；最后计算燃料元件包壳及芯块温度则采用燃料元件分析程序。分析中，按照对燃料包壳烧毁最为不利的情况来取初始条件，即取最大稳态功率、最低稳态系统压力、最大稳态冷却剂平均温度和最小冷却剂流量。

主要保守假设有：

（1）初始堆功率取 102% 额定功率。

（2）初始冷却剂温度取 +2.2 ℃不确定性。

（3）初始一回路压力取 −2.1 bar 不确定性。

（4）最大价值的一束控制棒卡在全抽出位置。

（5）取保守的控制棒反应性引入曲线，即控制棒下落时取考虑了地震发生的保守的落棒速度，并认为控制棒在棒行程末端才显著起作用。

（6）取保守的趋顶功率分布。

（7）燃料温度系数取大的绝对值，慢化剂负温度系数取小的绝对值。

在堆芯和燃料元件分析中，还要保守地选取过功率分布峰值因子、工程热管因子和流量分配因子，等等。

失流事故过程中，系统特性是由冷却剂流量下降速率和堆芯功率下降速率两方面决定的。一方面，冷却剂流量下降使冷却剂的温度和系统压力上升，燃料包壳温度也上升，这就有可能发生偏离泡核沸腾，导致燃料元件损坏。另一方面，系统参数的变化将触发停堆保护系统，经过一定的响应延迟时间及控制棒下落全有效位置所需时间，堆功率开始下降，又经历了由燃料元件内部储能再分配造成的元件表面热流量下降的延迟，冷却剂温度与压力、燃料包壳温度越过峰值而下降，事故得到缓解。在全部主泵停止运行的情况下，系统内维持一定的自然循环流量带走衰变热。

表 7－1 给出了某压水堆核电厂流量完全丧失事故的事件序列，图 7－3 给出了流量完全丧失事故下冷却剂流量、反应堆功率和热流密度以及 DNBR 的变化趋势。

**表 7－1　某压水堆核电厂流量完全丧失事故的事件序列**

| 事件 | 时间/s |
| --- | --- |
| 主泵惰转开始 | 0 |
| 控制棒开始下落 | 1.40 |
| 最小 DNBR | 2.25 |

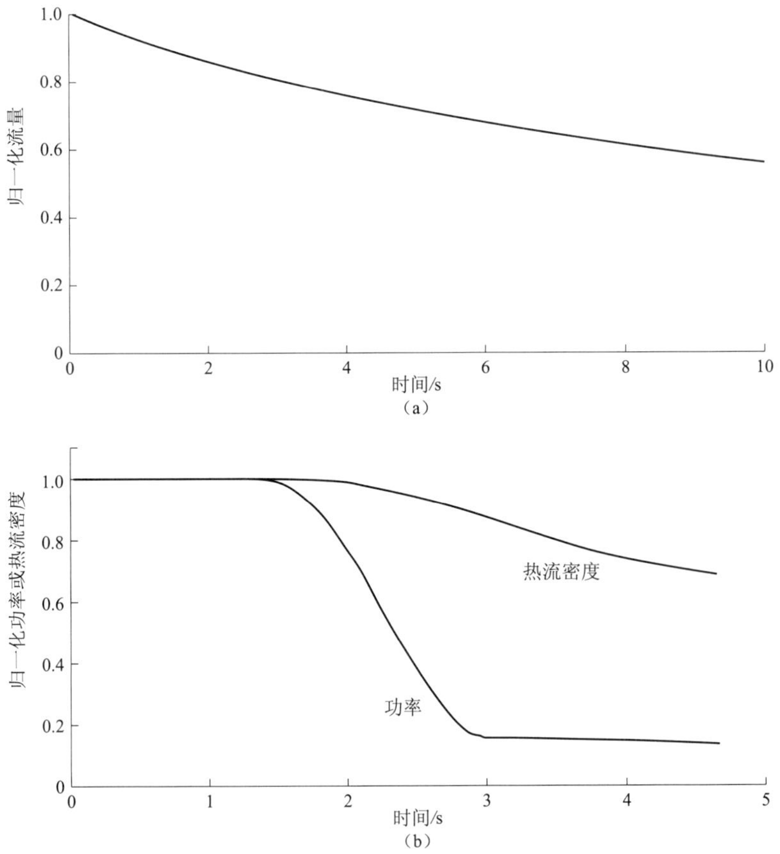


**图 7－3　核电厂流量完全丧失事故**

（a）冷却剂流量；（b）堆功率和热流密度

## 7.3　快堆典型失流事故分析

本节将以典型快堆的全场断电事故为例进行失流事故（LOF）分析。

1）事故描述

外电网失电后应该引起：

（1）根据安全保护信号，失去厂外电源，由安全保护系统使堆自动停运。

（2）自动转向由柴油发电机组和蓄电池组构成的可靠电源系统。

根据“失去电网电源”信号，安全保护动作触发停堆，堆状态如下：

信号滞后0.2 s，三根安全棒在0.7 s内下落到活性区底部，2.5 s内插入2根调节棒和3根补偿棒。

如果应急事故电源也不能启动，一、二回路钠泵惰转至零转速，主热传输系统将失去排热能力。此时只能利用事故余热排出系统将堆内余热排出。

利用热工仪表以及堆内仪表监测堆装置的状态。

2）反应堆保护及限制定值

反应堆紧急停堆事故保护信号：

（1）外电网电压或外电网电流频率降低到整定值。

（2）中子功率与堆芯流量比大于1.12（+0.12仪表误差）。

反应堆保护系统收到停堆信号后，延迟0.2 s开始落棒（考虑地震影响(0.7+0.7) s=1.4 s安全棒下落到活性区底部）。

本事故属于事故工况，在瞬态过程中，燃料棒包壳的最高温度以及燃料的温度应分别遵循相应的验收准则。

3）分析方法及主要假设

事故分析中的主要假设：

（1）反应堆初始功率取102.5%额定功率。

（2）堆芯入口温度为363 ℃（正常为360 ℃）。

（3）当失去厂外电源后，柴油发电机组系统未能启动，一、二回路主泵直接惰转到零而不是150 r/min和300 r/min。

（4）空气热交换器的应急排热系统600 s后打开风门。

根据“失去电网电源”信号，使安全保护动作的情况下：

一、二回路主泵失去外、内交流电供电后，开始惰转，一回路主泵转速衰减到一半的时间不小于6 s，衰减到0的时间不小于40 s，二回路主泵转速衰减到一半的时间不小于 10 s，衰减到 0 的时间不小于 60 s。为保守起见，半衰时间及主泵转速衰减到 0 的时间均取最小值。

假设保守的停堆信号延迟 1.0 s 发出触发紧急停堆，反应性价值最大的一根棒卡在堆外，以及 2 根调节棒和 3 根补偿棒均不起作用。

为简化计算，只计算到包壳温度出现第一个峰值后至 600 s 为止，在此阶段，事故空冷器的风门还未打开，自然循环还未建立起来，正常排热系统失去排热能力。

4）结论与结果

事故发展序列如表 7－2 所示。

**表 7－2　全厂断电事故发展序列**

| 事故 | 时间/s |
|---|---|
| 失去全部交流电源，一、二次泵开始惰转 | 0 |
| 得到失去厂外电源保护信号 | 0.1 |
| 安全棒开始下落 | 0.3 |
| 燃料包壳温度达到最高值 638.37 ℃ | 0.8 |
| 安全棒落到堆芯底部 | 1.7 |
| 风门打开 | 600 |

计算的主要结果表示在图 7－4～图 7－7 中。

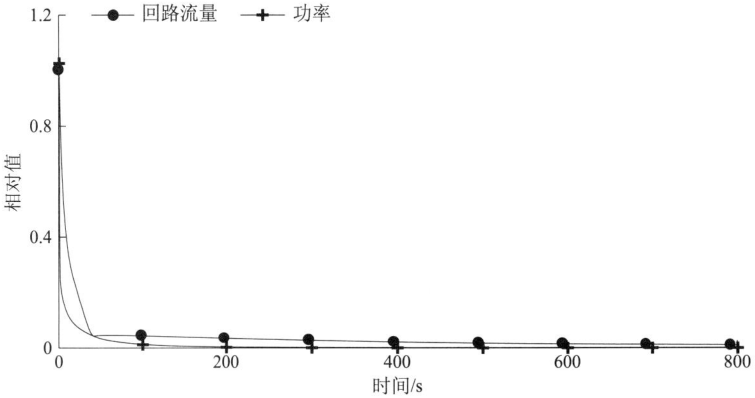


**图 7－4　反应堆总功率及堆芯流量随时间的变化**

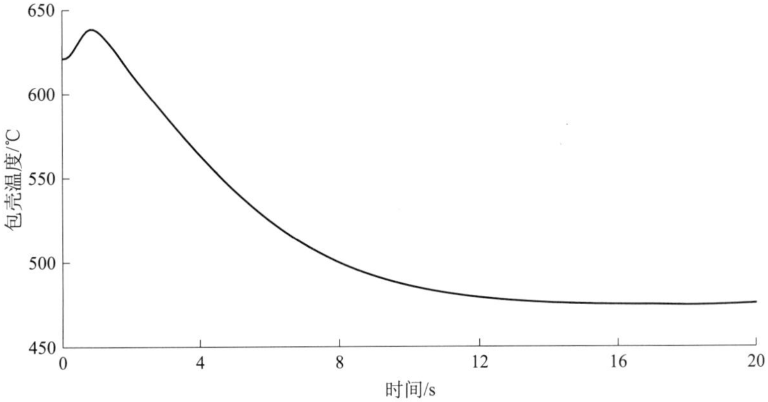


图 7 - 5　反应堆燃料元件包壳最高温度随时间的变化

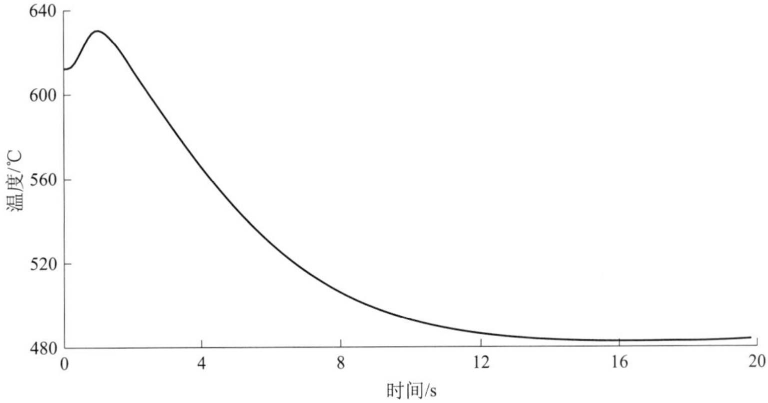


图 7 - 6　反应堆堆芯出口与入口钠温随时间的变化

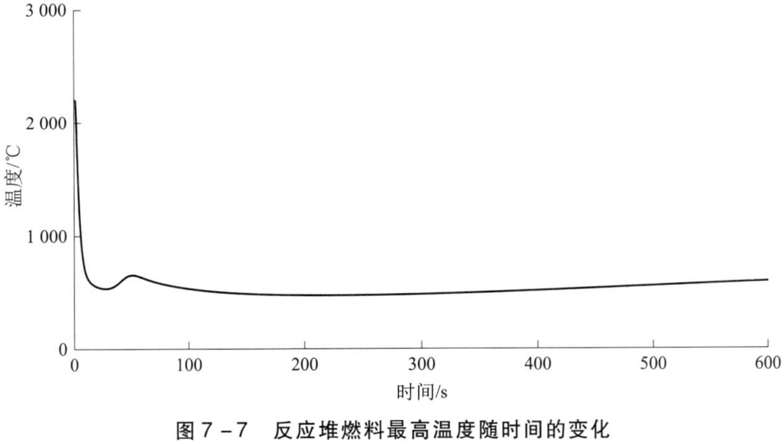


图 7 - 7　反应堆燃料最高温度随时间的变化

# 7.4 堵流事故

由于各种原因造成燃料组件流道面积减少或堵塞的现象叫做堵流。在钠冷快堆中，当燃料组件流道面积减少或堵塞时，燃料组件流量将减少，而组件功率基本保持不变，这时组件内局部会出现最高温度，组件的出口温度增加，最高温度和出口温度会随着堵流面积的增加而增大。当堵流面积增加到一定值时，包壳局部温度将超过安全限值使得包壳发生局部破损，放射性气体溢出，从而对反应堆的正常运行造成威胁。

燃料组件堵流是大多数反应堆都应考虑的设计基准事故。对于快堆来讲，堵流发生的位置有两种可能性：发生在组件入口处；发生在棒束内。对于目前典型快堆的组件设计，由于吸取了美国 Fermi 堆的经验，将组件入口设计为管脚四面开口，基本排除了组件入口瞬时全堵的可能性。但由于快堆组件为密集棒束形结构，有可能在局部形成流道面积的减小或堵塞，原因包括以下几种可能性：

(1) 外来物质，如定位件碎片等停留在组件入口处或活性段上（钠入口孔在径向方向，排除全堵的可能性）。

(2) 燃料棒辐照肿胀和热膨胀引起流动面积减少（据计算，包壳 600 ℃，积分通量 $10.8\times10^{22}\ n/cm^2$ 时，包壳的体积肿胀率为 4.75%，此时包壳直径由 6.0 变为 6.009，流量面积减少 0.63%）。

(3) 破损后的燃料碎片滞留在流道内（慢过程）。

(4) 元件定位绕丝断裂或脱落被卡在流道内。

(5) 腐蚀产物在流道内积聚（慢过程）。

从上述原因来看，堵流是一个慢过程，不会发生瞬时的大面积堵塞。

当外来物质或者破损的燃料碎片进入燃料组件流道，燃料组件流道面积减小甚至堵塞，从而使得冷却剂流道减小，燃料组件功率基本无变化，燃料换热恶化，组件局部出现最高温度，组件出口温度增加，最高温度和出口温度随堵流面积的增加而增大。当堵流面积增大到一定值时，包壳局部温度将超过安全限值，包壳局部点将破损，放射性气体溢出。

以典型快堆为例进行堵流事故的分析。

1) 事故描述

下列事件可能引起堵流：

（1）外来物质，如定位件碎片等停留在组件入口处或活性段上。

（2）燃料棒弯曲肿胀引起流动面积减少。

（3）破损后的燃料碎片滞留在流道内。

（4）元件定位绕丝断裂或脱落被卡在流道内。

（5）腐蚀产物在流道内积聚。

该事故属于事故工况。当堵流发生时该堵流位置流量减少，单从整个一回路来考虑，由于堆芯进出口的压差近似不变，故它对整个堆芯的流量没有整体性影响。

2）监测与报警

燃料组件子通道堵流的监测手段有：燃料组件出口冷却剂温度测量装置以及覆盖气体放射性监测系统。关于包壳破损监测，在覆盖气体中设有放射性监测，用来探测燃料包壳初期的微小破损。当燃料元件发生微小的裂纹或破口时，包壳内的裂变气体（如 Kr 和 Xe）就会泄漏到冷却剂钠中，由于钠的循环流动裂变气体将扩散到反应堆上部的覆盖气体中，通过取样环覆盖气体将被吸取输送到覆盖气体探测站及 γ 谱仪探测站中。

3）计算结果

本节计算了典型快堆的 5 种平板堵流工况，分别为边角堵流 16.7%、31.96%，中心堵流 18.35%、32.12% 以及 42.38% 等。各种工况的计算结果如表 7－3 所示。

**表 7－3　各板状堵流工况下钠和包壳的最高温度**

| 工况 | 堵流面积 | 钠的最高温度/℃ | 包壳最高温度/℃ |
|---|---|---|---|
| No. 1 | 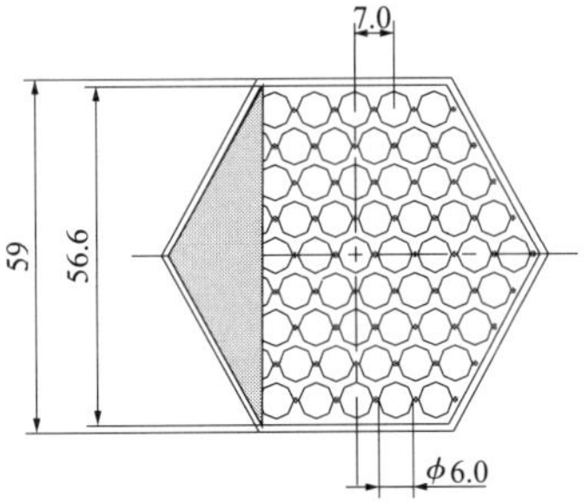 边角堵流 16.7% | 726 | 746 |

续表

| 工况 | 堵流面积 | 钠的最高温度/ ℃ | 包壳最高温度/℃ |
|---|---|---|---|
| No. 2 | 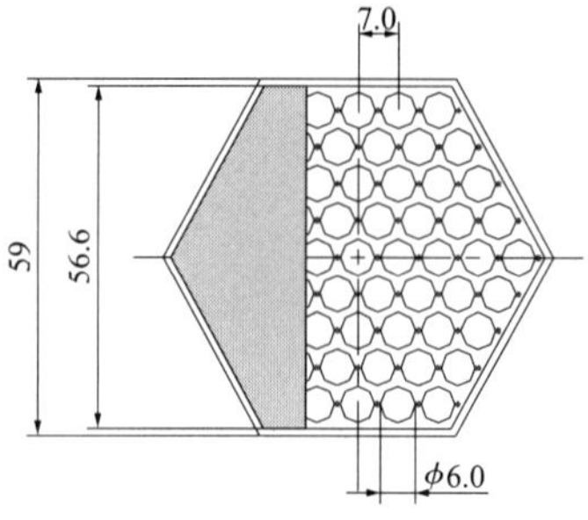<br>边角堵流 31.96% | 863 | 883 |
| No. 3 | 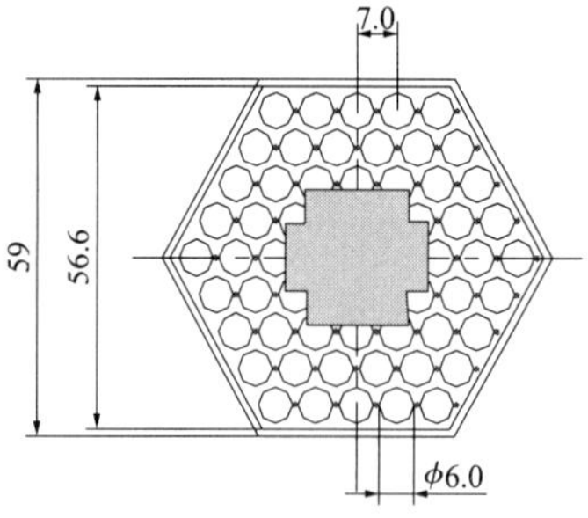<br>中心堵流 18.35% | 754 | 764 |
| No. 4 | 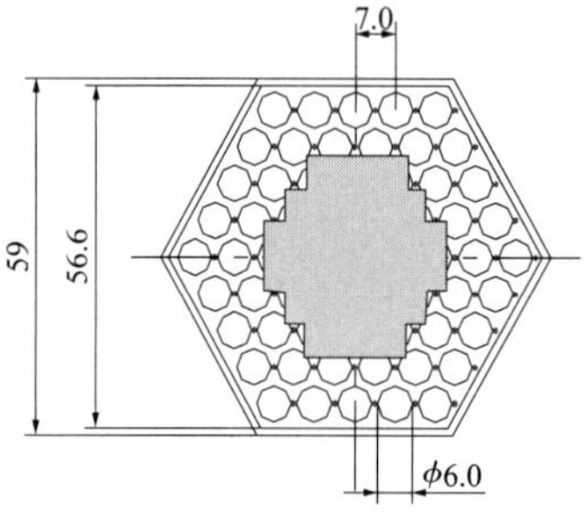<br>中心堵流 32.12% | 819 | 830 |
| No. 5 | 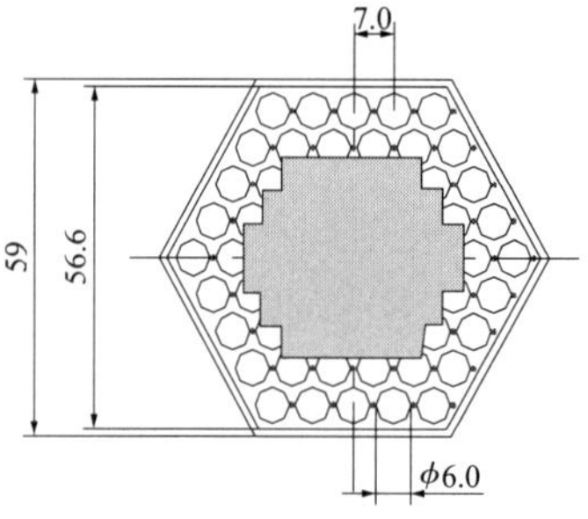<br>中心堵流 42.83% | 841 | 852 |

图 7 - 8 ~ 图 7 - 11 分别给出了 No. 2 和 No. 5 工况下的流场和温场分布图。

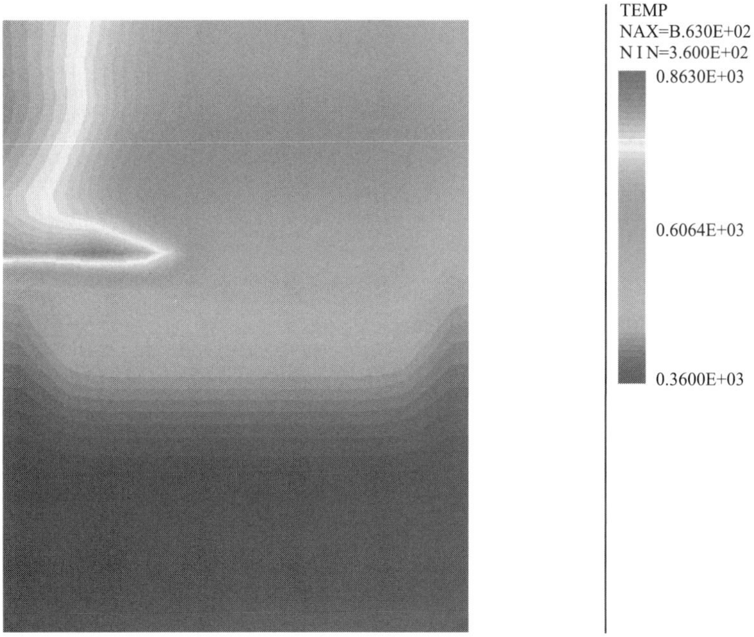


图 7 - 8　No. 2 工况温度场（见彩插）

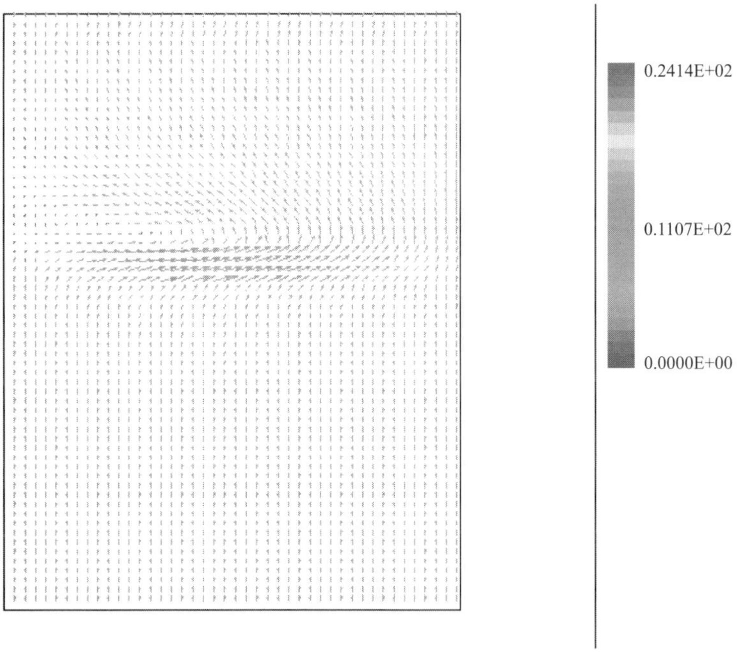


图 7 - 9　No. 2 工况速度场（见彩插）

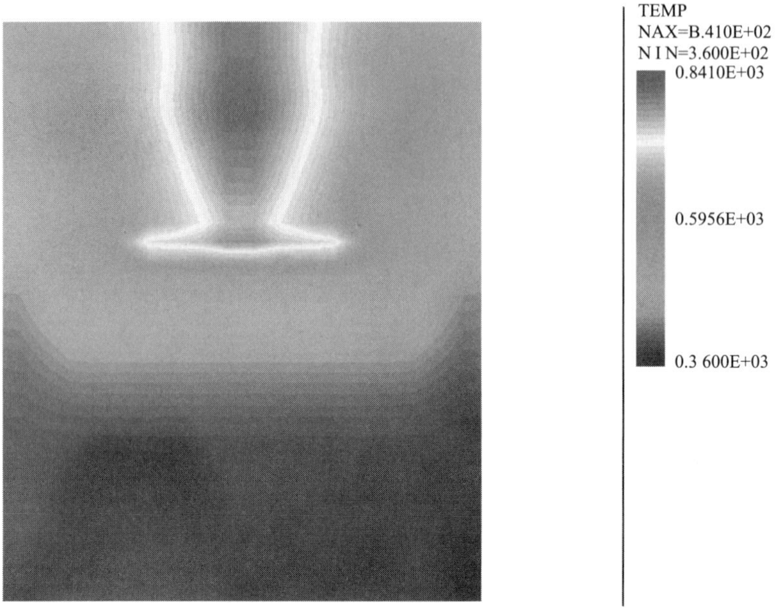


图 7－10　No. 5 工况温度场（见彩插）

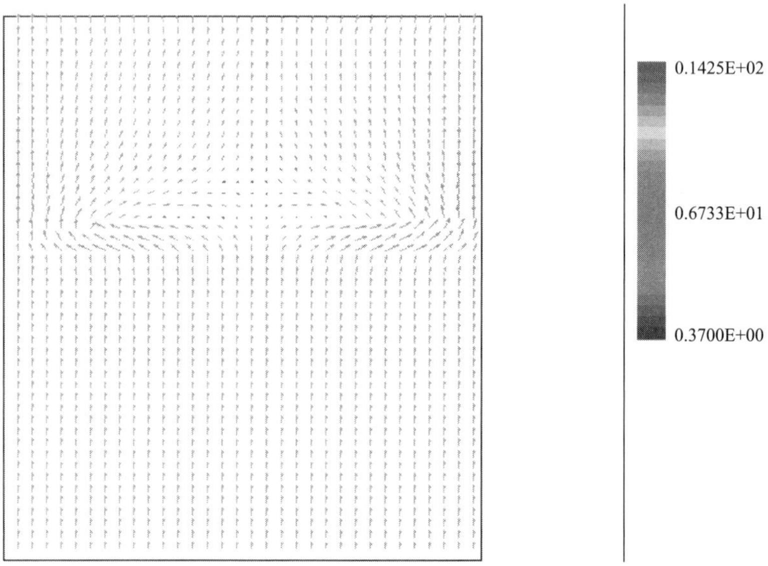


图 7－11　No. 5 工况速度场（见彩插）

对多孔体块状堵流也进行了计算，堵块的多孔度分别取为 50% 和 25%。堵块处于堆芯燃料段中部（功率密度最大），高度为 100 mm，堵流面积分别为边角堵流 16.7% 和 31.96%。当发生多孔体块状堵流时，在上述条件下，不会发生回流情况，冷却剂钠的最高温度（见表7－4）出现在燃料段末段。

**表7－4　各块状堵流工况下钠和包壳的最高温度**

| 工况 | 堵流面积 | 钠的最高温度/℃<br>（堵块多孔度为50%） | 钠的最高温度/℃<br>（堵块多孔度为25%） |
| --- | --- | --- | --- |
| No. 6 | 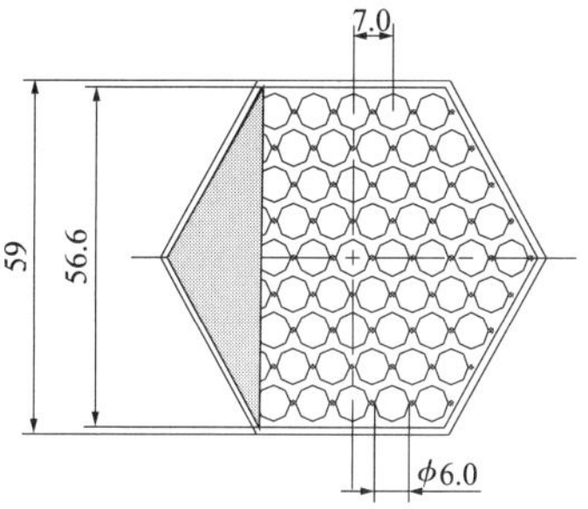<br>边角堵流16.7% | 650 | 662 |
| No. 7 | 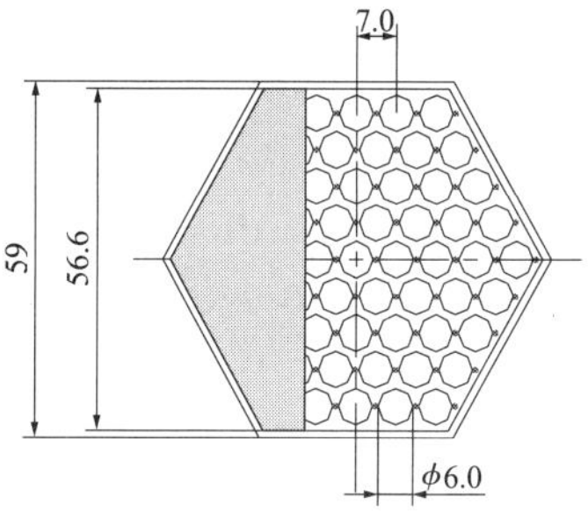<br>边角堵流31.96% | 668 | 696 |

需要说明的是，以上的堵流计算堵流面积和堵块高度的取值是偏大的，实际情况这种可能性很小。从计算可以看到，即使有这么大的值，钠还没有沸腾。再就是可以看到随着堵流面积的增大，冷却剂钠和包壳温度的变化情况。

4）结论

关于燃料组件流道面积减少或堵塞，该种情况发生时可能引起两个位置的温度升高，一是燃料组件燃料段末段温度升高，二是燃料组件内局部温度升高。

在反应堆换料后或停堆期间，依靠装在旋塞上的流量计对每盒燃料组件进行流量测定以判断燃料组件内是否存在局部堵流。在反应堆运行期间，当燃料组件流道面积减少或堵塞发展到一定程度，随着冷却剂温度的升高，包壳温度升高，最后导致燃料棒局部破损。对此可以通过覆盖气体探测系统和缓发中子探测系统进行报警和监测。

从上述计算结果可以看出，在以上很大的堵流面积和堵块高度情况下，还没有达到冷却剂钠的沸点，其最大后果是导致燃料元件的气密性破损。如果在覆盖气体放射性报警信号发出后，而操纵员还未来得及采取措施之前，事故进一步发展（即使有，亦很有限），存在较小的可能性会导致燃料的熔化。但在其蔓延之前，操纵员有足够时间关闭反应堆，终止事故的进一步发展。表7－5给出了可能的事故序列。

表7－5　堵流事故序列

| 事件 | 时间 |
|---|---|
| 堵流开始发生 | 0 |
| 堵流面积扩展到足够大，导致包壳的破损（沸腾发生） | ~ year |
| 覆盖气体放射性监测系统探测到元件破损 | +4 min |
| 堵流面积进一步扩大，并导致燃料裸露/熔化 | + h |
| 缓发中子探测系统探测到信号 | +66 |
| 操纵员手动停堆，事故终止 | +30 min |

注：表中“+”表示时间从上个事件依次后延。

由于操纵员能够在事故蔓延之前终止其发展，所以燃料元件的损坏不会超过1盒组件的范围，但为保守考虑该事故的放射性后果，假设有7盒组件熔化。根据俄罗斯经验，通过旋塞动密封的泄漏率为15 L/d，再次进一步保守假设泄漏率为150 L/d。如果按地面源形式排放，则在厂区边界（153 m处）的最大个人剂量为0.4 mSv。

# 第 8 章

# 失热阱事故

# 8.1 失热阱事故的特点

失热阱事故是由于反应堆二回路或三回路故障造成堆芯入口处一回路冷却剂温度过高引起堆芯冷却能力不足的事故。反应堆主回路系统中通过二回路及三回路的热阱将堆芯燃料裂变产生的热量释放出去，如果二回路或三回路某个环节发生故障，不能按正常情况及时带走一回路产生的热量，其结果必然是使一回路冷却剂堆芯入口温度过高。这同堆芯流量减少一样，也将使堆芯冷却能力不足而最终导致堆芯过热，甚至造成裂变产物屏障破坏。我们统称这类事故为失热阱事故。

在压水堆中，失热阱事故的始发事件主要可以归为两大类：

（1）部分或全部给水中断。这是典型的也是发生概率较大的热阱丧失事故。给水泵机械故障或失去电源、阀门意外关闭、给水加热器破坏，甚至凝结水泵等设备或管路破坏，均能引起给水减少或中断。一旦给水流量减少，蒸汽发生器水位下降甚至蒸汽发生器内充满蒸汽，将使其传热系数大大下降，堆芯一侧将呈现近似绝热加热的状态。此时反应堆必须紧急停堆，同时开启应急给水系统去除衰变热，以保护堆芯不损坏。

闻名的美国三哩岛事故就是从给水中断开始的。当停堆后本应打开辅助给水系统，但由于检修阀门被关闭，于是主回路升温、升压。再加上操纵员的一系列误操作，致使堆芯严重损坏，带有放射性的主回路水通过卸压阀泄漏到安全壳，酿成动力反应堆历史上最严重的事故之一。

（2）汽轮机跳闸，同时旁路阀门未打开。无论是紧急停堆或汽轮发电机组本身故障，或电网故障，为了保护汽轮机，都要求汽轮机跳闸，此时主汽门立即关闭，通往凝汽器的旁路阀门必须立即打开，否则将发生失热阱事故。如果跳闸后旁路阀门未打开，二回路将被蒸汽充满，堆芯主回路内存储的能量无法排出，则主回路冷却剂将在近似绝热的状态下迅速升温、升压。

在钠冷快堆中，可能的失热阱事故主要有以下方面：

（1）二回路排热能力降低。典型的二回路排热能力降低事故是一台二回路主循环泵停运，一台二回路循环泵停运后使该环路上一回路内的钠欠冷，它使反应堆失去部分热阱，引起堆芯冷却剂入口温度过高，如果不及时保护停堆，会危及反应堆的安全。

（2）三回路排热能力降低。可能造成三回路排热能力降低的事故有：蒸汽发生器给水中断；汽轮机停运；蒸汽发生器主蒸汽管道破裂；蒸汽管道上的安全阀误开启或汽轮机旁路上的减压阀意外打开等。三回路排热能力降低，会导致一、二回路热量不能及时排出，引起堆芯入口温度升高，危及反应堆安全。

（3）全厂断电。全厂断电会导致一、二回路泵停运，按各自的规律惰转，堆芯流量降低，汽轮机停运，三回路失给水，堆芯热量依靠事故余热排出系统带出，如果反应堆不能紧急停堆，余热排出系统失效，将发展为严重事故。

## 8.2　PWR 典型失热阱事故分析

选取典型压水堆的给水系统管道破裂事故进行分析。

1）事故描述

有一系列事故可能导致二回路或三回路系统从反应堆冷却系统移出热量的能力下降：

（1）蒸汽压力调节器故障或失效导致蒸汽流量下降。

（2）丧失外电负荷。

（3）汽轮机停机。

（4）主蒸汽隔离阀误关闭。

（5）丧失冷凝器真空以及导致汽轮机停机的其他事故。

（6）电厂辅助设备交流电源丧失。

（7）丧失正常给水。

（8）给水系统管道破裂。

上述事故除了给水系统管道破裂为Ⅳ类事故外，其余都为Ⅱ类事故。因此假设给水系统管道破裂为事故的初因。

给水系统管道破裂事故是指给水管道上发生破裂所致的不能有足够的给水进入蒸汽发生器以保持二次侧装量的二次热阱丧失事故，一般考虑破口位置位于蒸汽发生器与给水管道逆止阀之间。这样，蒸汽发生器内的二次侧水也会通过破口流失。如果破口在逆止阀上游，则对核电厂系统的影响与失去主给水相同。

按照核电厂运行工况的不同，给水系统管道破裂事故对反应堆冷却剂系统来说，可能是一个二回路排热增加的过程，也可能是一个二回路排热减少的过程，如果核电厂在零功率或低功率下发生主给水管道破裂事故，则很可能是二回路排热增加的过程。如果事故发生在高功率或满功率运行条件下，则事故过程对电厂的影响是一个二次热阱丧失过程。

给水系统管道破裂导致二回路排热减少的原因在于：

（1）主给水立即停止，三回路过冷水无法进入蒸汽发生器。

（2）辅助给水因破口损失而减少。

（3）储存在蒸汽发生器中的二次水，在低焓值下（液态）排出，无法带走一回路热量。

给水管道破裂属于Ⅳ类事故。给水管道破裂瞬态的严重程度取决于一系列系统参数，包括破口尺寸、初始反应堆功率以及各种控制和安全相关系统的功能。最为极限的给水管道破裂是给水管道的双端断裂。

2）反应堆保护及限值

下面分析了某压水堆的给水管道双端断裂事故。瞬态开始阶段，假设主给水控制系统由于恶劣的环境而发生故障。破口和主给水控制系统的共同作用使得蒸汽发生器给水注入减少或者流失。该假设使得两台蒸汽发生器的水位同时降低直到蒸汽发生器低水位（窄量程）停堆信号达到。反应堆停堆后，假设发生给水管道双端断裂，使得破损蒸汽发生器通过破口喷放，并且没有主给水注入完好蒸汽发生器。这些假设保守地包络了可能发生的最为极限的给水管道破裂事故。分析假设电厂在满功率下运行并且在反应堆停堆时丧失厂外电。该工况比假设在事故发生时就丧失厂外电更为保守。反应堆冷却剂泵在停堆后很短时间由保护和安全监测系统停运，反应堆冷却剂泵停运后，厂外电有效和无效工况的差异很小。

给水系统管道破裂事故由下列功能和设施提供保护：

(1) 触发反应堆停堆保护系统。

(2) 非能动余热排出系统提供非能动的衰变热移出方式。热交换器是放置在安全壳内置换料水箱的C型管热交换器。热交换器位于反应堆冷却系统上方以提供反应堆冷却剂的自然循环。非能动余热排出系统的运行由位于其冷段的两台并联电动阀中的一台开启。

(3) 避免反应堆冷却系统超压(低于110%的设计压力)。

(4) 维持反应堆冷却剂系统中足够的流体使得堆芯维持其几何结构的完整性,并且不丧失堆芯冷却能力。

3) 分析方法和主要假设

采用系统分析程序分析反应堆给水管道破裂事故后的电厂瞬态。程序模拟了中子动力学、反应堆冷却剂系统(包括自然循环)、稳压器、蒸汽发生器和给水系统响应,计算了各个相关参数,包括蒸汽发生器水位、稳压器水位和反应堆冷却剂平均温度。

采用的主要假设条件如下:

(1) 电厂初始运行在101%额定设计功率水平。

(2) 初始反应堆冷却剂温度比名义值高4.44 ℃ (8.0 ℉),稳压器压力比名义值低0.345 MPa (50 psi)。

(3) 稳压器喷淋有效。

(4) 稳压器初始水位为保守的最大值,两台蒸汽发生器初始水位都取保守的最大值。

(5) 事故开始时,破口和主给水控制系统的共同作用导致两台蒸汽发生器的给水完全丧失。

(6) 反应堆由破损蒸汽发生器的窄量程低水位信号停堆,并考虑2 s延迟时间。

(7) 反应堆停堆后,破损蒸汽发生器通过面积为0.104 $m^2$ (1.117 $ft^2$)的双端断裂破口喷放。假设喷放的为饱和流体,直到破损蒸汽发生器中所有水装量喷放结束为止。该假设使破损蒸汽发生器的热移出能量最小化,并使反应堆冷却剂的升温最大化。假设没有给水注入完好蒸汽发生器。

(8) 非能动余热排出系统由蒸汽发生器低水位(宽量程)信号触发。低水位信号达到后,假设延迟17 s用于系统响应和非能动余热排出系统阀门开启。

(9) 反应堆冷却剂系统升温阶段考虑热量传给反应堆冷却剂系统金属热构件。

(10) 不考虑上充和下泄。

（11）稳压器安全阀整定值假设为其最小值。

（12）假设蒸汽发生器传热面积随着壳侧流体装量的降低而减少，破损蒸汽发生器的传热维持在约100%的水平，直到其流体质量达到约11%，然后传热随着流体质量的减少逐渐下降到0。

（13）基于停堆前反应堆初始功率水平长期运行的条件保守地假设堆芯余热。

当蒸汽发生器水位降至宽量程低水位时非能动余热排出系统启动。类似地，任一环路蒸汽管道低压力信号触发蒸汽管道隔离信号，并关闭所有的主蒸汽和主给水隔离阀。该信号还产生“S”信号触发来自堆芯补水箱的较冷的含硼水流入反应堆冷却系统。

不考虑电厂控制系统对事故后果的缓解。在给水管道破裂事故后要求保护和安全监测系统执行功能。单一能动故障不会阻止该系统的运行。

假设执行功能的专设安全设施有非能动余热排出系统、堆芯补水箱和主蒸汽管道隔离阀。假设的单一故障为非能动余热排出系统出口管道上两台并联电动阀中的一台失效。

4）计算结果与结论

给水系统管道断裂事故后计算得到的电厂参数见图8－1～图8－10。事故的事件序列见表8－1。

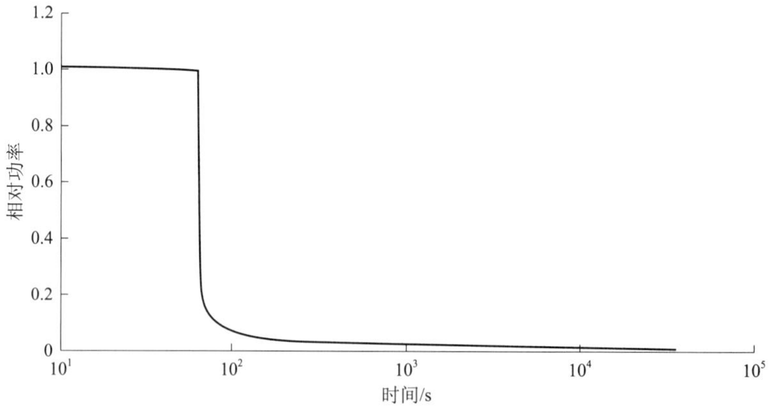


**图8－1　给水系统管道断裂事故核功率变化**

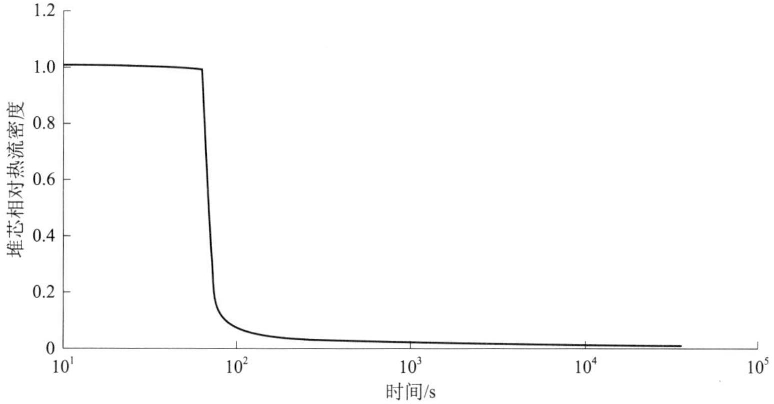


图 8－2　给水系统管道断裂事故堆芯热流密度变化

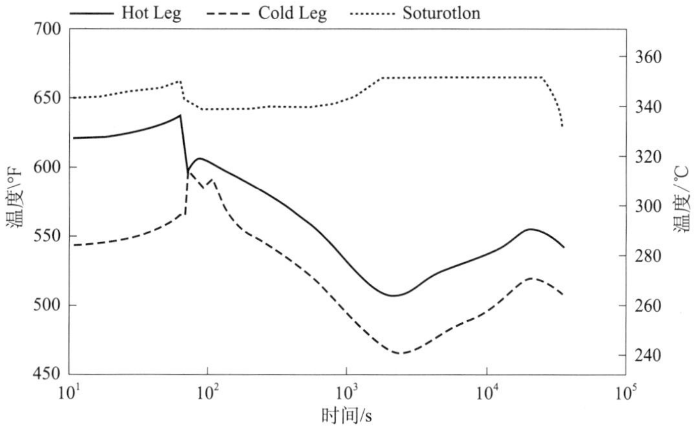


图 8－3　给水系统管道断裂事故破损环路反应堆冷却系统温度变化

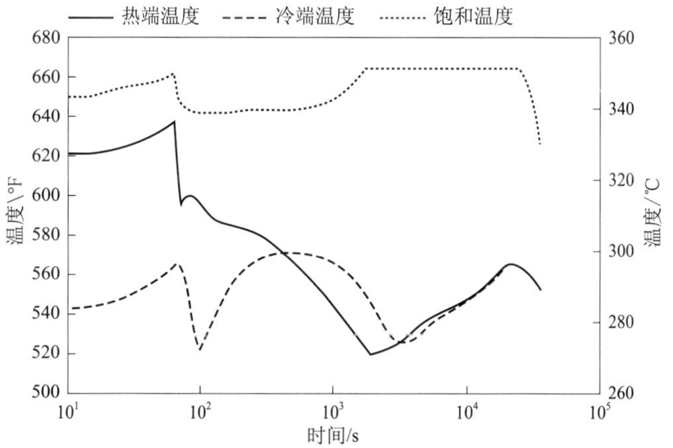


图 8－4　给水系统管道断裂事故完好环路反应堆冷却系统温度变化

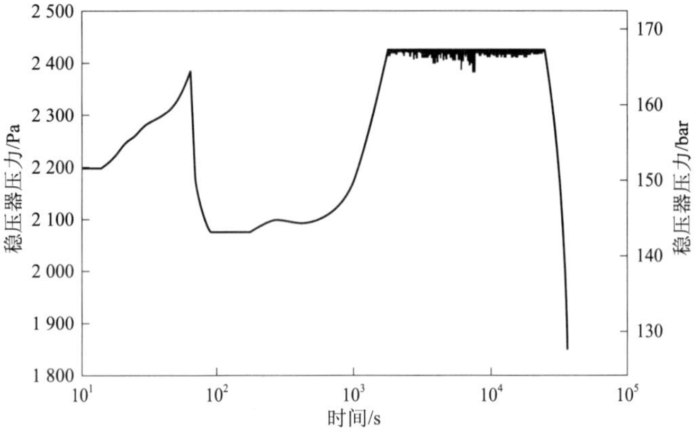


图 8－5　给水系统管道断裂事故稳压器压力变化

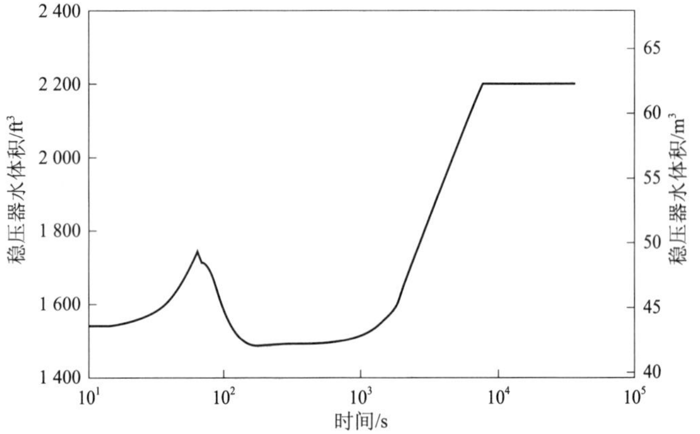


图 8－6　给水系统管道断裂事故稳压器水体积变化

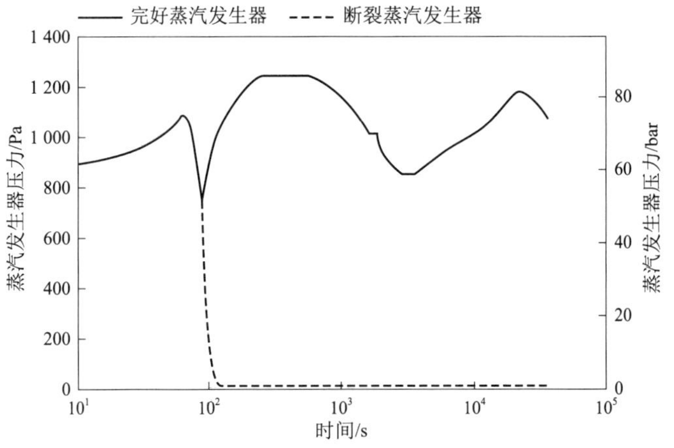


图 8－7　给水系统管道断裂事故蒸汽发生器压力变化

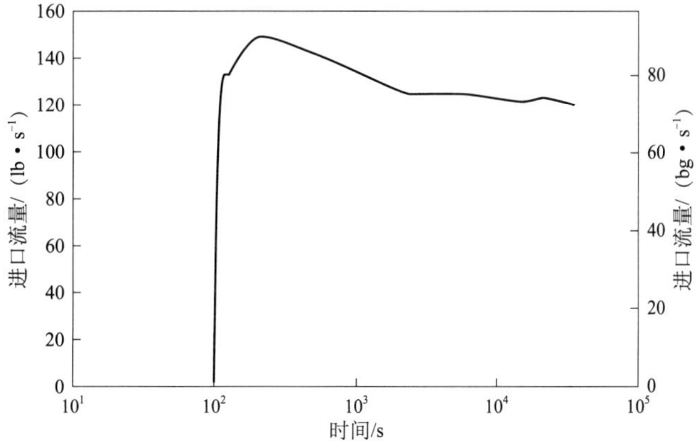


图 8-8　给水系统管道断裂事故蒸汽发生器进口流量变化

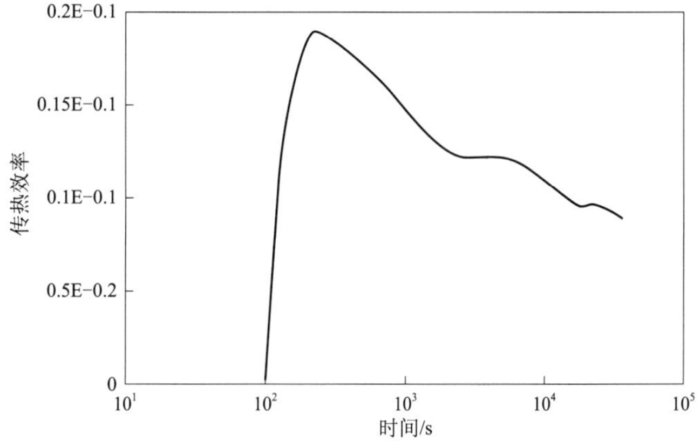


图 8-9　给水系统管道断裂事故非能动余热排出系统变化

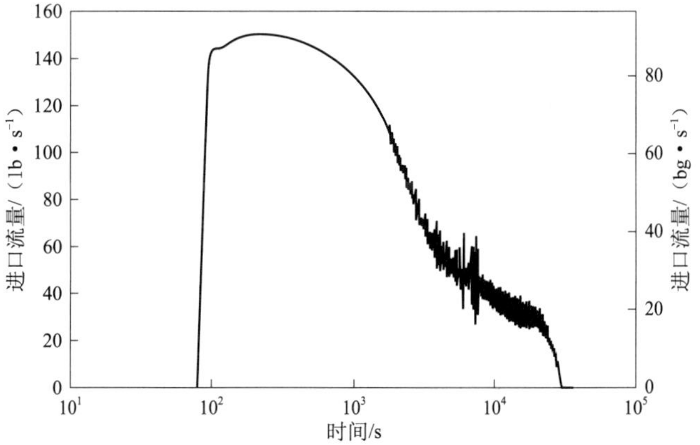


图 8-10　给水系统管道断裂事故堆芯补水箱进口流量变化

图 8 - 5 和图 8 - 7 表明反应堆冷却系统和主蒸汽系统的压力维持在 110% 设计压力以下。反应堆由蒸汽发生器低水位信号（窄量程）停堆后，由于产热减少稳压器压力开始下降。

反应堆停堆后，堆芯补水箱由破损环路的蒸汽管道低压力信号触发，而非能动余热排出系统由蒸汽发生器宽量程低水位信号（宽量程）触发。非能动余热排出系统热交换器和堆芯补水箱的投入冷却了一回路，并提供足够的流体使堆芯保持淹没。

由于衰变热和非能动余热排出系统传热能力的不匹配，稳压器安全阀将会开启。在瞬态的第一阶段，堆芯补水箱将冷水注入反应堆冷却系统，而冷段较热水流回堆芯补水箱，引入冷却效应。该效应随着再循环流量对堆芯补水箱的加热而降低。另外，注入驱动压头也随着堆芯补水箱升温而降低。

**表 8 - 1　给水系统管道破裂事故的事件序列**

| 事故 | 事件 | 时间/s |
|---|---|---|
| 给水系统管道破裂 | 由于破口和给水控制系统的相互作用，向两台蒸汽发生器的主给水流量都丧失 | 10.0 |
| | 蒸汽发生器低水位（窄量程）整定值达到 | 60.3 |
| | 控制棒开始下落 | 62.3 |
| | 从破损蒸汽发生器到双端断裂破口的倒流开始 | 62.3 |
| | 丧失厂外电 | 70.3 |
| | 蒸汽管道低压力整定值达到 | 76.7 |
| | 堆芯补水箱出口阀完全开启 | 76.7 |
| | 蒸汽发生器低水位（宽量程）整定值达到 | 81.7 |
| | 所有的蒸汽管道隔离阀关闭 | 88.7 |
| | 蒸汽发生器低水位（宽量程）启动非能动余热排出系统 | 98.7 |
| | 破损蒸汽发生器排空 | 122.0 |
| | 完好蒸汽发生器安全阀第一次开启 | 251.9 |
| | 稳压器安全阀第一次开启 | 1 792 |
| | 非能动余热排出系统传热能力与衰变热匹配 | 26 400 |

在 2 500 s 时，反应堆冷却系统温度较低，约为 265.56 ℃（510 ℉），在该条件下非能动余热排出系统不能移出全部衰变热。反应堆冷却系统的温度会升高，直到衰变热和非能动余热排出系统能力达到平衡。约 26 400 s，非能动余热排出系统移出能力超过衰变热，随后反应堆冷却系统温度和压力开始平稳下降。因为整个瞬态过程中反应堆冷却剂维持过冷且反应堆冷却系统水装量也

未减少（堆芯补水箱注入量比稳压器安全阀释放量大），堆芯冷却能力在整个瞬态过程中都能够维持。

分析结果表明，对于假想的给水管道断裂事故，非能动余热排出系统能力足够移出堆芯衰变热，以避免反应堆冷却系统超压并维持堆芯冷却。满足标准审查大纲中的验收准则。

## 8.3　快堆典型失热阱事故分析

钠冷快堆典型的失热阱事故选取钠冷快堆的给水系统管道破裂事故进行分析。

1）事故描述

钠冷快堆水－蒸汽三回路的任何一台或两台蒸汽发生器给水中断的原因有：

（1）除氧器水位降低到“死水位”。

（2）给水保护系统使给水停运。

（3）给水泵电源或机械故障。

（4）人为操作将快速隔离阀或电动截止阀关闭。

（5）主给水管道断裂。

由于主给水管道断裂导致的事故后果最为严重，所以此处便以该假设作为事故的初因。

主给水管道断裂被定义为给水管道上发生裂口使不能有足够的给水进入蒸汽发生器以保持蒸汽发生器的传热能力。根据断裂口大小、事故前反应堆的运行工况，本事故可能是一个反应堆冷却系统的冷却过程（较小的裂口），也可能是一个加热过程。本节仅考虑最严重的加热过程，即主给水管道发生瞬时的双端断裂。

典型快堆一条环路的主给水管道瞬时断裂后，大量给水沿两个断裂口快速喷放，由于考虑断裂口位于蒸发器隔离阀与给水泵逆止阀之间的区段，因此蒸汽发生器侧的水也通过断裂口倒流，致使蒸汽发生器水位迅速下降，这将触发“一台蒸汽发生器给水流量降低到限值”控制保护信号而使反应堆实施保护停堆。

由于本事故中保守地假设第一停堆保护信号失效，因此随后由于完好环路的给水也通过两个环路的连接管段从断裂口流失，从而造成完好环路的蒸汽发生器给水流量也降低到整定值而触发“一台蒸汽发生器给水流量降低到限值”

控制保护信号而使反应堆实施保护停堆，停堆系统按“三回路正常排热系统保持正常工作能力时，切除一条环路的停堆保护”动作：控制棒插入；各环路一、二次泵按自然惰转规律惰转；主汽门关闭；旁排阀打开；完好环路蒸汽发生器实施隔离：关闭蒸汽发生器出口隔离阀和入口隔离阀，打开大气释放阀和紧急放水阀。接着事故环路则由于蒸汽发生器入口压力低于额定值的80%而触发蒸汽发生器事故保护信号，从而使事故环路的蒸汽发生器也随即被实施隔离。

本事故分析中假设在停堆保护的同时外电网失电，所有的一、二次泵和主给水泵均惰转直到停运。在事故发展过程中，假设的单一故障是：在首先隔离完好环路的蒸汽发生器时该环路给水隔离阀未能关闭，这将导致该环路蒸汽发生器继续失去给水，从而事故后果更加严重。

事故发生后主给水泵侧的断裂口由于过冷水的急剧降压而出现欠热喷放，急剧蒸发的过冷水形成阻塞临界流；蒸汽发生器侧的断裂口开始为欠热喷放，很快转为汽水混合物的饱和喷放。

停堆后反应堆主热传输系统失去传热能力，堆芯余热依靠事故余热排出系统逐渐排出。

2）反应堆保护及限值

可能触发紧急停堆的保护定值有：

（1）一台蒸汽发生器给水流量降低到额定值的70%。

（2）一台蒸汽发生器压力降低到额定值的80%。

（3）一台蒸汽发生器出口钠温超过360 ℃。

反应堆保护系统在探测到保护过程变量超过整定值后，按照切除一条环路的停堆保护系统动作程序进行停堆保护，由于两个环路先后均有超过保护定值的保护信号，所以在停堆的同时两台蒸汽发生器都先后被完全隔离。

本事件属事故工况，应保证主要变量不超过事故工况的限值，并保持一回路系统的完整性。

3）分析方法和主要假设

用OASIS快中子反应堆系统安全分析程序分析该事故动态。

分析中的主要假设如下：

（1）反应堆初始功率102.5%。

（2）反应堆入口温度取正偏差3 ℃。

（3）断裂为完全剪切断裂。

（4）断口位于事故环路蒸汽发生器给水隔离阀与给水泵逆止阀之间的区段，这样该蒸汽发生器瞬时失去给水。

（5）断裂后不考虑主给水泵因流量过高而自我保护的停运。

（6）事故发生时主给水泵组出口各支路之间的连接管上的电动闸阀处于开启状态。

（7）假设第一停堆保护信号失效。

（8）停堆时最大价值的一根安全棒卡在堆外。

（9）在首先隔离完好环路的蒸汽发生器时假设其给水隔离阀不能关闭。

（10）在停堆保护的同时假设外电网失电。

（11）辅助给水泵的启动仅会对完好环路的蒸汽发生器失水情况起缓解作用，而对整个事故发展无明显影响，故假设辅助给水泵不能启动。

4）结果与讨论

表 8 - 2 给出了主给水管道断裂事故的事件序列。

**表 8 - 2　主给水管道断裂事故的事件序列**

| 事件 | 时间/s |
|---|---|
| 事故环路主给水管道双端断裂 | 0. 0 |
| 第一停堆信号到达：<br>事故环路蒸汽发生器入口流量低于额定值的 70%，考虑 8% 的误差取 8. 56 kg/s<br>（该停堆保护信号失效） | 0. 025 |
| 第二停堆信号到达：<br>完好环路蒸汽发生器入口流量低于额定值的 70%，考虑 8% 的误差取 8. 56 kg/s<br>（该信号触发停堆保护） | 0. 075 |
| 断裂口总喷放流量到达最大值 71. 68 kg/s | 0. 175 |
| 紧急停堆：控制棒开始插入<br>主汽门关闭<br>旁排阀打开<br>（考虑 1. 2 s 的延迟） | 1. 275 |
| 事故环路一、二次泵开始按自然规律惰转<br>完好环路一、二次泵开始按自然规律惰转<br>两台主给水泵开始惰转<br>外电网失电 | 2. 275 |
| 完好环路蒸汽发生器开始隔离：<br>主给水泵下游给水截断阀关闭（≤20 s）<br>两条给水支路之间管道上的电动闸阀关闭（≤5 s）<br>出口蒸汽隔离阀关闭（≤5 s）<br>入口给水隔离阀关闭（假设单一故障，失效）<br>大气释放阀打开（≤5 s）<br>紧急放水阀打开（≤5 s） | 2. 275 |

续表

| 事件 | 时间/s |
|---|---|
| 事故环路蒸汽发生器干涸 | 5.5 |
| 事故环路蒸汽发生器隔离信号：<br>事故环路蒸汽发生器入口压力降低到额定值的80%，即12 MPa | 6.1 |
| 事故环路蒸汽发生器开始隔离：<br>主给水泵下游给水截断阀关闭（≤20 s）<br>出口蒸汽隔离阀关闭（≤5 s）<br>入口给水隔离阀关闭（≤5 s）<br>大气释放阀打开（≤5 s）<br>紧急放水阀打开（≤5 s） | 7.1 |
| 完好环路蒸汽发生器干涸 | 44.0 |
| 堆芯出口温度开始由于主热传输系统完全隔离而上升 | 900.0 |

图8－11～图8－18所示为该事故发生后反应堆热传输系统两个环路主要变量随时间的变化曲线。

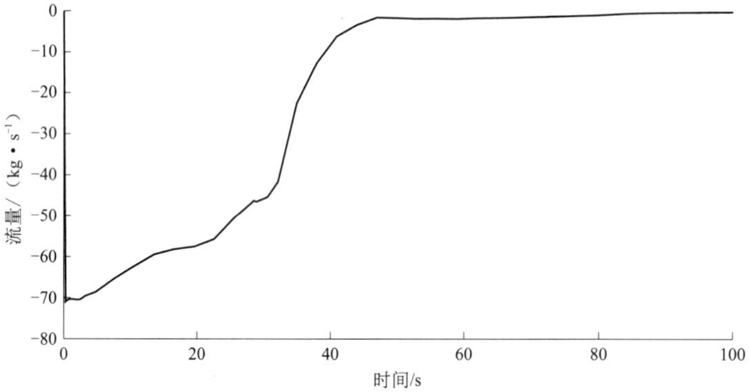


**图8－11　断口喷放流量**

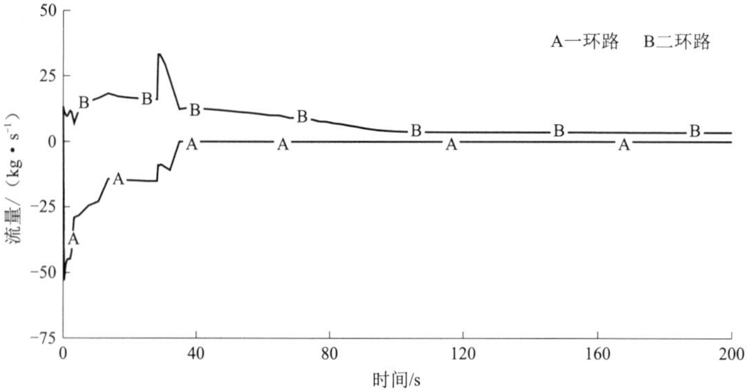


**图8－12　蒸汽发生器给水流量**

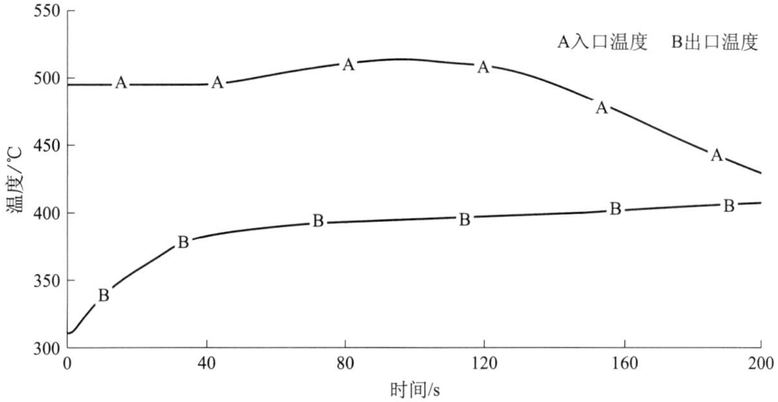


图 8－13　事故环路蒸汽发生器钠侧温度

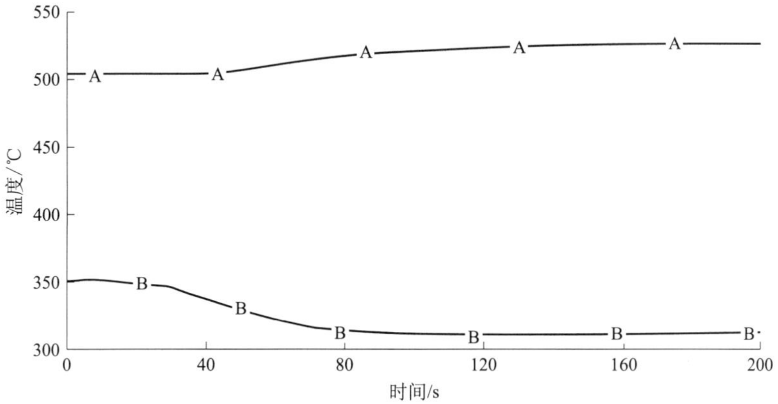


图 8－14　完好环路蒸汽发生器钠侧温度

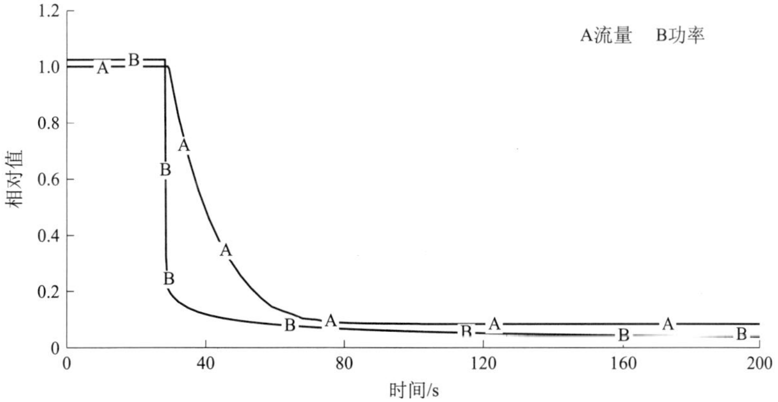


图 8－15　反应堆功率和堆芯流量

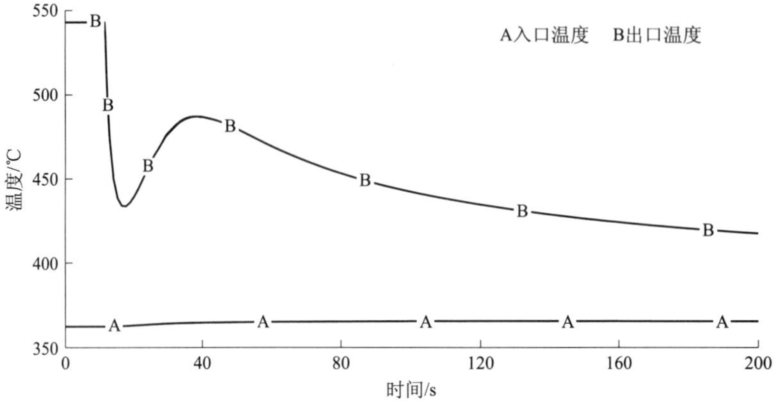


图 8－16　堆芯进、出口钠温

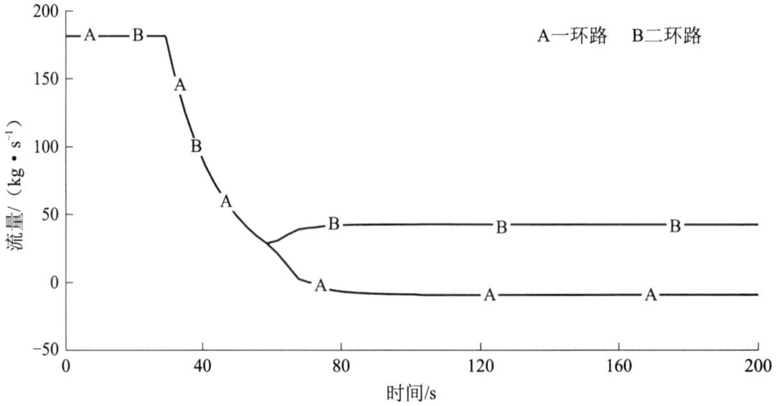


图 8－17　一次泵流量

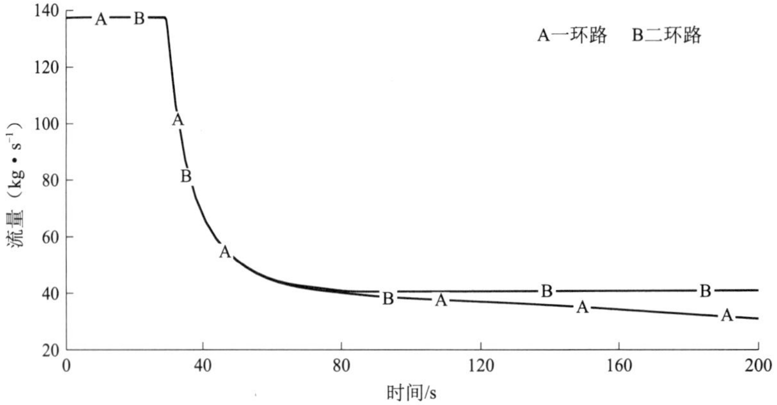


图 8－18　二次泵流量

本事故是蒸汽发生器丧失给水事故中最严重的一个，由于三回路事故保护系统的作用使反应堆及时停堆，同时使事故环路蒸汽发生器得到隔离，防止事故向主热传输系统一回路的扩散以及事故扩大对蒸汽发生器的破坏。

事故发展过程中燃料温度始终低于熔点，包壳温度也低于安全限值，一回路压力边界的完整性没有受到破坏。

第 9 章

# 严重事故

## 9.1 严重事故定义

核电厂严重事故指超出设计基准事件之外，导致核电厂反应堆堆芯严重损坏，并危及多层或所有用于防止放射性物质释放的屏障的完整性，从而造成环境放射性污染，产生巨大损失的事故。

一般来说，核反应堆的严重事故可以分为两大类：一类为堆芯熔化事故（CMAs），另一类为堆芯解体事故（CDAs）。堆芯熔化事故是由于堆芯冷却不足，引起的堆芯裸露、升温和熔化过程，其发展相对缓慢，时间尺度为小时量级。堆芯解体事故是由于快速引入的巨大反应性，引起功率徒增和燃料碎裂过程，其发展迅速，时间尺度为秒量级。

由于压水堆的固有负反应性温度反馈特性、接近最佳的反应性布置和设置了专设安全设施，堆芯解体事故发生在压水堆中的可能性极小。而对于大型钠冷快堆而言，由于钠空泡反应性为正，理论上存在功率激增导致燃料大面积熔化的可能。由于快堆燃料富集度较高，燃料密实可能导致反应性增加，所以早期的设计中通常要考虑堆芯解体事故的后果。近年来，为避免堆芯解体事故的发生，零空泡反应性堆芯、非能动停堆系统和熔融堆芯导流管等方案的相继提出，使得堆芯解体事故的发生仅存在理论上的可能。即便如此，在钠冷快堆设计中仍然保留了主容器和安全壳对堆芯解体事故的应对能力，以防出现不可预知的后果。

人们对于核电厂严重事故的重视和认知，是建立于人类历史上发生过三次核电厂严重事故之上的，它们分别是1979年美国的三哩岛核电厂事故、1986年的苏联切尔诺贝利核电厂事故和2011年的日本福岛核电厂事故。

1979年3月28日，美国三哩岛核电站2号机组反应堆冷却剂系统失去热阱压力上升。稳压器卸压阀开启，因故障未能回座，反应堆冷却剂持续排放，导致堆芯裸露。燃料包壳与蒸汽发生锆水反应产生氢气，堆芯熔化并坍塌。

1979年发生的三哩岛事故证明了确定论方法的局限性。三哩岛事故中导致堆芯损伤的初始事故并非原先设想的双端断裂的大LOCA，而是很普通的主给水丧失事故，事故过程中也不仅仅是单一故障，而是合并了多个系统的多重故障（辅助给水隔离阀未处于打开位置、稳压器卸压阀打开后未能回座），而且操纵员在事故发生后很快就进行干预，但却被严重误导，操纵员的干预行为反而导致了更严重的后果。其实，该事故情景早在1975年发表的研究报告——《反应堆安全研究》中已有分析。《反应堆安全研究》（即WASH－1400）是美国的拉斯·莫森教授领导的一个研究小组第一次将PSA技术应用于核电站安全分析的研究报告。

在该研究报告中准确预见到了三哩岛事故的进展情景，人们因此认识到传统的确定论方法的局限性和概率论方法的优越性。从此，核能界对PSA有了广泛的认同，PSA在全世界核能工业界得到迅速发展。

1986年4月26日，苏联切尔诺贝利核电厂4号机组在进行汽轮机惰走维持堆芯强迫循环冷却能力试验时，反应堆功率失控急剧增加并爆炸，高温的反应堆燃料和石墨引发大火，大量高辐射物质散发到大气中。

2011年3月11日下午，日本东部海域发生9.0级地震并引发海啸，导致福岛核电站若干机组失去全部电源，堆芯应急冷却系统停止运行。由于无法进行冷却，反应堆在衰变热的作用下迅速升温，堆芯熔化，燃料包壳与蒸汽发生锆水反应，释放大量氢气并发生爆炸，多处反应堆厂房被摧毁，大量放射性物质释放到环境中。

每一次严重事故的发生都极大地影响了核电的发展，同时不断地推进着反应堆安全设计理念上的进步。然而，核电厂严重事故的现象极其复杂，即便经历了大量的研究工作，人们对核电厂严重事故的认知仍是十分有限的。严重事故的现象、发生过程、技术特征以及后果特点，强烈地依赖于不同的堆型（快/热）、冷却剂、燃料组成以及系统设计。随着先进反应堆核电厂的不断发展，固有安全性和非能动安全性的不断提高，不同核电站的严重事故将呈现极其不同的特点。严重事故现象的复杂程度实在是难以在简单的篇幅中得到很好的描述，本章针对严重事故的介绍旨在建立相关概念，以便读者可以更好地理解严重事故分析的理念和方法。

# 9.2 历史上的三次严重事故

## 9.2.1 三哩岛核电厂事故

三哩岛核电厂（Three Mile Island，TMI）（图 9－1）建在美国宾夕法尼亚州（Pennsylvania），坐落在萨斯奎汉纳河上，离该州首府哈里斯堡 16 公里附近，有 9 万居民。

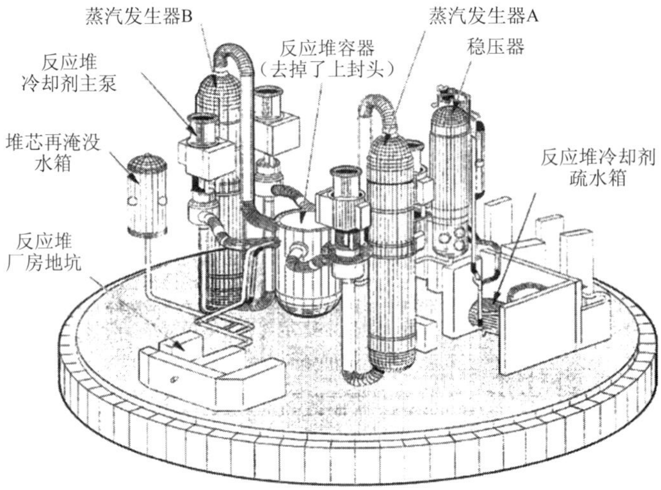


图 9－1　三哩岛核电厂反应堆示意图

三哩岛核电厂二号机组是由巴布科克（Bacock）和威尔科克斯（Wilocx）两个公司设计和建造，Metropolitan Edison 公司运行的 959MW 电功率压水堆。第二台机组于 1978 年 12 月 30 日投入商业运行，1979 年 3 月 28 日发生了美国商用核电厂历史上最严重的事故。这次事故由给水丧失引起瞬变开始，经过一系列事件造成了堆芯部分熔化，大量裂变产物释放到安全壳。尽管对环境的放射性释放以及运行人员和公众造成的辐射后果是很微小的，但该事故对世界核工业的发展造成了深远的影响。该核电厂堆芯是由 177 盒燃料组件构成的，直径 3.27 m、高 3.65 m 的反应堆，放在直径 4.35 m、高 12.4 m 的碳钢压力容器内。每个燃料组件内有 208 根燃料元件，按 15 × 15 栅格排列。燃料是富集度为 2.57% 的二氧化铀，包壳为 Zr－4。

该公司设计的核电厂与西屋的设计不同：反应堆设计成2环路，每个环路有2台冷却剂泵，蒸汽发生器是直管的（区别于U型管式），而且很长，因而在设计上改变了一些设备的相对位置。这意味着装载的二回路水很少，对某些瞬态比较敏感。该核电厂一回路系统工作压力为14.8 MPa，出口温度为319.4 ℃。高压安注系统（HPIS）可在正常运行压力或更高压力下向一次系统注入含硼水（它的截止压力为197 bar），当一次系统压力降至110 bar以下时，自动启动；安注箱启动压力为41 bar；低压安注系统（LPIS）的启动压力是28 bar。

1979年3月28日凌晨，TMI－2在97%额定功率下，以自动控制方式运行。

机组初始状态的安全隐患：

（1）稳压器的释放阀及安全阀均有持久的微小泄漏（大约是0.3 kg/s）。

（2）二回路中，有一些堵塞的离子交换树脂。

操纵员准备用压缩空气及去离子水将二回路堵塞的离子交换树脂输送至回收箱，这一操作使水进入了压缩空气系统，然后进到空气管路上的仪表中，引起了紊乱，关闭了冷凝水增压泵的进水阀门，于是冷凝水增压泵及主给水泵停止运行。

运行事件的开始——失去蒸汽发生器的正常给水。

首先导致汽轮机脱扣，紧接着导致紧急停堆（trip or scram）。

事故第一阶段所有自动装置都很好地完成了它们的功能，事件本应该就此结束，但无数人为失误和设计问题使得一个相对小的运行事件叠加成为一个大堆芯熔化事故。

1）第1阶段——汽轮机停车（0～6分）

0秒给水泵停运，汽轮机停车，蒸汽旁路阀打开，辅助给水泵启动，主泵继续运行，反应堆继续运行，反应堆冷却剂系统压力上升。

3秒，RCS压力达到释放阀（PORV）整定值155 bar，阀开启卸压，这不足以降压，RCS压力继续上升。

8秒，RCS压力达到停堆整定值162 bar，控制棒插入堆芯，停堆，至此一切保护系统工作正常，接下来需要的是带走衰变热。

13秒，RCS压力降至PORV自动关闭压力152 bar，但接到关闭命令的卸压阀被卡住了（卡开），造成了一个小破口失水事故（汽腔小破口），一回路冷却剂从PORV向设置在安全壳内的稳压器卸压箱排放（60 t/h）。

30秒，SG辅助给水泵正常地投入运行，但是因为泵与SG之间本该开着的阀门由于维修错误被关闭了，不能把水打入SG。

虽然在控制室内设置了这些阀门的位置指示器，并且发出了故障信号，但是其他阀门上挂的状态标签遮住了这些阀门的状态指示灯。

1 分钟，热管段与冷管段的温差减至零，说明 SG 已蒸干。所有 SG 在 2 ~ 3 分钟之间全部烧干，中断了一回路的冷却，仅靠喷出水和蒸汽来散发热量，RCS 压力下降，同时稳压器液位迅速上升。

2 分 4 秒，RCS 压力降至 110 bar，自动触发应急堆芯冷却系统（ECCS），将含硼水注入 RCS。此时稳压器液位继续上升。

该阶段操纵员的注意力集中在控制稳压器水位上。因为在一回路全部瞬态中，操纵员必须遵守一项指令“稳压器不能满水”，否则整个一回路将被液态的水充满，压力剧烈变化，使一回路压力疲劳。

稳压器的水位在卸压阀打开时，初始下降之后，紧接着 1 ~ 6 min 之间迅速上升。这种上升在稳压器破口的情况下完全正常。但是，这个核电厂的运行人员没有接受过应付这一瞬态的培训。

在这种情况下，操纵员看到了“卸压阀已关闭”的显示，认为卸压阀已经关闭。(但看到的是一个错误的信息，这是整个事故的关键点，指示器发回控制室的是阀门接到的命令，而不是阀门的状态或位置。)

对于稳压器水位的迅速上升，操纵员害怕一回路水量过大。4 分 38 秒，他认为 HPIS 增加了 RCS 装量，手动停止了一台高压安注泵（HPIP），其他 HPIP 也被调至节流状态。此时一回路水继续排放而得不到补充。

机组出现了破口，而安全注入各多重系统又全部停运。

2）第 2 阶段——冷却剂丧失（6 ~ 20 分）

6 分，稳压器气相消失，反应堆冷却剂疏水罐（RCDT）压力迅速上升。

8 分，操纵员发现 SG 蒸干了，检查后发现辅助给水泵在运行但阀门关闭着，操纵员立即打开了这些阀门，热管段及冷管段的温度开始下降，水击声及爆裂声证实辅助给水已送至 SG。

辅助给水阀的关闭在事故之后立刻受到公众大量的谴责，但实际上在前 8 min 内没有辅助给水并没有显著的影响。

此后的事故过程主要是由 PORV 卡开影响的。

10 分 24 秒—11 分 24 秒，HPIP 关—开—关—开，但处于节流状态，从 HPIS 进少，从 PORV 出多，主回路冷却剂在流失。

约 11 分时，稳压器水位在刻度盘上恢复显示，水位继续下降（1 min 下降 80 cm）。

15 分，RCDT 爆破膜破裂，安全壳压力上升。

18 分，通风系统监测仪测得气体放射性急剧增加（可能是 RCDT 爆破膜破裂的影响，不是燃料元件损坏)，此时一回路压力降至 83 bar 并在继续下降。

3) 第3阶段——继续卸压 (20分~2小时)

20分—1小时，系统参数处于稳定的饱和状态 70 bar、290 ℃，由于一回路蒸汽含量越来越高，一回路泵出现了汽蚀和振动，1小时14分操纵员按照规程，关掉了 RCSPLoop B (目的是保护泵，不使泵及相连的管道受到严重损坏)，同样理由，1小时40分操纵员停掉了 RCSP LOOP A，并期望能在一回路内建立自然循环。

然而，泵的停运使管道中的蒸汽和水分离，中止了该环路的自然循环，而且再要使该泵转起来变得十分困难。

此后的分析表明，至此已有 2/3 的冷却剂排出系统，泵的停运使压力容器水位塌陷至高于堆芯顶部 30 cm 之处，于是堆芯开始了一个升温瞬变，这是堆芯损坏的前兆。

4) 第4阶段——升温瞬变 (2~6小时)

1小时40分后不久，燃料元件裸露。

2小时14分，出现安全壳内放射性高的报警指示，操纵员想起事故前卸压阀有很高的泄漏率，认为放射性是通过这些阀门扩散出去的。于是，2小时18分操纵员没有把情况弄清楚，就关闭了卸压管线上的截断阀。

即使到这时候，如果使用 HPIS 使 RCS 升压，仍有可能中止这一事故。

关闭了 PORV 后，能量排放中断，RCS 压力升高。

2小时55分，宣布厂区进入应急状态，在冷却剂下泄系统测到放射性，此时相当一部分燃料元件已裸露并处于高温状态，使得燃料元件损坏，挥发性裂变产物释出，并产生氢。

在此后一段时间内操纵员企图重新启动主泵，LOOP B 的泵也真启动了起来，但仅工作了19分钟，后因蒸汽阻塞及振动警报 (3小时13分) 而又停运了。

3小时20分，在关闭稳压器截断阀状态下，再次投入 HPIS 系统，操纵员企图以此增加系统压力，挤塌汽泡，而使主循环泵恢复运行。效果是主泵没有运行起来，但歪打正着，堆芯得到淹没，燃料元件升温得到中止。

在上一阶段，堆芯至少有 1.5 m 裸露了大约 1 h，这是堆芯受到主要损坏的时期。

此时发生强烈的锆-水 (汽) 反应，产生大量氢气，同时有大量气体裂变产物从燃料释放到 RCS 中。

安全壳内放射性急剧上升。

4 小时 30 分—7 小时：继续关闭 PORV 截断阀，投入 HPIS，企图提高系统压力使环路中汽泡破灭，重新通过 SG 排热（自然循环或主泵运行），但并没有成功。

这段时间，在一回路泵和安注系统运行的情况下，用交替打开和关闭稳压器卸压管线的方法实现排出一回路氢和非凝结裂变气体。

5）第 5 阶段——持续卸压（7.5 ~ 13.5 小时）

7 小时 38 分，打开释放阀，关小 HPIS，操纵员采用上述方法降低系统压力，企图使安注箱动作来带走堆芯的衰变热。

但是该操作却使系统失水引起第二次裸露，这一次裸露时间较短，与第一次堆芯裸露相比，这一次燃料温度低得多。

8 小时 41 分，压力达到 41 bar（安注箱充气压力），安注箱开始注水，但流量极小（这是由于压差小，而且有管道设计上的问题）。但操纵员却认为安注箱注入水后堆芯是充满的。

9 小时 50 分，在减压过程中，压力壳内大量的氢释放至安全壳，发生了一个压力脉冲，安全壳喷淋工作了 6 分。（这一压力脉冲可以认为是部分区域氢与空气混合物的点火—氢爆！）减压至 30 bar，系统压力就再也降不下去了，操纵员毫无办法使系统降至 28 bar（在此条件下才能启动 LPIS）。

11 小时 8 分，操纵员又关上了 PORV 截断阀，但没有加大 HPIS 流量。此后 2 小时内，安注箱停止注水，HPIS 处于低流量、SG 不循环、PORV 截断阀除 2 次短时间打开外，基本保持关闭，总的来说没有任何手段去排除衰变热。在此条件下发生第三次堆芯裸露，这次裸露持续时间长，燃料温度再次达到很高的数值。

6）第 6 阶段——升压及最终建立稳定的冷却方式

13 小时 30 分，PORV 截断阀再次关闭，加大 HPIS 流量，两台冷凝器增压泵重新启动，堆芯装量增多，结束第三次裸露。

15 小时 51 分，一台 RCP LOOP A 运行，热管段温度下降至 293 ℃，冷管段温度上升至 205 ℃，表示有流体经过 SG。

7）第 7 阶段——排出氢气（1 ~ 8 天）

到此压力壳内储有 28 $m^3$ 的气体，其中主要是不凝气体 $H_2$。这些 $H_2$ 逐渐地在 1—8 天内通过 PORV 控制着排出，氢复合系统投入运行，以减少安全壳内 $H_2$ 的浓度。

1 个月后，主泵停止运行（因主泵发热 4 ~ 5 MW 已超过此时的衰变热 2MW），用自然循环方式继续带出热量。

事故后堆芯损坏情况如图 9 - 2 所示。

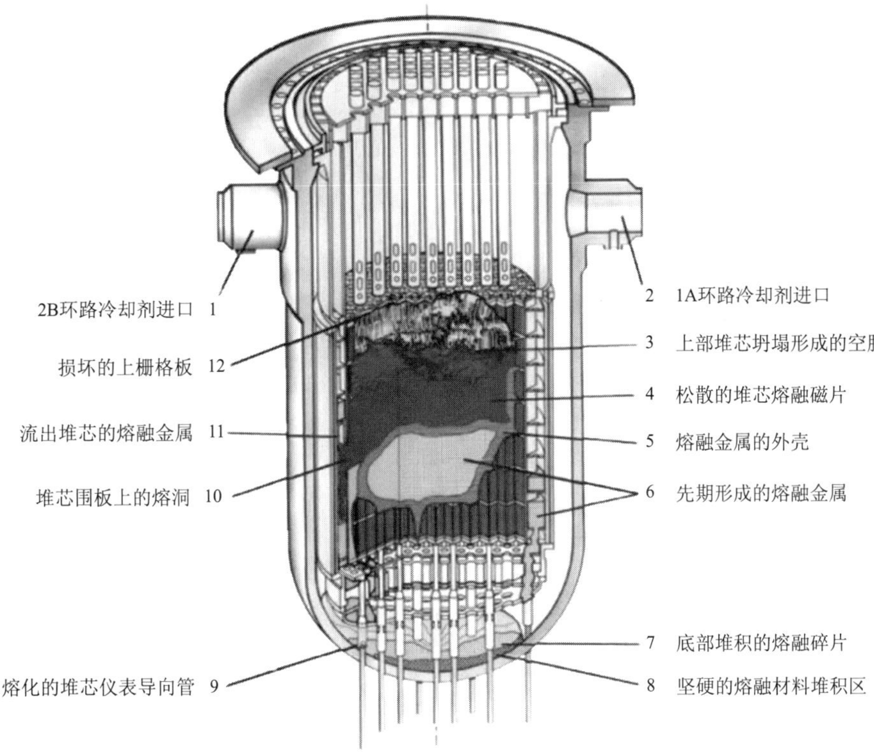


**图9－2　TMI－2事故后堆芯损坏情况**

估计事故中几乎全部惰性气体、50%的碘和铯以及少量其他裂变产物释入主冷却剂。部分活性物质通过开启的卸压阀进入安全壳底部的卸压箱。15 min后卸压箱满溢，爆破阀破裂，放射性水进入地坑，裂变气体从而进入安全壳大气。此外，开始时曾有一部分放射性水被泵至辅助厂房内的排水箱，造成部分放射性外逸。

另一条释放途径是由操纵员打开主系统下泄系统而产生的。操纵员认为主系统水量过多，打开了下泄系统，将部分冷却剂经净化系统引入容积控制箱，造成与除气系统相通。除气系统将释出的气体压缩至衰变箱并经过过滤排向烟囱。事故中主系统产生大量气体，使得除气系统超载，结果气体便从容积控制箱的安全阀排出。

事故中运行人员接受了略高的照射，有一段时间内必须戴呼吸面罩。但总剂量如仍是有限的，主冷却剂取样的人员可能受到30 ~ 40 mSv照射。事故中无人受伤和死亡。

根据电厂周围辐射剂量测量，估计有0.1 ~0.5 ×1 018 Bq的氙-133（占堆芯总量的2% ~10%）释放到了环境中。此外，估计释放了0.63 ×1 012 Bq的碘-131，这仅相当于堆芯总碘量的0.000 03%，比早先对此类事故分析所预计的释放量小十万倍。据实测，并无铯或其他金属裂变产物粒子释入环境。实际上，由于发生事故前TMI-2只运行了很短时间，铯-137和其他长寿命裂变产物尚未达到平衡值。

最大厂外剂量是事故早期释放放射性氙所形成的。厂外80公里半径内人群集体剂量估计为33人·希沃特，这一剂量可能在随后30年内引起一例癌症致死。估计厂外个人最大剂量为0.37 mSv，相当于一次普通X光检查。

三哩岛事故中释出的放射性物质如此之少，说明了安全壳的高度重要性。虽然安全壳并不能绝对不泄漏，但基本上没有受到机械损伤。由于安全壳喷淋液中添加了NaOH，绝大部分碘和铯被捕集在安全壳内，而从安全壳泄出的气体经过辅助厂房，因而大部分放射性物质为过滤器所捕集。

为了研究分析三哩岛事故，曾经召开过一系列会议。这一事故显然在很大程度上是人因占主导地位的事故，但操纵员为什么会被错误导向，却有着深刻的原因。

1）阀门位置的判断

事故中操作人员快速一瞥卸压阀位置指示器即宣告“阀门已闭”，实际上这一指示器显示的只是关闭要求而不是实际关闭状态。还有另外两个信号可以用于辅助诊断：卸压阀的阀后管线温度和卸压箱水位。操纵员注意到了阀后温度高的显示，然而，由于卸压阀在正常运行时也有泄漏，阀后管线一直是热的，结果操纵员没有将它作为辅助诊断指示。至于卸压箱的水位显示，根本不在主控室内，事故中从未检查这一水位指示，操作规程没有要求作此类检查。

2）对稳压器行为的认识

主系统有破口的情况下，稳压器水位与主系统压力同步下降，这一现象已为操纵员所熟知。但是汽腔小破口的情况是个例外，由于破口汽流的引导，稳压器内产生的汽泡会使液面上涌，而主系统压力却在下降。三哩岛事故发生时操纵员却为这一现象所迷惑，因为他们没有受过处理此类事故的训练，也没有针对这种事故的处理规程，更没有引导操纵员处理末期事件的规程。

更为令人痛心的是，早在三哩岛事故前18个月，具有同类机组的戴维斯贝斯电厂发生过同样的事件，当时该厂操纵员在事发20 min后判明了隔离阀状况，采取了手动隔离措施，因而未产生严重后果。由于错误地认为无后果等于无重要性，这样重要的经验并没有加以讨论，当然也谈不到及时的反馈和交流。

3）安注系统的中止

观察到稳压器水位上升后，操纵员关闭了安注系统。采取这一行动并不意外，因为安注系统在不必要时甚至有害时自动触发的情形并不少见。问题在于这一行动必须有以系统分析为基础的运行规程依据，而三哩岛核电厂当时并无这样的规程。操作员还关闭了低压下本应自动投入的安注箱系统，这又一次证明操作人员十分缺乏对系统热工水力特性的理解能力。

4）主控室质量问题

三哩岛事故分析中关于硬件系统的一个重要见解是主控室信息处理与报警方面质量太差。首先，堆芯温度仪表量程不够宽，事故中指针打到极限位置并一直维持在极限位置上，操作员则认为这些仪表都坏了。其次，运行计算机塞满了数据，死机达两个小时之久。最后，按有些人的说法，主控室在事故工况活像一株圣诞树，事故发生后各种预警、警告和报警信号灯争先恐后地闪烁不停，没有任何优先级规定能使人从中找出最初的报警信号。

5）安全壳隔离

关于硬件系统的另一个问题是安全壳隔离设计。根据这一设计，安注触发并不自动引起安全壳隔离，于是当地坑水位上升时，地坑泵就不断地将冷却剂汲入辅助厂房，直至辅助厂房放射性报警，即事故后几个小时以后才手动隔离了安全壳。这是设计上的错误。

6）核辅助厂房的放射性包容能力

地坑水泵入核辅助厂房以后，由于系统的管道和箱体不是全密封的，又热又污染的水在厂房内散发出水蒸气和水中所含的裂变气体。水蒸气和裂变气体随后由一般的通风系统抽吸，经过一台效率可疑的过滤器后向厂外排出。

7）蒸汽发生器辅助给水系统

设备条件不良的实例还有很多，最典型的无过于辅助给水系统上的阀门位置了。如果维修过程中不全部关闭或维修后及时打开这两个阀门，就不会有三哩岛事故了。

三哩岛事故引起了巨大震动，从中获得的教益也是多方面的。

三哩岛事故表明，比所考虑的设计基准事故更严重的事故是可能发生的，它往往是多重微小故障和人差错综合作用的结果。然而，这并不是说核电厂的总体设计有重大问题。纵深防御的概念要求有安全壳，这一在正常运行下并不需要的措施很容易用来保护电厂的工作人员和周围的公众，因而纵深防御的概念在严重事故下依然有效。

三哩岛事故要求人们注意两点：

第一，必须重视运行安全研究，搞清楚怎样在未知的事故情景下避免堆芯熔化；为了处理危机，电厂和社会有关部门应当怎样的准备；怎样保护最后一道屏障安全壳；怎样识别导致事故的诱因事件以及必须采取怎样的纠正行动。

为了解决这些问题，运行条件必须改进，尤其是人员培训和运行规程必须改进。主控室设计必须改进，特别是安全参量显示和报警优先级选择必须加以考虑。在某些领域内的设计也必须改进。同时，必须有应急计划。

第二，要重视超设计基准事故的分析研究，安全评估工作不能仅以 DBA 以及相关的准则为限，必须包括所有安全分析方法，并考虑到多重故障和人差错。其中还有一条很重要的教益是：必须重视诱因事件的筛选和分析，决不能想当然地认为“无后果即无重要性”。

## 9.2.2 切尔诺贝利事故

1986 年 4 月 26 日星期六的凌晨在切尔诺贝利 4 号机组发生了核电历史上最严重的核事故。该事故是在反应堆安全系统试验过程中发生功率瞬变引起瞬发临界而造成的严重事故。反应堆堆芯、反应堆厂房和汽轮机厂房被摧毁，大量放射性物质释放到大气中。

切尔诺贝利核电厂位于乌克兰境内，离普里皮亚特（Pripyat）小镇 3 km，离切尔诺贝利 18 km，离乌克兰首府基辅市以北 130 km。

事故时，共有 4 台 1 000 MW 的石墨管道式沸水反应堆（RBMK）在运行，在附近还有 2 座反应堆正在建造。出事的 4 号机组于 1983 年 12 月投入运行。

RBMK 是一种石墨慢化、轻水冷却的压力管式反应堆。反应堆堆芯由石墨块（7 m × 0. 25 m × 0. 25 m）组成直径 12 m、高 7 m 的圆柱体。总共约有 1 700根垂直管道装有反应堆燃料。在反应堆运行时能够实现不停堆装卸料。反应堆燃料是用锆合金（Zr - 2. 5% Nb）座包壳的二氧化铀芯块，富集度为 2. 0%，每一组件内含有 18 根燃料棒。采用沸腾轻水作冷却剂，产生的蒸汽通过强迫循环直接供给汽轮机，如图 9 - 3 所示。

反应堆功率和反应性由 211 根吸收棒来控制。211 根吸收棒安置在 211 根压力式管道孔内。吸收棒由碳化硼构成，完全将棒插入大概需要 20 m 时间。

RBMK1000 输出热功率为 3 200 MW，主冷却剂系统有两个环路，每个环路上有 4 台主循环泵（3 台运行，1 台备用）和两个蒸汽汽鼓/分离器。冷却剂在压力管内被加热到沸腾，然后部分汽化，平均质量含气量 14% 汽水混合物在汽鼓内分离，然后送到两台 500 MW 电功率的汽轮机。

上述设计决定了反应堆的特性和核电厂的优缺点。系统优点：没有压力容器和蒸汽发生器，以连续的方式更换燃料，具有燃料循环的灵活性，有可能通过孔道来调节孔道的冷却流量，从热工观察点可分别用来检查可能的包壳破损。系统缺点：冷却水分配系统和每根孔道集流系统的复杂性，在金属构件、石墨和燃料中积蓄了大量热能，对于功率分布大小和控制十分困难而且复杂。

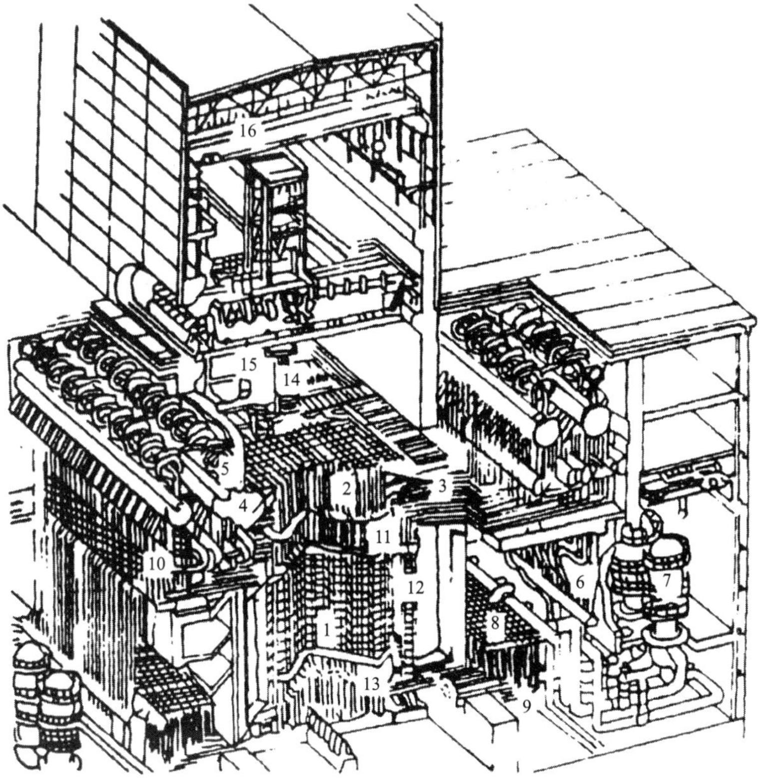


**图 9-3　切尔诺贝利 4 号机组剖面图**

1—反应堆；2—燃料管道立管；3—蒸汽/水竖管；4—汽鼓；
5—蒸汽联箱；6—下水管；7—主循环泵；8—分配母管组；9—反应堆进水管；
10—爆破箱检测系统；11—上部生物屏蔽；12—侧部生物屏蔽；13—下部生物屏蔽；
14—乏燃料储存池；15—换料机械；16—桥式吊车

该类反应堆的技术规格书中，有以下两点规定：

（1）当功率低于 700 MW 热功率时，禁止以连续的方式运行。

（2）在正常运行时，需要有 70 根控制棒插入堆芯。

该堆的安全不利因素：

（1）堆芯具有正气泡反应性效应。

（2）控制棒挤水棒的正反应性效应（控制棒下端连接着石墨制成的挤水棒，插入堆芯时，会引入正反应性）。

（3）没有设置安全壳。

该堆的负面效应已被发现，但没有引起管理机构的重视，并没有采取任何措施和通告各运行单位。

停堆前，4 号机组在额定参数状态下运行；

1986年4月25日趁计划停堆检修前的机会，做汽轮发电机惰走带负荷试验。该试验是关于验证在失去外部电源的情况下，在应急的柴油发电机投入运行以前，由几组汽轮发电机中的一组发电来给堆芯应急冷却回路供电的可能性，在全部蒸汽供应中断以后，该组汽轮发电机凭其惯性减速运行。

第一步：4月25日凌晨1时，按计划降功率，13时5分，热功率降为1 600 MW，同时停止该机组的一台汽轮发电机。14时整，为了防止试验过程中应急堆芯冷却系统动作，解除了该系统的备用状态。（该试验计划中将堆芯应急回路隔离，没有需要此种隔离的任何理由。）但此时由于电力调节和外网配电部门要求核电站停止降功率，并要求核电站连续向电网供电500 MWe。在9小时期间，反应堆停留在半功率水平。该段功率水平期间，堆芯氙中毒有段时间达到了最大值，为了补偿氙增长效应，逐渐地将控制棒拔出。

第二步：按照大纲要求，试验在热功率700～1 000 MW条件下进行，23时10分，重新开始降功率，1.5小时后，正当堆芯的自动功率调节系统动作时，操作员对设备误操作，堆失去了自动控制功能，操纵员不能有效调节功率，热功率直接降到30 MW。自动控制手段失去后，堆芯氙毒增长相当快，4月26日凌晨1时，为了把功率稳定在200 MW功率以上，需要重新拔出大量控制棒。此时反应堆功率低于700 MW热功率，插入堆芯的控制棒少于30根，按照反应堆规定，已经不能再运行了。由于反应堆处于“中毒”过程，并且堆内可利用的剩余反应性小，此时，反应堆已经处于难以控制的状态。可是现场试验小组仍然决定按照最初的计划进行试验。

第三步：强行继续试验。由于反应堆低功率运行，造成汽水分离器中蒸汽压力和水位的下降。为了避免蒸汽发生器中蒸汽压力与水位的低值停机停堆，操作人员解除了这两个参数的事故保护信号。1时3分和1时7分，分别启动两个环路各一台备用给水泵，连同一直运行的6台主泵，共有8台给水泵投入运行，1时19分，又调节加大给水流量，才抑制了水位的下降趋势。（给水流量加大为额定值的4倍，易引起泵的汽蚀，导致泵的振动和损坏，这又违反了操作规程。）氙继续在堆芯积累，导致再提新的控制棒，1点22分，堆芯内仅有6～8根棒（只有15根控制棒时就要求立即停堆，机组计算机给出了这个信号，但没有发生自动的动作）。然而，工作人员决定继续试验。

第四步：1时23分4秒，该机组的8号汽轮发电机的紧急截止阀关闭，停止向汽轮机供汽。但操作人员考虑如果第一次试验失败，可以准备再次重复试验，决定解除停机的停堆保护信号，再次偏离了大纲要求。反应堆继续在大约200 MW热功率下运行。

停止向汽轮机供汽，又停掉了 4 台冷却水泵，堆内蒸汽产量增加，反应性增加引起自动调节棒下插。1 时 23 分 31 秒，自动棒已补偿不了堆内含汽量提高引起的反应性增加，反应堆功率急剧上升。1 时 23 分 40 秒，值班长下令按下紧急停堆按钮，使所有控制棒插入堆芯。

由于大多数控制棒高悬于堆芯之上，在初始插入时因前面所述的挤水棒正反应性效应与当时反应堆内的正气泡反应性和正功率反应性效应相结合，导致堆功率剧增。

第五步：计算结果表明堆功率在 40 s 内达到满功率的 100 倍——导致瞬发超临界事故。

1 时 24 分左右，熔融的燃料碎粒与冷却剂剧烈反应引起蒸汽爆炸，石墨燃料、一回路系统和反应堆厂房被破坏，大量放射性物质释入大气。反应堆防护顶板（1 000 t）被爆炸物卷起。浓烟烈火直冲天空，高达 1 000 多米。火花溅落在相邻的反应堆厂房等建筑物的屋顶，引起多处火灾。

苏联有关部门及时有效地组织了控制事故和消除事故后果的工作。大火于 26 日凌晨 5 时被扑灭。疏散了电厂 30 km 内的居民。

向毁坏的反应堆投掷堆集了碳化硼、白云石、铅、砂子、黏土等材料约 5 000 t，建起了以钢和混凝土构成的密封建筑物，把废堆埋藏在里面。对切尔诺贝利厂区和周围地区持续地进行放射性污染清理。

事故中堆顶上部屏蔽板被冲开、堆厂房被摧毁以后，燃料碎片及挥发性裂变产物被直接喷射到大气中，较大的颗粒落在厂区周围，而由于热蒸汽的抬升作用，大量较小的颗粒和放射性气体上冲，4 月 27 日的烟羽高达 1 200 m。放射性烟羽在欧洲先向西北移动，后又调头向南扩散。事故放射云于 4 月 27 日最早到达瑞典和芬兰，其中低、中放射性水平的烟羽飘向波兰和德国。4 月 29 日至 5 月 2 日，污染空气扩散到欧洲其他国家。长时间大范围的大气运动把释出的放射性物质散布到整个北半球，5 月 4 日到达中国。

据苏联方面的估计，事故中释出的源项如表 9－1 所示，其中惰性气体释放量为 100%，会发性裂变产物释放量为 10% ~20%，其他核素为 3% ~ 4%。截至 5 月 6 日，释出的放射性物质总量约为 1. 9 ×1 018 Bq（5 000 万居里）。

表 9－1 所列释放量与“反应堆安全研究”所作的最坏情况下的估计大体是吻合的，但释放的持续时间则比预计的长得多。这可能是 $UO_2$ 氧化作用的影响。

表 9－1　切尔诺贝利事故中堆芯放射性总量及释放份额

| 核素 | 半衰期/天 | 堆芯总量/Bq | 释出份额/% |
|---|---|---|---|
| $^{85}Kr$ | 3 930 | $3.3\times10^{16}$ | 100 |
| $^{133}Xe$ | 5.27 | $1.7\times10^{18}$ | 100 |
| $^{131}I$ | 8.05 | $1.3\times10^{18}$ | 20 |
| $^{132}Te$ | 3.25 | $3.2\times10^{17}$ | 15 |
| $^{134}Cs$ | 750 | $1.9\times10^{17}$ | 10 |
| $^{137}Cs$ | $1.1\times10^{14}$ | $2.9\times10^{17}$ | 13 |
| $^{99}Mo$ | 2.8 | $4.8\times10^{18}$ | 2.3 |
| $^{95}Zr$ | 65.5 | $4.4\times10^{18}$ | 302 |
| $^{103}Ru$ | 39.5 | $4.1\times10^{18}$ | 2.9 |
| $^{106}Ru$ | 368 | $2.0\times10^{18}$ | 2.9 |
| $^{140}Ba$ | 12.8 | $2.9\times10^{18}$ | 5.6 |
| $^{141}Ce$ | 32.5 | $4.4\times10^{18}$ | 2.3 |
| $^{144}Ce$ | 284 | $3.2\times10^{18}$ | 2.8 |
| $^{89}Sr$ | 53 | $2.0\times10^{18}$ | 4.6 |
| $^{90}Sr$ | $1.02\times10^{4}$ | $2.0\times10^{17}$ | 4 |
| $^{239}Np$ | 235 | $1.4\times10^{17}$ | 3 |
| $^{238}Pu$ | $3.15\times10^{4}$ | $1.0\times10^{15}$ | 3 |
| $^{239}Pu$ | $8.9\times10^{6}$ | $8.5\times10^{14}$ | 3 |
| $^{240}Pu$ | $2.4\times10^{6}$ | $1.2\times10^{15}$ | 3 |
| $^{241}Pu$ | 4 800 | $1.7\times10^{17}$ | 3 |
| $^{242}Cm$ | 164 | $2.6\times10^{16}$ | 3 |

电厂周围 3 公里内无居民，5 公里处普里皮亚特镇有居民 45 000 人，他们在事故后 30 h 内全部撤离，以后几天，外围 30 公里范围内的 90 000 人也撤离了家园，所有撤离人员均接受了医学检查，撤离人员外照射累积剂量统计见表 9－2，这一剂量远不足以引起早期辐射效应。

表9－2　切尔诺贝利事故撤离人员外照射积累剂量统计

| 到反应堆距离/km | 人口 | 集体剂量/人·希沃特 | 平均个人剂量/mSv |
|---|---|---|---|
| 普里皮亚特镇，3 | 45 000 | 1 500 | 33 |
| 3～7 | 7 000 | 3 800 | 540 |
| 7～10 | 9 000 | 4 100 | 460 |
| 10～15 | 8 200 | 2 900 | 350 |
| 15～20 | 11 600 | 600 | 52 |
| 20～25 | 14 900 | 900 | 60 |
| 25～30 | 39 200 | 1 800 | 46 |
| 总计 | 135 000 | 16 000 | 120 |

核电厂周围30公里以外的地区所受到的影响主要是放射性沉降以及由此而产生的地面外照射和食入内照射。估计欧洲各国的积累剂量总数为1.8×1 015人·希沃特。苏联国内所受的相应剂量为5×105人·希沃特。欧洲经济合作与发展组织（OECD）核能机构评价了切尔诺贝利事故对欧洲其他国家的影响，指出西欧各国个人剂量不大可能超过一年的自然本底照射剂量，由社会集体剂量推算得到的潜在健康效应也没有明显的变化，据估计，晚期癌症致死率只增加了0.03%。

事故过程中约有500人住院，他们主要是电厂工作人员和消防队员，他们英勇地扑灭了反应堆和汽轮机厂房的大火。15人有急性皮肤照射，其中29人死于严重的灼伤和β照射烧伤，估计死者的个人剂量达到6～16 Gy。

切尔诺贝利事故本质上从反应性引入事故开始，继之失水事故，后果是严重的，但事故过程中尚未发现未知的现象，也就是说，这类事故也是可以避免的。

据分析，由于试验中堆处于不稳定状态，燃料的多普勒温度系数不足以克服空泡和慢化剂引入的正温度效应，反应堆在5 s内产生两次功率脉冲，正反应性分别达到1 000和1 500 pcm，超瞬发临界引起反应堆功率暴走，使元件芯块比焓迅速上升并超过400 cal/gU，导致燃料元件粉化，与水发生快速换热和金属－水化学反应，形成了一次化学爆炸，产生0.2～2.0×109 J的能量，冲开了3 m厚的上屏蔽盖板，摧毁了反应堆厂房。

切尔诺贝利事故主要是由一系列人因错误造成的，在准备大纲和进行试验的过程中，对运行规则的粗暴违反是事故的主要原因。这些人因错误如表9－3所示。在这些违章操作中，被相继闭锁的保护信号有：应急堆芯冷却系统启动信号、蒸汽分离器水位及蒸汽压力停堆信号、第二台汽轮机触发的紧急停堆信号。

表 9－3　切尔诺贝利事故中违章操作

| 违章点 | 意图 | 后果 |
| --- | --- | --- |
| 1. 使反应性裕度减少到许可限以下 | 克服氙中毒 | 应急保护系统失效 |
| 2. 试验设计中功率水平低于技术规格书 | 局部自动控制切换错误 | 反应堆难控制 |
| 3. 所有循环泵全开流量超出管制值 | 满足试验要求 | 冷却剂温度接近饱和值 |
| 4. 阻断两台汽轮发电机发来的停堆信号 | 必要时能重复试验 | 失去自动停堆的可能 |
| 5. 闭锁了汽水分离器的水位和蒸汽压力事故停堆信号 | 尽管堆不稳定，还能继续进行试验 | 失去了基本热工参数的保护系统 |
| 6. 关闭了应急堆芯冷却系统 | 避免试验时应急堆芯冷却剂系统误投入 | 减轻事故后果的能力失去了 |

此外，为了继续强行试验，事故前相当长一段事件里，反应堆运行在技术规范条件以外。例如，在安注系统不可用的情况下连续运行了 9 h；运行功率长期低于限值 700 MW 热功率；反应性裕量远小于 30 根控制棒当量；在打印出的反应性裕量已表明要求立即停堆的情况下，仍坚持运行。操纵员似乎完全忽略了这些行动的后果。

除上述运行中的人差错外，RBMK－1000 在设计上也存在致命不足。由于冷却剂有很高的正空泡系数，低功率下反应堆极不稳定。该堆缺少快速的紧急停堆系统，控制棒全部插入堆芯约需 20 s 之久。其自动保护系统极少，主要靠操纵员手动操作，因而可靠性较差。

从技术的观点来看，切尔诺贝利 RBMK 型反应堆的设计特征与轻水堆的差别太大。然而，切尔诺贝利事故在设计、运行和安全分析方面引出的教益仍然是十分重要的。

切尔诺贝利事故之前，试验堆 NRX、ERB－1 和 SL－1 上也曾发生过反应性引入事故。NRX 为一重水天然铀试验堆。试验堆 EBR－1 为液钠快堆。SL－1 为轻水试验堆，该堆于 1961 因提棒过快造成功率暴走而毁坏。此后进行过大量试验，一般结论是：必须预防此类事故的发生。为此在设计上限定了弹棒事故极限和控制棒提升速率。虽然理论上不能排除水堆瞬发临界的可能性，但由于水堆有较强负反应性反馈，一般来说后果不会很严重，可以认为水堆上不大可能发生切尔诺贝利这样的事故。

切尔诺贝利事故使得许多国家的核安全部门开始重新认识和考虑那些原先认为不成问题的问题，反应性引入事故即其中之一。美国 NRC 官员关于这一事故对美国商用反应堆安全管理影响的思考总结于 NUREG－1251 中，其主要结论是：由于设计特征不同，轻水堆核电厂不会发生类似切尔诺贝利那样的事故，设计与运行方面没有立即做出改变的必要；但是应当进一步检查已有的管理法规，包括运行人员培训、应急计划与安全壳性能方面；还应当进一步研究由切尔诺贝利事故提出的若干具体技术问题，包括反应性引入事故、低功率或零功率下的事故和放射性释放特征等；作为一个历史教训，切尔诺贝利事故应当在今后考虑安全事项时牢记在心。

切尔诺贝利事故的教训是深刻的，但并没有超出三哩岛事故教益的范围，而是进一步突出了人的因素在运行安全中的关键作用。此外，国际原子能机构还特别强调了核事故处理方面开展国际合作的必要性。

## 9.2.3　福岛核事故

### 1. 福岛核电厂简介

福岛核电厂的反应堆堆型为沸水堆，如图 9－4 所示。沸水堆使用闭合、直接蒸汽循环回路。工质是水，既用作冷却剂排出热，又用作慢化剂控制反应性。冷却剂水于约 7 MPa 压力下在反应堆堆芯沸腾，所产生的蒸汽被用于驱动汽轮机发电。经过汽轮机后，通过充满从热阱如海洋中汲取冷水的凝汽器管进行冷却，蒸汽又被冷凝为水。冷凝形成的水随后被泵回反应堆，用作给水。

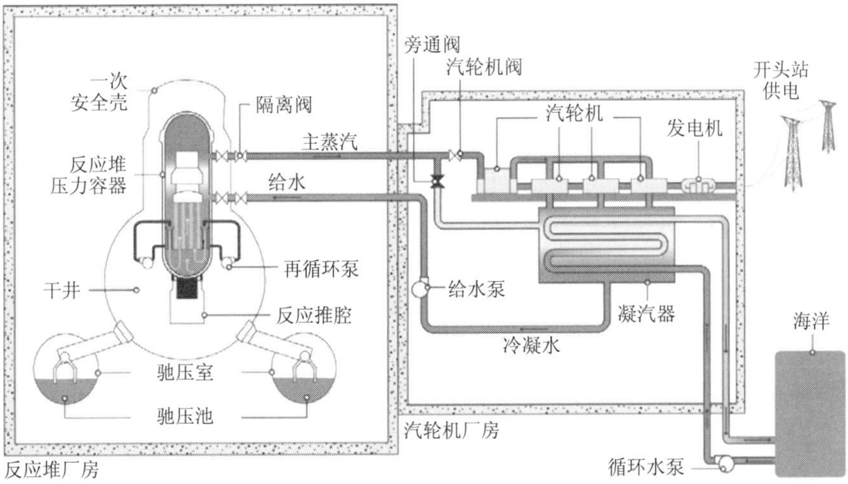


图 9－4　福岛核电站反应堆示意图

## 2. 事故初因

2011 年 3 月 11 日，日本标准时间 14 时 46 分，日本东海岸发生了日本东部大地震。这次地震是太平洋构造板块在北美构造板块下方向前挤压时在交界面发生的能量突然释放造成的。震级 9.0 级的主震持续了两分多钟，伴随有若干强脉冲和余震。

在地震发生时，福岛第一核电站 6 座沸水堆有 3 座正在满功率运行，另外 3 座已停堆进行换料和维护。当电站的传感器探测到地面运动并按设计触发反应堆保护系统时，正在运行的 1 ~ 3 号机组的反应堆被自动停堆。这一自动动作实现了反应性控制。在停堆的情况下，反应堆堆芯仍继续产生热（称为衰变热）。为了防止核燃料过热，不得不由主要通过电力运行或控制的冷却系统排出这种热。地震对厂内室外配电站、厂外分站设备和为电站供应厂外、交流电的电力线造成破坏，导致丧失所有厂外源。厂内备用发电设施即应急柴油发电机被自动启动，以恢复所有 6 台机组的交流电。这些应急柴油发电机的设计目的就是应对这类厂外电源丧失情况。

1 ~ 3 号机组由于电力中断而自动与其汽轮机隔离，导致反应堆因衰变热所致温度和压力升高。这些反应堆隔离后的冷却通过提供以下设计和运行完成：

（1）在 1 号机组，随着反应堆压力升高，隔离凝汽器系统两个回路自动启动，并继续冷却反应堆。两个凝汽器回路的运行降低反应堆的压力和温度如此之快，以致操纵员根据有关程序手动予以停止，以防止反应堆压力容器引起热应力。然后，操纵员仅使用其中一个回路将冷却率控制在程序规定的范围。

（2）在 2 号和 3 号机组，反应堆压力的升高自动启动了安全卸压阀，卸压阀的设计目的就是通过将蒸汽从反应堆压力容器释放到一次安全壳的驰压池区而保护反应堆不过量增压。这导致了反应堆水位降低。操纵员按照程序手动启动了反应堆堆芯隔离冷却系统。

来自 4 ~ 6 号机组的核燃料的衰变热也必须排出：

（1）在 4 号机组，用于乏燃料水池水 28 冷却和再充水的设备由于厂外电源丧失而停止工作。4 号机组乏燃料水池载有 1 300 多个乏燃料组件，要排出的衰变热量在各机组所有乏燃料水池中最大。

（2）在 5 号机组，地震时正在为压力试验目的用一台泵保持升高的反应堆压力在泵因厂外电源丧失而停转时起初下降，后因衰变热，该压力开始上升，但与 2 号和 3 号机组情况不同，其仍然远低于为启动安全卸压阀所设定的水平。

（3）在6号机组，反应堆接近大气压力和室温，燃料保持在堆芯中，而且衰变热很低。

在厂外电源丧失时失去冷却和再充水能力的所有机组的乏燃料水池和共用乏燃料水池29中，池水的温度因衰变热而开始上升。为了应对地震和厂外电源丧失情况，操纵员在6台机组的所有3个主控室启动了“基于事件”的异常运行程序。在位于隔震建筑物内的厂内应急响应中心启动了地震应急响应小组。现场主管以东电公司现场应急响应中心负责人的身份负责指挥现场响应以及与厂内和厂外各组织进行协调。每个主控室的3名轮班主管负责按照现场主管的命令在各自机组指挥有关行动。福岛第一核电站各机组按设计者的意图和操作程序所规定的那样（因地震受到限制或推迟的某些操纵员行动除外），对地震和同时发生的厂外电源丧失的始发事件做出了响应。

海啸波在地震后约40 min开始到达福岛第一核电站。该厂址受到屏障海啸的防波堤保护，没有受到溯升高度4～5 m的第一波波浪影响，防波堤的设计目的是防止最大波高5.5 m的海啸。但在第一波波浪之后约10 min，第二波溯升高度14～15 m的最大波浪淹没防波堤，涌入厂址。海水吞没了位于防波堤的所有结构和设备，以及较高处的主建筑物（包括反应堆、汽轮机和服务厂房）（图9－5），造成以下事件序列：

（1）波浪淹没和破坏了位于海岸线海水取水场所无庇护的海水泵和电机，这意味着包括水冷应急柴油发电机34在内的电站基本系统和部件不可能得到冷却以保证其持续运行。

（2）波浪淹没和破坏了位于1～4号机组和5～6号机组之间海岸附近的干式容器储存建筑物。如后来确认，对容器和其中储存的燃料没有造成显著影响。

（3）水涌入并淹没了建筑物，包括所有反应堆和汽轮机厂房、共用乏燃料储存建筑物和柴油发电机厂房；破坏了这些建筑物及内部地面层和下面各层的电气和机械设备。受到损坏的设备包括应急柴油发电机或其相关电源连接，由此导致应急交流电源丧失。6号机组气冷应急柴油发电机中只有一台未受水淹的影响，而且仍在运行继续为6号机组安全系统供应应急交流电，使能够对该反应堆进行冷却。

由于这些事件的结果，1～5号机组的所有交流电源丧失，发生了所谓的全厂断电。与同龄的其他电站相似，基于反应堆机组中直流电蓄电池的容量36，福岛第一核电站各机组按设计能够承受8 h的全厂断电。

1）1号、2号和4号机组直流电源丧失

福岛第一核电站所有机组都配备有作为应急供电的厂内直流电源，但水淹也影响到1号、2号和4号机组的这种设备，淹没了直流电蓄电池、电源板或电源连接。因此，1号、2号和4号机组在水淹的头10～15 min期间逐渐丧失了直流电源，这使得应对全厂断电很困难。

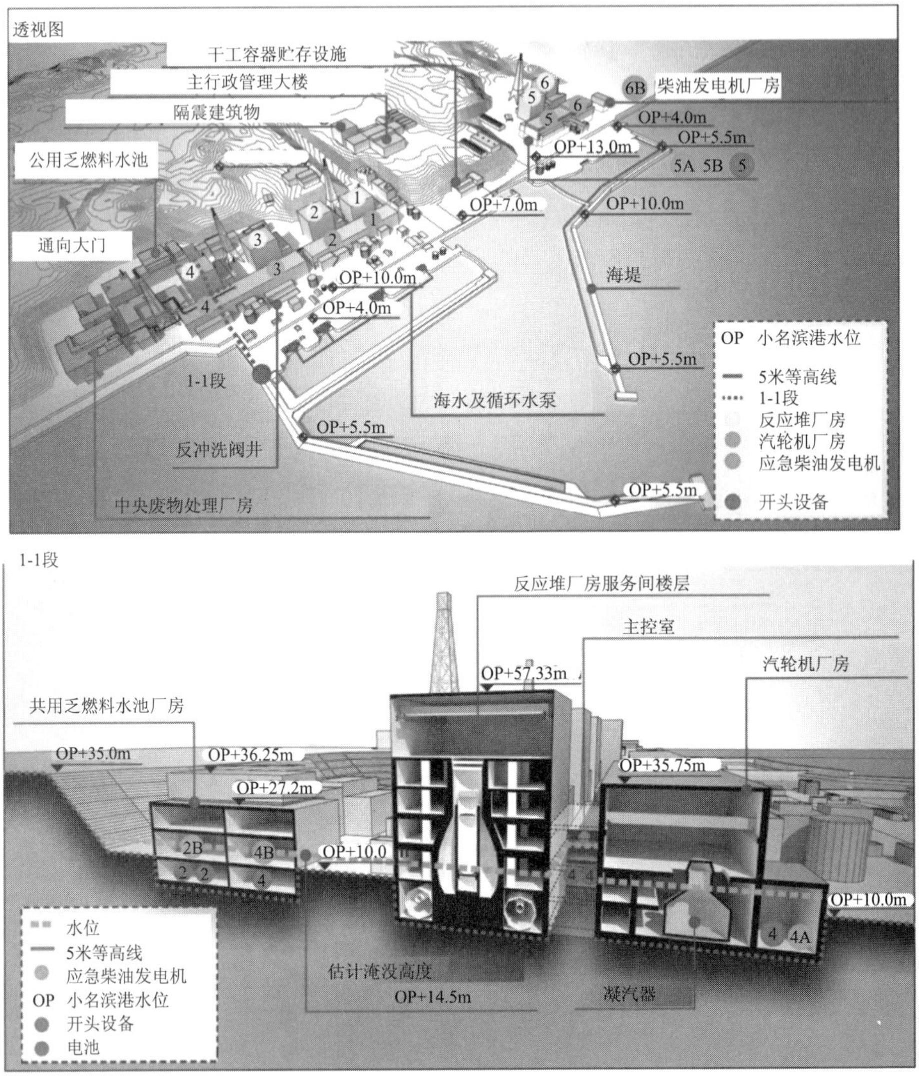


图9－5　福岛第一核电站各结构和部件的海拔和场所

由于丧失所有交流电和直流电电源，1号和2号机组不再可能监测反应堆压力和反应堆水位等基本的电站参数，或用于堆芯冷却的关键系统和部件的状况。如先前提到的，厂外电源丧失后，所有机组乏燃料水池的排热能力也随即丧失。1号、2号和4号机组另外丧失直流电源意味着操纵员不再可能监测这些机组乏燃料水池中的水温和水位。由于缺乏应对所有交流电和直流电电源丧失的程序，1 号、2 号和 4 号机组的操纵员没有关于在这些工况下如何处理全厂断电的特定程序。操纵员和应急响应中心的工作人员开始审查可用方案以及确定恢复电力的可能途径，从而重新获得监测及控制电站的能力。

2）3 号、5 号和 6 号机组的响应

3 号、5 号和 6 号机组维持了电源，因而操纵员能够观察电站状况，因为主控室的指示和控制正在工作。这使操纵员能够继续其“基于征兆”的应急运行程序对以下事件作出响应：

（1）在 3 号机组，安全卸压阀自动开启，以保护反应堆压力容器不过量增压，操纵员手动重启堆芯隔离冷却系统，利用可用直流电源控制和监测反应堆注水。他们还关闭了其他非关键设备，以最大限度地利用直流电蓄电池，目的是延长处理全厂断电的时间。

（2）5 号机组的直流电源也可使用。该反应堆没有产生蒸汽，因此，通过高温冷却系统进行余热排出是不可能的。尝试采用对反应堆压力容器减压以便能够通过低压系统进行冷却剂注入的替代方案没有成功，而加压和充水的反应堆压力容器的温度和压力继续升高。

（3）6 号机组没有经历全厂断电，因为可以从一台运行的应急柴油发电机获得交流电源。那里的工作重点是维护基本的安全功能，以应对厂外电源丧失。该反应堆处于大气压力下，这使得利用低压系统注入冷却水成为可能；但是，这些系统的必要部件中有一些因水淹受到损坏，需要进行修复。

### 3. 事故演进

由于 1 ~ 3 号机组内使用交流电源的堆芯冷却系统失效，因此不使用交流电源的堆芯冷却系统投入了运行。这些系统包括：1 号机组的隔离冷凝器、2 号机组的堆芯隔离冷却系统、3 号机组的堆芯隔离冷却系统以及高压注入系统。随后，这些不使用交流电的堆芯冷却系统也停止运行，转到利用消防泵通过消防管道注入淡水或者海水。例如，在确信 1 号机组应急堆芯冷却系统不可用后，工作人员开始进行失电状态下的安全壳排放，并考虑采用消防系统或消防车向反应堆注水。但是，由于向反应堆压力容器的长时间持续注水是不可能实现的，每个反应堆堆芯的核燃料由于没有水覆盖而发生裸露，最终导致堆芯熔化。

燃料包壳的锆合金与水蒸气发生化学反应，产生了大量氢气，另外由于包壳破损，放射性物质也释放到压力容器中。注入的水在吸收核燃料的热量后发生汽化，促使压力容器内部压力升高，这些水蒸气通过安全阀排放至一次安全壳中。1 ~3 号机组一次安全壳的内部压力逐渐升高，多次进行一次安全壳湿阱的排气。从一次安全壳中泄漏的氢气在反应堆厂房上部区域引发了爆炸，摧毁了1 号和3 号机组反应堆厂房的操作平台，造成大量放射性物质被释放到大气中。1 号机组的事故进程如表 9 –4 所示。

**表 9 –4　福岛第一核电厂 1 号机组的事故进程**

| 时间 | | 主要事件 |
|---|---|---|
| 3 月 11 日 | 14:46 | 地震发生，触发反应堆自动紧急停堆；<br>主蒸汽隔离阀关闭，汽轮机停机；<br>核电厂厂外电源丧失，应急柴油发电机启动 |
| | 15:37 | 海啸到达核电厂；<br>开始淹没应急柴油发电机组以及交流和直流配电系统，导致所有交流电源丧失，导致失去正常的照明、显示和控制；<br>堆芯安注失效，堆芯开始失去冷却 |
| 3 月 12 日 | 0:00 | 第一安全壳压力异常升高 |
| | 5:46 | 通过消防水泵注入淡水 |
| | 14:30 | 安全壳开始排放 |
| | 14:53 | 停止淡水注入 |
| | 15:36 | 反应堆厂房发生爆炸 |
| | 19:04 | 开始注入海水 |
| | 20:45 | 注入硼酸 |
| 3 月 13 日 | 3:38 | 利用消防管线注入海水 |
| 3 月 14 日 | 1:10 | 停止注入海水 |
| | 19:00 | 重新开始注入海水 |
| 3 月 20 日 | 15:46 | 1 号机组恢复厂外电源 |

4 号机组在地震前处于定期停役检查阶段，所有燃料组件已经从堆芯移出，全部燃料组件已转移至乏燃料水池中，乏燃料水池闸门关闭。乏燃料水池中放置了1 535 组燃料组件，水温大约为27 ℃。由于地震和海啸的影响，4 号机组丧失所有交流电源，乏燃料水池冷却功能丧失。但是，由于认为4 号机组乏燃料水池的衰变热较低，没有立即采取行动冷却乏燃料水池。在3 月15 日6 时左右，反应堆厂房燃料操作大厅发生氢气爆炸。爆炸发生后，开始怀疑是乏燃料过热，随后采取乏燃料水池补水措施。但是，分析和检查认为4 号机组乏燃料水池的水位并未出现过燃料裸露水面的现象，且燃料无明显破损。TEPCO

人员通过后续的检测和调查，认为 4 号机组反应堆厂房的氢爆是由于管道布置使得 3 号机组安全壳的气体通过 4 号机组备用气体处理系统反向流入 4 号反应堆厂房而引起的。

地震发生时，5 号和 6 号机组处于例行停堆检查状态，堆芯衰变热较小且维持了足够的水位。海啸到达后，5 号机组丧失所有交流电源，6 号机组有一台应急柴油发电机可用，向 5 号和 6 号机组提供交流电源，为主控室操纵员读取各种监测仪表读数、采取反应堆降压、堆芯注水行动提供了条件。地震发生时 5 号机组压力容器压力为 7.15 MPa（g），不断向反应堆内注水，并通过安全卸压阀进行降压，来控制反应堆的压力和水位。3 月 19 日，为了通过余热排出系统进行冷却，安装并启动了一个临时海水泵，通过切换余热排出系统的运行方式，交替冷却反应堆和乏燃料水池。3 月 20 日，5 号机组和 6 号机组均达到了冷停堆状态。

### 4. 事故的经验教训

福岛事故带来的严重后果主要表现在以下三个方面：

（1）福岛事故对日本当地居民的生活带来巨大的影响，高放射性物质的释放，迫使他们撤离自己的生活家园，对日本国民经济造成了巨大影响。

（2）福岛事故向环境中释放了大量放射性物质，将对人类和环境产生久远的影响。

（3）福岛事故也影响了世界核电发展的趋势。比如，德国关闭了 7 座老的核电厂，并决定 2022 年前关闭本国所有的核电厂。瑞士计划在 2034 年前逐步关闭境内全部核电厂。美国、法国、俄罗斯以及我国等则对现有核电厂进行全面检查，继续发展核电。

福岛事故后，我国针对在运和在建核电厂开展了大范围的核电厂安全检查，检查结果表明：我国核电厂具备一定的严重事故预防和缓解能力，安全风险处于受控状态，安全是有保障的。为了进一步提高我国核电厂的核安全水平，国家核安全局依据检查结果对各核电厂提出了改进要求。2012 年 5 月国家核安全局发布《福岛核事故后核电厂改进行动通用技术要求（试行）》，作为核电厂后续改进行动的指导性文件。该文件对核电厂提出了 8 个方面的技术要求，主要包括核电厂防洪能力改进、应急补水及相关设备、移动电源及设置、乏燃料水池监测、氢气监测与控制系统改进、应急控制中心可居留性及其功能、外部灾害应对等，相关工作涉及大量分析、评估与硬件改造等工作。明确将一回路应急补水操作、二回路应急补水操作、乏燃料水池应急补水操作、氢气浓度监测和控制措施等纳入严重事故管理指南。

福岛事故是核能安全史上重大的核泄漏事故，更加警示人类在利用核能时，安全问题不可掉以轻心。日本福岛事故给人类安全使用核能带来了诸多教训和启示。一是要加强严重事故的预防措施，包括加强对地震和海啸的抵御措施，保障电力供应，确保反应堆具有安全可靠的冷却功能，确保乏燃料水池具有可靠的冷却功能，全面的事故管理措施等。二是要加强严重事故的相应措施，包括加强预防氢气爆炸的措施，增强安全壳排风系统，改善事故相应的环境，加强对严重事故响应的培训等。三是要加强核应急响应，包括加强环境监测，加强与事故相关的信息沟通，建立相关的中央和地方机构之间的明确分工等。四是要加强安全基础设施，包括加强安全监管机构，确保安全系统独立性和多样性。五是要全面加强核安全文化建设，没有核安全文化，就不会有核安全的持续改进。

## 9.3 压水堆严重事故的一般过程和主要现象

严重事故的一般进程：

当反应堆正常运行时，某种事件的发生触发反应堆停堆。停堆后，某些原因导致堆芯不能得到有效的冷却，堆芯余热无法排出，核燃料开始过热。燃料的锆合金包壳与水蒸气发生氧化反应，产生氢气并放出热量。随着堆芯的持续过热，水蒸气或氢气的不断产生，导致反应堆冷却剂系统（Reactor Coolant System，RCS）压力上升，诱发相关阀门开启进行系统卸压；由于堆芯过热，核燃料首先释放出挥发性的裂变产物，然后再释放出半挥发性的裂变产物。逐渐地在堆芯处形成了一个金属熔融池，并且熔融物不断跌落到压力容器的下封头处。当跌落的熔融物与下封头处剩余的水接触后，两者相互作用，产生熔融物碎片。压力容器中的氢气和裂变产物被释放到安全壳中，氢气遇到氧气发生燃烧，导致安全壳内瞬时出现温度和压力的峰值，可能造成安全壳的破坏。积聚在下封头的堆芯熔融物，最终将导致压力容器的破裂。伴随着压力容器的熔融贯穿，熔融物在安全壳内的地坑中积聚。熔融物首先与地坑中的冷却剂相互作用，剧烈反应，可能发生堆外水蒸气爆炸；当冷却剂被蒸发，熔融物开始侵蚀混凝土，大量不可冷凝的气体释放出来，导致安全壳内压力逐步增加。安全壳内温度和压力的上升，会造成安全壳的失效，导致裂变产物向大气中释放。图 9 - 6 所示为压力容器内外严重事故的一般进程。

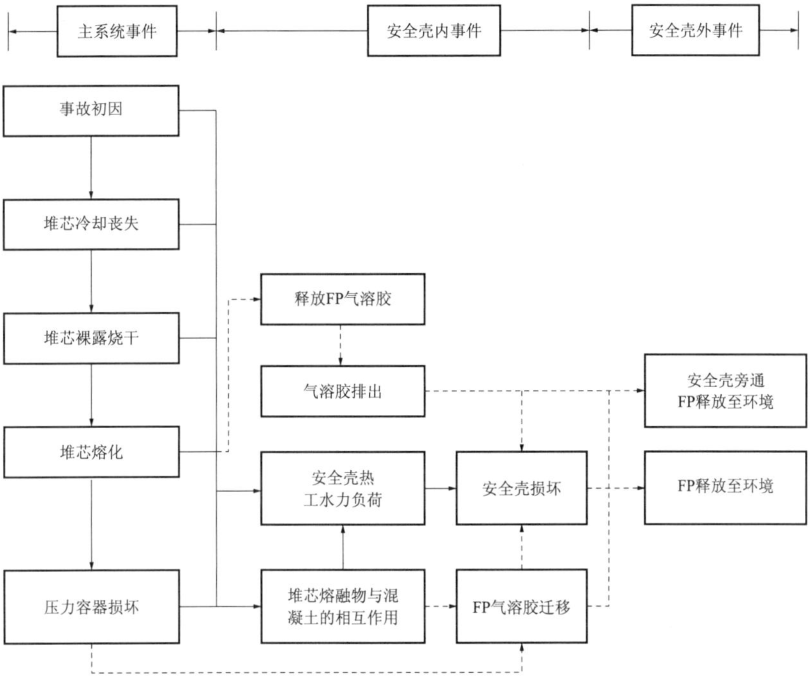


**图 9－6　压力容器内外严重事故的一般进程（热工水力过程用实线表示，裂变产物（FP）气溶胶用虚线表示）**

压水堆的堆芯熔化过程主要有两种类型：低压熔化和高压熔化。

分为三个阶段：事故发生到堆芯熔化；堆芯熔化到压力壳失效；压力壳失效以后。

低压熔化过程主要以主系统冷却剂丧失为特征。若应急堆芯冷却系统失效，堆芯将自上而下地熔化，直到将压力容器下封头熔穿、熔融物随后与安全壳底板混凝土相互作用，释出 $CO_2$、CO、$H_2$等不凝气体，从而造成安全壳晚期超压时效或底板熔穿。

高压熔化过程一般以失去二次侧热阱为先导事件。主系统在失去热阱后升温升压，如二次侧不能回复热阱，堆芯在较高压力下开始裸露，随后开始熔化。此后过程有两种可能，一种可能是，与低压熔化过程相似；另一种可能是，压力容器下封头熔穿后，由于反应堆冷却剂系统存在高压发生熔融物质喷射弥散，熔融的小颗粒与空气中的氧气发生放热化学反应，加强了传热，造成“直接安全壳加热”，使安全壳超压失效。

严重事故涉及的现象非常复杂，主要包括堆芯降级、堆芯熔融、压力容器破裂、蒸汽爆炸、与氢气相关的事故、熔融物与堆坑水的相互作用、熔融物与混凝土的相互作用、安全壳直接加热、裂变产物气溶胶迁移、源项等现象。

对于严重事故的分析和研究通常放在安全壳的完整性上，三哩岛事故和切尔诺贝利事故的后果证明了安全壳在严重事故缓解上的重要作用。

下面对严重事故进程中的一些关键现象进行介绍，这些现象都和安全壳的完整性密切相关。

1）堆芯氧化与氢气的产生

堆芯内材料的氧化是堆芯降级过程中的一个十分关键的现象。当堆芯过热时，锆合金和水或水蒸气会发生化学反应，这一化学反应过程会释放大量的热量并产生氢气，同时该现象伴随着包壳材料的脆化和降解的发生。锆水反应产生的氢气是严重事故中堆内主要的氢气源项。堆芯降级过程中产生的氢气进入安全壳，与氧气发生燃烧火爆炸，产生的温度和压力载荷，可能会导致安全壳的完整性破坏。

通常压水堆通过在安全壳内设置非能动的氢气复合器或点火器来控制氢气浓度，以保证安全壳的完整性。

2）熔融物与冷却剂的相互协调作用

熔融的金属或氧化的堆芯熔融物与水混合并发生相互热作用可能导致蒸汽爆炸。蒸汽以非常高的速率产生，从而形成声速的压力前沿并在当地构件上施加动力载荷。当堆芯熔融物由堆芯区域塌落至反应堆下腔室时，压力容器内可能发生蒸汽爆炸；如果压力容器失效且堆芯熔融物喷射到堆腔内的水中，则在反应堆堆腔中可能发生蒸汽爆炸。

3）堆芯熔融物与混凝土的相互作用

如果在 RCS 低压情况下反应堆压力容器失效，熔融的堆芯熔融物将从反应堆压力容器倾泻到反应堆堆腔的地板上。压力容器失效后，熔融物与混凝土地基接触，产生热消融反应，产生大量不可凝气体（$H_2O$，CO，$CO_2$），该过程成为堆芯熔融物与混凝土的相互作用（MCCI）。该现象发生在熔融物冷却不充分的情况下，可能会造成安全壳的增压和混凝土地基的熔穿。

因此，熔融物的可冷却性对防止底板熔穿和安全壳持续超压，进而对稳定和重视时间及防治安全壳放射性释放来说是至关重要的。

4）安全壳直接加热（DCH）

安全壳直接加热（DCH）定义为由堆芯熔融物从压力容器高速喷放、可能发生的许多物理和化学过程引起的安全壳内大气中的快速的能量增加。安全壳直接加热的必要条件是反应堆压力容器发生失效的位置使得已迁移至反应堆下封头的相当大部分的堆芯熔融物将先于 RCS 内的气体由 RCS 喷放到反应堆堆腔内，即 RCS 处于高压状态（有时称为高压熔融物喷射或 HPME）。

## 9.4 钠冷快堆严重事故的一般过程与主要现象

### 1. 钠冷快堆的安全特点

钠冷快堆是第Ⅳ代核能系统6种堆型（钠冷快堆、铅冷快堆、气冷快堆、超高温堆、超临界水堆和熔盐堆）中技术上最为成熟的堆型，增殖与嬗变是它的主要特点和优点。

钠冷快堆用液态钠为冷却剂，液态钠有高的沸点883 ℃（常压），而堆芯出口钠温低于550 ℃。钠系统是低压系统，主容器钠液面氩气的绝对压力低于2个标准大气压。

钠的导热能力是水的百倍以上，对于一回路池式设计，高功率快堆钠装量上千吨，堆芯严重事故时，提供了最快的初始热阱，对堆的安全极为有利。

钠工作温度时，黏滞性不大，流动如水等特点，使钠冷快堆易于设计非能动余热导出系统导出堆芯事故余热。

轻水堆在安全方面的主要缺点是：为了得到适当的冷却剂温度，需要对冷却剂进行加压，如对于BWR约为7 MPa，而PWR更高达15 MPa。因此，一次系统的任何破裂都会直接导致冷却剂的喷放。而这类事件在LMFBR系统中是不存在的，因其在额定工况下冷却剂钠在不加压或稍许加压（为了防止氧气漏入）的情况下，其欠热度也高达约350 ℃。LMFBR一次系统的破裂不会导致冷却剂的沸腾，其事故的主要后果在于化学反应方面。

LMFBR系统安全上的弱点在于冷却剂钠的化学性质非常活泼，与空气和水都会发生剧烈的化学反应，但在严重事故情况下并不会像水堆那样发生锆水反应。在反应性反馈方面，大型的LMFBR在堆芯中心的钠减少时，会引入正反馈。而在LWR系统中，类似的冷却剂丧失事故引入的则是负反馈。

对于LWR，在发生失水事故时，为防止堆芯熔化，必须立即启动应急冷却系统（ECCS），以便有足够的冷却剂来覆盖堆芯。而对于LMFBR中类似的事故，保持钠覆盖堆芯是比较容易做到的事情，且由于钠温远远低于沸点，甚至在一次泵故障的情况下，自然对流仍可以迅速建立起来。

相对于采用MOX燃料的LMFBR来说，LWR的核性能似乎较易于控制。因为LWR中缓发中子份额大约为LMFBR中缓发中子份额的两倍，且其瞬发中子的代时间则相应大2~3个数量级。但这些差别仅仅在严重事故情况下才开始起作用。

一般来说，小型钠冷快堆都具有较好的固有安全性，因为较小的堆芯尺寸有利于中子的泄漏，所以钠密度减小以及钠空泡的出现都会引入负反应性，可以有效缓解事故的进程。而对于大型快堆而言，钠空泡引起的反应性一般为正值，而且与堆芯布置也有很大关系，表 9 - 5 给出了几种典型钠冷快堆的堆芯最大钠空泡价值。可以看出，除 BN600 的钠空泡价值较小以外，其他反应堆的钠空泡价值都比较大。对于钠空泡价值大的堆型，冷却剂的沸腾会引入大量正反应性，堆芯功率会快速增大，很有可能导致燃料熔化甚至发生堆芯解体。

**表 9 - 5　典型钠冷快堆的堆芯最大钠空泡价值**

| 反应堆 | SPX | EFR | DFBR | BN600 | Monju |
|---|---|---|---|---|---|
| 功率/MWt | 3 050 | 3 600 | 1 600 | 1 470 | 714 |
| 最大钠空泡价值/ $ | 6.4 | 5.0 | 4.2 ~ 5.5 | 0.74 | 2.0 |

LMFBR 的热时间常数比 LWR 的短，主要是燃料棒尺寸较小以及每根燃料棒的冷却剂流通面积也较小的缘故。在瞬态分析研究中，这些因素对事故进程有着重要影响。

对于大小类似的反应堆，就现场的放射性总量而言，两类系统的总裂变产物水平基本相当。但 LMFBR 的钚含量要高一些，该差别是由于 U - 238 在两个系统中的转换不同造成的。

对于钠冷快堆而言，通常有三道包容边界：燃料元件包壳、一次冷却剂边界（对于池式快堆是主容器，对回路式快堆指堆容器、泵和热交换器的容器以及相互连接的管道）和反应堆厂房。燃料和裂变产物被三道边界所包容，包括 Na - 24 在内的活化产物被后两道边界包容。

应该说明的是，裂变产物的绝大部分都被滞留在了燃料芯块的基体内，所以有时燃料芯块也被称为是第一道包容边界。在裂变产物中，I - 131 在事故情况下向环境的释放是决定事故后果严重程度的重要因素，在钠冷快堆中，由于作为冷却剂的钠具有很强的化学活性，很容易与碘化合形成碘化钠，从而减轻放射性向环境的释放（相对于水堆而言）。

从一次边界释放出的任何放射性物质都首先会被局限在反应堆厂房内。反应堆厂房都设置有包含过滤器的通风系统，以便对排入大气的放射性进行控制，同时应对一次钠或二次钠泄漏可能引起的钠火。堆厂房的设计也要能够承受暴风、地震和爆炸飞射物等外部原因引起的载荷。

池式钠冷快堆的一个十分重要的优点是一回路冷却剂压力低。冷却剂压力低使得钠冷快堆系统有两个优点：

（1）冷却剂容器几乎不可能破裂，尤其是大尺寸的破裂。

（2）即使发生破裂，仍能十分容易地导出裂变产物的衰变热，并保持燃料包壳的冷却，防止破损的蔓延。

而对于一回路压力高压的水冷堆而言，必须采取多方面的保护措施，以防止 LOCA 事故的发生。即使主容器发生破裂，也不会导致冷却剂的汽化。在采用了在堆容器之外再加一层保护容器等措施之后，可以使得在堆容器破裂的情况下依旧保持堆芯的淹没状态，通过自然循环保持堆芯（或熔融物）的冷却。因此在熔融物的包容方面池式钠冷快堆多采用堆内滞留方案（IVR），通过在主容器内布置堆芯熔化收集器，维持堆芯熔融物的冷却，保证主容器内的钠装量，将绝大多数的放射性物质包容在主容器内。

对于池式快堆，还有一个额外的安全特性——在堆容器中有大量的钠冷却剂，借助于泵或自然循环，在没有二次冷却的情况下也能保证堆内温升足够慢。

从安全角度看，除了前面提到的优点之外，钠冷快堆还有一些特点是不利的，这其中包括：功率密度高、大的反应性引入的可能性以及冷却剂的化学性质活泼。

功率密度高意味着如果燃料失去冷却，其温度上升相对要快。在假想燃料元件完全失去冷却的极端情况下，元件的温度将以 600 ℃/s 左右的速度上升，并将在 3 ~ 4 s 内熔化。燃料的熔化同时会导致冷却剂的急剧汽化，虽然实验表明在此过程中不会发生所谓“蒸汽爆炸”现象，但由于整个事故过程的复杂性，一般都会高估此类事故的后果。

由于堆内的燃料布置并不处在最大反应性状态，所以产生了反应性引入事故的可能性，即如果燃料分布变得更加密集，将会引入正的反应性。

对于钠空泡系数为正值的大型钠冷快堆而言，一旦发生冷却剂沸腾堆芯会加速熔毁，甚至有可能发生瞬发超临界事故。由于燃料密实反应性增加的特点，引起堆芯燃料中心密实的任何事故都可能导致反应堆超临界。对于压水堆而言，一般严重事故只需要进行堆芯熔化的分析，而钠冷快堆严重事故分析领域仍然保留着堆芯解体事故的保守考虑。

对于钠冷快堆而言，不同燃料的类型也对安全性有着很大的影响。目前而言，氧化物燃料熔点温度高，与包壳材料相容性好，是目前快堆的主要燃料类型之一。相比较 MOX 燃料，二氧化铀燃料有着更加成熟的加工和制造工艺，而且有着更好的钠密度效应。然而，作为闭式燃料循环体系的一部分，MOX 燃料有着不可替代的作用。

金属燃料是高增殖比快堆设计的燃料首选，更容易实现较高的增值比，因此通常用于行波堆的设计中。早期金属燃料的辐照肿胀十分严重，使用改进后的设计参数和包壳材料后，燃料燃耗大幅提高。金属燃料的熔点显著低于氧化物燃料，且与包壳存在共晶问题。通过多年的发展，U－Pu－Zr合金的固相线温度和与包壳材料之间的共晶温度得到大幅提高。

氮化物燃料是目前快堆燃料发展的一个新方向，俄罗斯“突破”项目计划在BN－1 200和BREST（铅冷快堆）上使用更加先进和安全的氮化物燃料。氮化物燃料具有MOX燃料所具有的优点，即在闭式燃料循环中充分利用乏燃料中的钚元素，此外相比于MOX燃料，氮化物燃料还具有其他优势：首先，氮化物燃料工作温度低，可以避免发生失冷事故和引入反应性时燃料包壳过热或破损；其次，氮化物燃料对裂变气体产物和活性化学元素，如铯、碘、硒及碲等有较强的滞留作用，可以降低腐蚀性裂变气体与燃料棒的化学作用；另外，同等条件下氮化物燃料中的裂变气体产物释放量要小于氧化物燃料。

## 2. 主容器内的主要进程和关键现象

国际上根据钠冷快堆堆芯解体在主容器内的发展进程，将事故分为三个阶段：初始阶段（IP）、过渡阶段（TP）和解体后膨胀阶段（PDE）。以下简要介绍钠冷快堆堆芯解体不同阶段的特点。

最新研究表明堆芯解体事故的事故进程从始发事件开始，主容器内的进程可以分为三个阶段：初始阶段、过渡阶段和堆芯解体后的膨胀阶段。发生的关键现象如图9－7所示。

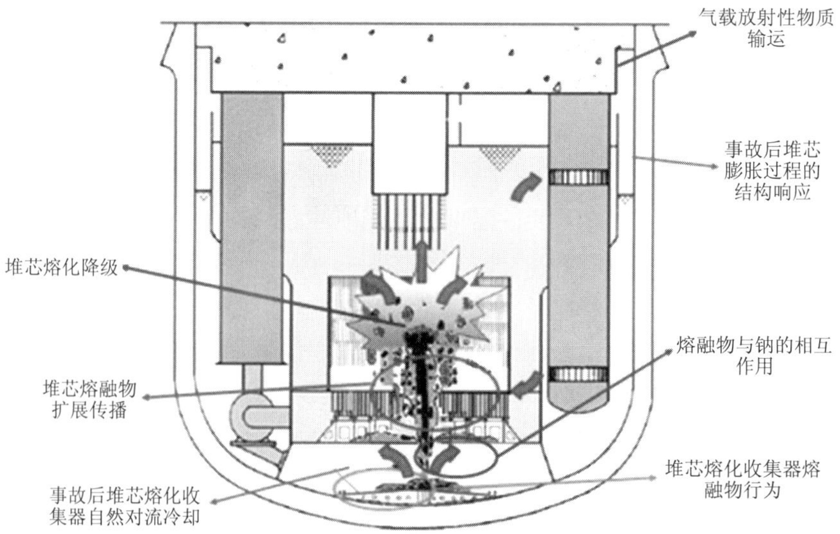


图9－7　主容器内的严重事故现象

下面以无保护失流引起的堆芯解体事故来简要说明堆芯解体事故发展的主要过程。

1）初始阶段

堆芯解体事故（CDA）初始阶段的事故发展主要是由正的钠空泡效应的引入而引起的。对 CDA 初始过程的分析，是为了确定 CDA 过渡过程的初始条件：反应堆的功率、堆芯的温度分布、压力分布、反应性的状态，以及是否给过渡过程引入了巨大的能量。这一阶段中的多普勒效应、燃料轴向膨胀、燃料再分布对事故进程和事故中的能量释放发挥着重要作用；同时反应性的变化与堆芯内的热工流体现象也有着密切关系，包括：冷却剂沸腾、燃料棒的瞬态热响应、燃料破裂和燃料的再分布。事故过程中，燃料的轴向膨胀、裂变气体引起的燃料再分布，以及燃料棒中部位置破损等引入负反应性效应，对事故的进程有重要影响。因此，必须对慢功率瞬态下燃料分散引起的负反应性效应和初始阶段末期的材料运动给以特别的关注，这些物理过程决定了过渡过程的初始条件。

可能的事故发展过程为：

沸腾开始前，在燃料密度、冷却剂密度和 Doppler 三种反应性效应平衡的作用下，总反应性为负值；

沸腾开始，以及随后的包壳运动都增加了正反应性引入，同时使功率升高；

功率升高，加速燃料熔化和燃料破裂，从而在燃料分散的作用下引入负反应性；

燃料破裂后，当几乎所有冷却剂都排出堆芯时，空泡反应性饱和维持恒定；

由于持续的燃料分散，总反应性保持为负。

2）过渡阶段

过渡过程分析的主要目标是评价再临界事故的能量水平。堆芯行为的主要特征是熔融区从单根组件扩大到全堆芯。这一阶段，事故进程主要取决于燃料的运动、熔融区域的扩大和其中的热工水力学现象增加的燃料的运动，并通过燃料运动引入或减少反应性；另一个重要的现象是，通过堆芯周围的结构，燃料逸出堆芯，从而降低了再临界的可能性；一个重要的任务是评价过渡过程中释放的能量。

自 1979 年 Bohl 首次对均匀堆芯的美国克林奇河快堆电站（CRBRP）过渡阶段分析后，国际上陆续开展了其他堆芯的过渡阶段分析。日本文殊快堆（Monju）的研究表明，即使最保守地假设堆芯内的燃料运动和燃料向轴向反射层区域逃逸，过渡阶段再临界引起的能量水平也不会超过其前面的初始阶段的能量释放。

3）堆芯解体后的膨胀阶段

堆芯内再临界过程产生的热能通过堆芯材料向上部气腔的膨胀和钠塞的加速，转化为机械能。评价机械能对反应堆边界可能造成的破坏。

将以上三个发展阶段的现象进行整理，得到以下的容器内严重事故现象，如表 9－6 所示。

**表 9－6　容器内关键现象及特征行为**

| 关键现象 | 特征行为及机制 |
|---|---|
| 燃料棒失效及解体 | 燃料棒失效<br>熔融燃料与包壳的相互作用 |
| 熔融池沸腾行为 | 液态燃料与钢材料的传热行为<br>燃料/钢混合物的对流<br>燃料/钢混合物与组件套管间的传热 |
| 熔融物冷却及堵塞 | 熔融物的过度冷却<br>熔融物与组件套管之间的热阻 |
| 组件套管失效 | 燃料固化壳（crust）的形成<br>组件套管的热/机械失效 |
| 堆芯低能量解体运动 | 气/液/固三相流<br>固态燃料与液态钢混合物的运动行为 |
| 熔融床的冷却 | 燃料冷却剂相互作用（FCI）<br>熔融床的形成<br>熔融床内部钠的流动及沸腾行为<br>熔融床内部的分层现象 |

在 CDA 事故初期，会出现以下现象：

（1）燃料芯块肿胀及熔化。

（2）熔融燃料在棒内的移动。

（3）包壳的热失效或机械失效。

（4）由裂变气体及钠蒸气驱动的熔融材料扩散。

（5）在棒内温度较低区域，熔融燃料重新凝结并形成堵塞。

熔融池的行为：熔融池的行为对熔融物质与组件套管之间的热载荷产生很大影响，同时也极大影响着熔融池扩散过程中的反应性变化。熔融池中包含着熔融燃料与钢材料的混合物，在熔融燃料的加热下，钢材料产生蒸汽并沸腾，因此，燃料与钢之间的热传递是控制熔融池行为的关键因素。

熔融物冷却及扩散行为：在裂变气体的驱动下，熔融燃料会扩散到燃料棒较冷的区域（上下转换区位置），随后发生凝固并形成堵塞。扩散到较冷区域的熔融燃料的数量会给堵塞的范围及反应性变化带来很大影响，因此国际范围内进行了很多实验来对熔融物的凝固行为进行研究。

熔融床的冷却：在严重事故的后期，熔融床中燃料继续产生衰变热，因此确保主容器能够对堆芯熔融物进行包容并保持可冷却的几何状态十分重要。有关熔融床冷却的研究主要着眼点在于给出钠蒸干的热流密度阈值。蒸干热流密度取决于熔融床的直径、均匀性、孔隙比例、厚度和冷却方式等。

### 3. 安全壳内事故的主要进程和关键现象

在发生一回路边界破损的严重事故下，放射性物质进入安全壳内部，其物理化学现象比较复杂。安全壳内可能要考虑的事故现象有：池式钠火、雾状钠火、钠与混凝土的反应、堆芯熔融床与混凝土的相互作用、裂变产物的衰变和放热、氢气的燃烧、气溶胶的迁移等，如图9－8所示。

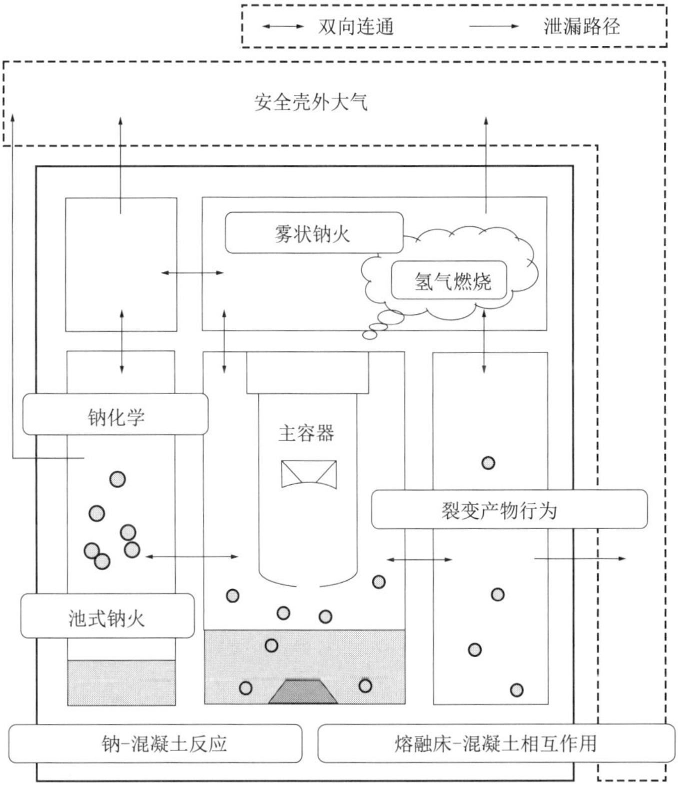


图9－8　严重事故下安全壳内需要考虑的现象示意图

钠冷快堆安全壳失效模式主要包括：由钠火导致的超压失效；由氢气燃烧导致的超压失效；熔融物致超温失效；熔融物致混凝土贯穿失效等。

## 9.5 严重事故管理

严重事故管理（SAM），即严重事故的对策，包括以下两方面主要内容：

1）严重事故的预防

采用一切可用的措施，防止堆芯熔化。

2）严重事故的缓解

若堆芯开始熔化，采用各种手段，尽量减少放射性向厂外的释放。

事故管理的主要任务依次是：

（1）预防堆芯损坏。

（2）中止已经开始的堆芯损坏过程，将燃料滞留于主系统压力边界以内。

（3）在一回路压力边界完整性不能确保时，应尽量减少放射性向厂外的释放。

（4）万一安全壳完整性也不能确保，应尽量减少放射性向厂外的释放。

### 9.5.1 严重事故管理的发展

开展严重事故研究最早的国家为美国，1975 年 WASH－1400 报告首次将概率安全分析技术应用到核电厂。对几座典型美国核电厂作了第一次全面的分析，提供了以事件发生概率为依据的事故分类方法，并建立了安全壳失效模式和活性释出模式。WASH－1400 首次指出，核电厂风险主要并非来自设计基准事故，而是堆芯熔化事故。

1979 年的美国三哩岛事故是一次严重事故，它引起了世界核能界的震惊，这一事件无可置疑地肯定了 WASH－1400 的地位和价值。此后，美国的严重事故研究进入了全面深入展开的时期，作为三哩岛事故响应的“未解决的安全课题”和“三哩岛行动计划”及从 1983 年开始执行的严重事故的研究计划，将核安全研究范围拓宽到事故概率、物理过程、事故处置、安全壳分析、裂变产物与源项、燃料元件行为、人因工程、事故后果与对策、法规与标准等十分广泛的领域，其结果形成了一系列管理法规修订和政策声明，并在事故机理了解的基础上形成了一系列配套的分析程序包。

三哩岛事故之后，其他核电发达的国家也相应开展了严重事故的机理和处置研究，然而规模和开题广度均不及美国。其中法国特别着重于事故对策，并开发出系列规程和配套的专用设备；德国的研究侧重于安全壳的完整性保障；日本、英国等侧重确保核电厂系统的运行可靠性。

1986年4月苏联切尔诺贝利事故之后，严重事故研究工作进一步获得加速与推进。美国开始推行单个电厂评价计划并就切尔诺贝利事故的影响开列出新的研究课题。在国际原子能机构的主持下各国专家总结肯定了几十年来核工业界安全实践中行之有效的概念原则，针对严重事故提出了重要的预防和缓解策略。

设计中对严重事故应作的考虑：

(1) 使用概率论方法、确定论方法并结合合理的工程判断来确定可能导致严重事故的重要事件序列。

(2) 对照一套准则审查这些事件序列，以确定哪些严重事故应该给予考虑。

(3) 对于所选定的事件序列，应该评价设计和规程能否修改来减少其发生的可能性和减轻其后果。如果这些修改合理可行，就应该付诸实施。

(4) 应考虑核电厂的全部设计能力，包括可能在超出规定的能力和预期的运行工况下使用某些系统（安全系统和非安全系统）和使用附加的临时系统，使严重事故返回到受控状态或减轻它们的后果。应证明这些系统在预期环境条件下可以起到这些作用。

(5) 对于多堆厂址，可以考虑使用其他机组可用的手段和可能的支持，前提是不会危害其他机组的安全运行。

(6) 对有代表性的和主导性的严重事故，应该制定相应的事故管理规定。

1989年，美国联邦法院要求美国核管会（NRC）在核电厂环境影响评价中，考虑严重事故缓解方案，这标志着NRC正式将严重事故管理问题纳入核电厂执照管理中。

1991年，西屋公司WOG发展了可以普遍适用于西屋公司核电厂的严重事故管理导则（SAMG）。由于严重事故发生时其现象十分复杂且电厂状态也随时在发生改变，所以严重事故的管理并未写成规程而是以导则的形式，提供技术支持中心（TSC）在严重事故时进行参考，用以决定出堆电厂最优的策略，使电厂状态恢复并达到稳定。NRC对WOG－SAMG进行了严格的认证，认为WOG－SAMG可以被广泛地接收，作为核电厂发展SAMG的基础。

我国国家核安全局于2004年4月18日颁布的核动力厂设计安全规定（HAF102）提出了“关于在核电厂设计中考虑严重事故”的要求。国家核安全局于2007年4月30日发布的第二代改进型核电项目核安全审评原则也提出了开发严重事故管理导则的要求。《核安全与放射性污染防治“十二五”规划及2020年远景目标》中明确提出，运行核电厂在2013年年底前要制定并实施严重事故管理导则，在建核电厂在首次装料前要制定并实施严重事故管理导则。

我国压水堆核电厂大都以西屋公司通用SAMG为蓝本，结合自身核电厂系统和设备的特点，开发特有的SAMG。

### 9.5.2 严重事故管理的主要策略

严重事故管理的主要措施围绕着以下4个功能开展：

（1）冷却性能恶化的堆芯。

（2）可燃性气体控制。

（3）安全壳温度、压力及完整性控制。

（4）放射性物质释放的控制。

1）冷却性能恶化的堆芯

反应堆压力容器注水是许多国家都会采取的措施。尽管可能导致更多的氢气和水蒸气，但保持熔融堆芯在压力容器内更有利于事故的缓解。压力容器注水措施要求一旦达到注水条件，立即向反应堆压力容器注水。由于注水措施可能导致氢气增加，具有安全壳内氢气燃烧的风险，因此，西屋业主组织（Westinghouse Owners Group，WOG）提出的通用指南包含了对该措施负面影响的提醒。

反应堆冷却系统降压也是严重事故管理的措施之一，该功能可以通过各种方式实现。压水堆中常采用的方式是应急运行规程（Emergency Operation Procedure，EOP）中的充排措施，例如向SG注水冷却二回路，进而冷却一次侧并降低压力。如果该操作无效，则可以直接开启稳压器阀门进行卸压。主动卸压能够使冷却措施有效并避免高压熔喷，但也可能带来增加氢气产量、增加压力容器内FCI的可能性。

由于安全壳淹没能够有效冷却压力容器壁面，许多国家都会采取安全壳淹没的措施延迟压力容器失效。虽然仅采取该措施不足以保证压力容器的完整性，特别是当堆芯功率较高时，但是安全壳淹没措施能够有效地延迟失效。WOG的SAMG定义了安全壳淹没的几个级别，针对不同的堆腔设计也有特定的措施。德国的核电厂没有考虑堆腔淹没措施，而是继续采取“干堆腔”的概念。

2）可燃性气体控制

针对安全壳中可能的氢气和一氧化碳，结合不同的设备，现在有许多有效的缓解措施。针对压水堆的安全壳，许多国家都采用氢气复合器降低氢气和一氧化碳的浓度，同时也能保证安全壳压力较低。还有一些压水堆和沸水堆采用点火器将氢气和一氧化碳主动点燃，防止发生爆炸。另外，安全壳通风也是减少可燃气体含量的有效措施。

在氢气浓度较低且有气溶胶的情况下，氢气复合器能够有效地降低安全壳中氢气的浓度。欧洲的压水堆则都采用了非能动氢气复合器，在比利时、德国、法国、荷兰以及一些东欧国家，氢气复合器都得到了广泛的使用。尽管芬兰目前已使用了氢气点火器，但在新的氢气控制系统中还是决定加入氢气复合器。通用电气的 Mark Ⅰ型和 Mark Ⅱ型沸水堆安全壳，以及德国 KWU 测沸水堆的最初设计没有采用点燃设备，而是使用安全壳惰化的措施。通用电气 Mark Ⅲ型沸水堆安全壳体积较大，采用了氢气点火器。

3）安全壳温度、压力及完整性控制

尽管各个反应堆的设施存在一定的差异，大部分沸水堆和压水堆都会通过自动或手动开启安全壳喷淋冷凝释放出蒸汽。长期来看，安全壳喷淋同时还能带走热量，防止安全壳超压。瑞典的核电厂、芬兰的 Lovisa 电厂、西班牙的 Zorita 电厂以及比利时的两个电厂都针对钢制安全壳采用了喷淋系统。

压水堆中的风扇冷却系统能够有效排出热量，同时避免由于 MCCI 生成的不可凝结气体导致安全壳超压失效，但并不是所有核电厂的风扇冷却系统都是安全级设备。比利时、西班牙、英国的压水堆核电厂都采用风扇冷却系统，同时该措施也是 WOG 严重事故管理指南中的标准操作之一。

在压水堆和沸水堆中都会采用安全壳淹没的措施。当压力容器破损时，安全壳淹没的实施能够增加压力容器外熔融物的冷却，减少压力容器外放射性物质的释放。目前压水堆的安全壳较大、强度较高，而沸水堆的安全壳较小，并且安全壳内的辅助结构容易受损，安全壳完整性受到较大能量的蒸汽爆炸的威胁。在法国、德国的压水堆、沸水堆中，安全壳淹没措施都是在堆芯熔融物滴落到腔底以后实施，而不是进行熔融物的冷却，此时有可能发生混凝土的消融甚至是熔穿。

许多欧洲的核电厂都会采用安全壳通风排放的措施防止安全壳的晚期超压失效。在安全壳排热能力完全丧失、沸水堆满功率下未能紧急停堆的预期瞬态等事故序列下，安全壳通风排放的实施尤为重要。当安全壳冷却措施失效时，安全壳通风排放系统能够避免由于 MCCI 产生的不可凝结气体导致的晚期超压失效。同时，安全壳通风排放也能使安全壳淹没措施更容易实施，并有效降低可燃气体的浓度。不同的严重事故管理指南中安全壳通风排放措施的实施也有较大的差异。WOG 的 SAMG 中并没有将安全壳通风作为最终的严重事故管理策略，英国、比利时、西班牙的压水堆也没有安全壳通风排放系统。在法国、德国、瑞典、荷兰和瑞士的压水堆核电厂中，安全壳过滤排放系统都得到了应用。

4）放射性物质释放的控制

通用严重事故管理指南中缓解放射性物质释放到安全壳边界以外的方法，是通过安全壳余热排出系统和通风系统降低安全壳压力。后来，严重事故下RCS 内沉积的气溶胶释放也引起了关注，因此放射性产物释放缓解措施也包括了 RCS 的冷却。

安全壳喷淋的实施能够有效减少放射性物质释放的量。安全壳喷淋系统主要用于 LOCA 事故后早期的蒸汽冷凝，而不是严重事故下的长期操作。同时，喷淋系统也能够使气溶胶沉积，并去除气态的碘。喷淋系统的效果取决于交流电是否有效及喷淋系统覆盖的区域。为了阻止碘的挥发，许多压水堆都会在安全壳地坑或者安全壳喷淋系统中添加化学试剂。

大多数的压水堆和沸水堆核电厂都会采用包含了高效微粒空气过滤器的工程过滤系统。通常使用过滤系统能够有较好的过滤作用，但是当辅助系统没有启动时（如应急过滤系统），过滤器的效率会有所降低。瑞典的核电厂安全壳都采用了特殊设计的，具有非常高净化系数的文丘里过滤排放系统应对严重事故，法国的核电厂则采用的是砂型过滤排放系统。在 WOG 的通用 SAMG 中，水洗措施用来减少压力容器外的放射性物质释放。在 SGTR 事故工况下或为防止 SG 管道蠕变断裂时，二回路淹没在 WOG 的 SAMG 中是缓解放射性物质向周围缓慢释放的标准策略。

## 9.6 可能导致严重事故的初因

研究分析发现，导致堆芯严重损坏的主要初因事件与核电厂的设计特征有十分密切的关系。但归纳起来，导致压水堆或沸水堆堆芯严重损坏共同的主要初因事件大致是：

（1）失水事故后失去应急堆芯冷却。

（2）失水事故后失去再循环。

（3）全厂断电后未能及时恢复供电。

（4）一回路系统与其他系统结合部的失水事故。

（5）蒸汽发生器传热管破裂后减压失败。

（6）失去公用水或失去设备冷却水。

对于钠冷快堆，初因事件还包括：

（1）无保护失流事故。

（2）燃料组件堵流事故。

初因事件中如考虑外部事件，还应加上地震和火灾。初因事件分析表明，可能导致堆芯严重损坏的主要初因事件并不多。因此，便于进一步考虑设计改进或事故预防。

# 9.7 压水堆的严重事故分析

## 9.7.1 典型压水堆严重事故分析程序

严重事故分析主要有实验模拟和程序计算两种。由于模拟实验设备昂贵，以及实验可能带来放射性等危险，多个国家开发了严重事故分析程序。分析核电厂严重事故瞬态过程的计算程序主要分机理性程序和一体化程序（或系统性程序），单一功能程序（或专用程序），见表9－7。

表9－7 典型的严重事故分析程序

| 类别 | 程序名称 | 程序简介 |
| --- | --- | --- |
| 一体化分析程序 | ASTEC | 法国辐射防护与核安全研究院（IRSN）和德国核反应堆安全机构GRS共同开发的，能模拟各种严重事故序列和大多数专全系统，包括压力容器早期注水、安全壳喷淋和通风、抑压水池等 |
| | MELCOR | 美国桑迪亚国家实验室（SNL）为美国核管会开发的第二代改进型风险评价工具，可以模拟轻水堆严重事故的进程并评估事故源项，还可以应用于参数的灵敏度和不确定性分析 |
| | MAAP4 | 美国电力研究所（EPRI）委托FAI公司开发的一体化严重事故分析工具，它耦合了热工水力学计算以及裂变产物释放和迁移计算的一体化程序，可以模拟严重事故的全部进程，从初始事件开始，既可以向安全、稳定、可冷却的反应堆状态发展，也可以向安全壳结构失效最终导致裂变产物向环境释放的事故状态发展 |

续表

| 类别 | 程序名称 | 程序简介 |
| --- | --- | --- |
| 机理性分析程序 | SCDAP/RELAP5 | 描述整个反应堆冷却系统热工水力响应和堆芯破损程度的进展 |
| | KESS | 模拟压力容器内事故进展和裂变产物的释放 |
| | SAMPSON | 模拟压力容器内燃料行为和压力容器外部进展，包括蒸汽爆炸、MCCI 和氢气爆炸 |
| | CATHARE/ICARE | 模拟压力容器内燃料行为和裂变产物的释放 |
| | VICTORIA | 追踪各种材料（包括裂变产物和主要的堆芯材料）及其相互间反应，预测裂变产物释放、迁移和沉积 |
| | CONTAIN | 用于模拟压水堆和沸水堆的安全壳，评估严重事故对安全壳的影响，预测安全壳部件之间的质量和能量流动，包括 MCCI、DCH、气溶胶分布、裂变产物衰变和迁移以及气体燃烧 |
| | COCOSYS | 综合模拟安全壳内严重事故所有相关的进程和电厂状态 |
| | GASFLOW | 主要用于分析核反应堆安全壳或其他设施中，氢气或其他气体的传输、混合与燃烧，可模拟安全壳内三维的氢气现象，包括氢气分布混合和分层、氢气燃烧和氢气爆炸 |
| | COTHIC | 用于氢气燃烧现象计算的分析程序 |
| 单一功能程序 | TEXAS－V | TXAS－V 是一个瞬态、三流体、一维的蒸汽爆炸分析程序，它将蒸汽爆炸过程分为粗混合和爆炸两个阶段进行模拟。粗混合过程的模拟将得到熔融物颗粒、空泡份额等参数的分布，为蒸汽爆炸阶段提供初始及边界条件。蒸汽爆炸阶段的模拟则是计算蒸汽爆炸在熔融物冷却剂混合物中的传播过程，将得到蒸汽爆炸过程中的压力变化及爆炸释放的动能 |
| | MC3D | MC3D 程序由粗混合计算模块 PREMIXING 和蒸汽爆炸过程计算模块 EXPLOSION 组成，可用于模拟燃料—冷却剂反应之后引发的蒸汽爆炸。程序中连续相熔融物采用 VOF 方法描述分散熔融液滴由欧拉方法描述，连续相熔融物可碎裂成分散的熔融物液滴。它具有两种碎裂模型：一种是根据实验结果开发出的熔融物碎裂经验关系式；另一种是基于 Kelvin－Helmholtz 不稳定性开发的熔融物液滴碎裂理论模型 |

续表

| 类别 | 程序名称 | 程序简介 |
| --- | --- | --- |
| 单一功能程序 | IFCI | 分析熔融物与反应堆冷却剂混合产生现象的最佳估算程序，关键模型包括：熔融物碎裂模型，用于计算熔融物的碎裂速率；熔融物表面积输运方程，用于计算熔融物颗粒的表面积的变化 |
| | CORCON | 分析重要的堆芯熔融物和混凝土反应现象，包括热传递、混凝土消融、腔室形状变化以及气体的产生。对安全壳热工水力学和裂变产物释放进行评估 |
| | PLEXUS | 模拟氢气燃烧现象、DD 和氢气爆炸 |
| | PECLOX | 通过对包壳氧化的动力学过程进行简单修正，精确计算包壳氧化面的分布 |
| | CORDE | 独立预测熔融碎片自压力容器底部破口的喷出，以及而后向安全壳的材料迁移，包含简单的 DCH 模型 |

机理性程序详细分析事故过程中发生的局部现象的变化过程；一体化程序则用于整体模拟核电站主要系统在整个事故过程中的动态变化。一般机理性程序主要采用针对个别现象开发的机理性模型，提供大量现象间的耦合效应，用于深入分析具体现象，采用了许多原有的先进热工水力系统程序的优点，提供热工水力反馈和边界条件。

一体化程序相对简单，但涉及的系统和物理现象比较完整，能够计算反应堆冷却剂系统、安全壳的事故序列，包括向大气环境释放的裂变产物源项等。

以上两类程序均属于多功能分析程序，而单一功能分析程序更关心的是某些特定的过程或现象。

### 9.7.2　典型事故分析

分析对象为某三代压水堆核电厂。选取小破口失水事故叠加重力注射失效事故分析，序列描述和假设列出如下：

（1）蒸汽发生器隔间 5.08 cm（2 in）主管道热段破口。

（2）安全壳失效发生在堆芯碎片淬火峰值下（压力容器失效）。

（3）非能动余热排出系统失效。

（4）2/2 自动卸压系统第 1 级 – 自动。

（5）2/2 自动卸压系统第 2 级 – 自动。

（6）2/2 自动卸压系统第 3 级 – 自动。

（7）4/4 自动卸压系统第 4 级 – 自动。

（8）2/2 堆芯补水箱。

（9）2/2 安注箱。

（10）0/2 安全壳内置换料水箱重力注射管线。

（11）0/2 安全壳内置换料水箱再循环管线。

（12）0/2 堆腔淹没管线。

（13）氢气点火器运行。

采用一体化的严重事故分析程序进行完整的事故分析。事故分析结果如表 9－8 所示。

表 9－8 小破口失水事故叠加重力注射失效事故序列

| 时间/s | 描述 |
|---|---|
| 0 | 蒸汽发生器隔间 5.08 cm（2 in）主管道热段破口 |
| 149.0 | 反应堆紧急停堆 |
| 165.0 | 主冷却剂泵停运 |
| 165.0 | 堆芯补水箱启动 |
| 289.0 | 非能动安全壳冷却系统启动 |
| 1 949.9 | 自动卸压系统第 4 级启动 |
| 2 044.0 | 自动卸压系统第 1 级启动 |
| 2 164.0 | 自动卸压系统第 2 级启动 |
| 2 284.0 | 自动卸压系统第 3 级启动 |
| 2 400.0 | 堆腔水位达到 94.82 m 标高 |
| 2 513.0 | 安注箱排空 |
| 4 782.0 | 堆腔淹没启动 |
| 4 839.0 | 堆芯开始熔化 |
| 7 520.0 | 堆芯向下腔室移动 |
| 9 000.0 | 下腔室烧干 |
| 11 302.0 | 压力容器失效 |
| 11 302.0 | 安全壳失效 |
| 不适用 | 堆腔水位达到 99.39 m 标高 |
| 不适用 | 主管道热段浸没 |
| 不适用 | 非能动余热排出系统启动 |
| 不适用 | 安全壳内置换料水箱注射开始 |
| 不适用 | RCS 蠕变破裂 |

可以看到，由于小破口失水事故叠加重力注射失效，导致堆内冷却剂装量逐步下降，并且得不到补充，由于堆腔淹没管线的失效，导致堆腔水位过低（图 9－9），堆芯无法得到冷却（图 9－10），最终造成了堆芯的熔化，烧干了下腔室，主容器因此失效并导致熔融物直接进入安全壳（图 9－11），造成了安全壳的失效（图 9－12），最终造成了较为严重的放射性释放后果（图 9－13）。

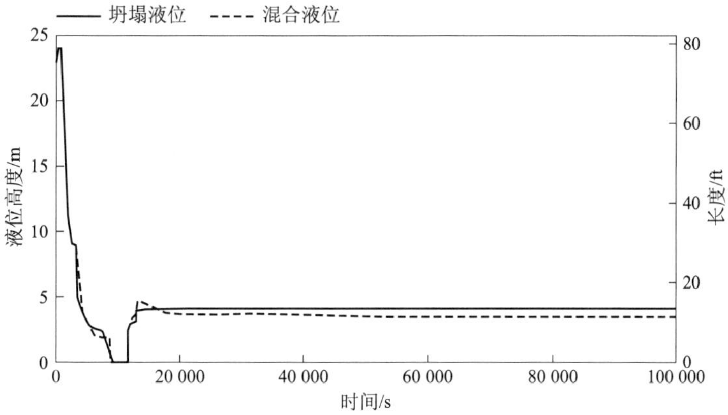


图 9－9　压力容器水位

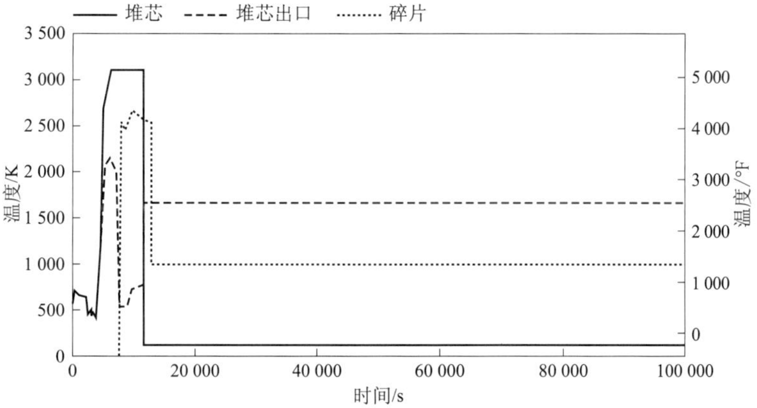


图 9－10　堆芯温度

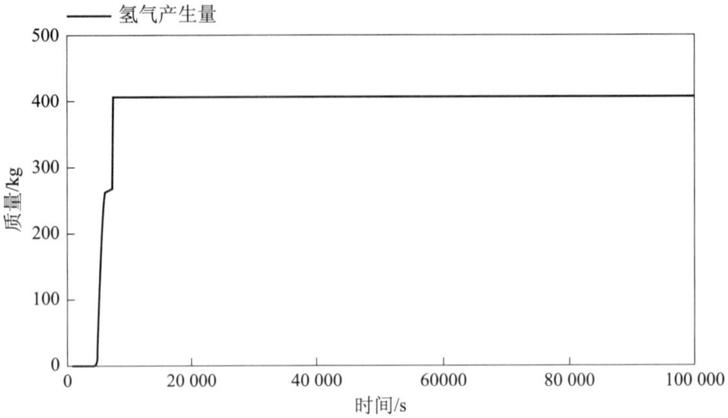


图 9－11　压力容器内的氢气产生量

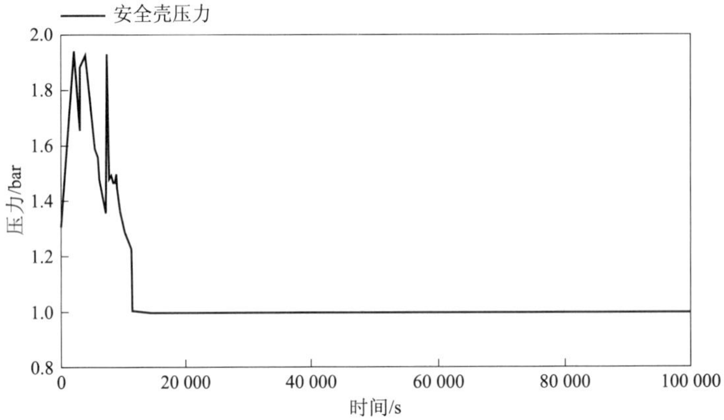


图 9－12　安全壳压力

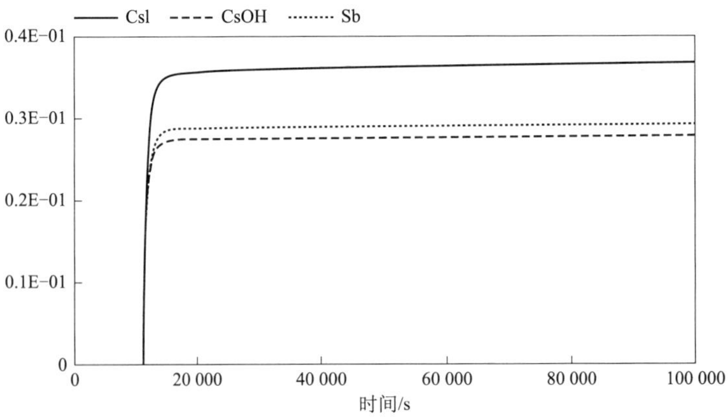


图 9－13　释放到环境中的裂变产物释放份额

# 9.8　钠冷快堆的严重事故分析

## 9.8.1　钠冷快堆严重事故分析程序

与成熟的轻水堆核电厂相比，钠冷快堆的严重事故分析体系尚不健全，缺少可以模拟整个事故进程的一体化分析程序，整个事故进程是采用多个机理性程序和专用程序进行拼接计算，形成从事故初因到放射性释放过程的分析。

欧美日等国已经发展了一套液态金属冷却反应堆严重事故分析体系，欧美日软件体系中如表9－9所示。俄罗斯在发展液态金属反应堆分析软件上自成体系，常见的严重事故分析软件包括了GRIF－SM程序、COREMELT－3D程序和BRUT程序，可以完成事故初因到熔融物移动到堆芯熔化收集器过程的分析。

表9－9　国际上严重事故分析程序

| 阶段 | 现象 | 法国 | 美国 | 日本 |
|---|---|---|---|---|
| 主容器内严重事故进程 | 严重事故初始阶段现象 | SAS4A/SASSYS－1 | SAS4A/SASSYS－1 | SAS4A/SASSYS－1 |
| | 严重事故过渡阶段现象 | SIMMER－Ⅲ/Ⅳ | SIMMER－Ⅲ | SIMMER－Ⅲ/Ⅳ |
| | 堆芯补集器上的堆芯熔融物行为（流动，分布，冷却） | SIMMER－Ⅲ/Ⅳ<br>TRIO_ U | SIMMER－Ⅲ<br>ANSYS－CFD | SIMMER－Ⅲ/Ⅳ<br>ANSYS－CFD |
| | 一回路的完整性（结构力学行为） | EUROPLEXUS | ANSYS | AUTODYN |
| | 补集器上的再临界计算 | ERANOS2＋TRIPOLI | MC22/DIF3D/REBUS－3＋MCNP | DIF3D＋PERKY |
| 安全壳内行为 | 钠火等现象 | CONTAIN－LMR | CONTAIN－LMR | CONTAIN－LMR－J |

在严重事故领域，中国原子能科学研究院开发了钠冷快堆严重事故分析程序CODA，该程序主要用于计算分析发生冷却剂沸腾以及堆芯熔化行为的堆芯严重事故，可用于堵流和无保护事故的分析。目前CODA程序已经开发了铅铋

物性包和金属燃料物性包，使之适用于不同燃料类型和不同液态金属类型的反应堆。此外，中国原子能科学研究院还以 B－T（Bethe－Tait）理论为基础进行改进，开发了快堆假想堆芯解体事故分析程序 HCDA，用于极端情况下的能量释放评估，为主容器评价和安全壳评价提供输入。

### 9.8.2 典型钠冷快堆严重事故分析

利用 CODA 程序进行初始阶段的事故分析和熔融物掉落分析，利用商用 ANSYS 软件分析主容器完整性，利用 CONTAIN－LMR 程序进行安全壳内钠火分析，利用 ORIGIN－2 程序计算事故源项，利用 PAVAN 程序进行剂量计算。对典型的钠空泡为正的 1500MWt 热功率 MOX 堆芯的钠冷快堆进行事故分析，事故初因为无保护失流事故。

事故描述：为失去厂外电合并不能停堆（包括所有停堆手段特别是非能动停堆手段）的事故为无保护失流事故，即意外的一回路主泵在失去厂外电后开始惰转，堆芯强迫流量丧失，同时不能停堆。由于只是失去厂外电，应急柴油发电机及时启动，因此堆芯短时间内维持一定的强迫循环流量。

该事故为无保护事故，即紧急停堆系统不动作，因此不考虑反应堆保护及限值准则。

运用 CODA 程序对典型快堆无保护失流事故进行分析。

事故采用的主要假设为：

（1）事故发生时，反应堆处于 100% 额定功率运行状态。

（2）堆芯状态取首炉堆芯 EOC。

（3）事故过程中，停堆系统不动作（包括非能动棒）。

（4）100s 时所有一次泵开始惰转。

（5）流量衰减规律根据公式 $W = W_0/(1 + t/t_h)$ 计算，其中，$W$ 为 $t$ 时刻流量，$W_0$ 为初始流量（即 100% 堆芯流量），$t_h$ 为一回路流量衰减半时间，在本算例中取 10 s 的半时间。

（6）最终应急柴油发电机动作，一回路维持 20% 的相对流量，该流量在堆芯完全堵塞后丧失。

（7）假设 4 个环路的余热排出系统的风门无动作，在事故发生后 16 h 手动打开一列余热排出系统的风门。

无保护失流事故主要进程如表 9－10 所示。

表9-10　无保护失流事故主要进程

| 关键进程 | 时刻/s |
|---|---|
| 计算开始 | 0 |
| 失去厂外电 | 100.0 |
| 一二回路泵开始惰转 | 100.0 |
| 冷却剂开始沸腾 | 123.0 |
| 燃料元件开始破损 | 125.8 |
| 堆芯流量为0 | 126.0 |
| 功率峰值3.4倍额定功率 | 126.2 |
| 超过90%活性区燃料元件破损 | 128.9 |
| 超压保护系统初次动作 | 2 771.0 |
| 熔穿堆芯支撑结构掉落在堆芯熔化收集器上 | 5 546.9 |
| 瞬发超临界 | — |
| 堆芯熔化收集器失效 | — |
| 余热排出系统风门动作 | 57 700（16 h） |
| 恢复厂外电 | — |

经过计算，一回路流量以10 s的半时间衰减情况下，反应堆入口归一化流量随时间的变化情况，如图9-14所示。可以看到，在123.0 s冷却剂发生沸腾后，会促使流量快速降低，恶化传热。堆芯包壳熔化后会快速造成上下部堵塞，堆芯流量降为0。假设堆芯流量降为0后主泵失效。

由于沸腾首先发生在内区燃料组件上轴转，此处钠空泡系数为负，引入负反应性，功率会有短暂的下降，随之由于沸腾区域的扩大，扩展到钠空泡系数为正的区域，快速引入大量的正反应性，并导致在125.8 s首先发生燃料元件破损。在熔融燃料和结构材料移动的过程中，引入了正反应性，并导致了126.2 s的一个3.4倍的功率峰值，最终反应堆进入次临界状态，反应性变化曲线如图9-15所示，功率变化曲线如图9-16所示。

燃料破损前的包壳温度、燃料温度和冷却剂温度如图9-17、图9-18和图9-19所示。

覆盖气体压力如图9-20所示。图9-21和图9-22分别展示了冷热池平均温度随时间的变化。图9-23所示为堆芯熔化收集器钢托盘的温度随时间的变化，可以看到钢托盘的温度在缓慢下降，可见事故得到了缓解。

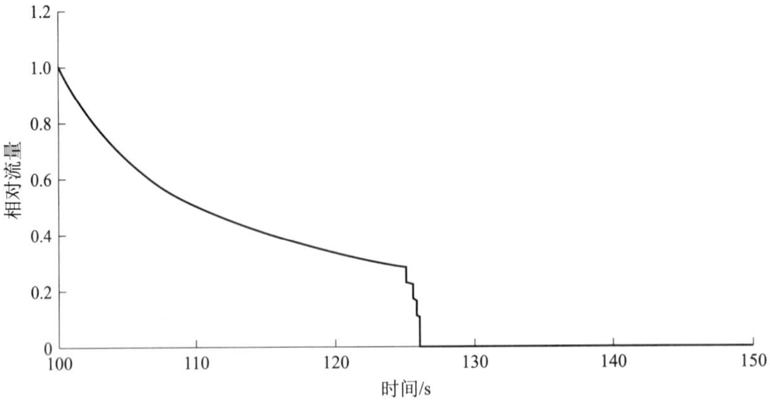


图 9-14　堆芯入口相对流量随时间变化趋势

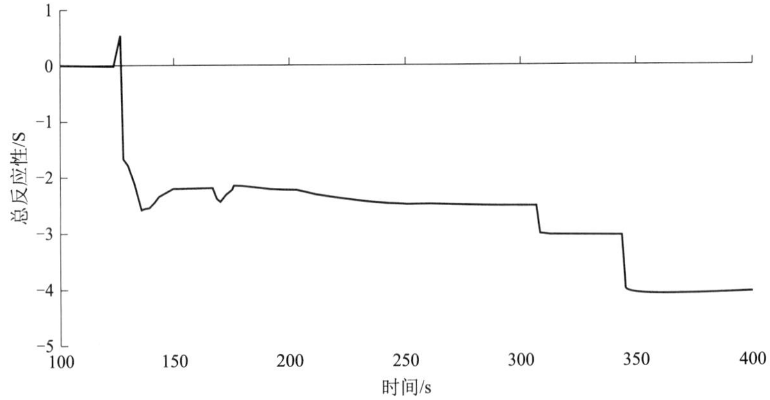


图 9-15　反应性变化曲线

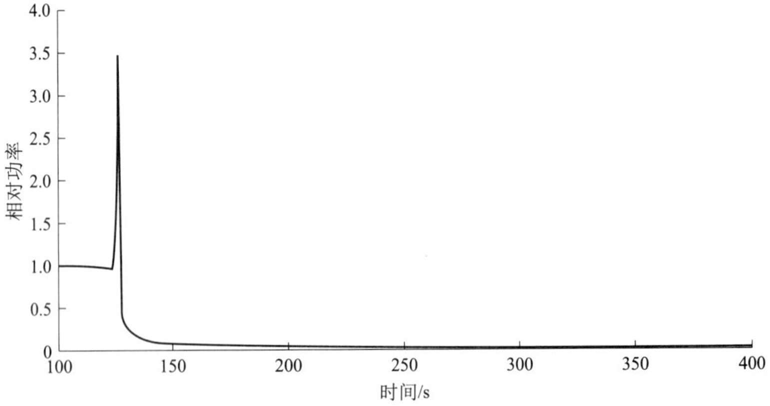


图 9-16　功率变化曲线

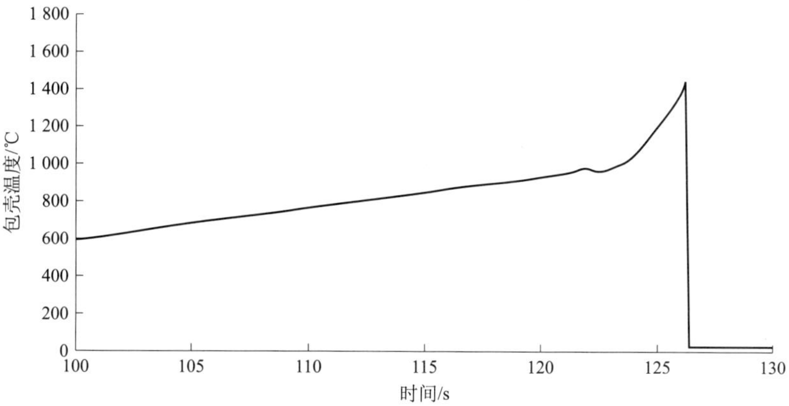


图9－17　最高包壳温度（破损前）

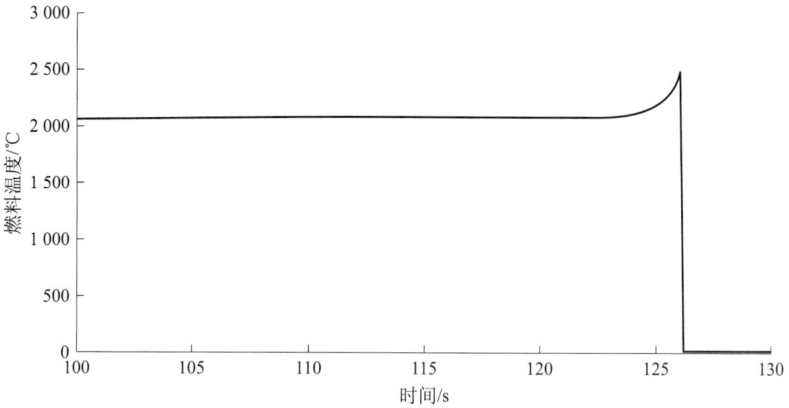


图9－18　最高燃料温度（破损前）

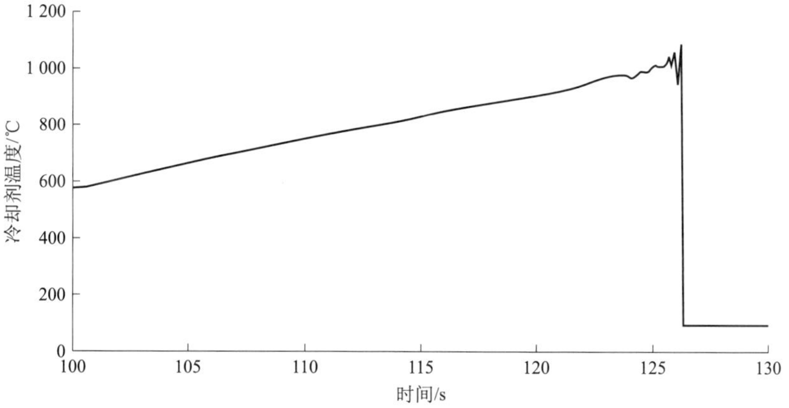


图9－19　最高冷却剂温度（破损前）

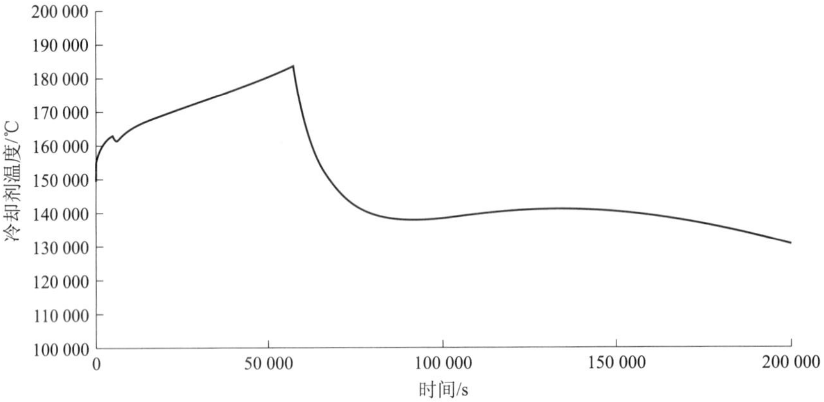


图 9－20　覆盖气体压力

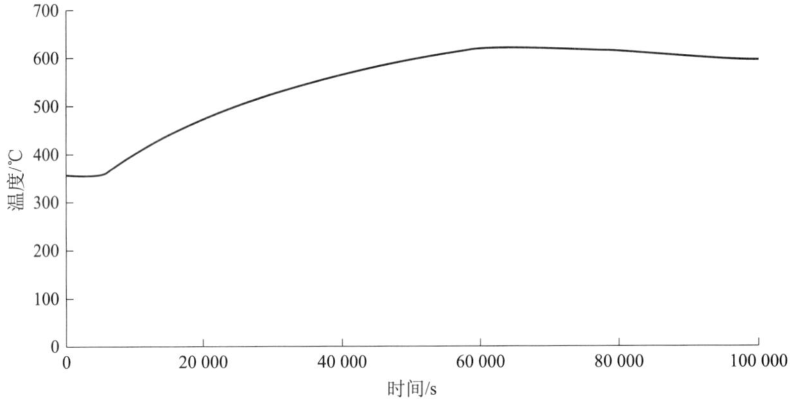


图 9－21　冷池平均温度

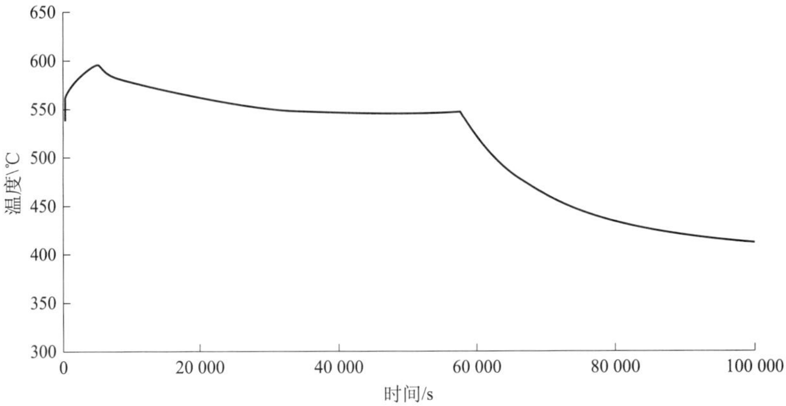


图 9－22　热池平均温度

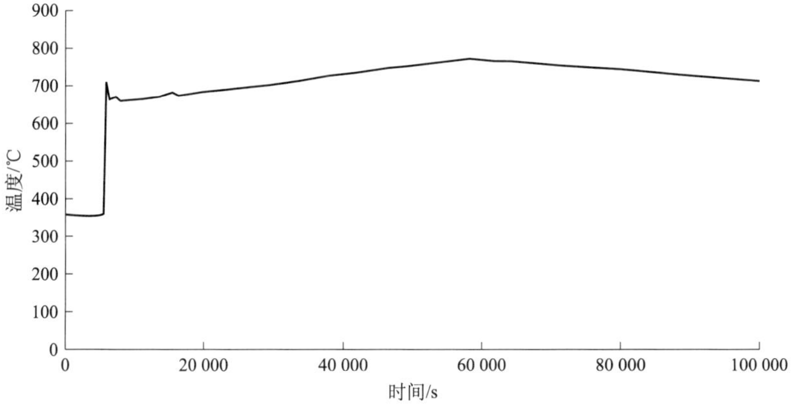


**图 9－23　堆芯熔化收集器钢托盘的温度**

可以看到在事故初期会有一个相对缓慢的超功率事件发生，并加速堆芯的熔毁过程。最终堆芯进出次临界状态，并造成全部活性区燃料元件的破损。破损后的堆芯由于换热恶化，最终熔穿支撑结构并落在堆芯熔化收集器上，由于一列余热排出系统风门在 16 h 完全开启，热池温度不断下降，最终实现了堆芯熔化收集器的长时冷却。

这里将堆芯熔化收集器失效设为大量放射性释放的判断标准，因此该事故序列最终并未导致大量放射性释放。

其放射性后果主要为裂变气体从堆顶向堆顶防护罩的缓慢释放。可能造成堆顶防护罩内的剂量上升，但是随着堆顶防护罩的通风系统排向安全壳外，这里可保守假设所有裂变气体（惰性）全部排向环境，进行源项计算。

第 10 章

# 钠冷快堆特殊事故

# 10.1 钠火事故

液态金属钠是钠冷快堆中的冷却剂，常温下其熔点为 98 ℃，沸点为 881 ℃。金属钠化学性质较为活泼，极易与空气中的氧气发生反应，释放大量的热。钠冷快堆由三个回路组成，其中一、二回路中包含大量的钠，另外一、二回路净化系统以及充排钠系统储钠罐中也含有一部分钠。这些钠一旦泄漏到大气中就会与氧气反应产生钠火并释放大量能量，从而产生高温高压环境，对反应堆的安全造成威胁。

钠火事故对周围设备及安全壳的可用性和完整性造成威胁。同时钠火产生大量放射性气溶胶，放射性物质可能通过通风系统进入环境，从而造成放射性释放。总之，钠火事故是钠冷快堆安全分析的重点之一，应给予高度关注。同时，由于二回路钠不具有放射性，因此将二回路钠火事故视为工业火灾事故，并不在本书中进一步讨论。

## 10.1.1 钠火的物理现象

金属钠可以与氧气进行化学反应，其化学反应方程式为

$$4Na + O_2 = 2Na_2O \tag{10-1}$$

$$2Na + O_2 = Na_2O_2 \tag{10-2}$$

钠火的特征为火焰和白色浓密烟雾。燃烧的钠并不完全消耗形成烟雾，大

多数是钠氧化物形式的沉积物和没有反应的钠。沉积物和烟雾中的反应产物都包括 $Na_2O$ 和 $Na_2O_2$。在氧气过量时，$Na_2O_2$ 是主要的反应产物；在钠过量时，$Na_2O$ 是主要的反应产物；在这两者之间时，两种氧化物都可能大量形成。当氧气浓度高于 5% 时，钠喷射形成雾状燃烧的特点为白热、浓烟和压力迅速上升。5% 或以下的氧气浓度时，没有足够的氧气维持可燃的燃烧或白热。但当氧气浓度下降到 0.1% 时会出现烟雾。钠着火域值的最小氧气的摩尔份额约为 3%。它们是非线性关系。钠的着火温度在干燥的空气中大约为 205 ℃，氧气摩尔份额为 5% 时为 344 ℃。钠火燃烧的现象可以从图 10 - 1 池式钠火燃烧图和图 10 - 2 雾状钠火燃烧图中详细看出。

图 10 - 1　池式钠火燃烧图

图 10 - 2　雾状钠火燃烧图

一般地，钠火分为三种类型，即池式钠火、雾状钠火和混合钠火。它们分别导致不同的后果。其主要的影响因素是泄漏孔的几何形状、大小、位置以及钠的有关条件，如钠的温度、流量和速度等。

当钠流本身只是部分燃烧或不燃烧，主要能量由形成的钠池释放时，发生池式钠火。钠池的燃烧速率是能量释放的主要参数，其燃烧速率随钠池表面积而增大。在达到某一个值（约为 12 $m^2$）后停止增长，可接受的限值为 36 kg/($m^2 \cdot h$)。比较典型的是管道破裂或者大泄漏。这时绝热层被迅速破坏，钠可以不受干扰地流出。典型的池式钠火有三个阶段：

（1）在最初的数分钟内，周围空气剧烈受热，直到接近燃烧过程中的最高温度。钠的受热取决于钠容器的条件（如材料、绝热层等）和钠池的厚度。

（2）第二阶段接近常温水平，其温度取决于钠池的尺寸、钠容器的容积和通过墙壁的热传递。

（3）在第三阶段，钠池内的热残留物逐渐冷却。

雾状钠火的特点是钠在空气中立即反应，没有或几乎没有形成钠池。在破口散开或被障碍物散开的喷射钠流可能形成雾状钠火。其能量释放与钠流量直接相关。与大型池式钠火相比，即使是小泄漏（约为 0.1 $m^2$的孔）可能也容易达到 120 g/s。

钠泄漏的流量和钠的泄漏总量是影响雾状钠火后果的最重要的因素，但流量并不是唯一的重要参数。其他因素还有钠喷流的几何条件和形状。在考虑雾状钠火的热力学后果时，这些参数中钠流方向非常重要。对温度为 550 ℃，并在挡板上有撞击的向上钠流的实验研究表明：钠的燃烧受到朝向钠流的氧气扩散的限制。当钠流量增大时，钠燃烧率（即燃烧的钠质量/喷射的钠质量）将达到一个限值，该值为 10%。在较小体积的房间内可以更快地到达这个限值。因此，把房间分成几个独立的单元可以有效地减轻钠喷射燃烧的热力学后果。

雾状钠火一旦发生会在几秒到十几秒迅速产生温度压力峰值，其值较池式钠火的温度压力最高值高很多，因此在事故分析时应当给予高度重视。

混合钠火类似池式钠火和燃烧的钠喷流的组合。其行为主要取决于位于破口和钠池表面之间的钠喷流的特性。如果钠喷流不被干扰，仅仅依靠水力学效应散开，那么与钠池相比，它释放的能量较小。也有可能钠喷流行为而非钠池决定能量释放。干扰后的钠喷流（如障碍物干扰）可能导致可与雾状钠火相似的后果。

近十年日本开展了“柱状钠火”的研究。他们认为：与喷射钠火相比，柱状钠火可以更真实地反映覆盖着绝热层的管道发生钠泄漏的情况。在钠柱状泄漏中，向下的钠流撞击在地板上形成钠滴。绝大多数钠燃烧都发生在这些钠滴表面，即柱状钠火取决于地板上的钠飞溅行为。因此，柱状钠泄漏的燃烧速率由钠泄漏的高度（影响到地板的撞击速度）和泄漏速率决定。

### 10.1.2　钠火的后果

钠火的事故后果包括三方面，即热力学后果、化学后果和环境后果。

热力学后果直接表现为发生钠火的房间的温度和压力升高，可能危及该房间内的安全设备和系统以及建筑结构的安全。

化学后果包括钠与材料的反应、混凝土脱水和钠燃烧产物与材料的反应。

钠与材料的反应中最重要的是钠和混凝土的反应。它的重要性有两方面：一方面，它与大量应用于建筑的混凝土有关；另一方面，它可能导致大的破坏。钠和混凝土的反应包括钠与混凝土中水的反应和钠与混凝土中各种矿物质的反应。

混凝土的一种成分是水，包括自由水和结合水。水与钠反应产生氢气。氢气产生的速度取决于钠的温度和混凝土的厚度。如果氢气和氧气的混合物达到爆炸浓度，将导致钠微粒喷射。这样，由氢氧反应形成的爆炸伴随着喷射钠火。

混凝土中的水由于热应力移出而导致混凝土脱水。实验表明，在 550 ℃和较小的混凝土厚度时，通过冷面将释放出较多的水。当混凝土厚度增加时，这个份额降低。

钠对混凝土的侵蚀主要是由于混凝土中一定成分中的碱熔化。钠穿过混凝土的速度达到约 2 cm/h。一些混凝土成分在反应中被转化后将与空气中的水蒸气反应产生诸如乙炔、乙醇和甲烷之类的碳化产物。

一般而言，由于钠活泼的化学性质，所有包含矿物质成分的材料都与钠发生反应而减少。硅石和所有硅石材料将变成硅酸盐。磷酸盐产物尤其是磷化混凝土会减少，这样的产物与潮湿的空气发生反应会形成高毒性产物磷化氢（$PH_3$）。

实验表明，气溶胶作为钠燃烧产物之一，其主要成分为 $Na_2O_2$。它与水的反应生成腐蚀性极强的 NaOH，从而使钠气溶胶具有很高的氧化能力。同时该反应中形成了 $H_2O_2$。它在反应热和 NaOH 的影响下分解，分解容易产生特别活跃的新鲜氧气。房间中的有机元素，尤其是油漆容易燃烧。当氧化物沉积超过 500 $g/m^2$ 钠时，容易发生钠的二次燃烧。

钠燃烧产物有两种形式：气溶胶和沉积物。气溶胶最初由 $Na_2O_2$ 组成。在开放的空气中可能首先转变成氢氧化物，然后变成碳酸盐，沉积物是 Na、$NaO_2$ 和 $Na_2O_2$ 的混合物。它们也可能变成氢氧化物和碳酸盐。这些高活性的产物，尤其是 $Na_2O_2$和 NaOH，造成放射性物质的释放，对人和环境均有害。

NaOH 对人体的致死剂量为 20 g，皮肤可以接受 1% 的溶液。法国、美国、俄罗斯和英国都制定了空气中 NaOH 浓度的限值规范。

含有 NaOH 的混合物对环境的影响包括短期效应和长期效应。短期效应指该混合物会使植物燃烧，在叶子表面穿孔。长期效应即钠离子效应，在植物上它会导致植物细胞和土壤溶液中的渗透压不同。在土壤中它将和 $Ca^{++}$、$Mg^{++}$ 等离子交换导致土壤碱化。当土壤溶液中 $Na^{+}$ 含量达到 0.05% 时开始危及叶子，当钠吸附率为 2.25 时可能发生土壤碱化。

### 10.1.3 钠火事故预防缓解

钠火事故发生后，钠火发生部位周围空间温度压力都会升高，可能会对钠火事故发生的部位周围的房间设备造成破坏，甚至会造成放射性释放，为此应当采取措施对钠火事故进行预防和缓解。

为了预防液钠从管道中泄漏，钠冷快堆重要的管道会使用双层管道，从而防止液钠的泄漏。

一回路净化管道入口位置设置非能动安全设施“虹吸破坏装置”能起到破坏虹吸的作用，以使事故提前终止或得到缓解，使放射性钠的泄漏量减少到最低水平。

为了防止钠火事故的进一步发生，需及时对管道的泄漏进行探测，常用的探测器包括火焰光谱仪和烟雾探测器。对漏钠的早期探测可阻止大的泄漏腐蚀和火灾；限值火灾的延续时间以避免大量结构件因受热超过限值而严重损坏。

在可能发生钠火的房间加装氮气淹没系统，在钠火发生时释放氮气，使钠火熄灭。一回路氮气淹没系统主要由三个氮气罐、进气管道、排气管道和阀门组成。一旦一回路工艺间发生钠火，氮气淹没系统就会工作，向该房间通入氮气，使得氧气浓度降到 5% 以下，从而使钠火得到抑制。在可能发生钠火的房间设置漏钠接收抑制盘，将泄漏的金属钠进行收集，减少金属钠的燃烧质量，从而对钠火事故进行缓解。钠泄漏后会通过人行栅罗到盘盖、盘间过度盖、盘间导流过渡盖和导流板上，流入集液槽，并从集液槽的排放管流进抑制盘内，当液位淹没排放管下端口时，液封自动形成，盘外空气难以进入盘内，从而使盘内钠火熄灭。

钠火发生后可能会造成放射性释放，为了减少放射性气溶胶向环境中的释放量，钠冷快堆钠工艺间设计了事故排烟系统，该系统包括通风管道、水浴除尘器、高效过滤器等，带有放射性的气溶胶通过该系统将会极大减少放射性向大气的泄漏。

## 10.1.4　典型的钠火事故

### 1. 一回路钠净化系统泄漏

一回路无保护套的外辅助管泄漏，隔离阀关不住有以下初因事件：

（1）高于堆内钠液位的一回路无保护套外辅助管道（或截止阀）泄漏。

（2）低于堆内钠液位的一回路无保护套外辅助管道（或截止阀）泄漏。

吸钠管从一台一回路主循环泵的吸入腔中取钠，并由电磁泵引入钠净化系统。在吸钠管下部装有节流孔板，用来限制取到钠净化系统的钠流量。在堆热池段液套装备热屏蔽层，当一回路辅助管道无外套管上段泄漏时，这种结构可以中断“虹吸效应”，限制钠的漏出体积，防止活性区裸露。

从一回路钠净化系统将钠回流至堆腔的结构与上述类似。它用管道（无节流孔板）在另一台一回路主泵的吸入腔相连。由于回钠是进到堆的气腔中，故外部辅助回钠管道的外套管段的断裂不会发生“虹吸效应”。截止阀前的堆外连接管道是封在保护外罩内的，正常动作时各截止阀（每条管道串联2个）限制了钠流出的体积。

从钠由反应堆流出速度的观点看，最不利的泄漏事故是发生在低于堆内钠液位的无保护套管道段的泄漏。

### 2. 二回路主管道泄漏

本事故初因为在二回路管道标高最低的水平管道上发生破口，即过热器出口后的水平管道上发生破口。

### 3. 主容器泄漏

由于制造缺陷或热疲劳等原因，堆主容器局部出现裂纹而发生泄漏。在发现钠从主容器向保护容器的泄漏之后，依次进行停堆、冷却、将燃料卸出堆芯、从主容器排钠等操作，避免事故造成更严重的后果。在保护容器底部发生破口后，钠从保护容器腔泄漏到堆坑，发生钠火。当主容器内的钠被排空，保护容器腔内外压力达到平衡后，钠停止泄漏。

主容器泄漏的位置不同，后果也不相同。如果泄漏发生在主容器钠液面以上，气腔内气体泄漏，将导致反应堆气腔内压力降低。泄漏发生在主容器钠液面以下时，冷却剂钠泄漏。主容器内冷却剂钠液位下降，同时导致气体压力降低。池内钠液面的明显下降可能导致一回路循环的中断以及随后的燃料元件的过热。两种情况下都有放射性物质进入保护容器。

## 10.1.5 典型事故分析

本节将以中国实验快堆为例进行钠火事故分析。

### 10.1.5.1 一回路钠净化管道泄漏（DBA）

1. 初因事件

一回路钠净化系统的原理如图 10－3 所示。

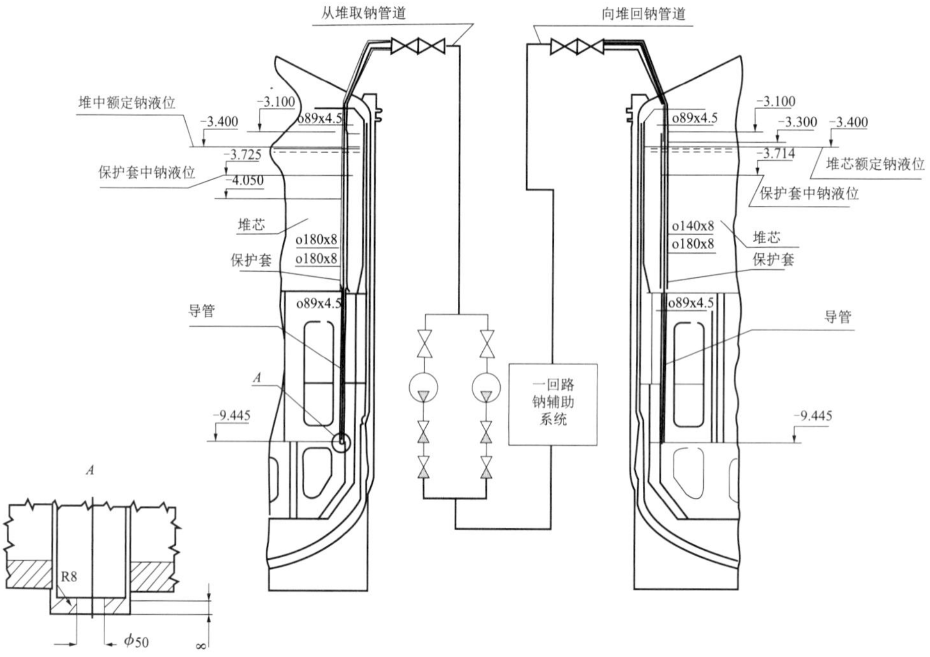


图 10－3　一回路钠净化系统吸钠管和排钠管示意图

液套（$\phi$140×8）内的吸钠管（$\phi$89×4.5）从标高“－9.445”① 处一台一回路主循环泵的吸入腔中取钠，并由电磁泵（两台，互为备用）引入钠净化系统。在吸钠管下部装有内径 50mm 的节流孔板，用来限制取到钠净化系统的钠流量。在堆热池段液套装备 $\phi$180×8 的热屏蔽层。当一回路辅助管道无外套管上段泄漏时，这种结构可以中断“虹吸效应”，限制钠的漏出体积，防止活性区裸露。

本事故初因事件为：在低于堆内钠液位的无保护套管道段发生破口导致钠

① 文中标高均以反应堆堆顶平台的顶面作为零标高。

泄漏，钠净化管道尺寸为 89 ×4. 5 mm，破口尺寸取$\frac{1}{4}DT$（$D$ 为管道内径，$T$ 为管道壁厚），为 90 $mm^2$。

2. 事故描述

钠流出在房间内开始燃烧。根据房间中空气的温度，室内出现的烟雾和室内空气放射性的增加，自动火警探测系统会产生信号，自动关闭反应堆出口处辅助管道上的闸阀，由于有两个串联的闸阀，一个拒动，还可关闭另一个。自动火警探测系统发现泄漏的时间小于 3 min，关闭闸阀的时间小于 20 s。这段时间内钠泄漏量为 136. 54 kg。

3. 结果及分析

各种形式的钠火后果如图 10 - 4 ~ 图 10 - 7 所示。

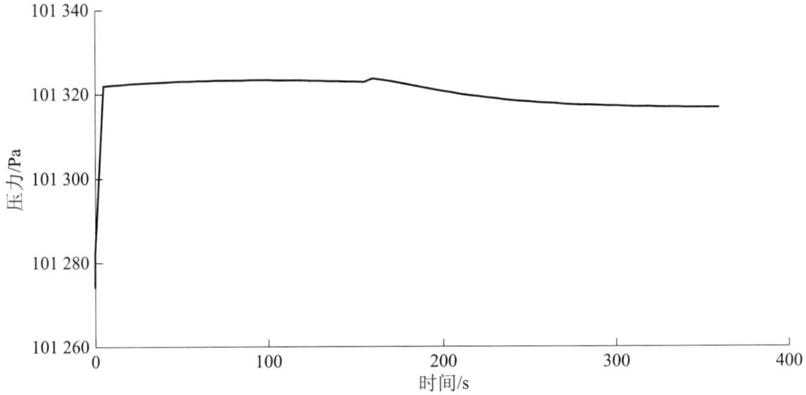


图 10 - 4　309 房间 DBA 池式钠火气体压力曲线

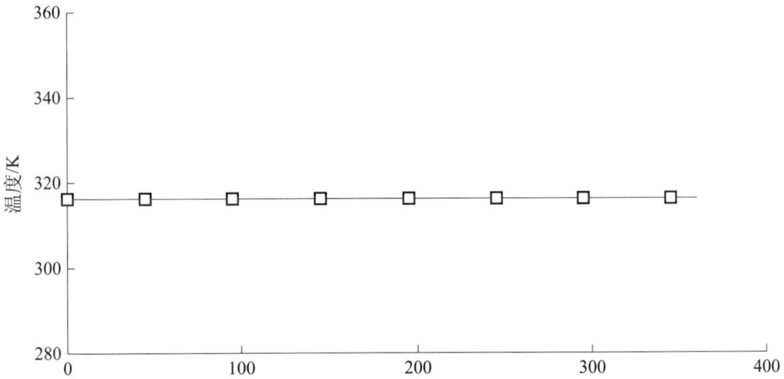


图 10 - 5　309 房间 DBA 池式钠火混凝土最高平均温度曲线

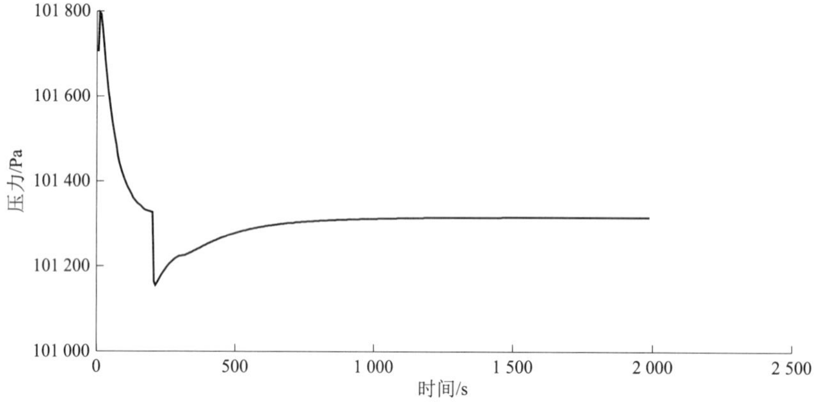


图 10-6　309 房间 DBA 喷雾钠火气体压力曲线

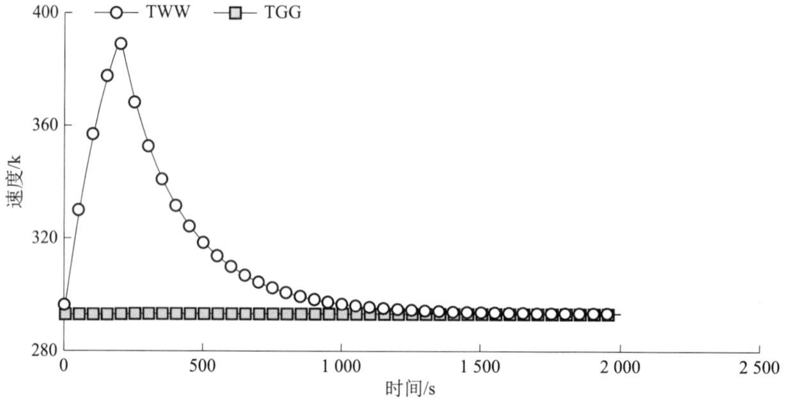


图 10-7　309 房间 DBA 喷雾钠火平均温度曲线

1）池式钠火

发生池式钠火时事故房间内压力最高值为 101 323.6 Pa，混凝土最高温度为 316.2 K。

2）喷雾钠火

发生喷雾钠火时事故房间内压力最高值为 101 797 Pa，混凝土最高温度为 293.2 K。

3）混合钠火

将池式钠火和喷雾钠火过程中的压力和温度变化的最大值分别线性叠加后得到：发生混合钠火时事故房间内压力最高值为 101 846 Pa，混凝土最高温度为 316.4 K。

### 10.1.5.2　主容器和保护容器相继泄漏（BDBA）

1. 事故描述

在发现钠从主容器向保护容器的泄漏之后，依次进行停堆、冷却、将燃料卸出堆芯、从主容器排钠等操作，避免事故造成更严重的后果。在保护容器底部发生破口后，钠从保护容器腔泄漏到堆坑，发生钠火。钠泄漏持续时间约为 171 h（约 7 天）。当主容器内的钠被排空，保护容器腔内外压力达到平衡后，钠停止泄漏。

2. 结果及分析

各种形式的钠水结果如图 10－8 ~ 图 10－10 所示。

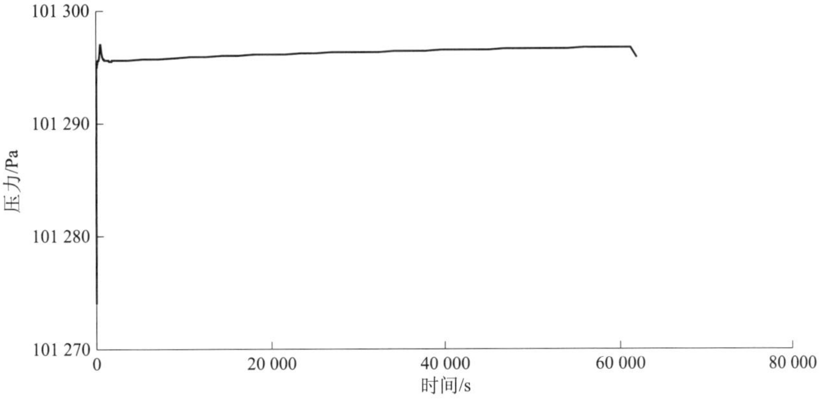


图 10－8　堆坑池式钠火压力曲线

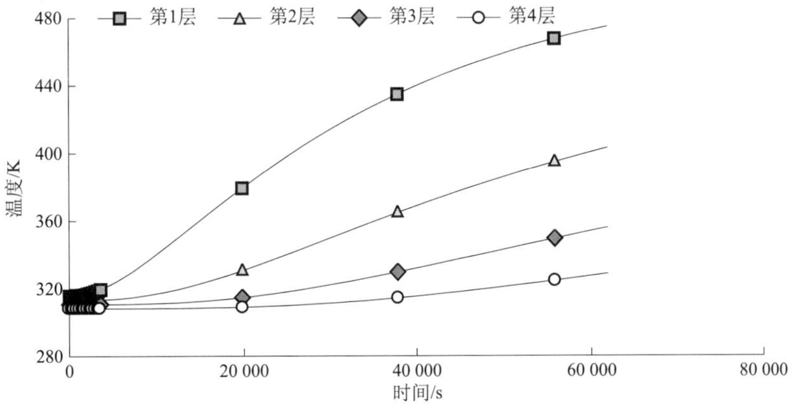


图 10－9　堆坑池式钠火混凝土温度曲线①

① 堆坑混凝土在计算中由内向外均匀分为 9 层，依次为第 1 ~ 9 层，每层厚度约为 110 mm。

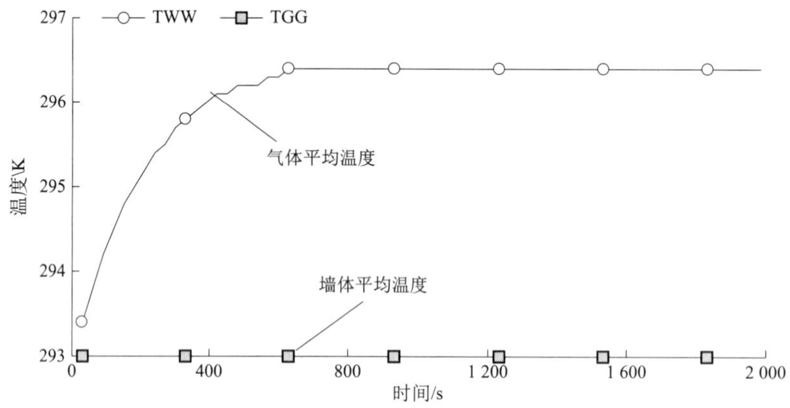


**图 10－10　堆坑喷射钠火平均温度曲线**

1）池式钠火

池式钠火中堆坑最高的气体压力为 101 297 Pa，第 1 层到第 4 层混凝土的平均温度分别是 474. 8 K、403. 1 K、355. 9 K 和 328. 7 K。

2）喷雾钠火

喷雾钠火中堆坑的最高气体压力为 101 297 Pa，最高混凝土平均温度为 293 K。

3）混合钠火

将池式钠火和喷雾钠火过程中的压力和温度变化的最大值分别线性叠加后得到：发生混合钠火时事故房间内压力最高值为 101 297 Pa，第 1 层到第 4 层混凝土最高平均温度分别为 474. 8 K、403. 1 K、355. 9 K 和 328. 7 K。

## 10. 2　钠水反应事故

在钠冷快堆的各个部件中，除了堆芯组件之外，蒸汽发生器的工作条件是最为恶劣的。在换热管的一侧是高温的钠，另一侧是高温高压的水。同时为保证一定的换热面积，传热管的数目也比较庞大，这也增加了泄漏的可能性。

蒸汽发生器中水/汽的泄漏分为不危及部件安全的小泄漏，以及危及安全的大泄漏。根据俄罗斯的经验，当泄漏低于 0. 025 g/s 时，初始缺陷的自发展时间甚至对于具有高温钠的区域可能达到数小时或更长，因此运行操作人员有足够的时间进行状况分析和采取必要的措施；当泄漏大于 5 g/s 时，相邻管在钠水反应的火焰中的破坏速度开始加快。

## 10.2.1　钠水反应机理

钠是性质活泼的碱金属，其与水接触会发生剧烈的钠水反应：

$$Na(液) + H_2O(液) \rightarrow NaOH(固) + \frac{1}{2}H_2 \qquad \Delta H = -35.2\ kcal/mol \tag{10-3}$$

$$Na(液) + H_2O(气) \rightarrow NaOH(固) + \frac{1}{2}H_2 \qquad \Delta H = -45.7\ kcal/mol \tag{10-4}$$

若钠过量，则发生后续反应为

$$Na(液) + \frac{1}{2}H_2 \rightarrow NaH(固) \qquad \Delta H = -13.7\ kcal/mol \tag{10-5}$$

$$Na(液) + NaOH(固) \rightarrow Na_2O(固) + \frac{1}{2}H_2 \qquad \Delta H = -1.59\ kcal/mol \tag{10-6}$$

在钠－水蒸汽发生器中小泄漏通过安装在二回路上灵敏的氢计进行探测，并根据情况采取相应的措施。而对于大泄漏，由于其发展速度快、后果严重，所以主要依靠蒸汽发生器事故保护系统的自动运行来进行保护。

钠水反应的产物有氢氧化钠和氢气，伴随反应在500 ℃时每千克水产生10 640 kJ热。骤然膨胀的氢气泡造成一个声速传播的冲击波和随之而来的压力波，大泄漏会导致在钠回路中产生严重的热工和水力效应，伴随出现剧烈（峰值的）的压力增长。因此，蒸汽发生器和二回路设备的结构必须进行负载计算，以便防止不容许的负载作用于保护子系统。

## 10.2.2　典型事故分析

本节将以典型快堆为例进行钠水反应事故分析。

1）事故描述

导致蒸汽发生器水向钠中泄漏的初因事件是：蒸汽发生器的换热管道在制造过程中混进夹砂气孔等缺陷，在运行过程中承受最恶劣的工作条件，还有两侧的侵蚀、腐蚀，管束和支撑间的振动、磨损瞬变应力、热冲击和热疲劳使缺陷扩展成裂缝透孔，导致水或蒸汽向钠中泄漏，进而引起钠水反应。

当水向钠中泄漏的事故被探测到后，蒸汽发生器事故保护系统工作顺序如下：

当蒸汽发生器出入口钠流量差大于流量定值的19.8% ~20.2%（20%是流量整定值，±2.0%是定值的误差）时，流量计在延迟1 s后触发停堆信号。

电磁离合器再延迟 0.2 s 释放安全棒，考虑地震影响落棒时间加大一倍，1.4 s 后安全棒插入堆内完成停堆动作。

在停堆保护信号形成的同时，通过蒸汽/水向钠中泄漏信号子系统形成“蒸汽发生器大泄漏”信号，自动触发以下一系列动作：

从蒸汽/水回路隔离蒸汽发生器；快速隔离阀 5 s 内完成，截止阀 20 s 内完成。该动作可用“切除泄漏的蒸汽发生器所在的一条环路”来概括。

从蒸汽发生器中排放蒸汽和水；排放过程 15 s 内完成。

从蒸汽/水回路向蒸汽发生器中充氮气；通过在排钠时保持压力在 0.6 MPa 的蒸汽/水回路气体填充子系统完成。

从钠侧隔离蒸汽发生器，“蒸汽发生器大泄漏”信号形成的同时，形成“关闭二回路主管道阀”信号。

从蒸汽发生器排钠、充氩。大泄漏若爆破片装置不动作，用 DN150 排放管，排放阀 25 s 内打开，160 s 内排完。大泄漏若爆破片装置动作，用 DN150 和 DN300 排放管，排放在 30 s 内完成。

薄膜爆破后的这些保护动作不会产生对其他设备安全运行的影响。反应产物在排放罐中衰减停留，防止氢气的燃烧或爆炸。排放罐上安装有安全阀，当反应产物的排放太多，压力超过整定值，安全阀会自动排气进入工艺间并启动专门的过滤通风系统排入大气，使排放系统压力限制在一定范围内。钠水反应的后果不会妨碍安全系统和有关安全设施执行安全功能。

本事故属事故工况。

2）保护定值与监测系统

蒸汽发生器事故保护系统有 6 个子系统：

（1）水向钠中泄漏信号形成和事故信号形成子系统。

（2）快速隔离蒸汽/水回路子系统。

（3）二回路安全子系统。

（4）事故排放和钠水反应产物包容子系统。

（5）蒸汽发生器事故保护系统状态监测子系统。

（6）蒸汽/水回路气体填充子系统。

每个子系统又有多重装置设备来监测和保证蒸汽发生器事故保护系统的探测、隔离和防止系统超压三大功能的实现，满足多重性、多样性原则。

典型快堆二回路设计了小泄漏的钠水反应探测装置，在缓冲罐和管道内设置电化学氢计和电磁式氢气泡流量计。灵敏度比较高，在漏水速率 1.0 g/s 时便有响应。小泄漏探测的本底或正常运行值为：钠中氢浓度 $0.07\times10^{-6}$，氩中氢浓度 $0.01\times10^{-5}$，水向钠中泄漏事故整定值为：钠中氢浓度 $0.17\times10^{-6}$，

氩中氢浓度 $0.07\times10^{-2}$。钠或/和氩气中氢浓度超过整定值，子系统给出小泄漏事故信号，触发蒸汽发生器事故保护动作。

大泄漏发生后，有三个参数可给出报警信号，它们的正常运行值为：缓冲罐氩气绝对压力 0.30 MPa，缓冲罐钠液位 2.7 m，蒸汽发生器入口钠流量定值在运行中确定。大泄漏事故整定值为：缓冲罐氩气压力超过 0.34 MPa 或低于 0.26 MPa，缓冲罐钠液位达到 20 cm 增幅或 5 cm/s 增速，蒸汽发生器入出口钠流量差值达到正常流量定值的 20%。任意两个参数超过整定值，子系统给出大泄漏事故信号，触发蒸汽发生器大泄漏事故保护的一系列动作。

3）分析方法与主要假设

压力波峰值和水漏入的速率密切相关，和反应开始的温度压力密切相关。根据俄罗斯的经验，典型快堆实验堆蒸发器、过热器的结构尺寸（特别是管束直径和中心距），二、三回路参数与 BN－600 很相近，取动力大堆 BN－600 的以下经验数据，具有足够的保守余度：

（1）进入到二回路中的水立即与钠起反应。

（2）反应区的初始参数按搅混模型确定（反应物，钠和水搅混成反应产物，钠的氢氧化合物和氢，在反应容积中无同周围钠的热交换）。

（3）氢气泡的膨胀过程——绝热的。

（4）钠水反应开始时氢气的参数，温度 1 500 K，压力 585 MPa；计算证实该参数比纯理论提供的参数保守得多。

（5）最大漏水速率：过热器每根换热管 1 980 g/s，蒸发器每根换热管 950 g/s。计算中考虑一根传热管断裂和三根换热管断裂两种工况，其中一根管断裂为设计基准事故。

（6）当求解流体动态不稳定方程时认为是不可压缩流体的一维运动。

（7）计算持续进行到气态氢到达钠排放管段中的一个或者钠排入排放管线为止。

（8）在物理－数学模型中程序 LLEAK 考虑了：二回路泵的压头特性及其切除和惰转。

（9）蒸汽发生器保护系统设计要求 8 s 实现快关阀切断水源，停止钠水反应。在此假设极限单一故障——给水快关阀失效，保守计算延长到 23 s。

用 LLEAK 程序对典型快堆的二回路设备管道进行分析。二回路计算节点划分图如图 10－11 所示。其中，第 9 点为过热器入口，第 18 点为蒸发器出口，第 10～16 点（12、13 点除外）为可能的泄漏点，第 3、4、5 点为中间热交换器，第 21 点为缓冲器自由液面，第 23 点为泵入口。

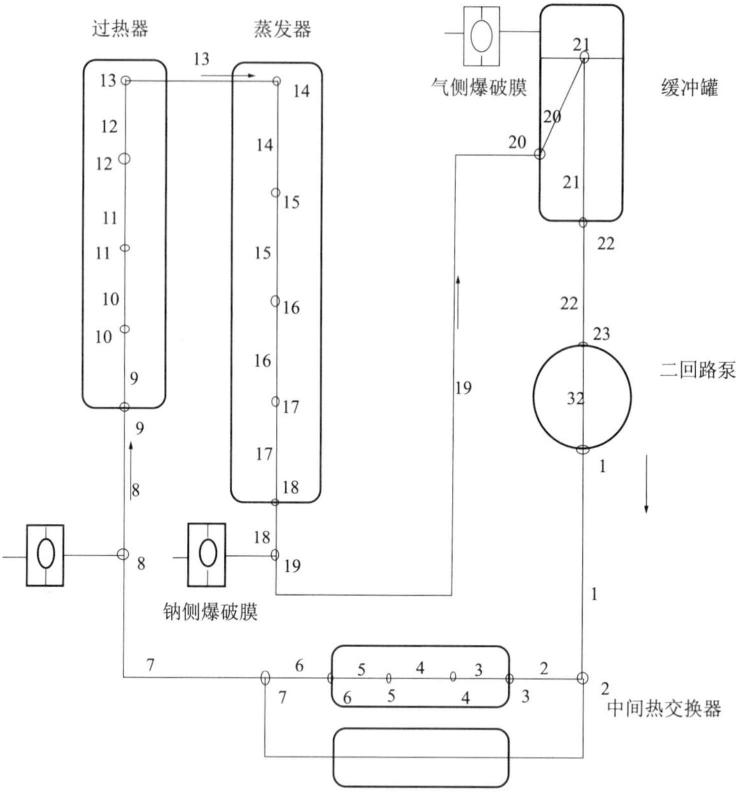


图 10－11　LLEAK 程序划分典型快堆二回路节点图

4）计算结果与结论

压力波沿回路轴向分布的最大峰值总发生在钠水反应剧烈的泄漏点上，离开泄漏点越远，压力峰越低。不同泄漏点的最高压力峰值区别不大。选择第 11 点进行分析，最大压力瞬时压力峰值达到 1.043 MPa，如图 10－12 所示。

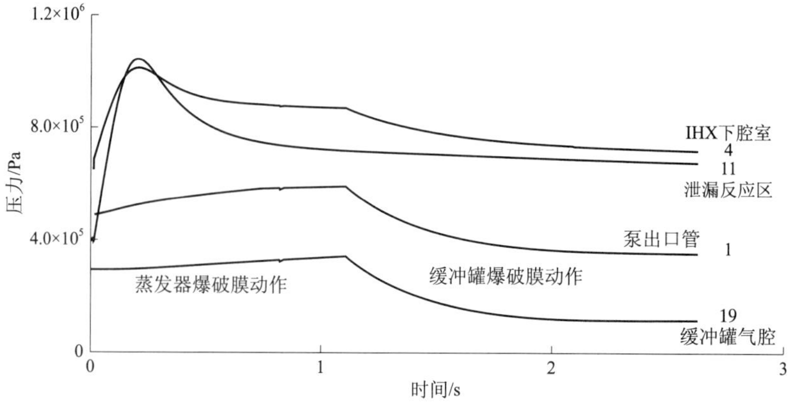


图 10－12　一根换热管断裂时二回路各点压力随时间的变化

应当指出，大泄漏引起所有的非能动保护装置（无论是钠侧的还是气侧的）动作：

——水开始进入钠中后 0. 05 s 过热器爆破膜动作。

——经 0. 06 s 蒸发器爆破膜动作。

——经 1. 11 s 缓冲罐气侧爆破膜动作。

在图 10 – 13 中给出了气侧的爆破膜动作后一级和二级事故排放罐中的压力变化曲线。

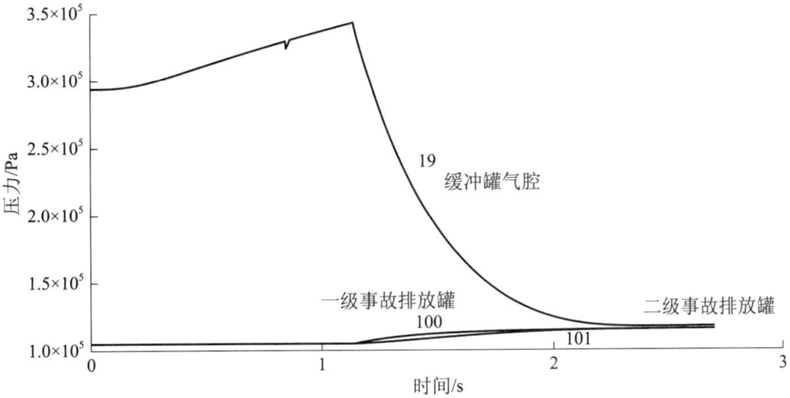


图 10 – 13　过热器上管板下面泄漏时大钠水反应引起二回路各处压力的变化

在图 10 – 14 中给出了二回路中发生的钠流量的变化曲线。水进入钠中后经 0. 625 s 蒸汽发生器出口的钠流量增大到 1. 2 倍。

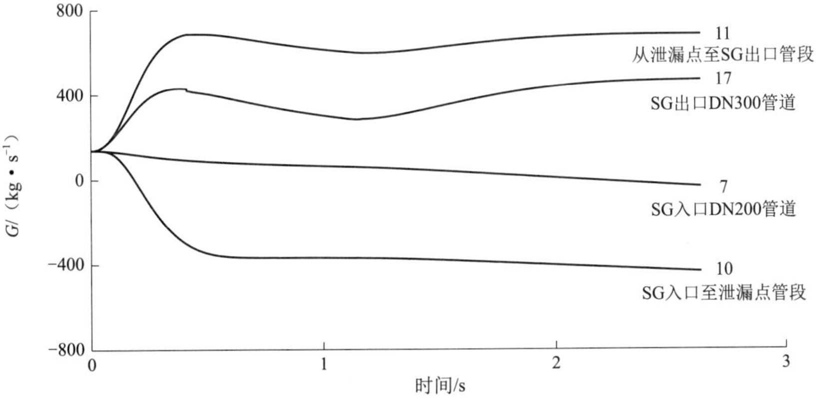


图 10 – 14　过热器上管板下面泄漏时大钠水反应引起二回路各处钠流量的变化

在图 10 – 15 中给出了过热器上管板下面泄漏时经爆破膜钠流量的变化曲线。

在图 10 – 16 中给出了缓冲罐中气腔容积和钠液位的变化。在水进入钠中后 1. 16 s 缓冲罐中钠液位升高 200 mm。

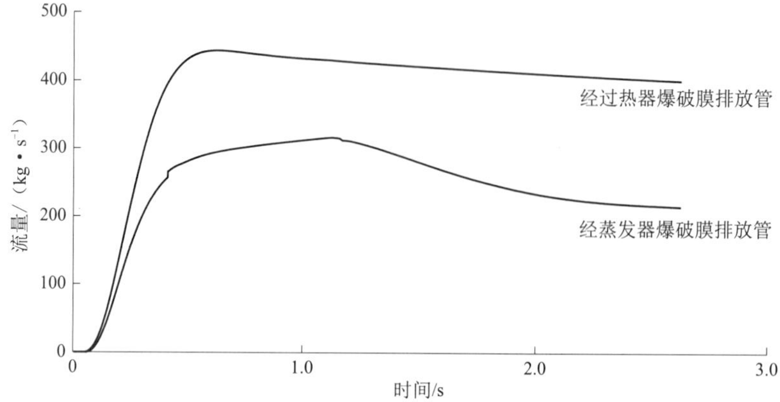


图 10－15 过热器上管板下面泄漏时经爆破膜钠流量的变化

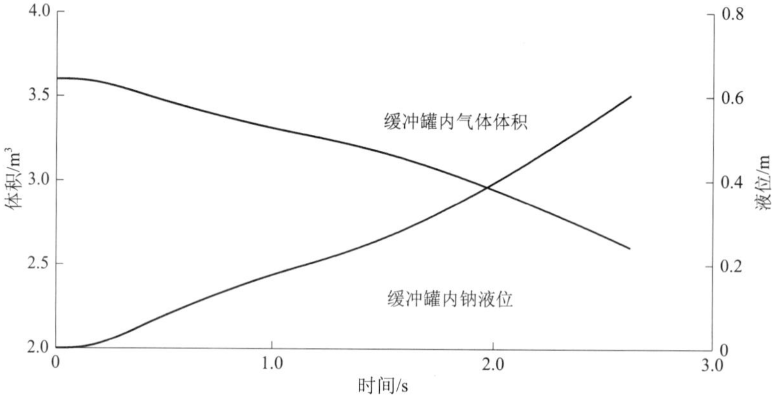


图 10－16 过热器上管板下面泄漏时大钠水反应引起缓冲罐气相体积和钠液位的变化

在图 10－17 中给出了如同图 10－12 一样当 3 根换热管每隔 0.1 s 相继双端断裂后二回路中压力的变化曲线。

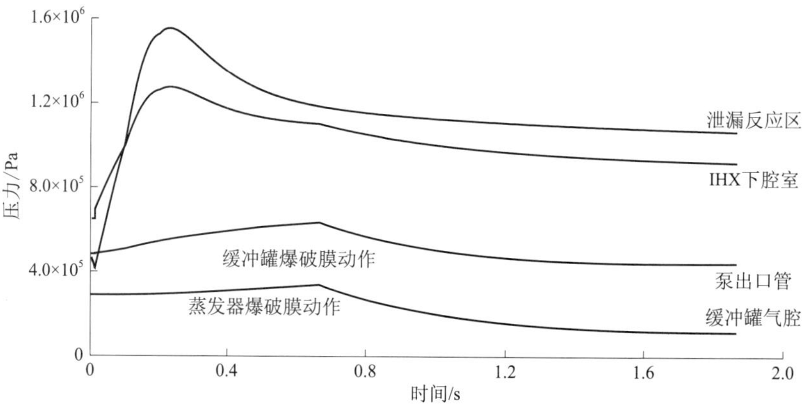


图 10－17 三根管断裂时大钠水反应引起二回路各处压力的变化

在这种情况下所有的非能动保护装置动作：

——水进入钠中后经 0.5 s 过热器爆破膜动作。

——经 0.06 s 蒸发器爆破膜动作。

——经 0.67 s 缓冲罐气侧爆破膜动作。

事故发展时序如表 10－1 所示。

**表 10－1　一台蒸汽发生器大泄漏的事故发展时序**

<table>
<tr><th colspan="2">事件</th><th>时间/s</th></tr>
<tr><td colspan="2">一台蒸汽发生器过热器的一根传热管全截面突然断裂</td><td>0</td></tr>
<tr><td rowspan="3">停堆保护动作</td><td>蒸汽发生器出入口钠流量差大于流量定值的 19.8% ～ 20.2%（20% 是流量整定值，±2.0% 是定值的误差）</td><td>0.06</td></tr>
<tr><td>流量表延迟 1 s 形成第一停堆信号</td><td>1.06</td></tr>
<tr><td>紧急停堆；信号到达后电磁延迟 0.2 s 释放安全棒开始动作，经过 2×0.7 s（考虑地震影响）安全棒插入堆内，完成停堆动作</td><td>1.26<br>2.66</td></tr>
<tr><td>蒸汽发生器保护系统的保护隔离动作</td><td>形成停堆信号的同时，形成大泄漏信号<br>开始关快关阀、截止阀<br>快关阀完成关阀动作（假设为极限单一故障，阀门拒动）<br>实际由截止阀完成关阀动作</td><td>0.06<br>0.06<br>(6.06)<br>20.06</td></tr>
<tr><td>蒸汽发生器保护系统的保护动作；排气和充气</td><td>过热器钠侧爆破膜爆破；<br>蒸发器钠侧爆破膜爆破；<br>缓冲罐气侧爆破膜爆破；<br>15 s 后从蒸汽侧大气释放阀打开，水/蒸汽向大气排放；蒸汽排放之后，蒸汽侧充氮气；<br>30 s 后钠侧充氩气</td><td>0.05<br>0.06<br>1.11<br>16.07<br><br>31.07</td></tr>
</table>

第 11 章

# 环境影响评价

## 11.1 环境影响评价范围与法规、标准和导则

### 11.1.1 环境影响评价范围

#### 1. 辐射环境

辐射环境的评价范围通常是以反应堆为中心，半径 80 km 范围的区域，包括气载和液态放射性流出物对半径 80 km 区域内公众的辐射影响。

#### 2. 非辐射环境

非辐射环境包括：水环境、大气环境以及声环境和电磁环境。本环境影响评价只涉及辐射环境影响评价，不涉及非辐射环境的评价。

### 11.1.2 法规、标准和导则

#### 1. 核电厂环境影响评价遵循的主要法规、条例、部门规章和文件

—中华人民共和国环境保护法（自 2015 年 1 月 1 日起施行）；
—中华人民共和国环境影响评价法（自 2016 年 9 月 1 日起施行）；
—中华人民共和国放射性污染防治法（自 2003 年 10 月 1 日起施行）；

—中华人民共和国大气污染防治法（自 2016 年 1 月 1 日起施行）；

—中华人民共和国水污染防治法（自 2008 年 6 月 1 日起施行）；

—中华人民共和国固体废物污染环境防治法（2015 年修正）；

—中华人民共和国水土保持法（自 2011 年 3 月 1 日起施行）；

—中华人民共和国土地管理法（自 2004 年 8 月 28 日起施行）；

—中华人民共和国海洋环境保护法（2014 年修正）；

—中华人民共和国突发事件应对法（自 2007 年 11 月 1 日起施行）；

—中华人民共和国清洁生产促进法（自 2003 年 1 月 1 日起施行）；

—中华人民共和国海洋倾废管理条例（自 2011 年 1 月 8 日起施行）；

—建设项目环境保护管理条例（1998 年 11 月 29 日起施行）；

—放射性物品运输安全管理条例（自 2010 年 10 月 1 日起施行）；

—放射性废物安全管理条例（自 2012 年 3 月 1 日起施行）；

—危险化学品安全管理条例（自 2013 年 12 月 7 日起施行）；

—中华人民共和国防治海岸工程建设项目污染损害海洋环境管理条例（自 2008 年 1 月 1 日起施行）；

—中华人民共和国防治陆源污染物污染损害海洋环境管理条例（自 1990 年 8 月 1 日起施行）；

—近岸海域环境功能区管理办法（自 2010 年 12 月 22 日起施行）；

—核电厂核事故应急管理条例（HAF002，自 2011 年 1 月 8 日起施行）；

—建设项目环境影响评价分类管理名录（自 2015 年 6 月 1 日起施行）；

—国家危险废物名录（自 2016 年 8 月 1 日起施行）；

—放射性固体废物贮存和处置许可管理办法（自 2014 年 3 月 1 日起施行）；

—放射性物品运输安全许可管理办法（自 2010 年 11 月 1 日起施行）；

—危险化学品安全管理条例（自 2013 年 12 月 7 日起施行）；

—国家危险废物名录（自 2016 年 8 月 1 日起施行）；

—环境影响评价公众参与暂行办法（2006 年 3 月，环发〔2006〕28 号）；

—环境保护公众参与办法（自 2015 年 9 月 1 日起施行）；

—环境信息公开办法（自 2008 年 5 月 1 日起施行）；

核电厂厂址选择安全规定（HAF101，1991）；

—核电厂设计安全规定（HAF102，2004）；

—放射性废物安全监督管理规定（HAF401，1997 年 1 月）；

—国务院办公厅关于印发国家突发环境事件应急预案的通知（国办函〔2014〕119 号）；

—国务院关于印发大气污染防治行动计划的通知（国发〔2013〕37 号）;

—国务院关于印发水污染防治行动计划的通知（国发〔2015〕17 号）;

—关于发布环境保护部审批环境影响评价文件的建设项目目录（2015 年本）的公告（环境保护部 2015 年第 17 号公告）;

—关于印发建设项目环境影响评价政府信息公开指南（试行）的通知（环办〔2013〕103 号）;

—关于进一步加强环境影响评价管理防范环境风险的通知（环发〔2012〕77 号）;

—关于切实加强风险防范严格环境影响评价管理的通知（环发〔2012〕98 号）;

—浙江省海洋环境保护管理条例（2004 年 4 月 1 日）;

—浙江省核电厂辐射环境保护条例（2003 年 2 月 1 日）等。

### 2. 技术标准和导则

—《电离辐射防护与辐射源安全基本标准》（GB 18871—2002）;

—《核动力厂环境辐射防护规定》（GB 6249—2011）;

—《核设施流出物和环境放射性监测质量保证计划的一般要求》（GB 11216—1989）;

—《核电厂放射性液态流出物排放技术要求》（GB 14587—2011）;

—《环境核辐射监测规定》（GB 12379—1990）;

—《核设施流出物监测的一般规定》（GB 11217—1989）;

—《轻水堆核电厂放射性固体废物处理系统技术规定》（GB 9134—1988）;

—《轻水堆核电厂放射性废液处理系统技术规定》（GB 9135—1988）;

—《放射性废物分类》（GB 9133—1995）;

—《放射性废物管理规定》（GB 14500—2002）;

—《核电厂低、中水平放射性固体废物暂时贮存技术规定》（GB 14589—1993）;

—《放射性物质安全运输规程》（GB 11806—2004）;

—《核电厂应急计划与准备准则—应急计划区的划分》（GB/T 17680. 1—2008）;

—《核动力厂营运单位的应急准备和应急响应》（HAD002/01）;

—《环境影响评价技术导则核电厂环境影响报告书的格式和内容》（HJ808—2016）;

—《大气污染物综合排放标准》(GB 16297—1996)；
—《环境空气质量标准》(GB 3095—2012)；
—《环境影响评价技术导则大气环境》(HJ2.2—2008)。

## 11.2　辐射环境影响的评价标准

### 11.2.1　正常运行期间（包括预计运行事件）的剂量约束值

遵循国家标准《核动力厂环境辐射防护规定》(GB 6249—2011) 的规定：任何厂址的所有核动力堆向环境释放的放射性物质对公众中任何个人造成的有效剂量，每年必须小于 0.25 mSv 的剂量约束值。需要考虑一个核电厂址共有多少机组的建造计划，必须给后续机组建设留有余地。

### 11.2.2　事故工况下的剂量控制值

设计基准事故的剂量控制值遵循国家标准《核动力厂环境辐射防护规定》(GB 6249—2011) 的要求：

—在发生一次稀有事故时，非居住区边界上公众在事故后 2 h 内以及规划限制区外边界上公众在整个事故持续时间内可能受到的有效剂量应控制在 5 mSv以下，甲状腺当量剂量应控制在 50 mSv 以下。

—在发生一次极限事故时，非居住区边界上公众在事故后 2 h 内以及规划限制区外边界上公众在整个事故持续时间内可能受到的有效剂量应控制在 0.1 Sv以下，甲状腺当量剂量应控制在 1 Sv 以下。

### 11.2.3　年排放量控制值

按照《核动力厂环境辐射防护规定》(GB 6249—2011) 6.4 款的规定，对于同一堆型的多堆厂址，所有机组的年总排放量应控制在 6.2 条款规定值的 4 倍以内。

### 11.2.4　海水中的放射性核素浓度

根据《海水水质标准》(GB 3097—1997) 的要求，核电厂运行期间受纳水体中的放射性核素浓度控制值为：

—$^{60}Co$：0.03 Bq/L；

—$^{90}Sr$：4.0 Bq/L；
—$^{134}Cs$：0.6 Bq/L；
—$^{137}Cs$：0.7 Bq/L；
—$^{106}Ru$：0.2 Bq/L。

# 11.3 核电厂正常运行的辐射影响

## 11.3.1 流出物排放源项

核电厂在正常运行状态下，放射性流出物以气载和液态两种形态向环境释放，在周围大气环境和受纳水体中稀释扩散。国家标准《核动力厂环境辐射防护规定》（GB 6249—2011）要求核动力厂必须按每堆实施放射性流出物的年排放总量控制，对于同一堆型的多堆厂址，全厂所有机组的年总排放量应控制在单堆排放控制值的4倍以内。

《核动力厂环境辐射防护规定》（GB 6249—2011）对核动力厂放射性流出物排放除规定了总量控制要求外，对于濒海厂址，还要求槽式排放口处的放射性流出物中除氚和 $^{14}C$ 外其他放射性核素的浓度不超过 1 000 Bq/L。气载放射性流出物中的 $^{14}C$ 在环境介质中的转移过程具有特殊机理，通常只有以二氧化碳形式存在的 $^{14}C$ 才能通过光合作用被植物吸收，并以食物的摄入形式进入食物链，对摄入者造成内照射影响。根据 IAEA 421 号技术报告，欧洲和美国的压水堆核电站以二氧化碳形态向环境排放的 $^{14}C$ 占 $^{14}C$ 总排放量的 5% ~25%，根据此研究结论，目前在评估气载 $^{14}C$ 的排放所造成的环境辐射影响时，假定以二氧化碳形态排放的 $^{14}C$ 占总排放量的 25%。

## 11.3.2 照射途径

### 1. 气态途径

气载放射性流出物排放对厂址评价区内公众造成的辐射影响，考虑以下4种照射途径：
—空气浸没外照射；
—地面沉积物外照射；
—吸入空气内照射；

—食入陆生食品内照射。

公众食入陆生食品包括蔬菜、粮食、水果等作物产品，以及肉类、奶类等动物产品。图 11－1 给出了气载放射性流出物对公众造成辐射的途径。

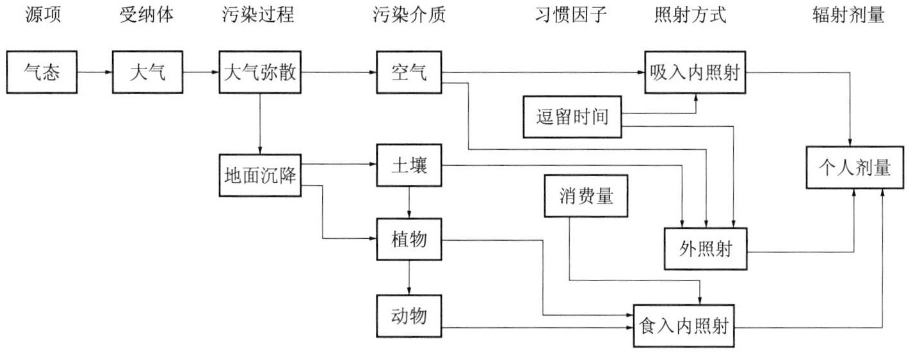


**图 11－1　气载放射性流出物对公众造成辐射的途径**

## 2. 液态途径

液态放射性流出物排放对厂址评价区内公众造成的辐射影响，考虑以下 4 种照射途径：

—水体浸没外照射；

—水上活动外照射；

—岸边沉积物外照射；

—食入海产品内照射。

公众食入海产品包括鱼类、甲壳类、软体类、藻类产品，图 11－2 给出了液态放射性流出物对公众造成辐射的途径。

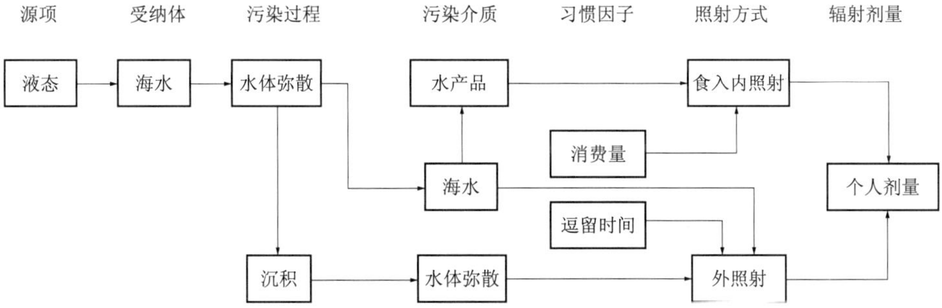


**图 11－2　液态放射性流出物对公众造成辐射的途径**

### 3. 其他途径

厂址周围区域不存在可能达到或超过上述途径的个人有效剂量10%的其他照射途径。

## 11.3.3 计算模式和参数

核电厂运行状态下，气载和液态放射性流出物通过各照射途径对公众造成的剂量估算模式相关的计算参数主要介绍大气弥散。

根据核安全导则HAD101/02推荐高斯直线烟羽扩散模型，采用若干年逐时观测的风向、风速和温度，以及地面气象站的逐时雨量等气象数据，计算厂址周围评价区域各子区的大气弥散因子和地面沉积因子。如果气载放射性流出物排放烟囱的排放高度低于邻近建筑物高度的2倍，根据核安全导则HAD101/02，核电厂气载放射性流出物大气弥散计算按混合排放考虑。大气弥散计算同样需要考虑气载放射性流出物雨水冲洗、重力沉降以及核素衰变等因素造成的烟羽损耗和地面沉积。扩散参数可采用表11－1的推荐值。

表11－1 推荐的厂址扩散参数

| | 稳定度 | 水平扩散参数（$\sigma_y = a \cdot x^p$） | | 垂直扩散参数（$\sigma_z = b \cdot x^q$） | |
|---|---|---|---|---|---|
| | | $a$ | $P$ | $b$ | $q$ |
| 近场（3 km 以内） | A | 0.962 | 0.774 | 2.567 | 0.561 |
| | B、C | 0.645 | 0.794 | 1.555 | 0.562 |
| | D | 0.667 | 0.694 | 2.310 | 0.446 |
| | E、F | 0.454 | 0.673 | 1.566 | 0.374 |
| 远场（3km 以外） | A | 0.804 | 0.795 | 0.899 | 0.682 |
| | B、C | 0.536 | 0.815 | 0.545 | 0.682 |
| | D | 0.564 | 0.713 | 0.923 | 0.551 |
| | E、F | 0.382 | 0.693 | 0.646 | 0.476 |

## 11.3.4 放射性源项

堆芯放射性总量，通常采用ORIGEN－2程序计算可以得到平衡循环寿期末的堆芯放射性总量，同时考虑燃料管理方案变化及反应堆热功率的不确定性。

### 11.3.4.1 一回路冷却剂源项

1. 裂变产物

在核电厂正常运行期间，假设存在燃料包壳破损率，该破损率在正常运行期间是预期会发生的。假设燃料包壳小破损存在于能产生 0.25% 的堆芯功率输出的燃料棒中（也称之为 0.25% 燃料包壳破损率），并且破损燃料棒均匀分布在整个堆芯中。因为假设破损的燃料棒在堆芯中均匀分布，所以裂变产物的逃脱率系数是基于燃料的平均温度。一回路冷却剂中裂变产物核素活度浓度的确定以堆芯总量为基础。采用以上方法计算得到平衡循环裂变产物的最大活度浓度，并考虑了以下变化结果的影响：

（1）燃料管理方案的变化。

（2）反应堆冷却剂质量减少 3%。

（3）反应堆冷却剂下泄净化流量减少 10%。

（4）反应堆热功率的不确定性。

该值为反应堆从启动到平衡循环的整个燃料循环过程中核素活度浓度的最大值。因此，该源项不代表燃料循环中任何特定时间点的值，但它是保守值。

2. 腐蚀产物

一回路冷却剂中的活化腐蚀产物来自两方面：一方面是堆内部件，另一方面是堆外的主回路管道和主回路设备。前者在发生腐蚀并释放到冷却剂中之前已经受到中子照射而具有放射性；后者产生的腐蚀产物流经堆芯时受到堆芯及其附近区域中子照射之后才具有放射性。一回路冷却剂中腐蚀产物活度浓度的确定以运行电厂数据为基础，并且与燃料包壳破损率无关。主要的放射性核素为：$^{51}Cr$、$^{54}Mn$、$^{55}Fe$、$^{59}Fe$、$^{58}Co$ 和 $^{60}Co$。腐蚀产物活度浓度是过滤器、除盐床等设备屏蔽设计的主要源项。

3. 氚

一回路冷却剂中主要的产氚途径如下：

（1）燃料裂变（三元裂变）产生的氚通过燃料包壳扩散或燃料包壳破损处泄漏进入一回路冷却剂中。

（2）在一回路冷却剂中可溶硼与中子的反应。

（3）可燃的中子吸收体中产生的氚通过扩散或包壳破损进入一回路冷却剂中。

（4）在一回路冷却剂中可溶锂与中子的反应。

（5）一回路冷却剂中氘与中子的反应。

前两种途径为一回路冷却剂中氚的主要来源。对于从燃料棒和可燃毒物棒中释放到一回路冷却剂的氚的份额，假定为 2%。一回路冷却剂中的氚主要以氚化水的形态存在（一个氚原子取代了水分子中的一个氢原子），因此不能轻易通过一般的处理方法把它分离出来。由于泄漏和控制含氚水向环境的释放等损失，一般一回路冷却剂中最大的氚活度浓度小于 $1.295\times10^{2}$ GBq/t。

4. $^{16}N$

一回路冷却剂中氧经中子活化后生成 $^{16}N$，$^{16}N$ 会发射较高能量的 γ 射线。由于其 7.11 s 的短半衰期，在安全壳外不需要考虑 $^{16}N$ 的放射性。停堆以后，$^{16}N$ 不会是安全壳内的辐射源。

5. $^{14}C$

$^{14}C$ 主要是反应堆冷却剂水中的 $^{17}O$ 和溶解在反应堆冷却剂中的 $^{14}N$ 分别通过 $^{17}O$（n，α）$^{14}C$ 和 $^{14}N$（n，p）$^{14}C$ 反应生成的。由于 $^{14}C$ 的半衰期非常长，为 5 730 年，在核电厂运行期间内可以不考虑 $^{14}C$ 的衰减。因此，在计算 $^{14}C$ 源项时不考虑 $^{14}C$ 的衰变量。

#### 11.3.4.2　二回路冷却剂源项

蒸汽发生器传热管的破损将导致一回路冷却剂中的放射性核素进入二回路中。二回路放射性核素的活度浓度取决于一回路向二回路的泄漏率、核素的衰变常数及蒸汽发生器的排污净化率等。以一回路向二回路的泄漏率中给出的一回路冷却剂中核素的活度浓度等为基础计算就可以得到蒸汽发生器二次侧水和蒸汽中放射性核素的活度浓度。

### 11.3.5　公众最大个人剂量

可以说，除却本底辐射，核电厂对环境的辐射影响均来自堆芯放射性积存量。但由于燃料元件包壳、反应堆主冷却系统以及安全壳这三道屏障，只有很少一部分放射性物质会以气态流出物和液态流出物的形式迁移到环境中，对环境造成影响，这种影响主要以公众最大个人剂量进行量化。核电厂公众最大个人剂量包括：

（1）公众（成人）个人剂量。

（2）公众（青少年）个人剂量。

（3）公众（儿童）个人剂量。

（4）公众（婴儿）个人剂量。

（5）最大受照年龄组。

### 11.3.6 辐射影响评价

公众（成人）个人剂量要小于 GB 6249—2011 年剂量约束值（0.25 mSv/年）。参考三门核电厂的环境影响评价报告，气态途径造成的剂量贡献占个人总有效剂量的 93.24%；通过液态途径造成的剂量贡献占个人总有效剂量的 6.76%。比较发现，气态途径对个人造成的剂量贡献大于液态途径。可能的关键核素为 $^{90}Sr$，对关键组居民个人造成的有效剂量占个人总有效剂量的 41.90%；其他重要核素为 $^{60}Co$、$^{137}Cs$，对关键组居民个人造成的有效剂量分别占个人总有效剂量的 31.05%、9.11%。

## 11.4 事故情况下的辐射影响

### 11.4.1 事故描述和事故源项

#### 11.4.1.1 事故描述

1. 事故分类

根据国家标准《核动力厂环境辐射防护规定》（GB 6249—2011）的要求：按可能导致环境危害程度和发生概率的大小，将核动力厂的事故工况分为设计基准事故和严重事故，其中设计基准事故包括稀有事故和极限事故，核动力厂事故工况的环境影响评价采用设计基准事故。

1）稀有事故

在核电厂运行寿期内发生频率很低的事故（预计为 $10^{-4}\sim10^{-2}$/堆年），这类事故可能导致少量燃料棒损坏，但单一的稀有事故不会导致反应堆冷却剂系统或安全壳屏障丧失功能。

2）极限事故

在核电厂运行寿期内发生频率极低的事故（预计为 $10^{-6}\sim10^{-4}$/堆年），这类事故的后果包含了大量放射性物质释放的可能性，但单一的极限事故不会造成应对事故所需的系统（包括应急堆芯冷却系统和安全壳）丧失功能。

2. 事故选取

参考压水堆核电厂（三门核电项目）的安全分析报告，对 7 类共 10 种具有代表性的、放射性后果为所属类型中最严重的设计基准事故进行分析，如表

11－2 所示，确定与不同释放时间相对应的放射性释放量，用来计算对电厂周围人员造成的剂量。

**表 11－2　压水堆 10 种具有代表性的设计基准事故**

| 事故 | 事故类别 |
|---|---|
| 安全壳外主蒸汽管道破裂事故（MSLB）——事故并发碘尖峰 | 极限事故 |
| 安全壳外主蒸汽管道破裂事故——事故前碘尖峰 | 极限事故 |
| 主泵卡转子/断轴事故——启动给水不可用 | 极限事故 |
| 主泵卡转子/断轴事故——启动给水可用 | 极限事故 |
| 弹棒事故 | 极限事故 |
| 蒸汽发生器传热管破裂事故（SGTR）——事故并发碘尖峰 | 稀有事故 |
| 蒸汽发生器传热管破裂事故——事故前碘尖峰 | 极限事故 |
| 安全壳外载有反应堆冷却剂的小管道破裂事故 | 稀有事故 |
| 燃料操作事故 | 极限事故 |
| 设计基准失水事故（DBA LOCA） | 极限事故 |

3．事故分析保守性说明

在对核电厂进行的事故分析中，为了使结果具有代表性和包络性，在分析中作一定的假设，使结果处于合理保守的程度。主要包括以下 4 个方面：

1）失去厂外电源

这个假设对本项目事故分析中的影响包括：二回路蒸汽旁排至冷凝器的导热失效，为了导出堆芯余热以保证堆芯的完整性，此时蒸汽直接排向大气环境，放射性就混合于蒸汽释放，保守地考虑事故放射性后果。

2）最大价值棒卡在堆外

此时停堆系统引入的负反应性最小，使停堆深度最小，从反应性的角度使事故放射性后果更加保守。

3）仅考虑安全级设备的缓解作用

核电厂为了提高整个核电厂的经济性，很多系统设计为非安全级。事故分析中均保守假设这些系统在事故后失效。如果这些系统的投入反而会导致事故剂量的增加，则要分别进行计算。如主泵卡转子/断轴事故，当 SFW 可用时，蒸汽发生器传热管不裸露，则不发生一回路泄漏液在 SG 内的闪蒸，但事故将持续更长的时间，可能使最终的剂量结果比 SFW 不可用时更大，所以要对两种情况均进行分析。

4）假设极限的单一故障

事故后，考虑某些系统设备失效，但只选择可能导致放射性后果最严重的设备失效，而不是所有设备均失效。如 SGTR 事故，事故后放射性通过二回路蒸汽管线的阀门释放，并假设其打开后失效（卡开不能回位），此时放射性释放将持续。当二回路压力继续降到一定程度，另外一种类型的隔离阀将在低压信号下隔离该释放管线，从而终止释放。

### 11.4.1.2　事故源项

1. 堆芯源项及冷却剂源项

采用堆芯核素放射性总量作为堆芯源项。当事故发生时，假设在反应堆平衡态末期，即一回路冷却剂源项已经达到电厂允许的最大值。堆芯源项计算的主要参数和假设有：

（1）假设堆芯存在 0.25% 的燃料包壳破损率，破损燃料棒均匀分布在整个堆芯中。

（2）裂变产物逃脱率系数（裂变产物从燃料芯块释放到间隙的速率）、冷却剂下泄流量及除盐床净化效率等相关数据也为主要的输入条件之一。

（3）根据上述假设，对冷却剂活度求解得到各核素浓度随时间的变化关系，并取其最大值。

（4）对碘同位素的活度浓度和惰性气体活度浓度要进行一定的修正。

（5）对于二回路的源项：保守地假定事故时二回路中核素的活度浓度为一回路的 10%，并假设惰性气体不在二回路累积。

2. 分析中的假设与说明

1）放射性物质形态分类

在事故分析时，假设放射性物质释放出来后以气体和气溶胶等形态存在。对于碘核素，进一步分为三类：

粒子碘（Particulate）：95%；

元素碘（Elemental）：4.85%；

有机碘（Organic）：0.15%。

核素形态的划分，主要是考虑到其在迁移及释放过程中的去除机制不同。对以气体形态存在的放射性物质，如惰性气体，释放后就直接进入安全壳或外环境。对于粒子碘、碱金属和其他放射性核素，假设均以气溶胶形式存在，在空气中因各种沉积机制而被去除。对于有机碘假设不能被去除，元素碘则会由沉积去除。

2）碘尖峰释放

堆芯内的燃料棒存在一定的破损，当运行出现瞬态时，堆芯功率、一回路的压力、温度等的变化，造成破损燃料棒中的放射性在短时间内向冷却剂的释放增加，使冷却剂中碘等同位素的活度浓度大幅增加。

在事故分析中考虑以下两种情况：

（1）事故并发（accident - initiated）碘尖峰释放。这种情况认为，事故发生时出现瞬态，使碘尖峰释放与事故同时发生。根据RG1.183，主蒸汽管道破裂事故及安全壳外载有反应堆冷却剂的小管道破裂事故假设碘同位素从燃料棒间隙向冷却剂的释放速率为反应堆冷却剂中放射性为 3.70 × 10 GBq/t 剂量，等效 I - 131 时平衡释放速率的 500 倍。蒸汽发生器传热管破裂事故，认为破损燃料棒间隙的放射性在事故后 8 h 内全部释放到冷却剂中，燃料棒破损率对应于一回路冷却剂中放射性为 3.70 × 10 GBq/t 剂量等效 I - 131。

（2）事故前（pre - accident）碘尖峰释放。考虑事故前碘尖峰时，认为在事故发生之前一回路已经发生了瞬态，使得一回路内碘同位素的浓度达到了碘同位素数值的 60 倍。这与 RG1.183 的规定是一致的。

3）放射性的自然去除（natural removal）

除了衰变外，放射性核素在迁移过程中还存在其他形式的损耗。通过自然的力量来减轻事故的后果，对放射性进行自然去除。目前核电厂最新设计是采用钢安全壳，与采用混凝土安全壳的传统电厂相比，新的设计使得安全壳内的换热效率提高，从而加剧事故后安全壳内流体的流动性，除了可以高效地导出热量外，还增强了对安全壳大气中放射性的去除效果。对以气溶胶形态（粒子碘、碱金属和其他裂变产物）存在的放射性核素来说，主要有三种去除方式：

（1）重力沉降（Gravitational sedimentation）。此去除机制主要是在重力的作用下，悬浮在安全壳大气中的气溶胶沉降在相关设备或构筑物的表面。

（2）扩散泳（Diffusiophoresis）。此机制主要是由于气溶胶载体——气体中的蒸汽在墙壁表面上凝结而引起的。蒸汽在墙壁表面的凝结导致了墙壁附近的蒸汽浓度减低，从而形成了一个离墙壁越远浓度越大的蒸汽浓度梯度。因为浓度梯度的存在及蒸汽凝结的持续，导致气溶胶向墙壁表面流动，当气溶胶接触到墙壁时被吸附到墙壁表面上，从而对安全壳内的气溶胶起到去除的作用。

（3）热泳（Thermophoresis）。此机制是由于堆芯附近的温度高，而钢安全壳温度相对较低，在这样一个存在温度梯度的场内，气溶胶就会发生自然的定向运动，最终也是在钢安全壳内壁附着，随冷凝流回到地坑液相中。

4）闪蒸（flashing）现象与分配系数

事故分析中假设一回路冷却剂通过破口泄漏到压力温度较低的环境时，就会发生闪蒸，液相中的放射性在汽化时释放到气相中，形成气载放射性。此时保守假设释放到气相中的放射性份额与液相汽化的份额相同，称之为“闪蒸份额（flash fraction）”，根据泄漏液的泄漏率和闪蒸份额，就可计算出闪蒸到气相的放射性物质的释放率。

泄漏液闪蒸后剩余的液相将与泄漏进入的液相混合，然后通过蒸发继续释放放射性。低于饱和温度的液体蒸发比闪蒸轻微得多，此时液相中的放射性核素向气相的转移速率也慢得多。此时放射性活度存在一个分配效应：气相与液相中有一个稳定的核素浓度之比（分配系数）。事故分析中，根据液相的活度浓度和热工水力分析得到的蒸汽释放量，就可以求出释放到气相或环境的放射性总量。

## 11.4.2　事故进程及源项分析

### 11.4.2.1　安全壳外主蒸汽管道破裂事故（MSLB）

主蒸汽管道大破口是“一次侧热输出增加”这类事故中最严重的反应堆冷却剂降温瞬态，计算时选择最极限的安全壳外主蒸汽管道双端断裂事故。主蒸汽管道破裂引起的蒸汽释放，起初引起蒸汽流量快速增加，而后，随着蒸汽压力下降，蒸汽流量逐渐减小。一次侧排出热量过多导致反应堆冷却剂系统降温降压。由于存在负的慢化剂温度系数，反应堆冷却剂降温将向堆芯引入正的反应性。分析时假设反应堆初始状态为热态无负荷状态并且不考虑衰变热的影响，这是因为衰变热可缓解反应堆冷却剂降温过程，从而降低了堆芯重返功率的可能性。分析表明，主蒸汽管道破裂事故满足堆芯偏离泡核沸腾设计准则的要求。根据该准则，主蒸汽管道破裂后，堆芯偏离泡核沸腾和包壳穿孔并非不可接受。但分析表明，主蒸汽管道破裂后，在假设一束具有最大反应性价值的控制棒组件卡在完全抽出位置的工况下，堆芯没有发生偏离泡核沸腾。反应堆最终将由非能动堆芯冷却系统带至停。

事故后的放射性释放分析假设破损回路的蒸汽发生器通过破口处在短时间内喷放蒸干，该回路碘和碱金属全部释放到环境中；热工分析表明完好回路蒸汽发生器的传热管不会裸露，该回路部分碘和碱金属以蒸发形式释放到环境中。同时，考虑事故期间从一回路按技术规格书中蒸汽发生器假想的设计泄漏率，泄漏到二回路的碱金属、碘（分别计算事故前碘尖峰和事故并发碘尖峰两种情况）及惰性气体。

本事故有三个释放途径：

（1）假设破损回路蒸汽发生器中的二回路冷却剂以蒸汽形式从破口释放出去，冷却剂中所有碘和碱金属全部释放出去。

（2）虽然完好蒸汽发生器不会蒸干，但放射性后果分析中仍保守地假设二回路冷却剂中所有碘和碱金属全部释放出去。

（3）假设泄漏到破损回路蒸汽发生器的反应堆冷却剂，不考虑汽水分配效应及在蒸汽发生器内的沉积，全部直接排放到环境中。考虑放射性物质在事故过程中的衰变，一旦释放到环境后，不再考虑衰变。

#### 11.4.2.2 主泵卡转子/断轴事故

主泵卡转子/断轴事故是“反应堆冷却剂系统流量下降”这类事故中产生最严重放射性释放的事故，可以包络其他此类型事故造成的放射性后果。该事故假设一台（一共4台）反应堆冷却剂泵转轴瞬时卡死。受影响环路的冷却剂流量迅速减小，将由冷却剂低流量停堆信号触发反应堆停堆。随着反应堆停堆，储存于燃料棒中的热量持续传给冷却剂，这将导致冷却剂温度上升、体积膨胀。同时，故障环路蒸汽发生器传热管壳侧的传热量减少。反应堆堆芯内冷却剂的快速膨胀以及蒸汽发生器传热量减少，将导致冷却剂的波动流量进入稳压器，整个反应堆冷却剂系统压力升高。波动流量进入稳压器压缩了蒸汽空间，将依次触动稳压器自动喷淋系统，并使得稳压器安全阀开启。基于保守考虑，分析中不考虑稳压器喷淋的降压效应。热工水力分析结果显示，在瞬态期间，反应堆冷却剂系统的峰值压力小于使应力超过 ASME 第Ⅲ篇中故障条件下应力限值的压力，燃料包壳表面最高温度远低于1 482.2 ℃。表明事故中没有燃料棒损坏，所以燃料棒包壳间隙中的放射性不会释放到反应堆冷却剂中。但放射性分析中保守假定有10%的燃料棒损坏。反应堆冷却剂活度考虑为事故前碘尖峰释放模式。

本事故释放到环境中的放射性包括：

（1）二回路初始的碘和碱金属。

（2）技术规格书中规定的蒸汽发生器的设计泄漏率，从一回路泄漏到二回路的碱金属、碘及惰性气体。

（3）从破损燃料棒间隙中释放到反应堆冷却剂中的碱金属、碘及惰性气体，最终通过泄漏到二回路释放。该事故释放到环境的主要放射性核素为碘、碱金属和惰性气体。其中从破损燃料棒间隙中释放出来的裂变产物的份额，对于 $^{131}I$ 间隙中份额为总量的8%，$^{85}Kr$ 为10%，其他的放射性碘和惰性气体为5%，碱金属为12%。另外，考虑到破损燃料棒的间隙份额可能在高于堆芯平均水平，因此源项还需考虑乘以径向功率峰因子。

事故放射性释放中有两个途径：

（1）二回路中初始的放射性随蒸汽排放而释放。

（2）假设泄漏到蒸汽发生器的反应堆冷却剂与二回路冷却剂混合，来自反应堆冷却剂的放射性与二回路冷却剂混合。蒸汽释放时，冷却剂中的部分放射性碘和碱金属被排放出去，所释放的放射性份额取决于蒸汽发生器假定的闪蒸因子和分配系数。进入二回路的放射性惰性气体均释放到环境中。这些释放持续到蒸汽排放结束为止。考虑放射性核素在事故过程中的衰变，一旦释放到环境后衰变不再考虑。

#### 11.4.2.3　弹棒事故

该事故定义为一个控制棒机构承压壳套机械损坏导致一束控制棒组件及其驱动杆弹出堆芯。这种机械损坏的后果是在堆芯快速引入正反应性并且产生不利的堆芯功率分布，可能导致局部燃料棒损坏。该事故是堆芯“反应性和功率分布异常”这类型事故中最为严重的，最有可能导致燃料棒破损甚至部分熔化，造成更大的放射性释放。其放射性后果可以包络此类型的其他事故造成的影响。发生弹棒事故后，将导致堆芯反应性快速引入，使得中子注量率迅速增大，此时反应堆“保护和安全监测系统”将由高中子注量率停堆和中子注量率高的正变化速率停堆提供反应堆停堆保护，之后核功率激增被终止，使反应堆维持在安全状态。通过大量的堆芯物理、热工水力分析结果表明，最不利工况下，发生燃料棒破损的份额将小于 10%，分析中保守认为最大发热点在发生弹棒前后重合。但预期发生弹棒事故不会导致燃料芯块发生熔化。放射性后果分析中仍然保守假设有 0.25% 的燃料发生熔化，燃料棒破损的份额也保守取 10%。

弹棒事故导致释放的重要放射性核素有碘同位素、碱金属及惰性气体。与部分堆芯损坏释放的裂变产物相比，初始反应堆冷却剂活度是次要的。反应堆冷却剂活度考虑为事故前碘尖峰释放模式。具体的初始源项包括：

（1）二回路初始的碘和碱金属。

（2）按蒸汽发生器的设计泄漏率，从一回路泄漏到二回路的碱金属、碘及惰性气体。

（3）从破损燃料棒间隙中释放到一回路冷却剂中的碱金属、碘及惰性气体，最终通过泄漏到二回路释放。

释放途径：

（1）一回路的放射性先从压力容器顶盖破口处释放到安全壳内，然后通过安全壳再泄漏到外环境。

（2）来自一回路的放射性通过蒸汽发生器泄漏到二回路，与二回路的初始放射性混合后，再通过蒸汽管道的安全阀或者动力卸压阀释放到环境中。

### 11.4.2.4 蒸汽发生器传热管破裂事故（SGTR）

蒸汽发生器传热管破裂事故属于“反应堆冷却剂系统装量减少”事故中放射性后果最为严重的两个事故之一（另一个是 LOCA 事故）。事故分析中，假设一根传热管完全断裂。事故发生时处于功率运行，反应堆冷却剂含有的放射性物质处于允许的有限数量的燃料棒破损情况下连续运行时的最大平衡浓度。由于带有放射性的冷却剂经由破口流入蒸汽发生器的二次侧，这将导致二回路系统放射性增加。如果在事故期间核电厂丧失厂外电源或者冷凝器蒸汽旁排失效，放射性将通过蒸汽发生器动力卸压阀或安全阀排至大气中。这种情况将导致最大的放射性释放。

在事故分析中，假设发生单根传热管完全断裂是保守的，因为蒸汽发生器传热管更加可能的破损模式是一个或多个小裂缝。在核电厂运行期间，二次侧的放射性是连续监测的，这样的泄漏引起的放射性积累不允许超过规定的限值。

分析中采取了下列保守假设：

（1）反应堆处于满功率运行状态，并且假定一、二次侧的初始水装量为运行名义值减去允许的不确定度（使得放射性浓度更大）。

（2）极限单一故障为破损蒸汽发生器大气释放阀失效，失效模式为阀门卡在开启位置，这将导致破损蒸汽发生器的不可控的降压，从而增大一次侧向二次侧的泄漏量和蒸汽向大气的排放量。

（3）保守认为破口位置在传热管顶部，使可能的裸露时间更长（闪蒸更多的放射性）。最终，堆芯的剩余热量由非能动堆芯冷却系统导出，使得主系统压力最终将会降至破损 SG 二次侧压力。破口流量将终止，并且系统将稳定在安全状态，向环境排放的蒸汽也将停止。

SGTR 事故释放的主要放射性核素为惰性气体、气载的碱金属和碘，它们作为事故后的放射性释放到环境中。具体的源项包括：

（1）事故过程中通过受损蒸汽发生器破口和完好蒸汽发生器正常泄漏到二回路的一回路源项，包括碘（分别计算事故前碘尖峰和事故并发碘尖峰两种情况）、碱金属和惰性气体。

（2）二回路初始的源项，主要是碱金属和碘。

只要存在通向环境的出口，泄漏进入完好蒸汽发生器和通过破口进入破损蒸汽发生器反应堆冷却剂里的放射性惰性气体立即向环境释放。碘和碱金属的释放模式一共有三种：

（1）完好环路的蒸发释放，考虑碘和碱金属的分配效应。

（2）通过破损环路反应堆冷却剂的闪蒸释放，不考虑覆盖水层的水洗作用（保守假设破口位于传热管顶部）。

（3）破损环路的蒸发释放，考虑闪蒸释放后余下的碘和碱金属蒸发时的分配效应。这些放射性最终都通过二回路的安全阀或者动力卸压阀释放到环境中，释放持续到蒸汽排放结束为止。在释放到环境之前考虑放射性核素的衰变。一旦释放到环境中，则不考虑放射性核素的衰变。

#### 11.4.2.5　安全壳外载有反应堆冷却剂的小管道破裂事故

安全壳外载有反应堆冷却剂的小管道包括反应堆冷却剂系统取样管和从化学容积控制系统至放射性液体废物处理系统的排放管。这些管道仅周期性使用。安全壳外没有含有反应堆冷却剂的仪表管道。当因硼稀释运行产生过多的一次侧冷却剂时，化学和容积控制系统的净化流量将排至安全壳外的核岛放射性液体废物处理系统。在排出安全壳之前，流体将经过化学和容积控制系统热的交换器和除盐床。因此，排至安全壳外时，流体温度低于 60 ℃，而且已经经过化容混床净化。这些假想的管道破口流量受到化学和容积控制系统净化流量的限制。由于流体温度低，而且经过除盐处理后碘的放射性活度降低，因此，对该事件不作分析。假想的取样管破裂事故是较不利的事故工况。

事故后释放到环境中有重要影响的放射性核素是碘、惰性气体和碱金属。假设从破口处释放的反应堆冷却剂为高温高压，则大部分流体将闪蒸为蒸汽，液体中的碘就变成气载碘。尽管预期大部分的气载碘和气载碱金属将沉积在周围建筑物的表面，但假设碘、惰性气体和碱金属毫无损失地直接释放到环境中。释放到环境后不再考虑放射性核素的衰变。

#### 11.4.2.6　燃料操作事故

燃料操作事故是在换料期间装卸核燃料组件时，发生组件跌落，导致燃料棒损坏，包壳间隙内的放射性释放出来。假想的燃料操作事故可发生在安全壳内或辅助厂房的燃料操作区域。事故定义为一个乏燃料组件跌落，保守认为组件中所有燃料棒包壳破损，燃料和包壳间隙中的放射性释放出来。

事故发生时，可能释放出的裂变产物总量与很多因素有关，如燃料组件的功率历史、停堆到换料操作时经过的衰变时间和核素的挥发特性等。换料时，所有的组件操作都在安全壳内进行，为了使事故具有包络性，保守假定发生事故的组件中的所有燃料棒曾以最大燃料功率因子运行，即最大功率组件。根据技术规格书中的规定，燃料操作事故前裂变产物经历的衰变时间至少为 48 h。

在功率运行过程中，燃料芯块中产生的一部分裂变产物会扩散到燃料棒和包壳的间隙中。间隙中裂变产物的份额由核素的扩散速率和其放射性衰变率共同决定。发生燃料操作事故时，间隙中的气体和挥发性放射核素直接释放出来，主要关注的放射性核素是惰性气体（Kr 和 Xe）与碘。本事故分析中，间隙份额与 RG 1.183 相一致，同时从破损燃料棒释放的碘的形态假设为：95%为粒子碘（碘化铯），4.85%为元素碘，0.15%为有机碘。碘化铯是非挥发性的，溶于水中，不容易变成气载形态。为了与 RG 1.183 相一致，假定碘化铯溶于低 pH 值的水中就立即转变成元素碘。分析中假设所有的碘化铯释放到池水后，立即转化为元素碘，并且将其当作初始元素碘一样处理。这时碘的形态变为：99.85%的元素碘和 0.15%的有机碘。

本事故放射性的释放途径假设为：

（1）在水下释放出的放射性首先会受到水层的过滤。水层过滤对惰性气体和有机碘都不起作用，但对于元素碘有显著的去除作用。与 RG 1.183 相一致，假设碘的水洗去除因子为 200。

（2）从水层释放出来的放射性，假设在 2 h 内直接释放到环境中，而不考虑其他任何对碘的去除作用。

如果燃料操作事故是在安全壳内发生，一旦探测到高放射性出现，安全壳净化管线就会立即隔离，终止放射性的释放。分析时保守认为该管线隔离失效，放射性继续释放，并且进一步忽略净化管线的过滤器对气载碘的去除作用。对于发生在乏燃料水池的燃料操作事故，此时认为从乏燃料水池释放出的放射性物质直接通过厂房排风系统排向环境，而不考虑在厂房内滞留或延迟。

由于燃料操作中有许多的管理控制措施和设备操作限制，燃料操作事故发生的可能性是很低的。分析中使用的参数和假设也是非常保守的：比如间隙份额取值较大；忽略了放射性物质在包壳内壁的附着作用；碘化铯向元素碘的转化也是瞬间完成；认为有机碘初始就存在于间隙内；操作的第一个组件就发生事故等。

#### 11.4.2.7 设计基准 LOCA 事故

设计基准 LOCA 是反应堆冷却剂系统压力边界管道发生破损的事故。在设计基准 LOCA 事故放射性后果分析中，热工分析表明在设计基准 LOCA 事故中堆芯能保持完整性，RG 1.183 中仍保守假设堆芯出现了严重降级和熔化，即堆芯放射性向安全壳内释放不但有间隙释放，还有堆芯熔化导致的早期容器内释放，这个属于严重事故现象，超出了设计基准事故的范畴。根据热工分析的结论，设计基准 LOCA 事故放射性后果分析中应合理假定，放射性释放分为反应堆冷却剂系统中的放射性初始释放和堆芯间隙释放两个阶段。

1）反应堆冷却剂放射性初始释放

假设反应堆冷却剂的活度达到限值，反应堆冷却剂向安全壳喷放 10 min，且在这 10 min 内流量为常数。这段时间内释放到安全壳的放射性主要为一回路冷却剂中的碘、碱金属和惰性气体。

2）堆芯间隙释放

堆芯间隙释放，假设发生在反应堆冷却剂释放结束后（事故后 10 min），持续 30 min。如 RG 1. 183 所述，间隙释放的放射性分三组核素：惰性气体、碘和碱金属（铯、铷），释放到安全壳大气的各类放射性核素份额均为 0. 05。

碘的形态与 RG 1. 183 的模型一致。模型中，碘的各形态中以非挥发性的碘化铯为主，附带少量元素碘。此外模型中还假设元素碘和安全壳内的有机物反应生成有机碘化合物。

不考虑能动系统对安全壳内大气中放射性的去除。在安全壳内部，放射性元素碘和气溶胶考虑自然去除作用。元素碘通过表面沉积去除。气溶胶的去除方式有重力沉降、扩散泳（蒸汽冷凝驱动的沉积）、热泳（传热引起的沉积）等。有机碘假设不能去除。事故后所有的放射性将释放到安全壳内，通过安全壳这个唯一的途径释放到外环境中。安全壳释放包括两种方式：安全壳净化管线泄漏和安全壳正常泄漏。事故开始到安全壳隔离之前，假设安全壳净化管线在运行，放射性的释放将持续到净化管线阀门关闭。不考虑净化管线的过滤作用。事故发生后 24 h 内的安全壳泄漏率为设计泄漏率，此后的泄漏率为设计泄漏率的一半。

### 11. 4. 3 事故后果计算

事故大气弥散因子计算目前可采用 PAVAN 程序。核电厂事故放射性释放造成的剂量后果估算主要考虑事故期间起主要作用的三个照射途径：

（1）烟云浸没外照射。

（2）吸入内照射。

（3）地面沉积外照射。

剂量的计算模式如下：

放射性后果分析的目的是确定由假想事故造成的总有效剂量。总有效剂量包括吸入气载放射性物质造成的待积有效剂量（也就是体内各种器官长期的剂量累积）和湮没在放射性烟羽中造成的有效剂量，以及地面沉积所造成的有效剂量。

### 11.4.4 事故后果评价

厂址规划限制区范围为反应堆为中心、半径 5 km 的区域。针对核电厂非居住区边界和规划限制区外边界上公众进行事故放射性后果计算。对于事故环境影响的评价标准,《核动力厂环境辐射防护规定》(GB 6249—2011)规定:

核动力厂事故工况的环境影响评价可采用设计基准事故,在设计中应采取针对性措施,使设计基准事故的潜在照射后果符合下列要求:

(1)在发生一次稀有事故时,非居住区边界上公众在事故后 2 h 内以及规划限制区外边界上公众在整个事故持续时间内可能受到的有效剂量应控制在 5 mSv 以下,甲状腺当量剂量应控制在 50 mSv 以下。

(2)在发生一次极限事故时,非居住区边界上公众在事故后 2 h 内以及规划限制区外边界上公众在整个事故持续时间内可能受到的有效剂量应控制在 0.1 Sv 以下,甲状腺当量剂量应控制在 1 Sv 以下。

从各类设计基准事故的放射性后果分析就可以看出,安全设施设计性能是否可靠,厂址周围各类边界的设置是否合理的,电厂设计基准事故导致的环境放射性后果是否满足《核动力厂环境辐射防护规定》(GB 6249—2011)的相应要求。

## 11.5 快堆的环境影响评价

以上是基于压水堆对环境影响的评价,本节主要介绍我国快堆的环境影响评价。典型快堆是我国第一座金属钠冷却剂快中子反应堆,于 2010 年实现临界运行。无论压水堆还是快堆都必须遵守《核动力厂环境辐射防护规定》(GB 6249—2011)的规定。

但与压水堆不同的是,快堆的气载放射性物质对环境的辐射贡献高达 99%,所以对于液态放射性流出物对环境的辐射影响可以忽略不计,快堆只考虑气载放射性物质对环境的辐射影响。本节主要介绍快堆对环境影响与压水堆对环境影响的不同之处。

### 11.5.1 快堆源项

快堆源项与压水堆源项有一些差别,包括:

（1）由于快堆的冷却剂是化学性质活泼的碱金属钠，钠的活化产物是 Na－22 和 Na－24，具有比较强的放射性。

（2）液态金属钠对 I 和氚具有较好的滞留作用，并且快堆的冷阱可以有效去除氚。

## 11.5.2　快堆正常运行的辐射影响

典型快堆正常运行时，气载放射性流出物通过 61.5 m 高的烟囱排入大气环境中，排放气载放射性流出物致公众照射的途径如图 11－3 所示，可见与图 11－2 基本相同。

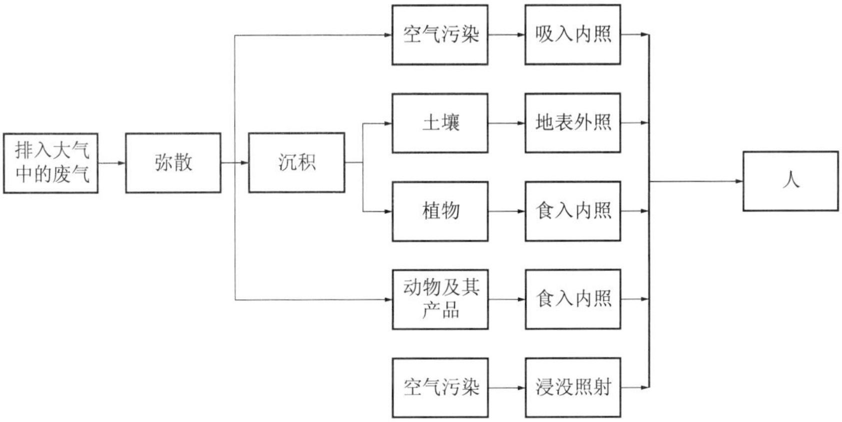


图 11－3　快堆气载放射性流出物对人的照射途径

在所有核素对关键居民组个人的年有效剂量中，$^{137}Cs$ 对关键居民组的年有效剂量贡献最大，其贡献为 80.41%，其次分别是 $^{134}Cs$（7.39%）、$^{60}Co$（6.18%）。

## 11.5.3　快堆事故情况下的辐射影响

在设计基准事故中，快堆的钠火事故是压水堆没有的事故。本节主要介绍快堆设计基准事故“一次钠回路净化管道泄漏事故”的辐射影响。

### 11.5.3.1　事故描述

本事故是一回路外无保护套管的钠净化管道（或阀门）泄漏。本事故可能由以下原因引起：无保护套管的管道（或阀门）发生泄漏。

在此事故中，由钠泄漏计算公式计算给出钠的泄漏率，钠流出后，在房间内开始燃烧。熔断丝在房间温度达到设定值熔断，同时给出火灾信号；自动火警探测系统也能根据房间中空气的温度、室内出现的烟雾和室内空气放射性活度的增加产生信号自动关闭反应堆出口处辅助管道上两个串联的闸阀，同时控制火灾系统的消防系统投入工作。

#### 11.5.3.2 保护参数和限制准则

反应堆事故保护参数整定值：以典型快堆为例，反应堆容器内钠液位比规定值低250 mm。为了防止钠泄漏的发展，设计了下述监测和保护措施：

（1）熔断丝熔断报警。

（2）根据房间中空气的温度、室内出现的烟雾和室内空气放射性活度的增加三个参数及控制电加热系统发出电加热器“对地”短路的信号监测房间中有无泄漏钠。这些信号自动形成命令：关闭隔离阀；将正常通风工况转为事故通风工况，事故通风设有过滤器。

（3）监测堆容器中的钠液位。当钠液位降低150 mm时形成报警信号，当钠液位降低250 mm时形成事故停堆信号，并给出自动关闭隔离阀的命令。

（4）监测堆气腔中的压力。当氩气压力降至0.045 MPa时发出报警信号，而当氩气压力降到0.04 MPa时发出事故信号要求停堆。

本事故属于事故工况，不应超过燃料设计允许限值，并保持有冷却堆芯的能力。事故后能把热量传到适当热阱，不会酿成更严重的事故，或导致反应堆冷却剂系统的功能丧失。

#### 11.5.3.3 分析方法和主要假设

池式钠火的气溶胶计算通常采用BOX程序。假设事故发生在309房间（一回路辅助系统管廊）。

反应堆的初始状态如下：

（1）在额定功率下双环路运行。

（2）事故冷却系统处在热备用状态。

事故分析的主要假设如下：

（1）事故发生在反应堆寿期末。

（2）主容器内的覆盖气体压力取最高值。

（3）保守假设房间中的气溶胶通过事故通风系统过滤后都排到大气中。

#### 11.5.3.4 事故源项

当发生一次钠净化管道泄漏事故时，事故环境释放的来源有两部分：一部分是发生该事故时反应堆正常运行在一次钠中积累的放射性核素活度；一部分是因泄漏钠燃料产生的气溶胶核素活度。本事故过程对一次钠中的放射性核素活度的形成没有影响。一次钠中的放射性可能有以下几个来源：一是冷却剂钠及其中杂质的活化产物；二是结构材料的腐蚀产物；三是燃料包壳破损进入一次钠的裂变产物，以及从破损燃料进入一次钠的少量燃料。

### 11.5.3.5　事故辐射后果

一次钠回路净化管道泄漏事故中，$^{24}$Na 是事故个人有效剂量的主要贡献者，其贡献为 98.7%；其次为$^{137}$Cs（1.27%）；其余核素贡献相对较小。从照射途径看，空气浸没为主要照射途径，占 67.3%；其次为空气吸入（22.5%）和地表沉积外照射（10.2%）。

# 第12章

# 概率安全分析

# 12.1 概述

概率安全分析（PSA）是核电厂评价风险、认识风险和管理风险的有效工具。PSA 技术起源于 20 世纪 70 年代，经过 40 多年的发展，该项技术已逐步发展为进行安全评价和安全决策的重要工具，为提高核电厂的安全性发挥了重要作用，其在核安全运营及监管领域的应用也日趋成熟。PSA 方法为核电厂设计、建造、运行、维修、人员行为、堆芯损坏事故物理进程以及对公众健康与安全的潜在影响等进行的综合分析提供了一种有效的手段。应用 PSA 技术不仅可以识别核电厂在设计和运行管理中的薄弱环节，从而有的放矢地加以改进，提高核电厂的设计与运行安全水平，而且还可以识别核电厂安全管理中过分保守或不合理的规定，加以适当的优化，提高核电厂的经济业绩。

PSA 作为一项重要的安全分析与评价技术，越来越受到各国核监管当局以及核电业界的重视。各国都在陆续开发并完善 PSA 相关的法规标准或导则以指导核电厂具体的概率安全分析工作。美国 NRC 自 1995 年颁布 PSA 应用的政策声明以来，一直在不断推进 PSA 在核电厂安全分析和安全决策领域中的应用，工业界也制定了诸多 PSA 分析与 PSA 应用标准。IAEA 自 20 世纪 90 年代开始陆续发布了多份 PSA 技术文件，对 PSA 分析及应用提出相关要求，为各国开展 PSA 分析、应用提供参考。我国核安全局也一直致力于推动我国 PSA 技术的开发和应用，发布了一系列法规标准，包括 HAF102、《技术政策：概率安全分析技术在核安全领域中的应用》、《概率安全分析报告格式内容及要求》和能源局NB/T 200037应用于核电厂概率安全评价系列规范等。经过多年的发展，PSA方法和技术体系已经日趋成熟。

根据不同的维度，PSA分为不同的等级。从工况角度，PSA分为功率运行、低功率和停堆工况；从分析对象角度，PSA分为堆芯PSA、乏池PSA及干式储存阱PSA；从始发事件的角度，PSA分为内部事件、内部灾害和外部灾害；从事故进程的角度，PSA分为一级、二级和三级。

一级PSA：系统分析。对核电厂运行系统和安全系统进行可靠性分析，确定造成堆芯损坏的事故序列，并作出定量化分析，求出各事故序列的发生频率，给出反应堆每运行年发生堆芯损坏的概率。

该级分析可以帮助分析设计中的弱点和指出防止堆芯损坏的途径。

二级PSA：一级PSA结果加上安全壳响应的评价。分析堆芯熔化物理过程和安全壳响应特性，包括分析安全壳在堆芯损坏事故下受的载荷、安全壳失效模式、熔融物质与混凝土的作用以及放射性物质在安全壳内的释放和迁移。结合第一级PSA结果确定放射性从安全壳释放的频率。

该级分析可以对各种堆芯损坏事故序列造成放射性释放的严重性作出分析，找出设计上的弱点，并对减缓堆芯损坏后的事故后果的途径和事故管理提出具体意见。

三级PSA：二级PSA结果加上厂外后果的评价。分析放射性物质在环境中的迁移，求出核电厂外不同距离处放射性物质浓度随时间的变化。结合第二级分析的结果，按公众风险的概念确定放射性事故造成的厂外后果。

三级概率安全评价能够对后果减缓措施的相对重要性作出分析，也能对应急响应计划的制定提供支持。

目前反应堆一级PSA技术已经非常成熟，而二级PSA也在轻水反应堆日趋发展成熟的过程中，三级PSA尚处于研究阶段。

## 12.2 基础知识

### 12.2.1 布尔代数和概率论

概率安全分析从数学模型层面的实质，是建立所评估的核电厂不期望事件发生风险与各个设备故障、人员失误等随机事件之间的关联。因此其求解过程会利用两个工具：布尔代数用于识别与不期望的事件发生等效的最小基本事件割集，概率论方法用于求解这些最小割集发生的概率。

### 1. 布尔代数

布尔代数常见计算定理包括：

公理1：交换律。对于任意逻辑变量 $A$、$B$，有

$$A+B=B+A \quad ; \quad A\cdot B=B\cdot A \tag{12-1}$$

公理2：结合律。对于任意的逻辑变量 $A$、$B$、$C$，有

$$(A+B)+C=A+(B+C) \tag{12-2}$$

$$(A\cdot B)\cdot C=A\cdot(B\cdot C) \tag{12-3}$$

公理3：分配律。对于任意的逻辑变量 $A$、$B$、$C$，有

$$A+(B\cdot C)=(A+B)\cdot(A+C) \tag{12-4}$$

$$A\cdot(B+C)=A\cdot B+A\cdot C \tag{12-5}$$

公理4：0—1 律。对于任意逻辑变量 $A$，有

$$A+0=A;A\cdot 1=A \tag{12-6}$$

$$A+1=1;A\cdot 0=0 \tag{12-7}$$

公理5：互补律。对于任意逻辑变量 $A$，存在唯一的 $\bar{A}$，使得

$$A+\bar{A}=1 \tag{12-8}$$

$$A\cdot\bar{A}=0 \tag{12-9}$$

### 2. 概率论

概率论定义：是根据大量同类随机现象的统计规律，对随机现象出现某一结果的可能性作出一种客观的科学判断，对这种出现的可能性大小作出数量上的描述；比较这些可能性的大小、研究它们之间的联系，从而形成一整套数学理论和方法。

$$P(E)=nE/N \tag{12-10}$$

概率是随机事件发生的可能性的数量指标。在独立随机事件中，如果某一事件在全部事件中出现的频率，在更大的范围内比较明显地稳定在某一固定常数附近，就可以认为这个事件发生的概率为这个常数。

关于概率论与统计数学的部分基本概念介绍如下：

事件（Event）：试验或观测的一种结果称为一个事件。

随机事件（Random）：在一定条件下，可能发生也可能不发生的事件称为随机事件。

频率（Frequency）：多次观测中一给定事件发生的次数。

概率（Probability）：度量一随机事件发生可能大小的介于 0 与 1 之间的实数。

任意一事件的概率 $P_A$，必有 $0 \leqslant P_A \leqslant 1$：

（1）$P_A = 1$ 意味着 $A$ 事件在给定的条件下一定发生，是必然事件。

（2）$P_A = 0$ 则是 $A$ 事件在给定的条件下根本不可能发生，这是不可能事件。

基本随机事件组中各事件的概率归一——概率的归一化条件。

若 $A_1$ 至 $A_n$ 构成一随机基本事件组，亦即包含了某随机现象所有可能独立出现的全部基本随机事件，那么 $A$ 便是必然事件：

$$P_A = \sum_{i=1}^{n} P_{A_i} = 1 \tag{12-11}$$

## 12.2.2　事件树 - 故障树分析方法

概率安全分析的核心方法是事件树 - 故障树分析方法。下面概述事件树、故障树的概念。

### 1. 事件树分析方法

事件树分析（Event Tree Analysis）法是一种逻辑演绎法，它在给定一个始发事件的情况下，分析此始发事件可能导致的各种序列的结果，从而定性和定量地评价了系统的特性，并帮助分析者获得正确的事故序列逻辑关系。一般将在始发事件发生后执行事故保护功能的主要系统叫作前沿系统（Front Line），而给前沿系统和重要部件提供电源、冷却等支持功能的系统，如供电系统叫作支持系统（Support System），在事故序列分析中确定要在事件树中进行“显式”（如果在故障树中分析，则对于事件树来说是“隐式”的）分析的系统或设备叫作题头事件（Title Event）。事件树示意图如图 12 - 1 所示。

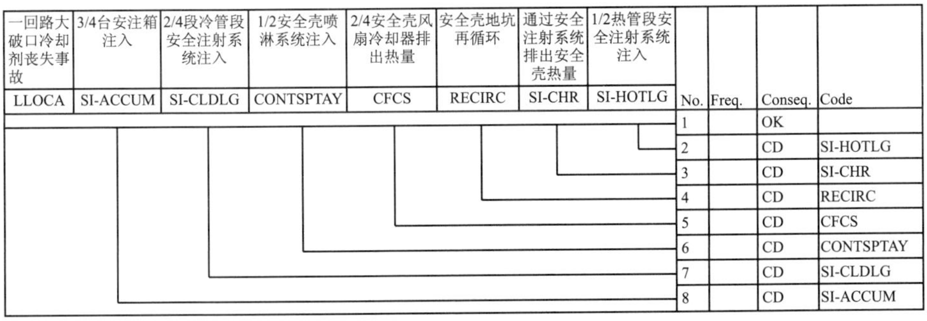
一回路大破口冷却剂丧失事故
3/4台安注箱注入
2/4段冷管段安全注射系统注入
1/2安全壳喷淋系统注入
2/4安全壳风扇冷却器排出热量
安全壳地坑再循环
通过安全注射系统排出安全壳热量
1/2热管段安全注射系统注入
LLOCA
SI-ACCUM
SI-CLDLG
CONTSPTAY
CFCS
RECIRC
SI-CHR
SI-HOTLG
No.
Freq.
Conseq.
Code
1
OK
2
CD
SI-HOTLG
3
CD
SI-CHR
4
CD
RECIRC
5
CD
CFCS
6
CD
CONTSPTAY
7
CD
SI-CLDLG
8
CD
SI-ACCUM

图 12 - 1　压水堆大 LOCA 事件树示意图

事件树的起点是始发事件，从始发事件到终态的一组持续的路径定义为一个事件序列，事件序列终点是成功（安全稳定状态）或不希望的后果（如堆芯损伤或放射性释放等）。始发事件和终态之间的事件称为题头事件，每个题头可分为两个或更多分支，一般使用双分支。一般而言，向下的分支表示较为不利的结果（如失效）。在事件树方法中对系统采用了“两态”模型，即系统不是成功就是失效。

事件树分析的步骤通常包括：

（1）根据所确定的每个始发事件组，识别其过渡到安全、稳定状态并防止堆芯损坏所必需的关键安全功能和执行功能的安全系统。而确定了所需安全功能和安全系统后，就需要识别在事故缓解过程中的操纵员干预行为。这些识别出的安全系统和操纵员动作即可作为事件树的题头事件。

（2）根据电厂特定的系统设计、应急规程、异常规程及电厂对始发事件的响应过程，建造事件树（可以先建造功能事件树，后建造系统事件树），事件树题头一般按照系统响应和操纵员动作的时间顺序进行排序。功能事件树题头表示某种安全功能，通过对功能事件树每个题头事件逐步分解和细化，最终得到系统事件树。

（3）简化事件树。为了简化事件树的结构，在保证逻辑正确的条件下是可以调整题头排序的。

（4）编制事件树分析报告，应描述事故序列分析过程，包括假设、分析方法和过程、模型描述以及定性分析结果等。

## 2. 故障树分析方法

故障树分析方法最早是由美国贝尔实验室提出的，应用于民兵导弹发射控制系统可靠性研究中。1965 年波音公司在系统安全年会上正式发表了成果报告，引起了科技界人士的重视和应用。1974 年，在美国核管会资助下，美国麻省理工学院物理学教授 N. Rasmussen 领导的一个研究组织发表了美国商用核电站概率风险评价报告 WASH - 1400 草案，起到了里程碑的作用。该研究报告的主要方法论就是事件树 - 故障树分析法。我国从 1978 年就开始紧跟美国先进水平进行了这种技术的研究和应用。在国家七五、八五科技攻关项目中，均采用了基于事件树 - 故障树的 PSA 技术对广东大亚湾核电站和秦山核电站进行了概率安全评价。故障树分析方法应用广泛，包括航空航天、核能行业、国防工业、海上石油开采和运输系统等。

故障树中常用的符号见表 12 - 1。

**表 12－1　故障树中常用的符号**

| 类型 | 符号 | 符号意义及说明 |
|---|---|---|
| 顶事件 | 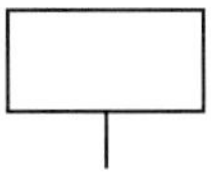 | 顶事件是指系统不希望发生的事件（如系统不能完成其功能），是所有事件联合发生作用的结果事件。顶事件位于故障树的顶端，是所分析的故障树中逻辑门的输出事件而不是输入事件 |
| 中间事件 | 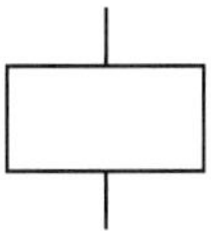 | 中间事件是位于底事件和顶事件之间的中间结果事件，它既是某个逻辑门的输出事件，同时又是另一个逻辑门的输入事件 |
| 基本事件 | 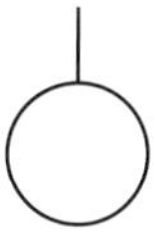 | 基本事件是指在故障树模型中，由于达到了合适的分解限度而不需要进一步展开的事件 |
| 未探明事件（待发展事件） | 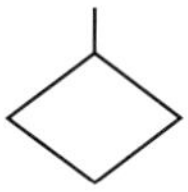 | 待发展事件是指原则上应进一步探明其原因，但由于某种原因暂时不必或暂时不能探明其原因的底事件 |
| 房形事件 |  | 房形事件是指在某一工作条件下，必然发生或者必然不发生的特殊事件 |
| 或门 | 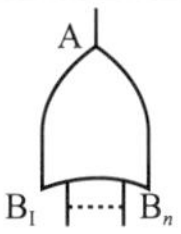 | 或门表示所有输入事件中，至少有一个输入事件发生时，或门的输出事件就发生 |
| 与门 |  | 与门表示当且仅当所有输入事件均发生时，与门的输出事件才发生 |
| 或非门 |  | 或非门表示当且仅当所有输入事件均不发生时，输出事件才发生 |
| 与非门 |  | 与非门表示在所有输入事件中，至少有一个输入事件不发生时，输出事件才发生 |
| 表决门 | 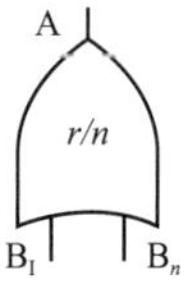 | 表决门表示在 $n$ 个输入事件中，至少有任意 $r$（$r \leqslant n$）个或 $r$ 个以上的事件发生时，输出事件才发生 |

续表

| 类型 | 符号 | 符号意义及说明 |
|---|---|---|
| 转移门 | 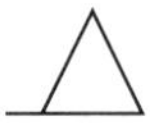 | 在故障树中，经常出现条件完全相同或同一个故障事件在不同位置出现的情况，为了避免重复绘制故障树和简化故障树图，可以使用转移门 |
| 禁门 | 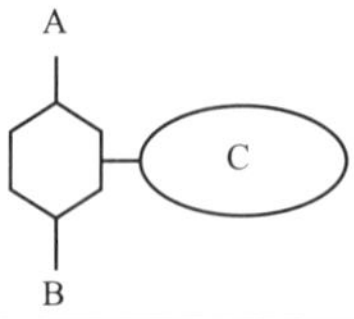 | 禁门表示当且仅当禁门打开的条件满足时，输入事件的发生才导致输出事件的发生 |

故障树分析方法就是把系统最不希望发生的状态作为系统故障的分析目标，然后寻找直接导致这一故障发生的全部因素，再跟踪追击找出造成下一级事件发生的全部直接因素，直至无须再深究其发生的因素为止。在故障树分析中，把这个最不希望发生的事件称为“顶事件”，无须再深究的事件称为“底事件”，介于两者之间的一切事件称为“中间事件”。分析中这些事件用相应的符号表示，并用适当的逻辑门把顶事件、中间事件和底事件连接成树形图，称为“故障树”（Fault Tree），简称 FT。以故障树为工具对系统故障进行评价的方法称为“故障树分析法”，简称“FTA”法。故障树示意图如图 12－2 所示。

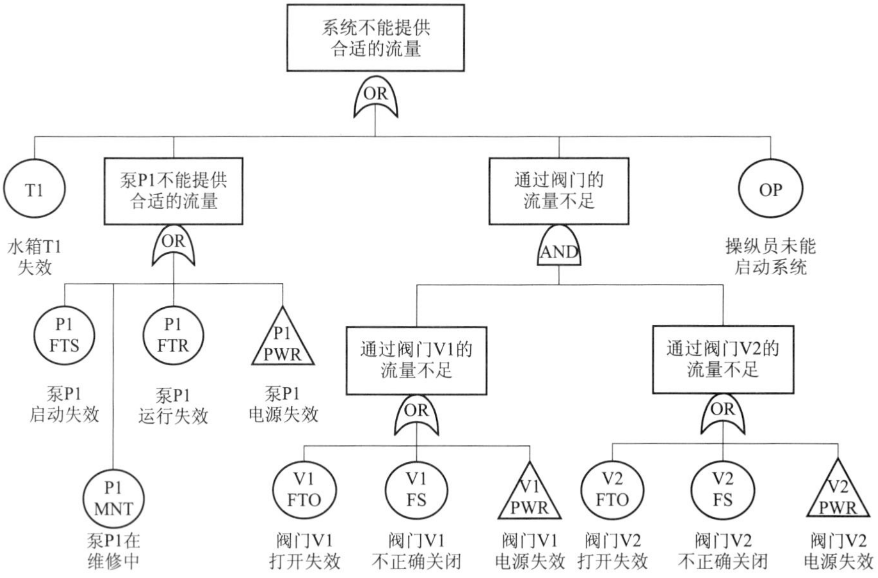


图 12－2　故障树示意图

故障树分析过程实际上也是加深对系统了解的过程，分析人员从整体角度出发，各种潜在失效对系统功能的影响途径和程度，并以故障树图的形式建立起各种失效事件的联系。故障树分析的步骤如下：

1）熟悉系统

选定系统后，需要收集并熟悉系统说明书、设计资料（如管道与仪表图、工艺流程图等）、运行规程、维修规程等，充分了解系统的设计、系统的功能、结构原理、运行情况及系统的边界定义等，应根据系统原理图画出简要的用于建树的流程图。还需根据系统的功能任务确定系统的失效判据，并找出导致失效的全部直接原因。

2）确定顶事件

顶事件是系统不希望发生的事件，对于同一个系统来说，可能包含不同的顶事件。在 PSA 分析中，通常根据事件树分析中对事件序列的热工水力学分析，确定事件树题头事件的成功准则，然后转换成对系统失效的定义，从而确定系统故障树的顶事件。在不同的事件树中可能涉及同一个系统，但其故障树的顶事件（或者说顶事件的失败准则）有可能是不同的。因此顶事件的确定必须与事件树分析和事故序列的进展过程相一致。

3）FMEA 分析

通过 FMEA 分析，识别故障模式和影响，为构建故障树逻辑提供输入。应保证对系统范围内的所有设备进行了 FMEA 分析，以确定每个设备的每个失效模式是否会导致某一级别的系统失效的发生。

4）建立故障树

建立故障树就是找出系统顶事件和导致顶事件发生的所有可能因素之间的逻辑因果关系，并将这种关系用各种逻辑门符号连接起来，形成故障树图。通过建立故障树了解系统的失效逻辑关系，找出导致系统顶事件发生的所有基本事件或基本事件组合，以评估系统安全性或可靠性，识别系统设计的薄弱环节并提供改进建议。

5）定性分析

定性分析是定量分析的基础，其目的是在于找出导致系统顶事件发生的原因事件或原因事件的组合，识别顶事件发生的所有失效模式，找出故障树的所有最小割集。通过最小割集分析，发现系统的薄弱环节，以便改进设计，还可用于指导故障诊断，改进运行和维修方案等。

6）定量分析

定量分析的主要目的是在得出故障树的所有最小割集之后，若确定了所有底事件的发生概率，则可以得到顶事件的发生概率，从而对系统的安全性、可靠性和风险性做出定量化的评估。

7）结论和改进建议

根据定性分析和定量分析的结果，识别系统的薄弱环节，找出系统的潜在风险因素，同时考虑经济性等因素，提出降低系统故障风险、提高系统可靠性的改建建议。

## 12.3　一级 PSA

一级 PSA 分析目的是识别可能造成堆芯损伤的事故序列，评估堆芯损伤频率，对核电厂的安全性和平衡性进行评价，提出防止堆芯损伤的措施。一级 PSA 的主要内容及工作流程如图 12－3 所示。

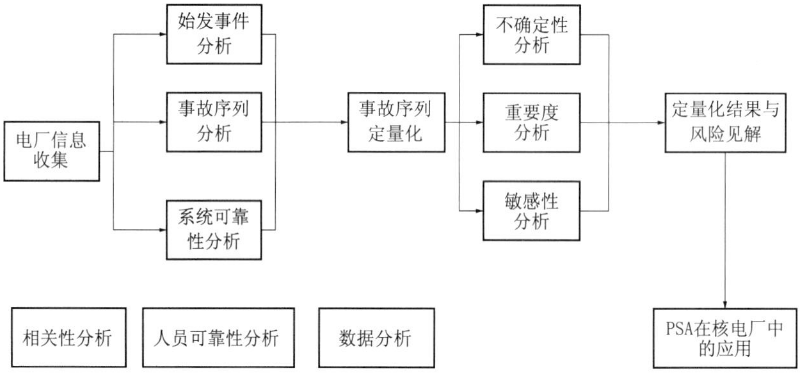


图 12－3　一级 PSA 分析流程

一级 PSA 分析的技术要素主要包括：始发事件分析、事故序列分析、系统分析、数据分析、人员可靠性分析以及事故序列频率的评估。这是 PSA 工作的主要组成部分，在进行事故序列分析和系统分析时，由于相关性而需要作多次反复迭代才能得出正确的结果。

### 12.3.1　始发事件分析

始发事件是指对核电厂正常运行造成扰动，并且为了防止堆芯损伤，要求成功缓解的事件。始发事件分析的目的是确定会导致堆芯损伤的事件，并对这些事件予以定量化。始发事件是事故序列分析的起始点。为确保核电厂 PSA 的正确性，始发事件的确定力求完整。

### 1. 确定始发事件清单

能否全面完整地获得始发事件是决定 PSA 工作质量的基础，所以 PSA 工程师总是尽可能地获得完整的始发事件。但是电厂是个极其复杂的系统，任何方法都难以单独胜任获得完整的始发事件清单，所以数种方法相结合并相互印证，是尽可能获得完整的始发事件清单的必要手段。

确定始发事件的方法或者理论很多，大致可以分为以下几个大类：

（1）逻辑演绎。

（2）工程分析。

（3）运行经验参考。

（4）标准或其他项目清单参考。

逻辑演绎法是以堆芯损伤或者反应堆停堆保护之类的某一特定事件为起点，运用逻辑图表的方式由这一点出发推演可能导致这一特定事件的所有事件，分析可能导致危险的各类初因。

工程分析法是逐个分析每个系统设备是否存在构成初因事件或者初因事件一部分的故障模式，进而识别全部的始发事件。

这两种方法统称为分析法，区别在于前者更依赖有经验的 PSA 工程师，容易遗漏事件，工作量相对较小，适用于项目早期；后者更依赖完备的设计资料，不易遗漏事件，工作量相对较大，适用于设计完善之后。

运行经验参考是指参考本电厂或同型号电厂的运行经验，总结始发事件，这是理论上最为可靠的方法。由于电厂的运行时间有限，这种方法几乎不可能用以识别一些低频率的始发事件，这种方法的意义在于，能反映特定电厂本身的运行特征，能识别部分在设计或标准清单中遗漏的特殊事件。

真实的运行记录是非常有价值的参考，需要说明的是，可以参考的不但包括反应堆运行中的紧急停堆、非计划手动停堆记录，还包括有导致反应堆紧急停堆的征兆但是被操作员及时缓解的事件。

参考真实运行记录时需要明确观察到的停堆事件的真正原因，分析其是否应当列入始发事件中，例如某些早期的运行或者设计问题可能已经在后续的运行中得到了有效改善，那么相关的记录可以不做考虑。

### 2. 始发事件分组

PSA 分析中，一般不会一一分析每一个始发事件，而是在详细始发事件清单的基础上，对这些始发事件进行分组，以减少后续事件树分析、定量化分析的工作量。

始发事件分组应遵循的基本原则是：每一组始发事件响应相同，能够用统一事件树进行分析，或者响应略有差异，但是进行保守分析不会导致过于不真实的结果。

华龙一号功率运行内部始发事件清单及分组如表 12－2 所示。

表 12－2 华龙一号内部始发事件（功率运行工况）

| 始发事件组 | 子始发事件 |
|---|---|
| 大 LOCA | 一回路热段大破口 |
| | 一回路冷段大破口 |
| 中 LOCA | 一回路冷段中破口 |
| | 一回路热段中破口 |
| 小 LOCA | 一回路小破口 |
| 极小 LOCA | 控制棒泄漏 |
| | 稳压器泄漏 |
| | 一回路系统其他部分泄漏 |
| 压力容器破裂 | 压力容器破裂 |
| 界面 LOCA | 安全壳外与一回路相连界面系统的泄漏 |
| 蒸汽发生器传热管破裂 | 蒸汽发生器传热管破裂 |
| 一回路瞬态 | 一回路失流（一条环路） |
| | 失控提棒 |
| | 控制棒驱动机构（CRDM）失效或落棒 |
| | 稳压器低压 |
| | 稳压器高压 |
| | 安全壳压力问题 |
| | 化容系统故障——硼稀释 |
| | 压力/温度/功率不平衡——棒位错误 |
| | 完全丧失一回路流量 |
| | 稳压器喷淋失效 |
| | 误停堆 |
| | 自动停堆 |
| | 手动停堆 |
| | 主泵轴封注入丧失 |
| | 稳压器电加热器误启动 |
| | 应急硼注入系统误启动 |

续表

| 始发事件组 | 子始发事件 |
|---|---|
| 丧失给水 | 完全丧失给水流量（所有环路） |
| | 所有 MSIV 关闭 |
| | 给水流量增加（单环路） |
| | 给水流量增加（所有环路） |
| | 给水流量不稳定——操纵员失误 |
| | 给水流量不稳定——各种机械原因 |
| | 丧失冷凝泵（所有环路） |
| | 丧失冷凝器真空 |
| | 冷凝器泄漏 |
| | 丧失循环水 |
| 丧失外电源 | 丧失所有厂外电源 |
| 给水管道破口 | 给水管道大破口 |
| | 给水管道小破口 |
| | 非能动余热排出系统水侧破口 |
| 蒸汽管道破口 | 安全壳内大破口 |
| | 安全壳外主蒸汽隔离阀上游处大破口 |
| | 安全壳外主蒸汽隔离阀下游处大破口 |
| | 安全壳内小破口 |
| | 安全壳外主蒸汽隔离阀上游处小破口 |
| | 安全壳外主蒸汽隔离阀下游处小破口 |
| | 非能动余热排出系统汽侧破口 |
| 丧失热阱 | 丧失全部热阱 |
| | 丧失部分热阱 |
| 二回路瞬态 | 主蒸汽隔离阀全部或部分关闭（MSIV - 单环路） |
| | 二回路各种泄漏 |
| | 蒸汽卸压阀突然打开 |
| | 汽机跳闸 |
| | 停发电机或发电机引发的故障 |
| | 非能动余热排出系统误启动 |
| 丧失直流电源 | 丧失直流电源 |
| 丧失压缩空气 | 丧失仪用压缩空气 |
| 未能紧急停堆的预期瞬态 | 未能紧急停堆的预期瞬态 |

### 3. 始发事件频率

始发事件分析工作的最后一步是确定始发事件组的频率。

始发事件组的频率是组内各始发事件的频率之和，实际操作中，直接分析始发事件组频率或者是分析每个始发事件组频率然后相加都是合理的做法，这往往取决于可以参考的数据来源等详细的技术因素。

始发事件发生频率一般以1/堆年为单位。分析始发时间前需要首先明确电厂处于所分析工况的时间比例。例如反应堆有90%时间处于额定工况，那么相关始发事件频率需要考虑是否应当乘以90%（取决于频率来源）。

始发事件的频率分析方法总的来说可以分为两个大类：故障树－部件可靠性数据分析方法与电厂运行数据直接分析。

## 12.3.2 事件序列分析

根据始发事件分析结果，确定各始发事件组为防止堆芯损伤所需要执行的安全功能，对每种安全功能，确定执行（单独执行或与其他系统一起执行）该安全功能的全部前沿系统，并加以分类。确定安全功能与相应的前沿系统的关系，采用这些相关的前沿系统展开事件树。

事故序列分析主要包括三个相互关联的任务，即堆芯损伤定义、功能分析和系统成功准则以及事件序列建模。堆芯损伤定义的目标是以明确定义序列和系统成功准则的方式定义与堆芯损坏相对应的核电厂工况。功能分析和系统成功准则的目标是确定核电厂系统和部件的成功准则。事件序列建模任务的目标是确定核电厂和操纵员对各种异常工况的可能响应范围，并为始发事件分析中定义的所有始发事件组建立事件树。

## 12.3.3 系统可靠性分析

核电厂对始发事件的响应提供了一种有效的事件序列模型化技术进行模型化处理，事件序列模型中的关键要素是系统的成功与失败。系统可靠性分析的目标是确定并量化在始发事件分析和事件序列分析中所涉及的每个核电厂系统的失效原因，包括：确定系统级的成功准则、任务时间、操纵员动作的时间窗口和假设；识别可能影响系统不可用度或影响系统对事件序列贡献的人员差错和操纵员动作；评价系统的各种初始接入状态，使其达到确定堆芯损伤所需要的程度；识别并考虑系统之间的相关性和系统内部的相关性，并给出所确定的核电厂系统失效状态的发生概率，即系统的不可用度。在 PSA 中一般采用故障树方法进行系统可靠性分析。

### 12.3.4　相关性分析

在事件序列分析中，相关性分析是一个复杂但很关键的问题，必须认真加以对待。核电站的设计中考虑了安全功能的备用，系统设计也考虑了多列冗余，而各个系统或列并不都是独立的，很多系统之间都有相关性。系统的相关性对于多个系统故障和事件序列均有很大的影响，相关性导致多个互为备用的功能和列会一起失效。

相关性包括功能相关性、实体相关性、人因事件相关性及部件失效相关性。在分析中，需要确定出可能降低安全系统和部件可靠性的各种相关性，并作出系统化的分析。功能相关性和实体相关性应尽可能地在事件树和故障树分析中明确地建模，功能相关性和实体相关性体现在具体的事件树和故障树模型。

1）功能相关性

这类相关性是由于共享部件或是过程耦合造成设备之间的相关性。共享部件是指同一部件多个设备的相关性。如一个系统或部件组的功能依赖于另一系统或部件的功能时，就会出现系统或部件之间的功能相关性。系统或部件之间可能出现的过程耦合主要体现在电气、冷却、气源和通风等支持系统上。

2）实体相关性

存在两种类型的实体相关性。一种是始发事件的发生导致一个安全系统或部件的失效，从而导致提供保护作用的某些安全系统或部件的失效。如配电系统、仪表气或冷却水系统部分或全部丧失导致一个瞬态，并使得一个或多个所需的安全系统降级或失效。另一种是内部危害（火灾、水淹）或外部危害（极端环境条件，如地震或飞机撞击）能够引起一个始发事件，瞬态或 LOCA，并使提供保护作用的某些安全系统或部件失效。对于内部危害，安全系统失效可能引起管道突然移动、飞射物、喷射冲击、环境效应等。

3）人因相关性

操纵员在维修、试验或校准时发生错误导致安全系统或部件不可用或失效，就会出现人因相关性。当一个始发事件发生后，这些系统或部件将无法运行。事故后，同一事件序列中多个人误事件也可能存在相关性。

4）部件失效相关性

部件失效相关性涉及的是在相同部件中出现的失效。这些失效可能是由于设计、制造、安装、校准或运行缺陷造成，通过共因失效方法进行处理。共因失效是由于某一个原因和一些不能显式表达的耦合机理两个因素同时出现的结果。共因失效分析过程中，要对共因事件进行识别和筛选，查找系统中可能导致部件失效的根本原因和是否存在耦合因素，从而确定共因事件组。然后通过建立共因事件模型对共因进行定量分析。共因事件模型有 $\beta$ 模型、MGL 模型和 $\alpha$ 模型等。

### 12.3.5 数据分析

数据分析的主要目的是提供系统故障树定量分析以及事件序列定量分析所需要的基本事件数据，这些数据包括设备可靠性参数、始发事件发生频率、共因失效参数及人误失效概率。数据分析主要是收集、整理和比较相近行业经验的通用数据以及同类型核电厂 PSA 的数据和电厂特定数据，由这些数据建立一套 PSA 数据库。

为了保证设备可靠性数据库与电厂 PSA 模型相一致，至关重要的一步是对系统的每个失效模型的数据要求进行全面的审查。某个设备有哪些典型的失效模式决定了系统故障树模型的展开深度，而主要的数据需求又是故障树建立过程中提出的。所以系统故障树建模工作与设备失效数据收集工作必须相互配合，并进行迭代，才能保证 PSA 分析定量化结果能够正确反映数据库所包含的信息。

### 12.3.6 人员可靠性分析

人员可靠性分析（HRA）必须按一种结构化的、有逻辑的方式进行，分析的每一步都有文档记录，可进行追溯。这是特别重要的，因为进行人员可靠性分析的有效方法有很大变化，该领域当前还正在发展中。所选 HRA 方法的一致性和正确应用是一个成功 HRA 的关键因素。

人员失误通常分为三类：一是始发事件前的人员失误，简称 A 类人误；二是引起始发事件的人员失误，简称 B 类人误；三是始发事件后的人员失误，简称 C 类人误。

（1）A 类——始发事件发生前影响了系统或设备可用性的人员动作，能导致系统或设备的潜在不可用，包括维护、校验、测试等，一般在故障树中考虑，又称始发事件前人误事件。

（2）B 类——引起始发事件的人员动作，一般在始发事件频率中考虑，又称引起始发事件的人误事件。

（3）C 类——在响应始发事件中而进行的人员动作，在事故处理过程中发生的人因失误，包括诊断、决策及操作。HRA 分析中重点考虑的人员动作，一般在事件树或故障树中考虑，又称始发事件后人误事件。

人员可靠性分析通常包括下列步骤：熟悉电站的基本情况，识别收集需评价的人员行为，确立这些人为行动的重要程度（定性和定量筛选），将这些人为行动加入逻辑模型中恰当的部分，选择合适的人员可靠性分析方法，对人误事件进行定量化分析，并对所完成的分析进行文档记录。

### 12.3.7　事件序列定量化

事件序列定量化的目标是将 PSA 其他要素（包括事故序列分析、系统分析、人员可靠性分析及数据分析等）的分析模型、数据等正确地整合在一起，形成能够客观反映当前设计、运行、维修的实际情况（规程、配置策略等）和运行经验的 PSA 模型，并进行定量化分析，在考虑相关性的基础上，确定始发事件、事故序列和基本事件（设备不可用和人员失误事件）等堆芯损伤频率（Core Damage Frequency，CDF）的重要贡献因素，分析不确定性并作适当的定量化计算，以及对过度保守的因素考虑恢复动作，以得到反映电厂实际的尽可能现实的风险见解，并求得导致堆芯损伤的定性结果和定量结果（堆芯损伤频率），识别出导致堆芯损伤的支配性事故序列以及引起堆芯损伤的最小割集。

事件序列定量化的过程首先需要对每个始发事件组利用事件树和故障树形成的逻辑模型进行定性分析，然后利用始发事件发生频率、设备失效概率、设备试验维修不可用度、共因失效概率、人误失效概率等数据计算事故序列发生频率，以及各种堆芯损伤状态的发生频率及其总和。

### 12.3.8　不确定性分析

在 PSA 分析中，由于人们对核电厂严重事故进展的物理过程、现象的认识水平有限，一些重要的分析模型存在不确定性。另外有些可靠性参数，如部件的失效率、不可用度及始发事件的频率等本身就是随机变量，而且在确定这些参数时，由于数据的缺乏、部件运行记录的不完整以及工业界数据应用于特定电厂分析中等，必然使得分析结果存在不确定性。这些不确定性经过传播将造成故障树和事件树定量结果的点估计值有一定的不确定性。这其中的不确定性可分为以下三个主要类别：分析的不完备性、模型不确定性和参数不确定性，而 PSA 可以对其中的大部分参数不确定性进行定量描述。

1）分析的不完备性

PSA 模型的目标是找出能够导致不希望后果（对一级 PSA 来说是堆芯损坏）的所有可能的情景。但是不能保证这个过程是完备的，所有可能的情景都被识别和评价了。这种不完备性引起了结果的不确定性。这类不确定性是很难评价或定量化的。需要对始发事件的识别和电站响应建模进行仔细审查，以保证由分析的不完备性引起的不确定性尽可能合理地小。

2）模型的不确定性

对于已识别出的事故情景，概念模型、数学模型、数值近似、程序错误和计算限制都会带来不确定性。如何建立适当的模型来比较真实地反映反应堆设计、运行和对事故响应等的状况，一直是 PSA 分析者追求的目标。模型不确定性的定量化仍然是个很困难的任务，目前还没有被认可的有效方法。可以通过审查敏感性分析结果的办法来评价模型不确定性的相对重要性。

3）参数的不确定性

数据的缺乏或不足、电站系统或部件的变化，以及由专家所作的工程判断，造成 PSA 所用的各种模型的参数存在不确定性。参数不确定性是三种不确定性中目前最可定量化的一种。应该重点考虑下列问题：不确定性分析的方法、对不同参数选择分布和输入数值（包括误差因子或标准偏差）的估计，以及在不确定性定量化过程中是否正确处理了相关性（如变量之间的相互关系），以保证不确定性分析过程在技术上是精确的，其不确定性在模型中的传播是正确的。

不确定性分析是对 PSA 结果中的不确定性给出定性的讨论和定量的度量，目标是为 PSA 结果（即堆芯损坏频率、各类事件序列的频率）的不确定性提供定量分析手段和定性讨论。在 PSA 分析的每一步都有不确定性问题，有些不确定性可能还很大。无论是定性还是定量分析，都要考虑数据库的不确定性、建模时假设的不确定性以及分析的完整性。

PSA 中一般采用 Monte - Carlo 模拟法对基本事件输入参数的不确定性进行定量化分析。Monte - Carlo 模拟法根据 PSA 中的参数（包括始发事件频率、失效率、设备不可用度、人因失效概率等）的概率分布函数产生随机数，由最小割集分析产生的最小割集形成计算顶事件概率的布尔方程，通过反复应用不同的抽样结果来计算顶事件的概率或堆芯损伤频率。当抽样次数越大时，顶事件的概率值或堆芯损伤频率的抽样结果越接近于它的连续分布。

### 12.3.9 重要度分析

由于核电厂中各个系统、部件、始发事件及人误事件等在 PSA 模型中的地位不同，以及它们的发生概率（或频率）不同，它们对电厂堆芯损坏频率的贡献也不相同。重要度分析的目的是确定堆芯损坏频率、事件序列频率和系统不可用度的各贡献者的重要性。重要度分析对 PSA 的应用如设计修改或识别设计弱点等特别重要。

在 PSA 中，可以定义不同表达式的重要度指标，这些不同的重要度指标从不同角度审视了基本事件（或系统）在不同状态（配置）下对核电厂风险的影响。基本事件包括始发事件、部件失效、人员失误和共因失效等。下面介绍几种常用的重要度指标。

1）Fussel－Veseley 重要度（FV 重要度）

FV 重要度是指包含基本事件 $i$ 的堆芯损伤最小割集的发生频率对总堆芯损伤频率的贡献。FV 重要度分析仅适用于基本事件和共因失效事件。其数学表达式如下：

$$FV_i = \frac{F_i}{F} \tag{12-12}$$

式中，$F_i$ 为包含基本事件 $i$ 的堆芯损伤最小割集的发生频率之和，$F$ 为总堆芯损伤频率。

从 FV 的定义公式可以看出，FV 衡量当前包含基本事件 $i$ 的所有割集的风险占基准风险分比例。FV 描述基本事件 $i$ 从实际概率值改变到0时对整个电厂风险的贡献大小，它表征基本事件 $i$ 代表的部件失效对电厂的总贡献，因此 FV 通常被称为风险重要性参数。FV 是风险比值，一般称为相对风险当量。美国电力研究协会 EPRI 提出 FV 大于0.5%的部件以及 FV 大于5%的系统是风险重要的。

2）Fractional－Contribution 重要度（F－C 重要度）

FC 重要度是指包含基本事件 $i$ 的堆芯损伤频率最小割集的发生频率对总堆芯损伤频率的贡献。其数学表达式如下：

$$FC_i = 1 - \frac{F(q_i = 0)}{F} \tag{12-13}$$

式中，$F$（$q_i=0$）表示基本事件 $i$ 故障概率为0时的堆芯损伤频率，$F$ 为总堆芯损伤频率。对于基本事件，重要度 FC 与重要度 FV 是一致的，但数学表达式不一样。FC 是风险比值，一般称为相对风险当量。

3）风险增加当量 RAW（也称为风险增加因子 RIF）

风险增加当量 RAW 是指假定部件 $i$ 已失效时，堆芯损伤频率的增加率。其数学表达式如下：

$$RAW_i = \frac{F(q_i = 1)}{F} \tag{12-14}$$

式中，$F$（$q_i=1$）表示部件 $i$ 故障概率为1时的堆芯损伤频率，$F$ 为实际总堆芯损伤频率。

从 RAW 的定义公式可以看出，RAW 衡量当基本事件 $i$ 因为失效、试验或维修等不可用时（部件故障概率为1），对整个电厂风险的影响，以及其需要返回到工作状态的迅速程度的要求。RAW 反映了当基本事件 $i$ 失效后剩余系统的纵深防御能力。RAW 重要度越大，则要求试验、维修或失效的时间越短，希望尽快使之恢复到工作状态。因此，RAW 通常被称为安全重要性参数。通常认为若

RAW 大于 2，即基本事件 $i$ 失效，将使系统风险增加一倍以上，则判断此基本事件代表的 SSC 是安全重要的。RAW 是风险比值，一般称为相对风险当量。

4）风险减少当量 RRW（也称为风险减少因子 RDF）

风险减少当量 RRW 是指假设部件 $i$ 完全可靠不会失效时，堆芯损伤频率的降低率。其数学表达式如下：

$$RDF_i = \frac{F}{F(q_i = 0)} \tag{12-15}$$

式中，$F\ (q_i = 0)$ 表示部件 $i$ 故障概率为 0 时的堆芯损伤频率，$F$ 为实际总堆芯损伤频率。

从 RRW 公式的定义可以看出，RRW 衡量部件完全不会失效情况下，电厂堆芯损伤风险降低的程度。RRW 的值越大，表示部件对电厂风险的影响越大，则部件越重要。RRW 是风险比值，一般称为相对风险当量。

## 12.3.10 敏感性分析

敏感性分析的目的是找出那些对结果有潜在重大影响的问题，如建模假设和数据等。这些假设或数据通常是在缺乏信息或强烈依赖于分析者判断的情况下得出的。在敏感性分析中用另外的假设或数据进行替换，评价它们对结果的影响。

敏感性分析工作包括两部分内容：一部分是计算机程序自动实施的敏感性分析；另一部分是手动实施的敏感性分析专题。

通常可以利用计算机软件自动完成对始发事件、基本事件、共因组、人误事件和可靠性参数的敏感性分析，其分析方法主要是通过改变这些事件的参数值，一般参数值变化量为 10 倍左右，计算其对总堆芯损伤频率的影响。

另一方面，为正确评价 PSA 模型中相关假设或设计特征对于结果的影响，需要分析人员手动开展一些敏感性分析专题。PSA 建模过程中给出的假设需要逐个进行分析，特别是那些由于资料信息不全而进行的保守假设；也可以根据重要度分析结果识别一些需要手动实施的敏感性分析专题，但在筛选敏感性分析的候选项目时要谨慎，初步计算出重要度很低的设备很可能只是反映了之前预设假设的结果，而如果假设本身有问题，其重要度可能显著提升。

在计算机程序中进行的敏感性计算内容包括：

将被考虑对象（始发事件频率、基本事件概率或某个参数等）的值除以敏感性因子（任何大于 1 的数，一般默认为 10），若要进行敏感性分析的是底事件组，则在此组内的所有底事件的概率值都要除以敏感性因子，计算得到一个新的堆芯损伤频率的结果，用 $F_{\mathrm{TopL}}$ 表示。

将被考虑对象的值乘以敏感性因子，若要进行敏感性分析的是底事件组，则此组内的所有底事件的概率值都要乘以敏感性因子，计算得到一个新的堆芯损伤频率的结果，用 $F_{\mathrm{TopU}}$ 表示。

则敏感度的数学表达式为

$$S = \frac{F_{\mathrm{TopU}}}{F_{\mathrm{TopL}}} \tag{12-16}$$

式中，$F_{\mathrm{TopU}}$ 表示敏感性分析对象的参数乘以敏感性因子后的堆芯损伤频率，$F_{\mathrm{TopL}}$ 表示该对象的参数除以敏感性因子后的堆芯损伤频率。

## 12.4　二级 PSA

核电厂二级 PSA 主要分析堆芯熔化之后的物理过程以及安全壳响应特性，从而确定从安全壳释放放射性物质的频率以及源项。通过二级 PSA 的研究，可以从总体上分析核电厂的严重事故风险水平，还可以分析核电厂中严重事故不同的发展进程及其发生可能性，分析严重事故缓解措施设计的有效性，分析不同的安全壳失效模式及其发生频率，并论证大量放射性释放频率（Large Release Frequency）满足设计概率安全目标。

本节以压水堆核电厂为例，说明二级 PSA 的主要技术和工作流程，如图 12－4所示。

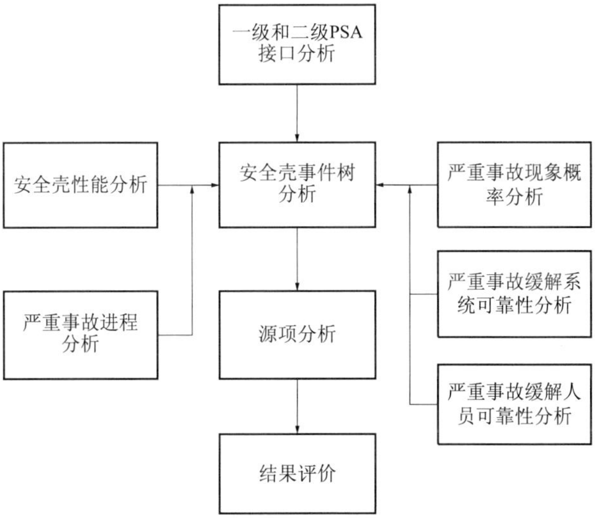


图 12－4　二级 PSA 技术要素

### 12.4.1 一级和二级 PSA 接口分析

一级 PSA 可以得到大量的堆芯损坏事故序列，对每个堆芯损坏事故序列都进行详细的严重事故分析并构建安全壳事件树既不可行也没有必要。一般做法是按照后续严重事故进程的相似性将这些堆芯损坏事件序列归入数量较少的电厂损伤状态（Plant Damage States，PDS），针对这些电厂损伤状态分别构建安全壳事件树进行分析。

一级和二级 PSA 接口分析需要确保为一级 PSA 的堆芯损坏频率（CDF）分析和二级 PSA 的大量放射性释放频率（LRF）分析之间提供充足和有效的信息传输。分析中一般要求包括以下两个方面的内容：

（1）接口分析特征量及属性的确定。

（2）堆芯损伤序列归组。

PDS 特征量及其属性用来为二级 PSA 严重事故进程的分析提供适当的初始条件和边界条件。为了确保一级 PSA 中所得 CD 序列的关键信息能够有效地传递到二级 PSA 严重事故进程分析的模型中去，需要对能够影响严重事故发展进程的各种因素进行分析，以选取确定对后续事故进程、安全壳响应以及放射性源项释放有重要影响的 PDS 特征量及属性。

根据国际上二级 PSA 相关的导则与标准，对 CD 后的严重事故进程、安全壳响应及放射性源项释放有重要影响的因素主要包括：始发事件类型（LOCA、瞬态、旁路等）、CD 时主系统的压力（高压、低压）、重要缓解系统的状态（安喷系统、安全壳隔离系统以及其他重要的支持系统等）、蒸汽发生器二次侧完整性（有无破口及破口位置等）以及安全壳的完整性（完好、旁路等）等。具体特征量及其属性的确定则与特定电厂设计以及所选用的二级 PSA 建模方法有关。

### 12.4.2 安全壳性能分析

安全壳性能分析的目的是确定严重事故进程中安全壳抵御各种威胁安全壳完整性因素的能力。安全壳承载能力分析是进行安全壳事件树（Containment Event Tree，CET）定量化的基础。主要内容是确定严重事故下安全壳失效模式和安全壳的失效准则，并得到以安全壳压力等关键参数为变量的安全壳失效概率曲线，用于支持 CET 中有关安全壳失效概率的计算。

安全壳行为是二级 PSA 的主要研究对象。安全壳对严重事故的响应，既取决于严重事故情景（由接口分析得到的 PDS 引发），也取决于安全壳的设计性能特点。二级 PSA 分析需要评估放射性物质从安全壳释放的频率，因此安全壳能否承受严重事故环境条件并防止放射性物质大规模释放是二级PSA分析的重要内容。为此，需要了解安全壳的设计特点，识别安全壳可能的失效模式，并对安全壳抵御各种威胁的能力进行评估。

安全壳性能分析是进行安全壳事件树分析和定量化分析的基础，其目的是识别安全壳可能的失效模式，并对安全壳抵御各种失效模式的能力进行评估。

按照分析需求的不同，安全壳失效模式可以划分为不同的形式。一般来说，可以按照以下两种方式对安全壳失效模式进行划分：

（1）按照安全壳失效的机理进行划分：如安全壳缓慢超压失效、快速超压失效、安全壳旁路失效、底板熔穿、撞击或拉扯导致安全壳局部应力集中失效等。

（2）按照导致安全壳失效的严重事故现象进行划分：如由于氢气燃烧导致的安全壳失效、蒸汽爆炸导致的安全壳失效等。这些失效是由于不同的严重事故现象导致的。

压水堆二级 PSA 中考虑的主要安全失效模式包括：

（1）安全壳隔离失效。

（2）安全壳旁路失效。

（3）蒸汽爆炸导致安全壳失效。

（4）安全壳底板熔穿失效。

（5）安全壳超压失效。

### 12.4.3　严重事故进程分析

为支持二级 PSA 的建模分析（包括安全壳事件树中事故序列逻辑的构建、严重事故缓解人员操作时间窗口的确定、严重事故现象概率的分析等），需要选取一系列典型的严重事故序列进行事故进程分析计算。二级 PSA 分析中，需要针对一级和二级 PSA 接口分析得到的各个电厂损伤状态选取一系列严重事故序列进行分析计算。

尽管压水堆核电厂可能存在成千上万个不同的严重事故序列，但堆芯熔化的物理过程基本是相同的。

严重事故的发展过程一般为：在严重事故的初始阶段，由于主冷却剂管道发生破口或冷却不足导致的稳压器安全阀开启，造成堆芯冷却剂流失。此时，如果堆芯得不到充分冷却，将发生堆芯裸露，燃料温度将不断上升，并且发生锆合金包壳与水蒸气的氧化反应产生氢气。随后，控制棒、燃料棒和支撑结构发生熔化，并向下坍塌，堆熔混合物随着下栅板及下支撑板的失效掉入下腔室。如果此时下腔室内有残存水，则可能发生燃料冷却剂相互作用（FCI）并可能引发压力容器内蒸汽爆炸。此时，如果熔融物没有能够最终冷却下来，压力容器下封头将会被熔穿。根据一回路系统压力的不同，熔融物将会掉入或喷射进入堆腔，并可能进入安全壳气空间而造成直接安全壳加热（DCH）。如果堆腔内有水，熔融物还会和堆腔内的水发生相互作用并引发压力容器外蒸汽爆炸。此外，堆芯熔融物还会与混凝土底板发生相互作用（MCCI），堆腔底板轴向及径向将发生熔蚀，并释放出大量蒸汽、氢气以及其他不可凝气体。氢气等可燃气体的累积可能导致氢气燃烧或爆炸，蒸汽或不可凝气体的累积则可能导致安全壳超压失效。

尽管严重事故的发展过程类似，但由于始发事件以及后续系统响应的差异，严重事故的发展速度会有较大差别。如大破口事故发展较快，而全厂断电事故则发展较为缓慢。

严重事故进程分析可以采用一体化程序，如MAAP、MELCOR、ASTEC等，这些一体化程序可以模拟从事故序列发生直至放射性物质从安全壳释放到环境的完整过程，包括堆芯熔化进程、裂变产物从燃料元件释放到压力容器及在反应堆冷却剂回路的迁移、压力容器失效、燃料与混凝土相互作用、裂变产物在安全壳内迁移以及安全壳内的其他行为。为了研究特定的现象，也可以采用对特定事故现象进行详细模拟的机理程序，如SCDAP－RELAP5（堆内过程）、CONTAIN（堆外过程）、VICTORIA（放射性迁移）等。

### 12.4.4 安全壳事件树分析

作为二级PSA的核心要素，二级PSA中通过CET分析CD发生的情况下各种可能的严重事故发展进程以及可能会影响严重事故进程的人员动作、缓解系统和严重事故现象及放射性释放的情形，为定量化分析不同严重事故序列下导致放射性物质向环境释放的频率提供逻辑框架。

安全壳事件树分析作为整个二级PSA分析的核心，以一级与二级PSA的接口分析作为输入，为系统分析、严重事故现象分析和故障树建模提供顶事件，并最终输出安全壳事件树终态。同时，事件树的建立需要严重事故序列计算和严重事故现象分析提供支持，以确定事件树的构建逻辑、缓解系统的成功准则以及缓解操作的时间窗口等。由于与其他二级PSA分析任务紧密结合，因此安全壳事件树的建立是一个不断迭代的过程。

二级PSA通过建立安全壳事件树来模拟特定电厂堆芯损坏后严重事故的进程和现象。安全壳事件树是一种结构式框架，各题头事件用于表示事故进程中的现象和物理过程、电厂响应及事故管理、放射性物质对释放边界的威胁等。安全壳事件树终态定义了事件序列和安全壳的最终状态，需要将安全壳事件树终态归并成释放类，并对各类进行源项分析。

### 12.4.5　严重事故现象概率分析

安全壳事件树定量化过程中，需要对可能会影响严重事故进程的严重事故现象的概率进行量化，确定关键严重事故现象的发生概率，为安全壳事件树的定量化计算提供输入。在二级 PSA 严重事故现象概率分析过程中，需要考虑使用合适的分析程序和模型，并结合工程判断方法进行严重事故现象及其不确定性的分析。

一般来说，常用的二级 PSA 概率评估方法主要有：

1）专家判断方法

专家判断方法是使用专家主观判断对认知不足的严重事故现象进行概率定量化的一种分析方法。专家判断并不完全基于主观猜测，而是需要基于目前已有的试验或观测结果以及计算分析的基础之上。

2）ROAAM 分析方法

ROAAM 分析方法，即“风险导向的事故分析方法”，最早由美国加州大学的 Theofanous 教授提出，旨在进一步解决事故分析中特别是严重事故分析中的概率定量化问题。传统的专家判断方法，如 NUREG－1150 中提供的分析方法，都过于依赖专家的主观认知和判断，其弊端在于不同专家主观判断的基准并不一致，即使专家对同一个问题的认识完全一致，其主观判断后给出的概率值也会有较大差别。

3）参考同类电厂分析

在缺乏相关分析基础的情况下，参考同类型电厂的分析结果是一种较为简单快捷的分析方法。采用该方法时，需要对其适用性进行说明。

### 12.4.6　严重事故缓解人员可靠性分析

安全壳事件树定量化过程中，需要对可能会影响严重事故进程的严重事故缓解人员操作的可靠性进行量化，确定人员操作的失误概率，为安全壳事件树的定量化计算提供输入。在二级 PSA 人员可靠性分析（HRA）过程中，需要考虑 HRA 的方法选择和应用、SAMG 的应用、人员操作之间的相关性分析等方面的内容。

在压水堆二级 PSA 的安全壳事件树模型中，一般需要考虑严重事故缓解人员操作，例如：

（1）手动隔离未能自动关闭的安全壳隔离阀。

（2）手动开启一回路卸压。

（3）手动启动堆腔注水。

（4）手动开启安全壳过滤排放。

### 12.4.7 严重事故缓解系统可靠性分析

安全壳事件树定量化过程中，需要对可能会影响严重事故进程的严重事故缓解系统的可靠性进行量化，确定缓解系统的失效概率，为安全壳事件树的定量化计算提供输入。在二级 PSA 系统可靠性的分析过程中，需要考虑缓解系统的成功准则、设备的可用性等方面的内容。

### 12.4.8 源项分析

严重事故下的放射性物质向环境的释放源项是二级 PSA 的重要结果之一。源项分析为每个放射性释放类（Release Category，RC）计算向环境释放的源项，评价从核电厂释放到环境中的放射性物质的量级和属性。

严重事故后裂变产物的释放主要有以下几个过程：

（1）从堆芯及一回路释放到安全壳。

（2）在安全壳内去除及滞留。

（3）最终向环境的释放。

## 12.5 三级 PSA

本小节主要介绍三级 PSA 研究的方法，需要强调的是，截至本书成稿，核工业界尚未有非常完善的三级 PSA 规范或者业界公认的三级 PSA 范例。其次，本书在介绍这些技术要素时，主要基于 NRC 已有的方法和导则，但是三级 PSA 分析所依赖的人口、经济学、应急计划等要素在不同的国家有较大的差异。

三级 PSA 的一般技术要素包括：二级/三级（即 L2/L3 级）PSA 接口、放射性核素释放转入三级 PSA、防护动作参数以及其他厂址数据、气象学数据、剂量学、健康学效应、经济效应、定量化与报告编制、风险整合。

### 12.5.1 L2/L3 级 PSA 接口

本子任务的目的是将每个释放类型的特征（释放频率、时间相关化学物质的释放比例、建立应急行动水平的充分的序列信息、释放能量和释放高度以及气溶胶尺寸分布）形成目录。

主要工作是将 L2PSA 释放类型信息整合为有助于三级 PSA 分析人员使用的格式。将把与三级 PSA 相关的信息进行整合，变为可供使用的格式。其包括将释放类型的电子格式（作为 MELMACCS 的输入文件）、每种释放类型通过应急行动水平的进展信息（其已经作为一种必要的方式来支持释放类型整合）、每种释放类型发生能量事件时的时间进展信息（进行应急响应模型决策）等。

## 12.5.2　放射性核素释放转入三级 PSA

该子任务讨论后果分析所需要关注的核素。二级 PSA 明确了源自对总堆芯损坏频率有所贡献的每个事故中进入环境的关键放射性核素释放。这一任务包括 4 个步骤：

(1) 存量数据开发。

(2) 源项数据开发。

(3) 放射性释放的开发和分组。

(4) 模型和参数不确定度分析。

二级 PSA 基于事故进展分析的结果给出了放射性核素的特有释放特征，包括其数量和形式、时间和时长以及释放的能量和质量。放射性核素特征的考虑可以使得在不同的燃耗/功率水平分布下从燃料中归纳释放成为可能。

可以使用适当的计算机程序（如 SCALE 计算机程序包中的 ORIGEN2 程序）来确定反应堆堆芯放射性核素存量。

释放类别的数目一般不超过 30 个。

进行该开发活动需要一些设计信息输入，如表 12－3 所示。

**表 12－3　放射性核素转入所需的输入**

| 输入 | 描述 |
|---|---|
| 燃料数据 | 这一信息包括反应堆燃料数据以及生成反应堆堆芯内部燃料放射性核素存量所需要的功率水平、燃耗、富集度信息。堆芯放射性核素存量是 MELCOR 程序的一个输入，它可用于进行二级 PSA 事故进展和源项量化时的放射性核素释放和输运分析 |
| 堆芯存量数据 | 源自上一步骤 |
| 事故进展数据 | 该信息包括有显著风险的放射性核素组的时间相关释放份额，以及其他信息，如烟羽密度、流量率、释放能量以及释放高度。这一信息可以从二级 PSA 中获取 |

续表

| 输入 | 描述 |
|---|---|
| 多源释放信息 | 厂外后果分析中所考虑的可能源项的组合 |
| 释放类别频率 | 确定严重事故风险时需要释放类别或源项频率。这一信息可以从一/二级 PSA 中获取 |
| 事故进展和释放特征信息 | 与源项特征和相应频率的确定相关的处理过程的不确定度 |

### 12.5.3 防护动作参数以及其他厂址数据

该任务讨论能够影响到对严重事故进行响应的厂外保护性行动（所谓场内场外应急响应）的建模参数。保护性行动包括事故期间的应急响应以及保护公众远离受污染土地和食品的长期行动。之前的研究表明，保护性行动会对个人接收的剂量以及与辐照影响相关的成本（如污染土地的复原）产生显著的影响。为了妥善地对保护性行动进行建模，对现场周围的人口分布、厂外财产和其他现场具体参数进行评估就显得尤其重要。因此，该子任务考虑了：

（1）应急响应的建模。

（2）长期保护性行动的建模。

（3）现场具体参数。

此外，为了对后面提及的所有步骤进行量化，模型和参数不确定度的来源也应加以明确。

定义并参数化详细的防护动作的范畴和等级有可能考虑以下方面：

应急响应计划和保护性行动将酌情包括：疏散、避难、正常和热点转移、地面封锁、喂服碘化钾（KI）药丸，等等。如何以及是否在分析中对食物/水的封锁进行建模应当由项目团队来进行评估。

食物/地面封锁和转移的剂量标准应基于相关技术指南进行假定。

在事故和事故后的阶段，公众的表现可以假定是有序的，可以用队列来表达。但是项目团队应当评估如何在疏散模型中考虑未能及时疏散的人群以及相应的后果。

疏散模型将考虑实际决策过程中确定的分阶段疏散，并恰当地进行疏散时间估计。

对那些未被引导疏散但也可能用其他方式进行疏散的人群，应进行恰当的评估。

现场具体的人口数据应基于应急计划最新版本中可获取的数据，并根据情况外推至目标年份。

严重事故后进行去污的剂量标准还不确定。目前没有长期的地面清洁目标或水平。当前的实践状态是：去污的建模水平是要满足适用于特定场址的居住性（非永久撤离）标准。项目团队应决定如何能最好地考虑去污。土地使用数据（陆地/水面份额，可用耕地份额，等等）以及土地价值数据将基于经济分析局的最新信息。

表 12－4 明确了执行相应步骤所需要的信息。这些信息必须足够简洁明了，足以进行审查与同行评议。

**表 12－4　子任务防护动作参数以及其他厂址数据所需的输入**

| 输入 | 描述 |
| --- | --- |
| 应急计划 | 现场具体应急计划文档，其中应提供的信息包括疏散时间估算、应急计划区域、应急响应阶段、避免暴露在污染地面和污染云下的避难和正常活动、喂服 KI、热点转移的标准、疏散策略和队列，等等 |
| 长期保护性行动 | 这包括封锁、去污和征用的特征，例如土地/食物的剂量标准、去污因子、去污的起始时间和时长等 |
| 现场人口学数据 | 场址周边的人口分布 |
| 土地使用和经济学数据 | 土地/水面份额以及土地使用（也就是耕地）；<br>基于经济分析局的信息得到的土地价值数据 |
| 不确定度来源 | 疏散策略、土地使用以及经济学数据参数的不确定度，以及应急响应建模的不确定度（也就是延时和疏散时间） |

## 12.5.4　气象学数据

需要足够长时间内的气象学数据进而确定能够影响到大气输运和扩散的局部气象条件的发生频率。需要至少一年内的风速、风向、大气稳定等级（stability class）、降水率以及大气逆温层高度的分小时数据。这个任务的目标是要确保能够编撰出妥善和有效的气象学数据并将其用作后果分析模型的输入。这一子任务包含两个步骤：现场气象学数据评审、编写 MACCS2 使用的气象学数据输入文件。

气象学数据的目标是确保编撰出妥善和有效的气象学数据并将其用作后果分析模型的输入。该任务有三个相互关联的步骤：

气象学数据是后果分析非常重要的部分。因此，一个关键的目标是要确保使用正确和代表性的一组气象学数据作为大气输运和扩散（ATD）程序的输入，进而为后果分析计算提供基础。作为审查的一部分，一个需求是要确认选择的气象学数据代表了局地/现场的天气数据，并且有至少一年的完整分小时数据，如果数据有所缺失，可以采用适当的数据复原和数据替换方法。

编写 MACCS2 使用的气象学数据输入文件目标是确保编撰出妥善和有效的气象学数据并将其用作后果分析模型的输入。

总的来说，现场具体天气数据是多年的。其特征应包括两个位置的温度（确定大气稳定等级）、风速、风向和降水。要使用一段时间内的分小时天气数据，而这个时间的长度应由项目团队来确定。在典型的厂外后果计算中，这个时间为 1 年的长度。选作 MACCS2 使用的天气数据应主要基于数据复原（高于 99%）。缺失的数据可以使用之前或之后的小时记录来桥接，美国采用的是工业标准程序《管理空气质量模型中缺失的国家天气服务气象学数据的数值替换方法》。

最后的步骤是明确模型和参数不确定度的来源，该步骤中气象学数据相关的不确定度来源将得以明确。

## 12.5.5 大气输运与扩散

对气载粒子和气体在周围大气中的输运进行模拟时，需要使用大气输运和扩散（ATD）模型。用于确定气载材料的“烟羽”（plume）特征的最常用的模型是稳态直线高斯模型。MACCS2 使用的是高斯烟羽分段模型。该模型计算了地面水平的瞬发和烟羽段的时间积分的气载粒子浓度。粒子态材料的数量在地面的沉积的计算采用的是常数沉积速度。其结果是离源的距离以及降水率的函数。

后果分析采用的是 WinMACCS/MACCS2 程序。MACCS2 中的 ATD 模型为考虑了曲流和表面粗糙度的直线高斯烟羽段模型。这一假设对离释放点数千米远的平原都是有效的；但它由于释放点的邻域（如反应堆厂房附近）和较远的距离处都有着较大的不确定度。然而，使用许多天气数据的总体平均结果可以显著降低较远距离处的不确定度。例如，将 MACCS2 与 ADAPT/LODI（这是一个最先进的三维对流扩散程度 NUREG/CR－6853）进行比较的话，MACCS2 的结果与 LODI 结果（也就是环平均值）的比值范围在最小 0.64 至最大 1.58 倍之间，在 16 km 环处有较高的比率而在 80 km 和 160 km 环处有较小的比值。鉴于结果的差异在 2 倍之内，而且 MACCS2 是一个快速求解程序，因而采用总体平均结果对于三级 PSA 分析是可以接受的，而即使是在 160 km 之外的区域，上述比较中的 MACCS 厂外后果计算值也预计会在期望不确定度范围之内。

对于 ATD 计算，MACCS2 的正常计算模式是从一年的分时天气数据中进行采样。ATD 计算所选取的天气序列即输入参数。温度序列选取的一个简单方法就是对所有的分时数据进行分级随机采样。当前的计算机技术已经可以单独运行所有的小时数据。这样，在分析中就可以确定与气象条件的变化相关的非常低的“尾端”概率分布。另一个方法是基于预先设定的降水率范围进行分组采样来构造天气序列。SOARCA 计划使用的是分组采样方法。

使用事故释放数据（放射性核素份额、能量含量、时间变化、释放位置等）和分时气象学数据的随机采样，ATD 模型可以计算的放射性核素输运包括：在离现场附近一定距离之内的合理精细的地理区域内，由于在考虑了人口、土地使用和其他信息的二维网格上的放射性核素浓度分布所导致的干沉积、湿沉积和再沉积，它们可用于剂量计算的输入。

除了计算放射性核素的大气输运外，与大气输运和扩散的不确定度也应加以明确。

## 12.5.6　剂量学

剂量学涉及单个建模和人群所接受到的放射性剂量计算。每次事故的剂量估算使用的是瞬时和时间积分的气载浓度以及由 ATD 模型计算得到的放射性材料沉积量。剂量计算是 MACCS2 程序的主要关注点。MACCS2 程序考虑了短期（源自暴露在烟羽通道（plume passage）和数天尺度的不久之后）和长期的（从间接摄入放射性至数年尺度的一段时间）效应。

MACCS2 中建模的暴露路径包括了内部和外部路径。内部路径包括从云层中的放射性核素和再悬浮的地面沉积材料的吸入，以及摄入进入食物和水中的沉积放射性核素。外部路径包括直接暴露在烟羽中的放射性材料下（也就是云层照射），以及暴露在沉积在地面的放射性材料下（也就是地面照射）。

## 12.5.7　健康学效应

暴露在致电离辐射下的健康影响可分为两类：早期的（也就是瞬时）和潜在的。早期健康影响是由超出了特定阈值的剂量所造成的。它们包括死亡率和发病率（也就是致死和致伤），而且通常为很短的一段时间（数天至数星期）。潜在健康影响可能发生在暴露后数年。MACCS2 考虑了这两种健康影响，并且建议了与多个辐射防护国际委员会的标准和指南相符的计算方法。

## 12.5.8　经济效应

经济因素包括：防止公众免于经由各种暴露路径而遭受短期和长期暴露的各种行动（也就是疏散、转移和去污）的成本、暴露后健康影响的成本，以及次级经济效应。MACCS2 的经济模型包括与种种行动相关的成本，它的建模有 6 个类别：

（1）疏散和转移成本（如每个转移个人的每日成本）。它是与临时转移的人群相关的每日成本。这种成本的计算是通过将转移人群的数目乘以它们离开家园的天数。

（2）人群转移的交通成本（也就是，将人群移出受污染区域的一次性花费）。人群由于去污、封锁或征收而必须离开家园具有一次性的交通花费。该建模过程可以考虑误工损失。

（3）去污成本（如人工、材料、设备和污染物的处置）。这是与去污财产相关的成本。这些成本包括进行去污的人工和材料。它们取决于需要进行去污的地域的人口数和大小，以及需要进行去污地区的污染水平。它们还可包括处置污染材料的成本。这一模型仅当去污具有成本效应时才会估算其成本。

（4）由于无法使用土地财产而引起的成本（如投资失去回报的成本、无法维护的财产的折旧成本）。这些成本都与财产的使用相关。这些成本包括财产的预期回报率以及在封锁期间（也就是财产无法使用期间）无法进行日常维护带来的折旧。

（5）局部种植的污染食物的处置（如谷物、蔬菜、牛奶、乳制品和肉类）。

（6）征收土地的成本（也就是，无法复原至可以使用或不值得复原的土地）。这是征收无法复原至满足可居住标准的财产的成本。

### 12.5.9 定量化与报告编制

量化的进行采用的是使用 MACCS2 程序从前面的子任务中收集和开发得到的信息。这一子任务的目标是以感兴趣的后果指标的形式给出结果。三级 PSA 最感兴趣的后果指标是对人类健康和经济成本的影响。一些感兴趣的潜在后果指标包括：

（1）总早期致死风险。

（2）总潜在癌症致死风险。

（3）在早期致死定性健康目标（QHO）中定义的个人早期致死风险，也就是离电厂 1 英里①范围内的平均个人早期致死风险。

（4）在潜在癌症 QHO 中定义的个人潜在癌症致死风险（也就是离电厂 10 英里范围内的平均个人潜在癌症致死风险）。

（5）电厂外不同距离处的人口剂量（人 - 西韦特）。

（6）个人早期致伤风险。

（7）个人癌症事件风险。

---

① 1 英里 = 1.609 344 千米。

（8）土地去污（如超出了特定去污等级的去污面积）。

（9）厂外经济成本。

正如前文所述，这一子任务的目标是以感兴趣的后果指标的形式给出结果，并且明确计算后果度量/指标的重要贡献者。三级 PSA 的量化步骤是整合计算结果进而计算单个的风险度量。无论是 PSA 二级部分进行的严重事故进展和放射性核素源项分析还是 PSA 三级部分进行的后果分析，其进行都是基于条件的。也就是说，严重事故进展、结果源项以及事故后果的评价的进行都与假想事故的绝对或相对频率无关系。最终的风险计算是将每一个分析元素以自洽和统计严格的方式进行集成的过程。点估计（或平均）风险是平均事故频率及其相应后果的乘积，基于的是电厂损伤状态、释放类别和事故后果。

在数学上，风险的定义如式（12－17）所示，为三项乘积之合：

$$R_c = \sum_i \sum_d \sum_s \{f_i \cdot P(i/d)\} \cdot P(d \mid s) \cdot \overline{C}(s \mid c) \qquad (12-17)$$

式中 $R_c$ 是后果度量 $c$ 每年的风险；$f_i$ 是初始事件 $i$ 的频率（每年）；$P(i \mid d)$ 是初始事件 $i$ 导致电厂损伤状态 $d$ 的条件概率；$P(d \mid s)$ 是电厂损伤概率 $d$ 导致源项（释放）$s$ 的条件概率；而 $C(s \mid c)$ 是假设发生了源项（释放）$s$ 时条件后果度量 $c$ 的期望值。

由辐射暴露引起的健康影响有着较大的不确定度，而将剂量和响应结合起来的模型应当尽可能地反映和量化这些不确定度。在子任务这一层级，参数和模型不确定度的来源应当加以明确。这些不确定度会在使用标准采样方法来整合释放类别频率、释放（源项）数量、剂量学、健康影响模型等的不确定度时传递。该项目还吸取了 SOARCA 项目中对不确定度分析的深入经验。

由于该子任务的结果也是 MACCS2 计算的输出，输出的文件应当对所有错误、警告以及/或不期望的结果（例如，寻找所有无法完全运行的蒙特卡罗模拟的原因）进行仔细回顾，进而确定建模和运行都是妥当的。该子任务应当明确并报告感兴趣的后果/风险指标的显著贡献者。

项目团队应仔细评估报告的后果指标，使得其开放度、意义和风险沟通最大化。除了 MACCS2 程序计算结果外，健康相关成本（以及其他成本）的经济后果也应当加以考虑。

最后，还要评价对结果进行距离（从释放点计算）截断所带来的好处，以及如何能最好地报告潜在不确定度。

## 12.5.10　风险整合

最后的步骤是整合三级 PSA 以及其与一、二级 PSA 的接口，使其成为一个整体的模型。这个过程与一、二级 PSA 是类似的。

## 附录 A

# 通用术语

### 1. 三项基本安全功能

为了保证安全，在各运行状态下，在发生设计基准事故期间和之后，以及尽实际可能在所发生的超设计基准事故的事故工况下，都必须执行三项基本安全功能：

（1）控制反应性。

（2）排出堆芯热量。

（3）包容放射性物质和控制运行排放，以及限制事故释放。

必须用全面的系统的方法来确定在发生假设始发事件后的各个时期中完成这些功能所必需的构筑物、系统和部件。

### 2. 安全停堆

按法国实践，指这样的核电厂工况：反应堆堆芯呈次临界；余热正在导出；安全壳的完整性得到保证，从而放射性产物释放限制在允许水平；以及维持这些工况所必需的系统正在其正常运行范围内工作。

在美国，按 NRC 见解，安全停堆即冷停堆 200 ℉（93.3 ℃）；而按核工业界的见解，安全停堆即热停堆 350 ℉（176.7 ℃）。

### 3. 安全级设备（Safety – related，safety grade）

安全级设备即完成安全功能的设备。

有些设备不直接完成安全功能，但如果没有这些设备，则安全功能不能完成，这些设备也就是安全级设备。因此，一些安全系统的支持系统也是安全级的，如设备冷却水系统及厂用水系统，都是安全系统。

### 4. 单一故障（single failure）

单一故障指导致某个（某些）设备不能执行其预定的安全功能的一起偶发事件。

### 5. 能动部件与非能动部件（active component and passive component，有源部件与无源部件，主动部件与被动部件）

能动部件：依靠触发、机械运动或动力源等外界因素而工作，因而能主动地影响系统工作过程的部件。例如：泵、风机、继电器、晶体管。

非能动部件：此类部件内无运动部分，在执行其功能中仅承受压力、温度或流体流量的变化，此外，以不可逆的动作或变化为基础，其功能又极其可靠的某些部件也可以归入本类。例如：热交换器、管道、容器、建筑物。

对于有些设备的归类是有争议的，如逆止阀、弹簧安全阀、爆破膜。解决办法：按可靠性分类；做出规定。

### 6. 能动故障与非能动故障

能动故障：能动部件发生故障，如泵不能启动，电动阀不能到达所要求的位置。

非能动故障：边界泄漏或流道阻塞（但不能完全失去安全功能）。注意泄漏（leakage）不等于破裂（break），规定 30 min 内泄漏率不超过 200 L/min。

### 7.（事故的）短期阶段与长期阶段（short term and Long term）

短期阶段：紧接着事故发生后的一段时间，在这段时间内核电厂系统实行自动保护动作，操作人员证实系统的响应；鉴定事故的类型及确定出随后长期阶段中应采取的措施。

长期阶段：在短期阶段之后的系统运行时间，在此阶段内要求系统发挥其安全功能，主要关心于限制放射性释放及把核电厂导向安全停堆工况，也许工作人员要进入安全壳，要对损坏设备进行检修。

在法国实践中短期阶段指事故发生后 24 小时以内，长期阶段指 24 小时以后。在美国实践中，短期阶段又称注射阶段（injection phase），在这个阶段中，安全注射从换料水箱取水；长期阶段又称再循环阶段（recirculation phase），在这个阶段中，安全注射从安全壳再循环地坑取水。

附录 B

# 1942—1994 年核研究与发展

1942 年 12 月 2 日，第一个自持链式反应发生在芝加哥大学。

1945 年 7 月 16 日，美国陆军曼哈顿工程师区（MED）在新墨西哥州阿拉莫戈多测试了第一颗原子弹，代号为曼哈顿计划。

1945 年 8 月 6 日，昵称为“小男孩”的原子弹被投在日本广岛。三天后，另一颗炸弹胖子，被扔到了日本长崎。8 月 15 日，日本投降，第二次世界大战结束。

1946 年 8 月 1 日，1946 年的《原子能法》设立了原子能委员会（AEC），以控制核能的发展和探索核能的和平利用。

1947 年 10 月 6 日，原子能委员会首先研究和平利用原子能的可能性，并于次年发表了一份报告。

1949 年 3 月 1 日，美国原子能委员会宣布在爱达荷州选择一个地点作为国家反应堆试验站。

1951 年 12 月 20 日，在爱达荷州的阿科，1 号实验增殖堆第一次核能发电，点亮了 4 个灯泡。

1953 年 3 月 30 日，鹦鹉螺号首次启动其核动力装置（图 B－1）。

图 B－1　鹦鹉螺号——第一艘核动力潜艇

1953 年 12 月 8 日，艾森豪威尔总统在联合国发表了题为“原子促进和平”的演讲。他呼吁在和平利用原子能方面加强国际合作。

1954 年 8 月 30 日，艾森豪威尔总统于 1954 年签署了《原子能法》，这是原《原子能法》的第一个主要修正案，使民用核能项目进一步获得核技术。

1955 年 1 月 10 日，原子能委员会宣布了动力示范反应堆计划。根据该计划，AEC 和工业界将合作建造和运行实验堆。

1955 年 7 月 17 日，人口 1 000 人的爱达荷州阿科成为第一个由核电厂提供电力的城镇，实验用沸水反应堆硼砂 3 号。

1955 年 8 月 8—20 日，瑞士日内瓦主办了第一次联合国和平利用原子能国际会议。

1957 年 7 月 12 日，加州圣苏珊娜的钠反应堆实验产生了民用核单元的第一批电力。该单位一直提供电力到 1966 年。

1957 年 9 月 2 日，Price - Anderson 法案在核电站发生重大事故时，为公众、AEC 执照持有人和承包商提供财务保护。

1957 年 10 月 1 日，联合国在奥地利维也纳设立了国际原子能机构（IAEA），以促进核能的和平利用和防止核武器在世界各地扩散。

1957 年 12 月 2 日，世界上第一个大型核电厂在宾夕法尼亚州的希平港开始运行。工厂在三周后达到满负荷运转，并向匹兹堡地区供电。

1958 年 5 月 22 日，世界上第一艘核动力商船——萨凡纳号（图 B - 2），在新泽西州的卡姆登开始建造。1959 年 7 月 21 日下水。

图 B - 2 萨凡纳号

1959 年 10 月 15 日，位于伊利诺伊州的德累斯顿 1 号核电站是美国第一个完全没有政府资助建造的核电站，实现了自持的核反应。

1960 年 8 月 19 日，美国的第三座核电站——扬基罗核电站，实现了一个自持的核反应。

19 世纪 60 年代早期，小型核能发电机首先用于偏远地区的气象站和海上航行的浮标。

1961 年 11 月 22 日，美国海军服役了世界上最大的舰船——美国企业号。它是一艘核动力航空母舰，能够以最快 30 节的速度飞行 40 万英里不需要加油。

1964 年 8 月 26 日，林登·约翰逊总统签署了《特殊核材料私人所有法》，允许核能工业拥有其单位使用的燃料。1973 年 6 月 30 日以后，私人拥有铀燃料是强制性的。

1963 年 12 月 12 日，泽西中央电力和照明公司宣布其对奥伊斯特溪核电站的承诺，这是第一次核电站作为化石燃料电厂的经济替代品被订购。

1969 年 11 月 19 日，当阿波罗 12 号宇航员在月球表面部署 AEC 的 SNAP - 27 核发电机时，核能首次登陆月球（图 B - 3）。

图 B - 3　一个原子能电池在月球上连续运行了三年

1964 年 10 月 3 日，三艘核动力水面舰艇——企业号、长滩号和班布里奇号，完成了“海上轨道行动”——一次环球巡航。

1965 年 4 月 3 日，第一个太空核反应堆（SNAP - 10A）由美国发射。SNAP 是核辅助动力系统的缩写。

1970 年 3 月 5 日，美国、英国、苏联和其他 45 个国家批准了《不扩散核武器条约》。

1971 年，美国 22 座商用核电站全面运行。目前，它们的发电量占美国总发电量的 2.4%。

1973 年，美国公用事业公司订购了 41 座核电站，创一年纪录。

1974 年，第一个 1 000 MW 的核电站投入使用——联邦爱迪生的锡安 1 号核电站。

1974 年 10 月 11 日，1974 年的《能源重组法案》将 AEC 的职能划分为两个新机构——负责研发的能源研究与开发管理局（ERDA）和负责监管核能的核管理委员会（NRC）。

1977 年 4 月 7 日，美国总统吉米·卡特宣布，美国将无限期推迟对乏燃料进行再处理的计划。

1977 年 8 月 4 日，卡特总统签署了《能源部组织法》，将 ERDA 的职能移交给新成立的能源部。

1977 年 10 月 1 日，能源部开始发挥作用。

1979 年 3 月 28 日，美国商用反应堆历史上最严重的事故发生在宾夕法尼亚州哈里斯堡附近的三哩岛核电站。这次事故是由机械故障和人为失误导致的反应堆堆芯冷却剂损失造成的。没有人受伤，也没有因事故而过度暴露在辐射中。

1979 年，72 个获得许可的反应堆生产的电量占美国商业发电量的 12% 。

1980 年 3 月 26 日，美国能源部启动了“三哩岛研究与发展计划”，以开发拆解受损反应堆并卸除燃料的技术。该项目将持续 10 年，并在开发新的核安全技术方面取得重大进展。

1982 年 10 月 1 日，在服役 25 年后，希平港电站关闭了。退役工作将于 1989 年完成。

1983 年 1 月 7 日，《核废料政策法案》（NWPA）制订了一项计划，为处置高放射性废物（包括来自核电厂的乏燃料）选址。它还规定了放射性废料和乏燃料的所有者和生产者的费用，由他们支付项目的费用。

1983 年，核能比天然气发电更多。

1984 年，原子能取代水电成为仅次于煤炭的第二大电力来源。83 个核反应堆提供了美国大约 14% 的电力生产。

1985 年，核能运营研究所成立了一个国家学院，对每个核电站的培训计划进行认证。

1986 年，俄亥俄州佩里核电站成为美国第 100 座运行中的核电站。

1986 年 4 月 26 日，操作失误导致苏联切尔诺贝利 4 号核电站发生两次爆炸。该反应堆的安全壳不充分，大量辐射泄漏。这种设计的工厂在美国是不会获得许可的。

1987 年 12 月 22 日，核废料政策法案（NWPA）被修订。国会指示能源部只研究内华达的尤卡山处置高放射性废物的潜力。

1988 年，美国的电力需求比 1973 年高出 50% 。

1989 年，109 座核电站提供了美国 19% 的电力；在这十年中已有 46 个机组投入使用。

1989 年 4 月 18 日，核管理委员会提出了一项计划，包括反应堆设计认证、早期现场许可以及建筑和运营的联合许可。

1990 年 3 月，美国能源部发起了一项联合倡议，以改善苏联民用核电站的操作安全措施。

1990 年，美国 110 座核电站创造了发电量的纪录，超过了 1956 年所有燃料来源的总和。

1990 年 4 月 19 日，来自三哩岛核电站的最后一批受损燃料将运抵美国能源部位于爱达荷州的一处设施，用于研究和临时储存。这结束了能源部为期 10 年的三哩岛研究和发展计划。

1991 年，美国 111 座核电厂运行，总发电能力为 99 673 MW。它们提供了美国近 22% 的商业电力。

1992 年，110 座核电站占美国近 22% 的电力。

1992 年 2 月 26 日，美国能源部与核工业签署了一项合作协议，共同出资开发先进轻水反应堆的标准设计。

1992 年 10 月 24 日，1992 年的能源政策法案签署成为法律。该法案对核电站的许可程序做出了几项重要的改变。

1992 年 12 月 2 日，世界各地都在纪念历史性的费米实验 50 周年。

1993 年 3 月 30 日，美国核能公用事业财团——先进反应堆公司（ARC）与西屋电气公司签署了一份合同，为一个先进的、标准化的 600 MW 压水堆进行工程工作。这个新一代工厂的资金来自 ARC、西屋和 DOE。

1993 年 9 月 6 日，美国核能公用事业联盟 ARC 与通用电气公司签署了一份合同，为一个大型先进核电站的标准化设计分担成本，提供详细的工程设计。这项工程是由公用事业公司、通用电气公司和美国能源部共同资助的。

# 参 考 文 献

[1] 朱继洲．压水堆核电厂的运行［M］．北京：原子能出版社，2000.

[2] E. E. Lewis, Nuclear Power Reactor Safety［M］. John Wiley & Sons Inc. , 1997.

[3] Pershagen, Bengt. Light Water Reactor Safety［M］. Oxford: Pergamon Press, 1989.

[4] U. S. Nuclear Regulatory Commission. Reactor Safety Study. USAEC Report WASH－1400, Octorber 1975.

[5]［美］格拉斯登等．核反应堆工程［M］．北京：原子能出版社，1986.

[6] 朱继洲．核反应堆安全分析［M］．西安：西安交通大学出版社，2004.

[7] 徐銤．快堆安全分析［M］．北京：中国原子能出版传媒有限公司，2011.

[8] 国际原子能机构．福岛第一核电站事故．原子能机构《技术文件》第 1710 号，原子能机构，维也纳（2015 年）．

[9] HAF102－2016，核动力厂设计安全规定．

[10] 苏光辉．轻水堆核电厂严重事故现象学［M］．北京：国防工业出版社，2016.

[11]［法］巴尔·拉吉·塞加尔．轻水堆核安全严重事故现象学［M］．马卫民，赵博等译．北京：中国原子能出版社，2015.

[12] 徐銤．钠冷快堆的安全性［J］．自然杂志，2013，35（2）：79－84.

[13] 苏著亭．钠冷快增殖堆［M］．北京：原子能出版社，1991.

[14] Barry, R. F. , and Risher, D. H. , Jr. "TWINKLEA Multi－Dimensional Neutron Kinetics Computer Code," WCAP－7979－P－A (Proprietary) and WCAP－8028－A (Nonproprietary), January 1975.

[15] Hargrove, H. G. , "FACTRAN－A FORTRAN－IV Code for Thermal Transients in a $UO_2$ Fuel Rod," WCAP－7908－A, December 1989.

[16] Burnett. T. W. T. , et al. "LOFTRAN Code Description," WCAP－7907－P－A (Proprietary) and WCAP－7907－A (Nonproprietary), April 1984.

[17] Risher, D. H. , Jr. . "An Evaluation of the Rod Ejection Accident in Westinghouse Pressurized Water Reactors Using Spatial Kinetics Methods," WCAP－7588, Revision 1A, January 1975.

[18] Taxelius, T. G. , ed. "Annual Report－SPERT Project, October 1968, September

1969," Idaho Nuclear Corporation, IN – 1370, June 1970.
[19] Liimataninen, R. C., and Testa, F. J. "Studies in TREAT of Zircaloy – 2 – Clad, $UO_2$ – Core Simulated Fuel Elements," ANL – 7225, January – June 1966, p 177, November 1966.
[20] Davidson, S. L., (Ed.), et al. "ANC: A Westinghouse Advanced Nodal Computer Code," WCAP – 10965 – P – A (Proprietary) and WCAP – 10966 – A (Nonproprietary), September 1986.
[21] Bishop, A. A., Sandburg, R. O. and Tong, L. S. "Forced Convection Heat Transfer at High Pressure After the Critical Heat Flux," ASME 65 – HT – 31, August 1965.
[22] 王煦嘉，"修正的热工水力设计方法及 DNBR 设计限值确定", Rev 0, CAP – SAR04 – GSC – 0402, 上海核工程研究设计院, 2010 年 12 月.
[23] American National Standards Institute. "Nuclear Safety Criteria for the Design of Stationary PWR Plants," 1972. N18. 2.
[24] "AP1000 Code Applicability Report", WCAP – 15644 – P (Proprietary) and WCAP – 15644 – NP (Nonproprietary), Revision 2, March 2004.
[25] Soffer, L. et al. "Accident Source Terms for Light – Water Nuclear Power Plants", NUREG – 1465, February 1995.
[26] GB 18871 – 2002, 电离辐射防护与辐射源安全基本标准 [S].
[27] GB 6249 – 2011, 核动力厂环境辐射防护规定 [S].
[28] NB/T 20037. 1 – 2018, 国家能源局. 应用于核电厂的一级概率安全评价 第 11 部分：功率运行内部事件 [S].
[29] NB/T 20445. 2 – 2017, 国家能源局. 应用于核电厂的二级概率安全评价 第 2 部分：功率运行内部事件 [S].
[30] 马明泽. 核电厂概率安全分析及其应用 [M]. 北京：原子能出版社, 2010.
[31] 邢继. 华龙一号能动与非能动相结合的先进压水堆核电厂 [M]. 北京：中国原子能出版社, 2016.
[32] 王建华，陈鹏，杨杰，苏永杰. 美国三级 PSA 发展过程及研究进展 [J]. 辐射防护通讯 (6 期)：7 – 12.
[33] 姚仁太. 核事故后果评价研究进展 [J]. 辐射防护通讯, 2009, 29 (01)：1 – 10 + 17.
[34] US NRC. Technical Analysis Approach Plan for Level 3 PRA Project, 2013.
[35] US NRC. Severe Accident Risk: An Assessment for Five U. S. Nuclear Power Plants, 1990.

# 索 引

## C



## D



## E～F

H



J



K



L

## M ~ N



## P ~ Q

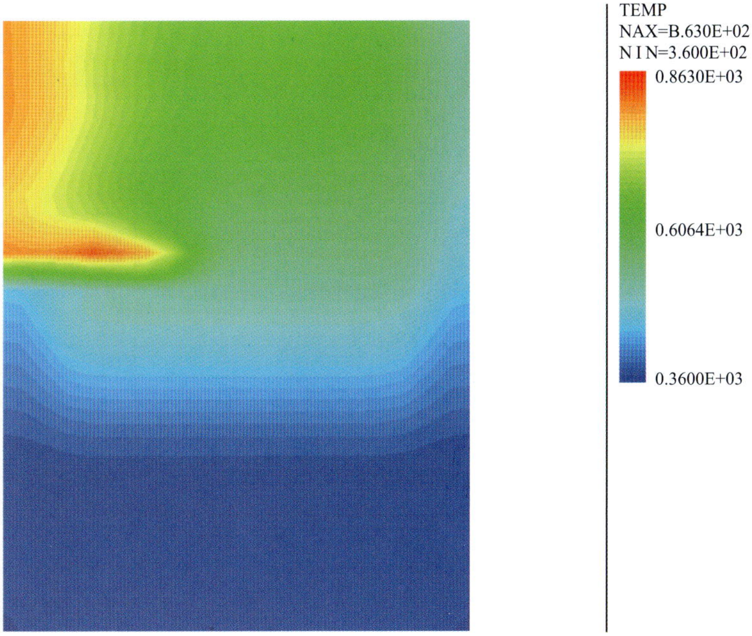


图 7 -8　No. 2 工况温度场

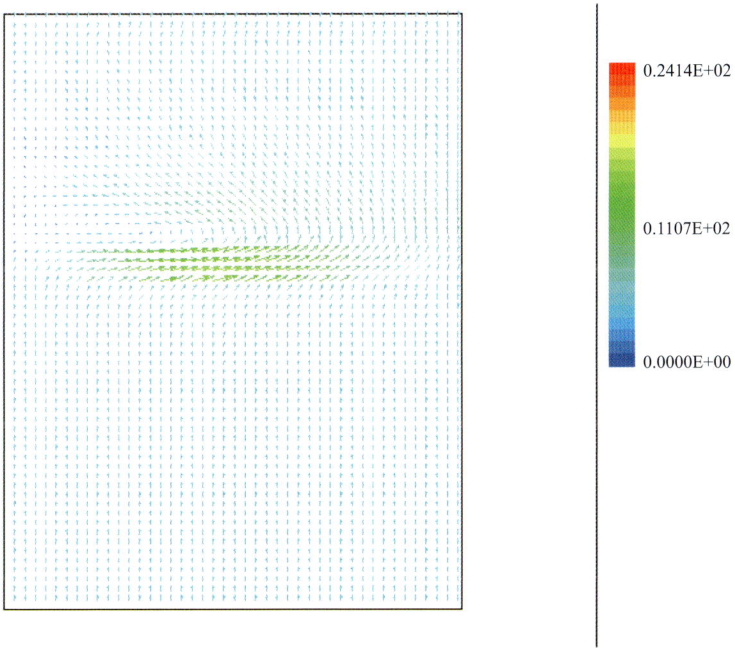


图 7 -9　No. 2 工况速度场

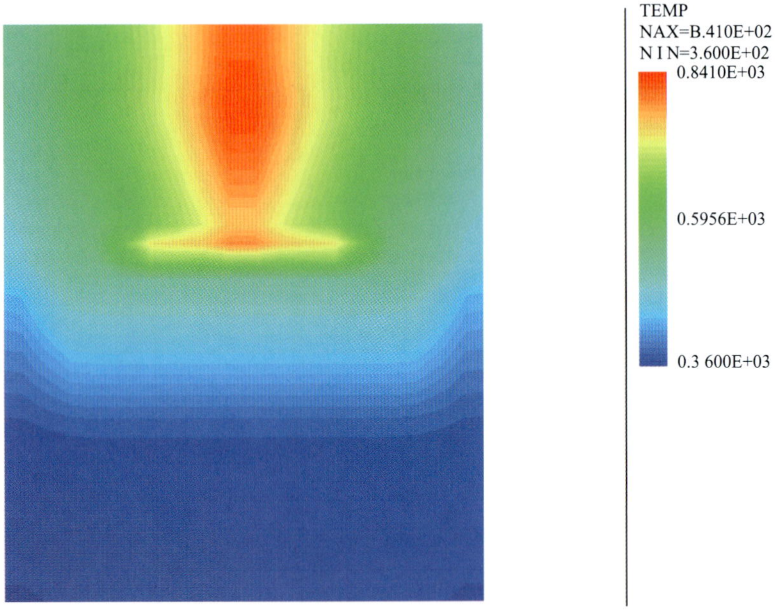


图 7－10　No. 5 工况温度场

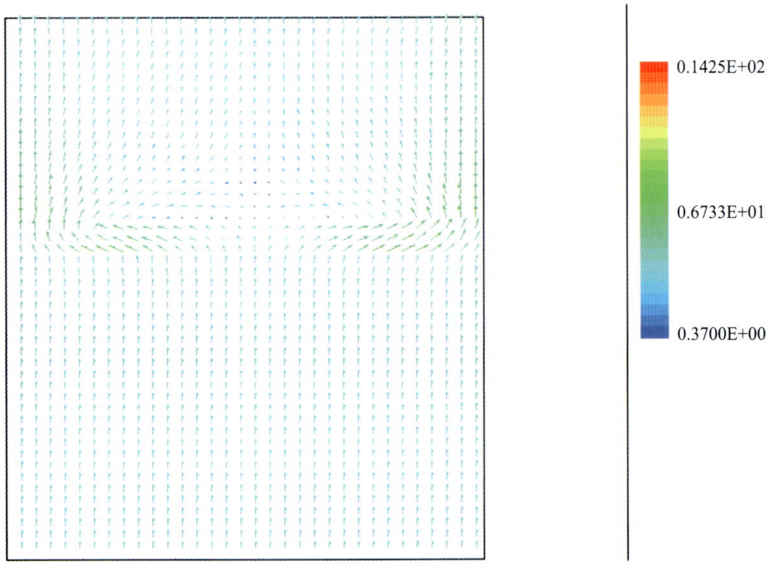


图 7－11　No. 5 工况速度场